文艺美学研究

2018年春季卷

教育部普通高校人文社会科学
重点研究基地山东大学文艺美学研究中心 编

中国社会科学出版社

图书在版编目（CIP）数据

文艺美学研究 . 2018. 春季卷 / 教育部普通高校人文社会科学重点研究基地山东大学文艺美学研究中心编 . —北京：中国社会科学出版社，2020. 4

ISBN 978 - 7 - 5203 - 5988 - 7

Ⅰ. ①文… Ⅱ. ①教… Ⅲ. ①文艺美学—文集 Ⅳ. ①I01 - 53

中国版本图书馆 CIP 数据核字(2020)第 026487 号

出 版 人 赵剑英
责任编辑 郭晓鸿
特约编辑 王 潇
责任校对 周 昊
责任印制 戴 宽

出 版 中国社会科学出版社
社 址 北京鼓楼西大街甲 158 号
邮 编 100720
网 址 http://www.csspw.cn
发 行 部 010 - 84083685
门 市 部 010 - 84029450
经 销 新华书店及其他书店

印 刷 北京明恒达印务有限公司
装 订 廊坊市广阳区广增装订厂
版 次 2020 年 4 月第 1 版
印 次 2020 年 4 月第 1 次印刷

开 本 710 × 1000 1/16
印 张 22
插 页 2
字 数 293 千字
定 价 108.00 元

凡购买中国社会科学出版社图书，如有质量问题请与本社营销中心联系调换
电话：010 - 84083683

目　　录

生态美学

文艺美学

专题研究

CONTENTS

Special Topic

Academic Notes

Translated Paper

Academic Trends

生态美学
Ecoaesthetics

环境美学的理论创新与美学的三重转向

程相占

摘要 环境美学将美学研究的对象和范围从艺术转向艺术以外的环境以及环境之中的各种事物，提出并论证了新型的环境观、美学观以及各种环境审美欣赏与审美体验模式。环境不仅是常识意义上的物理环境，也是被人知觉到的环境格式塔；美学不仅是美的哲学，也是审美欣赏理论与审美体验理论；恰当而审美地欣赏环境，需要恰当的欣赏模式。美学与环境之间的关系比以往任何时候都更加密切：环境扩大了美学的研究领域，美学则促成了一种新型的环境观。这种环境观的主旨在于克服人与环境的二元对立，倡导人与环境之间的和谐共存。环境美学隐含着三重富有美学史意义的重要转向：美学的生态转向、身体转向和空间转向。

关键词 环境美学；生态转向；身体转向；空间转向

作者简介 程相占，男，山东大学文艺美学研究中心副主任，山东大学生态文明与生态美学研究中心副主任，博士生导师，目前主要研究领域为中国美学、环境美学与生态美学，也涉及生态批评。

环境美学所引发的美学转向是显而易见的，它将美学研究的对象和范围从艺术转向艺术以外的环境以及环境之中的各种事物。但是，研究对象和范围的转向只不过是美学转向的表层，在这种表层下面还隐含着深层的美学转向。概言之，由环境美学所引发的美学深层转向至少包括三重：生态转向、身体转向和空间转向。

本文将首先介绍环境美学的三个工作性定义，旨在粗略地勾勒出环境美学的基本轮廓；然后分析环境美学的理论创新之处，重点探讨环境美学所提出的环境审美欣赏与审美体验模式。在此基础上，本文尝试着归纳概括上述三重深层转向及其美学史意义。

一　环境美学的三种工作性定义

提及环境美学，笔者首先想到国际著名美学家阿诺德·伯林特的一个论断：环境美学“是一个学科，具有其自身的概念、自身的研究对象和问题；而更加重要的是，它有其自身的贡献”①。在另外一个地方，伯林特重申，环境美学是“具有其自身合法性的，具有自己独特的概念、问题和理论”②。笔者觉得伯林特的论断是符合实际的。那么，什么是环境美学？我们按照时间顺序依次来看三位重要环境美学家的不同表述。

第一位是芬兰学者约·瑟帕玛，他于1986年出版的《环境之美：环境美学的普遍模式》一书提出：“环境美学基本的出发点是将美学理解为‘美的哲学’。环境之美是其研究对象，对于环境之美的各种批评也是其研究对象。”③ 也就是说，环境美学是研究“环境美”的学科。

美国学者阿诺德·伯林特在1992年出版了其环境美学代表作《环境美学》，从该书“前言”的关键概念可知，他认为环境美学所研究的核心问题是“对于环境的审美知觉体验”④。在为牛津大学版《美学百科全书》

---

① Berleant Arnold：*The Aesthetics of Environment*. Philadelphia：Temple University Press，1992，p. xii. 该书的中译本由张敏、周雨翻译，书名为“环境美学”，湖南科学技术出版社2006年版。

② Kelly，Michael，ed.：*Encyclopedia of Aesthetics*，New York：Oxford University Press，1998. Vol. 2，p. 114.

③ Sepanmaa Yrjo：*The Beauty of Environment*：*A General Model for Environmental Aesthetics*，Painomeklari Ky，Scandiprint Oy，Helsinki，1986，p. 17. 该书的中译本为武小西、张宜译：《环境之美》，湖南科学技术出版社2006年版。

④ Berleant Arnold：*The Aesthetics of Environment*. Temple University Press，1992，pp. xi、xiii.

所撰写的“环境美学”条目中，伯林特对于环境美学进行了比较详尽的解释：“在其最宽泛的意义上，环境美学意味着：作为整个环境综合体一部分的人类与环境的欣赏性交融——在这个环境综合体中，占据支配地位的是各种感觉性质与直接意义的内在体验。……因此，环境美学成为对于环境体验的研究——研究其知觉维度与认知维度的直接而内在的价值。”① 这段话的核心术语是“环境体验”，其关键是“人类与环境的欣赏性交融”。如果我们对于伯林特的美学理论有足够的了解，就会发现这段话其实反映了他的美学核心，也就是他自己概括的“交融美学”。②

有别于上述两位环境美学家，加拿大学者艾伦·卡尔森对于环境美学的解释则是：“环境美学是20世纪下半叶出现的两到三个美学新领域之一，它致力于研究那些关于世界整体的审美欣赏的哲学问题；而且，这个世界不单单是由各种物体构成的，而且是由更大的环境单位构成的。因此，环境美学超越了艺术世界和我们对于艺术品欣赏的狭隘范围，扩展到对于各种环境的审美欣赏；这些环境不仅仅是自然环境，而且包括受到人类影响与人类建构的各种环境。”③ 简言之，卡尔森所认可的环境美学的研究对象就是“对于各种环境的审美欣赏”。

---

① Kelly, Michael, ed.: *Encyclopedia of Aesthetics*, Oxford University Press, 1998. Vol. 2, pp. 116 – 117.

② 要理解伯林特的环境美学，最简便的方式是理解他自己的一段学术声明：“伯林特的环境美学立场是将人视为一个积极的促成因素：他处于一种语境之中，这个语境不但包含着作为参与者的人，而且与参与者连续不断；人是知觉的中心，他/她不但是个体，而且是他/她所处的社会—文化群体的成员，是其生活世界的成员——他/她的各种视域由种种地理、文化因素塑造。”参见伯林特本人的学术网站 http://www.autograff.com/berleant/pages/environ.html，2011年8月8日访问。

③ Gaut, Berys and Dominic McIver Lopes, eds.: *The Routledge Companion to Aesthetics*, Routledge, 2001, p. 423.

二　环境美学的独特概念、问题和理论创新

以上三个环境美学的工作性定义有着较大差异，原因在于“环境美学”这个术语既包括“环境”，又包含“美学”；不同的理论家既有不同的“环境观”，又有差别更为显著的“美学观”。也就是说，正是环境观与美学观的差异，导致了对于环境美学的不同理解。我们首先来看瑟帕玛。

在其代表作《环境之美》一书的开篇，瑟帕玛写道：“美学一直由三个传统主导着：美的哲学、艺术哲学和元批评。在现代美学中，艺术之外的各种现象从来没有得到认真、广泛的研究。笔者这本书的目标是系统地描绘环境美学这个领域的轮廓——它始于分析哲学的基础。笔者将‘环境’界定为‘物理环境’，其基本区分是处于自然状态的环境和被人类改造过的环境。”① 瑟帕玛所持的美学观就是他所说的“三个传统”的合并，即美学 = 美的哲学 + 艺术哲学 + 元批评。后两者集中体现了分析美学对环境美学的影响。② 值得我们注意的是瑟帕玛对环境的详尽解释。他说：“环境（the environment）是环绕我们的东西（我们作为观察者处于它的中心），我们用我们的各种感官感知它，我们在它的范围内运动、获得我们的存在。这里的问题是感知者与外在世界的关系问题——即使没有感知者，外在世界依然存在。”③ 这是对于环境的最一般意义上的理解，极其接近我们的常识或哲学上的朴素实在论：客观存在的外部环境就是“环绕某

---

① Sepanmaa Yrjo：*The Beauty of Environment*：*A General Model for Environmental Aesthetics*，Painomeklari Ky，Scandiprint Oy，Helsinki，1986. 作者下文紧接着又将“物理环境”表述为“physical environment”。

② 关于环境美学与分析美学的关系，笔者的《环境美学对分析美学的承续与拓展》（发表于《文艺研究》2012 年第 3 期）一文对此进行了详尽论述。

③ Sepanmaa Yrjo：*The Beauty of Environment*：*A General Model for Environmental Aesthetics*，Painomeklari Ky，Scandiprint Oy，Helsinki，1986，pp. 15 – 16.

物之境”，也就是说，环境总是相对于一个具体的中心而言的：谁是感知者，谁就是它的中心。这种环境观受到了伯林特的指名批评。此外，瑟帕玛在“环境”一词之前加了一个定冠词“the”，表明环境是“这个特定的环境”；而这一点更是伯林特所坚决反对的。在伯林特看来，添加一个定冠词，意味着“环境”是可以客观对象化的一个“客体”或“对象”——而这是对于环境的根本误解，所以伯林特用了很大精力来批判分析这个问题。

如果说瑟帕玛的美学观忽略了“美学之父”鲍姆嘉滕所提出的“感性学”（笔者更愿意使用“审美学”这个术语，下文一律采用之），那么，伯林特则非常着力于回到审美学的源头那里，并且，这种美学观反过来改造了瑟帕玛所论述的那种外部客观环境观，使得伯林特对于环境有着独具一格的理解，从而成为当代环境美学的重大理论收获之一。

为了最便捷地了解伯林特的美学理论，我们不妨参考他本人的一段学术声明。他说：“感官的知觉（sense perception）位于‘审美学’（希腊语，aisthesis，意思是‘通过各种感官而得到的知觉’）这个词的词源的核心之处，而且，它是审美理论、审美体验及其各种实际应用的中心。伯林特在审美（the aesthetic）中发现了人类价值的本源、征兆和标准……伯林特的哲学思想源自对于体验的彻底解释——这种体验受到两种哲学的影响，一是实用主义那非奠基性的自然主义，二是存在主义现象学那不可分的直接性。无论是在艺术中还是在环境里，这引导着他强调活跃欣赏的交融（engagement）与连续性（continuity）。”①

这段话可谓言简意赅，它表明了伯林特的美学观即“审美学”，指出了审美对于人类文化创造的根本意义，介绍了伯林特美学的两个哲学来

① 这是伯林特本人对于其美学研究的总体说明，参见其本人的学术网页 http://www.autograff.com/berleant/，2011 年 8 月 8 日访问。

源——实用主义与现象学，提出了伯林特美学理论的三个关键词：知觉、交融、连续性。而这三个关键词都是伯林特对于环境美学的独特贡献，某种程度上代表着当今环境美学的理论高度。

环境一般是环境科学的研究对象，属于自然科学；而美学则是人文学科，二者有什么关系呢？对于环境美学持怀疑态度的人自然会提出这样的疑问。在伯林特看来，环境与美学的关系非常密切：一定的环境观取决于一定的美学观，反过来，从审美的角度来反思环境，则会得出不同的环境观——二者互相生发，乃至互相生成。伯林特从辨析各种不同的环境观入手。他认为，环境概念是非常成问题的，通常流行的多种环境概念，诸如自然环境（natural surroundings，或 natural setting）、物理环境（physical surroundings）、外部世界（external world）等，都有其不足之处。伯林特特别反对将环境客观化、对象化。他甚至从英语语法的角度，强调不能在“环境”（environment，伯林特一般只使用这个词）一词前面使用英语定冠词 the，因为使用了这个定冠词，环境就成了固定的、具体的、如同一个客观对象的东西，这种意义上的环境“就成了独立存在体（实体），我们可以思考它、处理它，好像它外在于、独立于我们自己”①。为了强化自己的这一观点，伯林特还特意进一步申述，被人类客观对象化的环境观，可以从某个侧面揭示人类掠夺环境的理由：环境只不过是人类可以利用的自然资源而已。伯林特还在这里引述了瑟帕玛的《环境之美》，含蓄地批评了瑟帕玛将环境理解为“观察者的外部世界”的观点。②

特别意味深长的是，伯林特从西方传统哲学的高度剖析了对象化环境观的思想根源，他称之为“心—身二元论最后的幸存者之一”。环境绝不是“我们可以从远处凝视的一个遥远的地方”，“因为不存在外部世界，没

① Berleant Arnold：*The Aesthetics of Environment*，Temple University Press，1992，pp. 3 -4.

② Ibid.，p. 191.

有外部；同时也没有一个内部的密室，我在那里能够躲避来自外部力量的伤害。知觉者（心灵）是被知觉者（身体）的一个方面，人与环境是连续的"[①]。我们知道，从柏拉图哲学开始直到基督教神学，西方思想一直相信人类有一个基本特征：人类的心灵或灵魂在身体死亡之后可以继续存活。这种信仰导致的理论难题是心灵与身体的二元论：身体有死而灵魂永恒。笛卡儿继承并发展了西方传统的心—身二元论，在其《第一哲学沉思》之六中他争辩道：我有一个明白而清晰的关于我自己的观念，一个思维着的非广延的事物；还有一个对于身体的明白而清晰的观念，它是一个广延的、非思维的事物，二者的特征正好相反。笛卡儿的结论是：心灵可以离开其外延的身体而存在。总之，心灵是不同于身体的实体，其本质是思维。[②] 此后，笛卡儿式的心—身二元论一直是西方哲学和思想界争执不下的焦点问题之一，其中，梅洛－庞蒂的身体现象学比较成功地破除了这种二元论：身体既是感知的对象，又是进行感知的主体，没有能够脱离身体的心灵。伯林特从1970年出版第一部著作《审美场：审美经验现象学》[③]开始，现象学特别是梅洛－庞蒂的身体现象学就一直在他的美学研究中发挥着举足轻重的作用。简而言之，现象学使得伯林特能够比较深入地反思批判西方哲学传统中的一系列的二元论，诸如自然与人为、内在自我与外在世界、尘世与神圣、自然与文化等，他本人则时时刻刻主张超越二元论而走向心身合一、人与环境合一的"一元论"。

从超越二元论的自觉意识出发，伯林特赞同美国超验主义思想家、中国传统山水画等思想资源中的自然观。他认为，这种自然观不仅使人与广

---

① Berleant Arnold：*The Aesthetics of Environment*，Temple University Press，1992，p. 4.

② 参见 GARBER，DANIEL（1998，2003）. Descartes，René. In E. Craig（Ed.），*Routledge Encyclopedia of Philosophy*. London：Routledge. Retrieved July 31，2011，from http：//www. rep. routledge. com/article/DA026。

③ Berleant Arnold：*The Aesthetic Field*：*A Phenomenology of Aesthetic Experience*，Springfield，Ⅲ．：C. C. Thomas，1970.

阔的自然环境和谐，而且把人吸收到自然环境之中。这种意义上的环境，“就是人们以某种方式生活的自然过程，无论人们采用怎样的方式生存在它之中。环境就是被体验到的自然、人们生存其间的自然”。简言之，环境就是“由有机体、知觉和场所构成的、充盈着各种价值的、没有缝隙的统一体”①。对于这种与常识意义上的环境观差别巨大的环境观，伯林特甚至觉得很难用英语来表达它。他提出，英语中当然有丰富的相关词汇可以表示“环境”，诸如“setting”“circumstances”等，但它们都是二元论式的概念；其他一些词汇如“场域”（field）、“语境”（context，也有“环境”的意思）和“生活世界”（lifeworld）或许会好一点；但我们在思考它们时，仍然必须提高警惕，避免对象化、二元论的思维方式。总之，在理解环境、人与环境的关系时，必须警惕和避免西方文化的“形而上学偏见”。

那么，这种意义上的环境与审美又有什么关系？受梅洛－庞蒂知觉现象学的影响，伯林特的着眼点在于“知觉行为”（act of perception）。在他看来，被整合为一体的体验过程是被知觉的，它具有审美维度。“每一个事物，每一个场所，每一个事件，都是被一个知觉灵敏的身体（an aware body）体验到的——这个身体有着感知的直接性和直接的意义。在这种意义上可以说，每一个事物都具有审美因素。而对于一个与事物交融的参与者来说，审美要素总会出场。”② 从这里我们可以看到，梅洛－庞蒂对于身体知觉的论述完全被伯林特借鉴吸收了。因此，我们可以说，伯林特所理解的环境是一种高度审美化的环境。如果我们考虑到格式塔心理学对于梅洛－庞蒂知觉现象学的重大影响，考虑到伯林特的环境美学对于格式塔环境心理学的吸收，③我们甚至可以把伯林特心目中的环境称为“环境格式

① Berleant Arnold: *The Aesthetics of Environment*, Temple University Press, 1992, p. 10.

② Ibid.

③ 伯林特在《环境美学》一书中多次涉及格式塔心理学，参见 Berleant Arnold: *The Aesthetics of Environment*, Temple University Press, 1992, pp. 18、45、90、150。

塔”——既不是客观的、外在的物理环境，也不是主观的、内在的意识世界，而是以身体知觉为中介的、物理环境和意识世界两方面因素的创造性整合。

总之，对于审美因素的考虑扩大了伯林特的环境观，使之超越了瑟帕玛的客观的“物理环境”而成为“环境格式塔”；与此同时，环境新观念则又反过来改造了我们对于美学的理解。环境美学所研究的对象再也不是“环境美学之父”赫伯恩所说的“自然美”，而是环境中存在的无论美丑、无论大小的事物，用伯林特的话来说，就是“环境的知觉特征”；环境美学从此不再是“自然美学”（二者的联系与区别也值得探讨）。在其出版于1991年的《艺术与交融》一书中，伯林特详尽地阐发了他的独特美学观“交融美学”（aesthetics of engagement）；[①] 他的环境美学就是这种美学观在环境审美上的合理延伸，所以，他也把自己的环境美学称为“交融的环境美学”（an environmental aesthetics of engagement）。[②] 国内学者对于英文词语“engagement”有不同的翻译，诸如“参与”“介入”等，笔者根据中国古代诗论“情景交融”的说法，一般翻译为“融合”或“交融”——如果说中国古代美学所说的“意境”或“境界”的基本特征就是“情景交融”，伯林特的“环境格式塔”也可以称为“意境”或“境界”：它不是单单“在物”的“景”，也不是单单“在心”的“情”，而是“情景交融”的“意境”。[③]

在宏观勾勒环境美学的整体理论图景时，学术界一般将之划分为两种理论立场：一个是以伯林特为代表的“交融立场”，另外一个是以卡尔森为代表的“认知立场”。两种立场的美学观不同，环境观则差异更大，对

① 参考 Berleant Arnold：*Art and Engagement*，Philadelphia：Temple University Press，1991。

② Berleant Arnold：*The Aesthetics of Environment*，Temple University Press，1992，p. 13.

③ 王夫之：《薑斋诗话》提出：“情、景虽有在心在物之分，而景生情，情生景，哀乐之触，荣悴之迎，互藏其宅。”

于艺术欣赏与环境欣赏之间的关系的理解则存在着根本分歧——伯林特认为二者是一致的，卡尔森则基本上是通过对比二者的差异来展开自己的环境美学研究，从而形成了环境美学理论景观中并峙的“双峰”。我们下面来讨论卡尔森。

卡尔森于2000年出版了汇集其主要环境美学论文的著作《美学与环境：对自然、艺术与建筑的欣赏》。① 该书的“导论”首先提出了“什么是‘环境美学’”这个问题。为了回答这个问题，卡尔森开门见山地提出了自己的美学观：“美学是哲学的这样一个领域：它研究我们对于各种事物的欣赏——这些事物影响我们的诸种感官，特别是以一种令人愉悦的方式。”② 卡尔森又将欣赏称为“审美欣赏”(aesthetic appreciation)，因此，美学对于他而言其实就是“审美欣赏学”或“审美欣赏理论”。

促使卡尔森研究环境美学的是一个简单事实：审美欣赏的范围不限于传统观念所认为的艺术，也包括自然和我们的各种“环境”(surroundings)——其字面意思是“环绕某人或某物的各种事物”，卡尔森将之视为另外一个英文词“environment”(环境)的同义词，也就是说他在二者之间画上了等号，并且经常使用前者(伯林特则不会这样使用，他主要使用后者，而且不加英语的定冠词“the")。这种环境观决定了卡尔森环境美学的核心问题，其逻辑在于一个“三段论”. 大前提：审美欣赏是审美主体对于审美对象的欣赏；小前提：环境也是审美对象；因此，环境美学的核心问题是：审美主体如何对“环境”进行审美欣赏。卡尔森郑重提出：“在我们对于世界整体的审美欣赏中，我们必须从两个最基本的问题开始，

---

① Carlson Allen：*Aesthetics and the Environment*：*The Appreciation of Nature*，*Art and Architecture*，Routledge，2000. 国内学者杨平翻译了这本书，书名被修改为“环境美学”，四川人民出版社2006年版。

② Carlson Allen：*Aesthetics and the Environment*：*The Appreciation of Nature*，*Art and Architecture*，Routledge，2000，p. xvii.

一个是‘审美地欣赏什么’，另一个是‘如何审美地欣赏’。”[①]这就是卡尔森环境美学所致力探索和回答的核心问题。

我们可能会觉得有些奇怪：“如何欣赏环境”怎么会成为学术问题呢？原因在于，卡尔森发现，环境作为“审美对象”（aesthetic object）与艺术品作为审美对象差异极大。一件艺术品作为审美的“对象”时，欣赏者一般是外在于它而“对”着它、把它作为“象”；也就是说，审美对象在审美主体之外，审美主体也在审美对象之外，二者是相互分离的，最起码是可分的。但是，作为“审美对象”的环境，却无法成为这种意义上的“对象”，因为，“作为欣赏者，我们被深陷于我们的欣赏对象之内”[②]。这里，必须认真注意卡尔森的措辞：在表达“深陷于……之内”这种意思时，他使用的英语是“are immersed within”。对于这个表达式，我们可以从三方面把握：第一，语法方面，它是个被动语态，表明作为审美主体的我们，是“被陷入环境之中”的：我们无法摆脱环境，永远不可能跳到环境“之外”而将之作为“对象”；第二，immerse 这个动词的基本含义是“浸”“泡”“沉浸”“使深陷于”等。这表明欣赏者与环境之间的关系如同一个人浸入水中那样，沉浸其中，密不可分；第三，介词 within 表示“在……的里面”“在……的内部”“在……的范围内”等，它强调的是欣赏者只能在环境之“内”而不能在它之“外”。

之所以不厌其烦地详细解析卡尔森的英文表达方式，是因为他对环境这种“审美对象”的独特性有着非常清晰的认识，而这种认识反过来又成了他的环境美学研究的立足点和出发点。因为我们只能“在环境之内欣赏环境”，所以造成了以下连锁效应。第一，当我们运动时，“我们就改变了我们与它的关系，同时，也改变了对象自身。”这就意味着，审美对象是

---

① Carlson Allen：*Aesthetics and the Environment*：*The Appreciation of Nature*，*Art and Architecture*，Routledge，2000，p. xviii.

② Ibid.，p. xvii.

不断流动变化的，这使“如何欣赏”这个问题变得更加困难；第二，因为审美对象是“我们的环境”，“欣赏对象冲击着我们的所有感官，当我们居留其间或在它之中移动时，我们目有所观，耳有所听，肤有所感，鼻有所嗅，甚至也许还舌有所尝。简言之，审美欣赏一定是由对于环境欣赏对象的体验所塑造的，而这种体验一开始就是亲密的、整体的且无所不包的”①。这就意味着，“审美地”（aesthetically）欣赏独特的审美对象，需要有独特的审美感官。我们知道，传统西方美学理论认为，人的感官有两种是高级的，即视觉与听觉；而嗅觉、味觉和触觉则是“低级的”。② 这种感觉等级制在环境美学里被初步打破了，这无疑是美学理论的一个突破。

总之，在卡尔森看来，环境这个审美对象其实就是“世界整体”（world at large），它时时刻刻处于运动变化的过程中；它既不是某个艺术家有意识地设计、创作的“作品”，也没有明确的时间界限和空间边界。凡此种种都表明，它只不过是一个“潜在的”审美对象。为了把握其审美性质和意义，我们必须重塑我们的审美欣赏力。卡尔森的这些论述使我们很容易联想到伯林特《环境美学》（1992 年）第一章的标题“环境对于美学的挑战”。环境审美体验与环境审美欣赏（伯林特主要讲“环境体验”，而卡尔森则主要讲“环境欣赏”，尽管他也偶尔使用“体验”一词）在某些根本之处冲击着、修正着传统美学观，正在促使美学观调整与重塑。

三　环境美学的美学史意义：美学的三重转向

初步厘清了环境美学的工作性定义、环境观、美学观、环境美学的关

① Carlson Allen：*Aesthetics and the Environment*：*The Appreciation of Nature*，*Art and Architecture*，Routledge，2000，p. xvii.

② 相关讨论可以参见程相占《论身体美学的三个层面》，《文艺理论研究》2011 年第 6 期。

键词和基本问题之后，我们下面尝试着发掘一下这种新兴美学理论的美学史意义。

（一）美学的生态转向

从社会思潮的角度来说，环境美学产生于20世纪60年代以来日益强劲的全球环境运动之中，可以视为这一运动的一部分。以1962年出版的雷切尔·卡逊的《寂静的春天》为标志，环境运动从社会政治、经济模式、文化思想、生活方式等方方面面，批判工业化所造成的严重危害，特别是对于环境的严重污染与破坏，反思环境危机对于人类文明的践踏及其恶果。因为环境危机又被称为“生态危机”，所以，环境运动基本上可以等同于生态运动，二者有很多地方是重合的。

作为对全球性环境恶化与生态危机的理论回应，环境美学也高度关注环境问题，从而引发了美学的第一个转向——“生态转向”。从审美对象的角度来说，这种转向应该称为“环境转向”——从艺术品转向各种环境；但就其深层思想底蕴而言，称之为“生态转向”或许更佳。我们这里对作为修饰语的“生态的”（ecological）进行一点说明。作为自然科学之一生物学的分支，生态学所研究的是各种有机体与其环境之间的种种相互关系或各种交互作用。自然科学的主要任务是客观描述“事实”，也就是客观地描述那些“关系”和“作用”。但是，当我们在倡导某种理想的文明形态的意义上提出“生态文明”时，这里的“生态的”就不是中性的事实描述，而是包含着强烈而明确的“价值”取向（事实与价值之间的关系此处无法讨论）。我们知道，人类是众多生命有机体的一种，人类与其生存环境之间的“关系”和“作用”比一般有机体更加复杂，更加多样；环境保护论、生态主义者所强烈批判的“无度地掠夺环境”，无疑也是人与环境各种关系中的一种，即“掠夺关系”（即事实），而这种关系显然应该被批判、被抛弃（即价值）。因此，在今天反思、批判生态危机的语境中，“生态的”这个限定词主要意味着人类与自然环境之间的“和谐共存的伦理关系”——这是一种强烈的价值导向。

笔者的这种论述自有其学理依据。我们知道，英文 ecology（生态学）的前缀是“eco -”，它来自一个希腊词“*oikos*”，其意思是“家园”或“栖居之处”。①任何人与其所栖居的家园的关系，无疑都是亲近的、和谐的。环境美学所提出的一些概念或理论命题如“环境美”“环境审美欣赏”“环境审美体验”等，无不表明人与环境之间存在着一种超越功利和占有欲望的、纯粹的“审美关系”；环境美学强调的正是这种审美关系。伯林特的《环境美学》在介绍海德格尔的“栖居”思想时提出了一个反问：“这难道不是所有艺术的条件和审美的终极目标吗?”② 简言之，环境美学的思想主题在于为人类构建可以安乐栖居的家园，也就是“人性化环境”，所以在进行理论探讨的同时，也有大量地方涉及环境设计与环境规划。

明白了这个理论主题，就不难理解为什么大部分环境美学著作中都会不同程度地涉及生态问题。比如，卡尔森特别强调生态科学与生态知识在环境审美中的决定性作用；瑟帕玛在其《环境之美》一书第二版的“附言”中特意增加了“生态学与美学”一节，明确指出环境美学“是环境运动和它的思考的产物，对生态的强调把当今的环境美学从早先有100年历史的德国版本中区分了出来”③。另外一个更加有力的例证是，韩裔美籍学者高主锡（Jusuck Koh）在伯林特环境美学基础上发展出了“生态美学”，即“一种关于环境的整体的、演化的美学”，也可以概括为“生态的环境设计美学”。④明确环境美学所隐含的美学的“生态转向”，不但可以使我们

---

① 参见 Michael Allaby《牛津生态学词典》，上海外语教育出版社 2001 年版，第 135 页。

② Berleant Arnold：*The Aesthetics of Environment*. Temple University Press，1992，p. 159.

③ ［芬］瑟帕玛：《环境之美》，武小西、张宜译，湖南科学技术出版社 2006 年版，第 221 页。

④ 参见程相占《美国生态美学的思想基础与理论进展》，《文学评论》2009 年第 1 期。高主锡原译“贾苏克·科欧”，此处根据韩国姓名习惯予以更正。

更加清醒地认识环境美学的思想主题，而且可以使我们更加准确地辨别环境美学与生态美学的联系与区别。

（二）美学的身体转向

我们都知道人有五种感觉，即视觉、听觉、嗅觉、味觉和触觉，它们分别对应于身体的五种感官，都是身体的组成部分。在西方传统的感觉等级制度中，视觉和听觉通常被视为“高级感觉”，它们一直统治着西方美学理论和艺术实践；而嗅觉、味觉和触觉三者则被视为“低级感觉”。目前，这种等级制已经受到了广泛质疑和批判反思。① 西方的传统形而上学思想为了突出心灵的高贵性，通常在心—身二元论的框架中将所谓的三种低级感觉贬低为“身体的”（bodily）。环境美学已经初步打破了西方传统的感觉等级制度，如卡尔森已经注意到嗅觉、味觉和触觉在环境欣赏中的作用，就是他所说的“肤有所感，鼻有所嗅，甚至也许还舌有所尝”。

真正有意识地打破西方传统心—身二元论框架，突出身体知觉之重要性的，无疑是伯林特的环境美学。我们上文提及伯林特环境美学的哲学来源之一是梅洛-庞蒂的身体知觉现象学。受其影响，伯林特多处论述了身体在环境审美体验中的重要功能，甚至专门认真研究过“审美身体化”问题。伯林特探讨的核心问题是“身体如何参与审美活动”。在他看来，纯粹的身体与纯粹的心灵都是哲学的虚构，应该抛弃心—身二分这个西方传统假设，应该借鉴和吸收身体现象学与佛教传统的身心观，将二者视为一个“多层的心—身连续统一体”。伯林特甚至断言“审美成为身体化的模式”，他还引用了美国当代诗人、女性主义者艾德丽安·里奇的一句名言：

---

① 参见魏家川《从触觉看感官等级制与审美文化逻辑》，《文艺研究》2009 年第 9 期。

“诗歌是传达身体化体验（embodied experience）的工具。”[①] 当然，当代西方已经出现了比较独立的“身体美学”（somaesthetics），那就是另外一位美国学者理查德·舒斯特曼在实用主义美学基础上发展出来的身体美学。[②] 我们可以说，环境美学与身体美学一道突出了身体在审美活动中的重要作用，正在共同促成美学的“身体”转向。

（三）美学的空间转向

西方传统哲学思想一般认为，空间是客观的、量化的、均质的、普遍的、可以运用数学方式来度量的东西，简言之，空间与人的存在无关。但是，在《筑·居·思》一文中，海德格尔以桥为例说明了人与空间是“栖居”关系。他指出：“说到人和空间，这听起来就好像人站在一边，而空间站在另一边似的。但实际上，空间绝不是人的对立面。空间既不是一个外在的对象，也不是一种内在的体验。……人与位置的关系，以及通过位置而达到的人与诸空间的关系，乃基于栖居之中。人和空间的关系无非是从根本上得到思考的栖居。”人栖居于某处，并不是把该处所当作一个外在的对象来认识，而是把该场所当作自己的活动空间；该空间并非与人对立的外在事物，它伸展开来，将人作为一个参与者而包括其中。在海德格尔上述栖居思想的影响下，伯林特也提出了“人类如何栖居在地球上”的问题。他的思路是将建筑视为一种“环境设计”，提出了“建筑必须被无例外地理解为人建环境的创造”这样的命题。在伯林特看来，建筑不是一般意义上的“筑造”，其理论原则应该基于“人类环境的美学”。为此，伯林特区分了都意指“建筑”的两个英语词汇，一个是 buildings，其词根是

---

① Arnold Berleant：*Re – thinking Aesthetics*：*Rogue Essays on Aesthetics and the Arts*，Ashgate，2004，Chapter 6，pp. 83 – 90.

② Richard Shusterman：“Somaesthetics：A Disciplinary Proposal”，*Journal of Aesthetics and Art Criticism*，57（1999）. 该文的译文可以参见［美］理查德·舒斯特曼《实用主义美学》第 10 章，彭锋译，商务印书馆 2002 年版，第 347—374 页。另外参见［美］理查德·舒斯特曼：《身体意识与身体美学》，程相占译，商务印书馆 2011 年版。

build，也就是“修建”或“建造”；另外一个是 architecture，特别是那些乡土建筑，可以“反映人们的心境以及他们生活世界的质量”，所以，这种意义上的建筑对于人类学和哲学都具有中心意义：它植根于人类各种创造和生存需要的基础上，界定并包含了一个问题——人类如何栖居在地球上。

在现象学家中，梅洛-庞蒂对于空间的论述最为详尽。他拒绝接受古典物理学对于视觉空间的经典性说明——空间是在反思中被“客观地”认识到的物理空间。他有一段话被伯林特经常引用：“我们的器官不再是器具，相反，我们的器具是可以拆分的器官。空间不再是笛卡儿《屈光学》中所描述的东西——是各种物体之间的关系网络，例如，被我的视觉所观看到的，或者被一个从外部观看并重建它的几何学者所看到的那样；相反，它是这样一种空间：它从我开始被计算、被估量，而我则是空间性的零位或一阶零点。我并不按照它外部的壳层来观看它，我从内部生活在它之中，我被浸入它之中。毕竟，这个世界是环绕我的一切，而不是在我面前。”经过了现象学的思想洗礼，经典物理学所关注的“物理空间”（physical space）被“空间知觉”（spatial perception）或“空间体验”（spatial experience）所取代，二者之间的差异也就是“欧几里得—牛顿空间”与“爱因斯坦—现象学空间”之间的差异。在梅洛-庞蒂这些思想的基础上，伯林特指出，空间是每种艺术样式都具备的重要审美维度；但是，空间在“绘画与环境知觉中更为显著，在这里，空间是一个中心要素”。伯林特的环境美学主要研究的对象就是环境知觉，作为其“中心要素”的空间，自然就成了他的环境美学的主题。

总而言之，环境美学的出现提出了一系列重大的美学理论问题，促成了美学的生态学转向、身体转向和空间转向，对西方美学传统提出了严峻挑战，其美学史意义值得我们认真研究。

Environmental Aesthetics' Innovation and Three Turns in Aesthetics

Cheng Xiangzhan

Abstract By enlargement of the subject matter and scope of aesthetics from art to environments and objects in environments beyond art, environmental aesthetics proposes and justifies a new conception of environment, a new conception of aesthetics and various kinds of models of environmental appreciation and environmental aesthetic experience. Environment is not only physical surroundings or setting in its common sense, but also environmental Gestalt perceived by human agent; Aesthetics is not only the philosophy of beauty, but also the theories of aesthetic appreciation and experience; To appreciate environments appropriately and aesthetically needs proper models of aesthetic appreciation. The relationship between aesthetics and environment becomes closer today because environment enlarges the research field of aesthetics and aesthetics promotes a new type of conception of environment, which promotes an effort to overcome the dualism of man – environment and advocates the harmonious co – existence of man and environment. There are three turns implied in environmental aesthetics, which are ecological turn, soma turn and spatial turn.

Key Words environmental aesthetics; ecological turn; soma turn; spatial turn

Author Cheng Xiangzhan, a professor of research center of aesthetics and literary theory of Shandong University, with academic interests in Chinese aesthetics, ecological aesthetics and environmental aesthetics.

生态美学理论建构的若干基础问题

胡友峰

摘要 在生态美学中国话语体系建构中，我们需要厘清若干基本问题。生态世界观的形成与发展问题涉及生态美学的学理基础，生态美学是以生态世界观为哲学基础而建构起来的；生态美学的渊源问题涉及生态美学的起源和学科归属，通过对生态美学渊源的追溯我们可以看到生态美学在学科基础方面在于处理生态学和美学的关系；生态学作为科学，美学作为人文学科，两者结合如何形成合法性也是生态美学理论建构需要解决的一个核心问题；生态整体作为一个大的生态圈，无法通过认知加以把握，通过审美的方式则可以把握这种生态整体性，生态整体性的审美思维模式与中国古典的“空无”思维形成一种会通。

关键词 生态世界观；生态美学渊源；生态美学合法性；生态整体论

作者简介 胡友峰，山东大学文艺美学研究中心教授、博导。

从1987年鲍昌主编的《文学艺术新术语》词典将“文艺生态学”作为新的术语收入其中算起，我国学术界萌生与“生态美学”相关的研究已经超过了三十年的历史。凑巧的是，在1988年，美国韩裔学者科欧·贾科苏（Jusuck Kou）就发表了以“生态美学”为标题的论文。由之，生态美学作为一种崭新的美学形态，已经成为世界美学话语形态中的一个重要组成部分。生态美学在中国的发展也经历了引进介绍、理论建设和生态美学中国话语体系初建三个时期[①]。2007年，国家从发展战略的高度将“生态

① 有关中国当代生态美学的发展历程，笔者在《中国当代生态美学研究的回顾与反思》一文中有着非常详细的描述，参见《中州学刊》2018年第11期。

文明”列入基本国策，并提出建设美丽中国的战略构想，生态美学作为生态文明的一个重要组成部分已经成为我们正在进行的事业。学界认为“生态美学研究迎来新机遇”①。生态美学的蓬勃发展已经成为当今美学研究的一道亮丽的风景线，建构生态美学的中国话语体系时机已经成熟。要建设生态美学的中国话语体系，我们就需要对中西生态美学的理论资源进行梳理，我们要以西方生态美学的发展为参照，弄清楚西方生态美学生成的理论语境、理论资源和内在困境，在此基础上对生态美学的核心概念、范畴和命题进行清理，从中获得启示，为建构生态美学的中国话语体系服务。

通过对西方生态美学理论资源及其问题的清理，我们发现，在当前的生态美学研究中，有以下四个核心问题值得认真研究，这四个问题是生态美学理论建构的基础性问题。它们是生态世界观的形成与发展问题、生态美学的渊源问题、生态美学的合法性问题、生态整体论问题。

一　生态世界观的形成与发展问题

生态美学的产生与西方生态世界观的形成密切相关。世界观是人们对世界整体的一种看法，“对世界整体的看法构成了对这个世界中具体事物看法的基础”，世界观直接影响到对这个世界中具体事物的看法，具体事物之间是相互联系的，还是分割断裂的，都与世界观问题密不可分，世界观是一整套严整的逻辑体系，“世界整体性质具体精致化为一套严整的理论”②，生态美学是在生态世界观影响下发生和发展起来的。20 世纪以来，由于地球生态环境遭到破坏，西方的一些学者把生态问题提升到世界观的

① 《中国社会科学报》2018 年 12 月 7 日以此为题目发表述评，认为新时代发展生态文明，建设美丽中国，为我国生态美学研究提供了新的机遇与广阔前景。

② 张法：《中西美学与文化精神》，中国人民大学出版社 1994 年版，第 12 页。

角度来思考，从而建构了一种生态型的世界观，这种世界观把世界看作一个系统的整体，这个系统具有有机性和系统性特点，单个生命只有在这个系统中才能够获得有效性。在生态世界观的发生发展过程中，德国学者恩斯特·海克尔生态学概念的提出、欧美国家的浅层生态运动、挪威学者阿伦·奈斯深层生态学理论、美国学者蒂莫西·莫顿（Timothy Morton）黑暗生态学观点的提出对生态美学理论建构影响较大。

德国的博物学家恩斯特·海克尔首先提出了“生态学”这一术语。1869 年 1 月，海克尔在耶拿大学哲学系所做的演讲中对“生态学”进行了界定：“我们通过‘生态学’一词来指涉这样一种学问：它涉及自然经济学的全部知识体系，包括动物及其有机环境之间的全部关联，即整个自然经济系统中动植物之间友好的与敌对的、直接的与间接的关联。一言以蔽之，生态学是一种研究达尔文进化论中作为生命体生存条件的复杂关联的学问。”① 这句话就已经说明生态学是对生命有机体的研究，是一种对系统的整体性的有机生命体的研究，海克尔所提出的“生态学”概念，为生态美学的发展做了理论上和术语上的准备。它意味着西方世界观从之前的物质本体转向生命本体，西方哲学从之前关注物质实体转向关注生命问题。

20 世纪 50 年代以来，随着发达资本主义国家科技的飞速发展，人类对自然的干预和控制也越来越严重。能源消费、环境污染、资源枯竭等生态环境问题日益严重，成为社会发展的“公害”。美国作家莱切尔·卡逊的《寂静的春天》、德内拉·梅多斯等的《增长的极限》对工业文明对生态环境的破坏所造成的后果进行了描述和批判，特别是《寂静的春天》的出版使得美国颁布了一部有关环境保护的法律。针对环境污染和资源消耗，发达资本主义国家制定了一系列法律法规来保护生态环境，它们的目

① Stauffer, Robert C. Haeckel Darwin, and Ecology: The Quarterly Review of Biology1957, 32 (2): pp. 138－144. 转引自曾繁仁《生态美学基本问题研究》，人民出版社 2015 年版，第 4 页。

标是“反对污染和资源消耗，其中心目标是保护发达国家人民的健康和财富”①。这是一种浅层的生态运动，它将人类的利益放在首位，在不侵害人类利益的情况下改善人与自然之间的关系，这是一种典型的“人类中心主义”观点。

1967 年，怀特（Lynn White Jr）发表了《我们生态危机的历史根源》一文，将西方生态危机的根源归结为西方历史及其文化的原因，古希腊哲学的科学理性精神及中世纪基督教哲学是生态危机的历史根源，从此开启了生态研究的人文向度。阿伦·奈斯于 1973 年在《探索》杂志上发表《浅生态学运动和深层长远的生态运动：一个概要》一文，提出“深生态学”的重要概念。所谓“深生态学”，对应的则是“浅生态学”，阿伦·奈斯在文中明确区分了浅生态学运动和深生态学运动。浅层生态学是一种环境保护政策，而深层生态学则在于提升人类的“生态智慧”，人类“生态智慧”在不同的时代有着不同的要求，因而深生态学运动则是一项未竟的事业。奈斯分析后认为“深层生态学”具有以下七个主要特点：第一，反对人处在环境中心，支持人与环境的和谐共生。第二，生物圈平等原则。生态圈生物包括人在内都是平等的。第三，多样性和共生原则。多样性增强了生存的潜力，增加了新生活方式的种类，使生命形式丰富多彩。第四，反等级态度。等级制度约束了自我实现的潜力。第五，反对污染和资源消耗。深生态运动要担负起伦理责任，旗帜鲜明地反对环境污染和资源消耗。第六，复杂却不混乱。生物圈中的有机体，其生活方式和相互作用，呈现出高度复杂性，因此要把它当作一个庞大的系统来考虑。第七，区域自治和分散化。区域自治的加强有助于减少能源消耗，而减少决策层级链的环节则有助于加强区域自治。深生态学重视生态环境保护中的区域

① Arne Naess：The Shallow and the Deep，Long – Range Ecology Movement：A Summary. Inquiry，1973，16（1）：pp. 95 – 100.

自我管理以及物质和精神上的自我满足。

阿伦·奈斯强调深层生态学运动的规范和趋势不是通过逻辑推演或归纳法从生态学中派生出来的，而是要确定一套生态原则的行为规范。他认为生态运动应该是生态哲学的，而不是生态学的，生态学是一种科学，而生态哲学则是一种人文学科，生态的危机科学是无法解决的，只能诉诸“生态智慧”的生态哲学方法。阿伦·奈斯认为在生态主义（浅层生态运动）的名义下，很多偏离深层运动的做法都得到了支持，一个是片面强调污染和资源消耗，另一个是忽略了欠发达国家和发达国家之间的巨大差异而倾向于一种模糊的全球策略，但实际上地区差异会在很大程度上决定未来几年的政策。①

深层生态学是对浅层生态学人类中心主义的反驳，特别是对生态知识的超越。这里的“深”，指的是将人类意识中的深层“生态智慧”发掘出来，培养出具有生态意识的生态公民，从而达成人的自我实现的价值。奈斯认为，自我须经历“本我—社会自我—生态自我”三个阶段，在生态自我阶段人与自然之间实现和谐共生的关系。这实际上也是一种自然的“人化”，它不是通过物质实践——劳动来追求自然的人化，而是通过对人类意识的生态改造来追求人对自然的干预，最终实现人与自然的共生共荣，这是一种现象学—存在主义阐释路径。这种阐释路径从自然生态、社会生态层面走向了精神生态层面的把握。要解决当今日益突出的生态危机，深层生态学给出的答案是塑造具有“生态意识”的人，这是一种典型的人文主义的阐释方式，相对于浅层生态学的“人类利益”，深层生态学突出了“人的生态精神”的培养和陶冶，但是两者之间的共同之处就在于把“人”作为生态世界观的核心，两者的基本思

① Arne Naess：The Shallow and the Deep，Long－Range Ecology Movement：A Summary. Inquiry，1973，16（1）：pp. 95－100.

路还是将自然“人化”。

美国学者蒂莫西·莫顿（Timothy Morton）认为，真正的深层生态学应该是他所指称的“黑暗生态学”。在组成《祛魅自然生态学——重思环境美学》一书的三篇文章中，莫顿认为，环境思维的主要障碍是自然本身的形象。生态作家提出了一种新的“生态”世界观，但他们对保护自然世界的热情使他们远离了崇敬的“自然”，这个问题是我们身处其中的生态灾难的征兆。他提出了一个看似矛盾的问题：要有一个恰当的生态观，我们必须彻底放弃对自然的看法，恢复自然的本真样态。全书最重要的部分是第三章《祛魅自然生态学的假想》，莫顿提出了一种全新的生态批评形式：“黑暗生态学”（Dark Ecology）①。在黑暗生态学看来，生态学要祛除人类加在自然身上的无穷意义，要恢复自然的本真样态，自然不应该作为人的一种审美幻想存在，而应该有自己的本真存在，黑暗生态学采用的祛魅自然的方法，将人类加在自然身上的各种“魅”去掉，恢复自然本真，这在一定程度延续了环境美学家齐藤百合子、加德罗维奇和巴德的“以自然的方式欣赏自然”的自然欣赏模式，但是“黑暗生态学”肯定“怪诞”作为自然的本真样态，认为“自然的秽物”是自然世界的真实存有，自然并不是人类审视自身的“镜子”，不是“他者”，而具有自己的本性。莫顿批判“深层生态学”作为“生态智慧”（ecosophy）具有人本化的倾向，提倡“无自然的生态学”（ecology without nature）和“无环境主义的生态学”（ecology without environmentalism）。“黑暗生态学”彻底反思了环境美学的“人”对自然的介入，强调保持自然的本真和神秘性，要保持自然的本真样态，就必须消除人类强加自然的意义和对自然本身的人工改造，强调要使自然“去中心化”和背景化，让自然远离人类的想象，如此自然才能成

---

① Timothy Morton：*Ecology without Nature*：*Rethinking Environmental Aesthetics*，Harvard University Press，2009，p. 181.

为“真正生态的”。

从生态学概念的提出，到浅层生态学，再到深层生态学，最后到黑暗生态学，生态世界观发生了巨大的转移，这种转移的最大特点就是从人的因素逐渐退却，而自然的因素逐步上升。在浅层生态学中，人类利益居于中心地位；在深层生态学中，培养具有“生态意识”的公民成为其思考的重心，这两者具有内在的一致性，就是将“人”放在生态学的核心位置，而在黑暗生态学看来，要以“自然”为中心，承认自然的“污秽”，要使自然去“人”化，自然才能是真正“生态”的。西方生态世界观从“人”转移到“物”，意味着承认人不再是万物的中心，认为万物平等，自然与人一样具有生命的价值与权力。生态世界观的转变对生态美学的理论建构意义重大，生态美学建构的理论依据从科学的生态学转向人文的“生态智慧”，再走向按照自然的方式建构生态美学，这是生态美学理论建构的内在逻辑理路。在不同生态世界观的指引下会形成不同的生态美学建构方式。以生态学为基础，建构了科学型的生态美学（比如卡尔松的科学认知主义的生态美学）；以“人化”的深层生态学为基础，建立了生态存在论的生态美学（比如曾繁仁教授的生态美学自觉追求生态观、人文观和审美观的统一），蒂莫西·莫顿的黑暗生态学肯定自然的“怪诞”因素，保持自然的神秘性，这与西方当代环境美学中“以自然的方式欣赏自然”是一脉相承的。

二　生态美学溯源

上面分析了生态世界观的形成与发展，它是生态美学得以产生的哲学基础，那么，生态美学又是如何产生的呢？国内从事生态美学理论研究的学者认为，生态美学是中国的首创，国外没有关于生态美学的理论著述。

汝信和曾繁仁先生就认为生态美学是我国学术界的首创，生态美学研究在国际上是一个空白，生态美学的理论建构无论是从理论方面还是实践方面来说，其意义都是巨大的[①]。这其实是由于语言的隔阂而造成的一种误解。事实上，从国际范围来看，在标题中首次出现“生态美学”（ecological aesthetics）的文献是美国学者米克发表于1972年的《走向生态美学》一文[②]。这篇论文是米克出版的著作《生存的喜剧——文学生态学研究》中的第六章，题目就是“走向生态美学”。在文章中，米克首先回顾了理论美学的历史，认为“艺术和自然”的论争一直主导着这段历史，美学理论在传统上就强调艺术创作和自然创造的分离。艺术被看作人类灵魂“更高级的”或“精神化的”产品，不能和生物学中“低等的”或“动物”的世界相混同。无论把艺术看作非自然的，还是声称在艺术中看到人类精神对自然的超越，这两种观点都扭曲了自然和艺术的关系。米克认为达尔文的进化论使人们对生物进程有了进一步审视，并意识到人类中心论高估了人类精神性的同时低估了生物复杂性，动植物和人类的关系比之前想象得更紧密。因此有哲学家尝试从生物学知识的角度重新评估美学理论并产生美学概念的修正，生态美学的概念就呼之欲出。这一切表明，当艺术形式具有类似生物有机体的结构完整性时，才会表现出色，艺术作品也有自己的骨骼和生理机能，也有决定相应良好状态的内部平衡。米克认为这一思路是卓有成效的，有助于消除一直以来自然和艺术的错误对立。文中米克引用了古希腊神话中神创造人和动物生命的故事，去论证在人类看来野生动物比人类自身更具审美愉悦性，人

---

① 曾繁仁在《论我国新时期生态美学的产生与发展》（《陕西师范大学学报》2009年第2期），汝信在给曾繁仁先生的专著《转型期的中国美学》所写的序言中均提及生态美学是我国的首创。刘成纪在《生态美学的理论危机与再造路径》（《陕西师范大学学报》2011年第2期）一文中对这种首创论及其中西生态美学的差异进行了论述，认为由于语言的隔阂，西方生态美学先于中国生态美学而产生，但是中国生态美学的理论建构并没有受到西方的影响而呈现出自己独特的创新性。

② Meeker J. W：*The Comedy of Survival*：*Studies in Literary Ecology*，Charles Scribner's Sons，1972，p. 119.

类对美丑的概念是建立在自省的基础上的。面对美学中一些长期没有解决的问题，如怎样区分美丑，标准又是从何而来等，米克认为美学理论如果在“美”的定义中融入自然的概念，以及借鉴部分当代生物学家和生态学家已经形成的自然和自然过程的概念则会使美学更加有效。米克还提倡打破人文和科学的界限，跨越科学和人文的鸿沟，因为无论是哲学家还是科学家的研究，都在用不同的研究方法去力证人类对视觉形式的审美愉悦取决于对形式生物完整性的感知，有机体的形象在自然或艺术中都是具有视觉美感的。在该文中，米克也探讨了生态学和艺术的平衡，认为伟大的艺术作品和生态系统很相似，之所以给人以满足感是因为它提供了一种综合体验，把高度多样化的元素融入了一个平衡的整体。对生态系统来说高度的复杂性和多样性也是维持生态系统整体的必要条件。而从美学价值上说，人类对美的感觉也是日益满足于每一个前进阶段的演进多样性的。米克认为美学和自然的生态概念之间的相似性能使二者互补，且能共同改变一直以来由于过分简单化地看待自然而造成自然美学不被重视的历史。米克从全新的角度把生态学看作调和人文和科学研究成果的一个前所未有的机遇，是一种全新而强大的现实模式，它阐释了人类和自然环境的相互渗透性——人类和自己的作品都是世界生态圈的元素，而自然过程为人类思想和创造提供基本的形式①。米克这篇论文信息量极大，他一方面引入生态学的概念改造美学的传统，将美学从艺术哲学中解救出来，另外通过自然与艺术的对比，将生态美学研究的核心概念——生物多样性问题提了出来，并将生态美学看作一种跨学科的研究手段。但值得注意的是，这篇文章发表于1972年，与赫伯恩开启环境美学开端的名文《当代美学及其对自然美的忽视》相隔了六年，表面上看米克的文章似乎是一篇有别于环境美学的“生态美学”论文，但是文章中称

① Meeker J. W：*The Comedy of Survival*：*Studies in Literary Ecology*，Charles Scribner's Sons，1972，pp. 119 – 131.

一些哲学家“试图根据生物学知识重新评审审美理论”，并重构审美理论，通过艺术美与自然美的比较来建构其“生态美学”形态，因此，他并没有超出赫伯恩、卡尔松等环境美学的理论框架。因此，加拿大学者卡尔森认为，真正担当“生态美学之父”的应该是美国生态学家利奥波德。如果利奥波德是生态美学之父，那么，生态美学的诞生年份需要推演到1949年其代表作《沙乡年鉴》的出版①。利奥波德倡导的生态整体思想为生态美学提供了有力的理论支持。利奥波德特别强调“荒野”价值和大地伦理问题。首先，利奥波德认为荒野不仅具有娱乐价值，还具有生态学价值、美学价值和文化价值。荒野是一种只会减少而不能增加的资源，人类要承担起保护荒野原样存在的义务并重新建立人与自然的关系。其次，利奥波德在大地伦理学中探讨了审美与伦理学的关系。他认为人类在对待生态环境时要做“有助于维持生命共同体的完整、稳定和美丽的事情，就是正确的，否则就是错误的”，“美”成为生命共同体的一个重要特征，人类有伦理责任维护大地之“美”。再次，利奥波德的生态美学扩大了审美对象的范围，认为一切自然环境都可以成为审美对象，并提倡审美活动时多种感官的综合参与。最后，利奥波德探讨了审美与生态学、生物学知识的关系，他认为科学知识可以改变和强化人们的感知，但也并不能保证正确地欣赏大地之美，因为人对大地的热爱才是最重要的。除此之外，利奥波德还提出了生态观教育，即教育应该培养公民的生态意识，树立他们的生态整体观念，在欣赏自然的同时，获得生态审美的愉悦感。利奥波德的生态美学在西方产生了深远影响，被评价为“一种新的自然美学，是第一个建立在生态和自然演化史知识上的自然美

---

① Leopold Aldo: *A Sand County Almanac: with Essays on Conservation*, Oxford University Press, 2001.

学”①。这种新型的自然美学其实就是生态美学，利奥波德在书中论述了美学与生态学的关系、生态审美问题，以及生态审美教育问题，但他本人却将自己的美学称为“保护美学”（conservation esthetic）而不是生态美学。但是从精神实质来看，利奥波德的美学具有了生态美学的精髓。利奥波德与米克的共同倾向都是将生态学观念和知识运用到美学之中，其关键都是处理生态学与美学的关系问题，可以视为西方生态美学的渊源。

如果说西方生态美学在建构的初期强调生态学知识在美学理论建构中的作用，并没有将环境美学与生态美学严格地区分开来，那么，中国生态美学的理论建设者并没有将生态知识作为一个严格的要素加入生态美学的理论架构，中国生态美学家习惯从生态哲学的思维范式出发，从生态哲学直接推演出生态美学，这可能与中国美学的学科归属有很大的关系。美学作为哲学的一个二级学科，从哲学到美学是一个言之成理的演进过程，德国学者汉斯·萨克塞的《生态哲学》（汉斯·萨克塞：《生态哲学》，文韬、佩云，译，东方出版社1991年版，该著提出的反对“人类中心主义”的观点一直是中国生态美学理论建构的核心观念）和海德格尔的存在论哲学成为中国生态美学理论建设者首要的理论资源，反对人类中心主义的观念、人与自然和谐统一的理念等成为中国生态美学理论建构的核心命题，这与中国生态美学建设者的学术背景有很大的关系，即面对实践美学的“人化自然”的理论难题，从实践的层面难以解决自然美的难题，而生态美学理论建设者则依从生态哲学（在一定程度上是奈斯的深层生态学观点），从“反对人类中心主义”观念出发，阐释了“人与自然和谐共生”的美学理念，这是一种哲学反思层面的生态美学建构范式，与西方从生态知识学出发的建构方式迥然不同。

---

① Callicott，John Baird：Leopold's Land Aesthetics. Journal of Soil and Water Conservation，1983，38：pp. 329 –332.

三 生态美学的合法性问题

前面从词源学和内在精神实质方面追溯了生态美学的渊源，其实真正将生态学知识与美学进行连接的是美籍韩裔学者科欧·贾科苏。他在《生态美学》一文中，分析了传统的以“形式”为核心的景观美学、现象学美学和生态美学之间的区分，认为生态美学的基础是生态设计论和创造论，并提出了生态美学的三条基本原则：包容性统一原则、动态平衡原则和补足性原则。包容性统一就是人与环境之间的相互作用，两者之间形成一个生态场域，生态设计要关注人与环境之间的互动；动态平衡是对传统形式主义以“如画”原则为核心的景观美学的超越，景观美学是一种静态的平衡原则，强调的是一种“静观”，而生态美学的动态平衡则强调生态设计及其设计过程的“不对称”“不平衡”，“动态平衡原则要求设计师将重心从传统的形式顺序转移到过程的顺序上”，“动态平衡原则指的是创造过程中产生的质的不对称性和审美形式的不对称性，因此这一原则将西方静态、形式平衡与东方美学的动态、质的平衡结合起来”；互补性原则既反映了世界的整体观，即主体和客体、时间和空间的不可分割性，又反映了创造力的整合性，将创造的意识和无意识整合起来，同时也整合了西方的形式美学和东方的否定论美学①。贾科苏的生态美学具有非常强烈的生态学色彩，但是将生态学这门科学与美学这门人文学科融合起来形成的生态美学有没有合法性呢?

在这方面，西方学界的生态友好型美学就试图解决这一理论难题。解决方式，简而言之就是发掘生态学与美学的内在关联，将生态学的知识作为一种理论语境，通过提高生态审美感受力来建构生态友好型的美学，将

① Koh. J：An Ecological Aesthetic. Landscape Journal，1988（7）：pp. 177 – 191.

生态学知识作为一种语境因素而不是科学知识，从而解决了生态美学的合法性问题。

1995 年，美国学者戈比斯特（Paul H. Gobster）发表了《利奥波德的生态美学——整合审美价值与生物多样性价值》① 一文，试图将审美价值与生态价值联系起来。该文的思路是讨论传统审美偏好制约下的审美价值与包括生物多样性价值在内的生态价值之间的矛盾冲突及解决途径。作者认为日益增长的公共需求引起非商业价值的扩展，新的林业和生态管理策略应运而生来应对公众对生态多样性的关注，但是在管理多种非商品价值如生物多样性和美学中的潜在冲突却几乎没有提及。作者用三个实例来证明非商品价值之间的冲突，从而表达了健康多样化的森林在美学上未必总是令人愉悦的这一矛盾，认为提高生物多样性的实践可能和提升视觉品质或减轻森林砍伐视觉影响的做法相抵触。作者认为要解决这一矛盾，把森林美学的目标更成功地和生态系统的健康与生物多样性相融合，需要森林的管理者开拓自己在森林景观美学方面的思路。在文中，作者论述了影响深远的风景美学和利奥波德的生态美学的本质区别：前者对审美愉悦的追求是初级的，仅仅从欣赏风景中获得而不关乎其生态完整性，而后者的愉悦感来自景观并知晓它是生态“健康的”，是生态整体的一部分。人和景观的互动结果是生态美学中最重要的部分。作者高度评价了利奥波德的生态美学对解决风景审美和生物多样性价值冲突方面的指导和启示，也提出了自己把生态思想和森林美学的规划、项目发展和管理有机融合的建议。这些可能的途径包括拓展风景长廊项目的概念、把背景因素融入生态管理、展示一种显著经验性的特质、通过生态设计来展示生态美、为理解可持续的森林生态系统实践提供信息、帮助公众更深度地理解和感受生态美，等等。戈比斯特还强调体验，即人们用心灵和感情去理解、欣赏并最

① ［美］阿诺德 · 柏林特：《生态美学的几点问题》，李素杰译，《东岳论丛》2016 年第 4 期。

终有目的地落实在环境上，是生态美学的核心要素，也是使用和接受可持续森林生态系统管理的关键因素。在这篇文章中，“生态美”虽然提出，但对它的进一步论证还没有体现。

两位美学学者于 2001 年合编了一本论文集《森林与景观——将生态学、可持续性与美学联结起来》①，该论文集的作者来自加拿大、美国和英国。书中除了回顾利奥波德提出的生态美学的发展状况和日后的发展前景之外，主要认为生物多样性、生态系统平衡与生态美景、大众的审美偏好之间的矛盾并非像想象中一样不可协调。如果能更加全面地解读审美在景观规划，在构想、衡量及解决相关问题方面表现出来的内容，或许能为处理审美和可持续性生态价值之间的已知冲突提供一个新思路。作者认为应该避免非此即彼的二元结构，在更为宽泛和多元价值框架内减少审美和可持续性的矛盾和冲突，这需要考虑到这些多元价值观各自的合理性，发掘它们各自有利的因素，并将它们整合到一起实现人与自然可持续发展的共同目标。作者呼吁通过增加对话和沟通，并避开个人偏好的美学评价方法，真正从生态美学的角度客观处理森林景观方面的问题。该书同时认为，森林资源管理必须既考虑林木采伐管理计划的各种审美后果，又考虑公众对于森林生态系统管理的可持续之感知。文中作者认为联结可持续性生态价值和美学是机遇与挑战并存的，这或可引领可持续的森林管理模式在美学维度上的一次新变革。2007 年，戈比斯特等四位美国学者联合发表了论文《共享的静观——美学与生态学有什么关系?》②，这篇文章探讨了美学与生态学的关系以及生态美学的可能性。作者认为美学在理解和影响景观变化方面具有重要作用，美学和生态学之间是对立还是互补的关系将

① Gobster，Paul H. Aldo Leopold's Ecological Esthetic：Integrating Esthetic and Biodiversity Values. Journal of Forestry，1995，93（2）.

② Sheppard. S. R. J. and H. W. Harshaw，eds：*Forests and Landscapes*：*Linking Ecology*，*Sustainability and Aesthetics*，CABI Publishing，2001.

以不同的方式影响景观。从景观的角度考虑，美学和生态学在很多方面存在关联和互动，美学有助于预测景观改变以及其对环境的冲击，比如审美体验能促进景观的改变，景观可感知的审美价值能影响人们对生态质量的关注等。另外，就审美体验与生态功能的分离这个美学和生态学论战的中心问题，作者提出了可能的解决方法，赞同拓宽景观美学的范围以显示生态进程的合作理念，同时也探讨了在景观审美偏好与生态目标发生冲突时，前者能否从实践和理论的角度做出改变，以及有利于生态健康的景观能否从满足审美偏好的角度来设计等。作者用景观中人和环境的互动模式来阐明美学和生态学的关系，认为景观模式在人类感知的范围内提供了生态信息，景观感知和知识在审美体验中扮演重要角色。景观的生态学价值在于它能给懂得欣赏生态现象的人以愉悦感等，但是作者没有对从生态学价值的认可衍生出的愉悦感是否是审美体验这一美学和生态学争论的核心问题进行深入讨论。作者还强调了气氛这一因素对人们景观审美体验的影响，气氛会唤起不同类型的体验，因此为不同的景观和情境设定不同类型的审美体验可能是解决美学—生态的一条途径。在本文中作者探索了怎样通过景观计划、景观设计以及景观管理等方面来建立美学和生态学的理想关系，其生态—美学的概念模式因为强调了生态学与美学的关联，这种立场的美学又被称为“生态友好型美学”（Eco – Friendly Aesthetics）。美国学者林托特2006年就发表了《走向生态友好型美学》一文①。作者建议环保主义者破除自然界的神话和误解而使个人趋于生态友好，通过真正了解自然、祛除对自然的恐惧以及了解基于何种背景自然才会变得友好，人们可以逐渐审美地欣赏原来似乎不可能欣赏的自然。林托特认为审美吸引力对环保主义者来说是一个极有价值的工具，其潜力是远超科学教育的，因此

① Paul H. Gobster，Joan I. Nassauer，Terry C. Daniel and Gary Fry：The Shared Landscape：What Does Aesthetics Have to Do With Ecology? Landscape Ecology 2007，22（7）：pp. 959 – 972.

对生态友好的追求是必要的。对生态友好型美学的研究应该融入共同致力于保护大自然的行动。

生态美学的合法性问题，从学科构成上集中反映为生态学和美学的兼容性问题。从生态学的视角切入美学，就是生态世界观怎样在美学中实现的问题；从美学视角切入生态学，就是如何在践行生态世界观时，并不排斥隶属于感性范畴的主体的体验性和想象性介入，亦即合乎美学作为感性学的内在规定性和相应的学术规范的问题。简言之，就是如何把理性的生态世界观和感性的审美鉴赏有机融合在一起的问题。因此，就要深化生态美学作为一门美学学科的自身理论的思考，避免出现有“生态”无“美学”的尴尬局面。对此，柏林特认为：“生态学的最佳用途是作为一种隐喻来描述环境审美体验的整体主义和语境性特征。”进而指出：“当科学知识使我们对我们的环境交往具有更强的感知力时，它就是与审美相关的，而且能够提高我们的欣赏感受。当生态学或其他科学信息通过拓展我们的知觉意识及其敏锐度来提高我们对自然的知性欣赏和赞美时，它所提供的就是具备审美意义的认知价值。”① 毫无疑问，在柏林特看来，生态学所提供的生态知识，仅仅在提高人的“审美感受力”上起作用。在此种意义上讲，生态学对于生态世界观的建构所起的作用，要通过审美体验才能实现，它只是起到“语境性”的作用，而不是直接起作用。这就有力地规避了在生态学和美学发生学科交叉时，美学因为生态学的掣肘泛化为科学，从而失却了美学作为感性学的学科规定性问题。

四　关于生态整体论的研究

生态美学得以成立的一个核心问题在于生态整体论世界观的确立，生态整体世界观是一种区别于“实体”本体论的世界观，它把世界看作一个

① Lintott Sheila：Toward Eco－Friendly Aesthetics. Environmental Ethics，2006（28），pp. 57－76.

系统的生态整体，这一整体相互联系而不能分割。海德格尔的存在论哲学、生态现象学方法和贝特森的心智生态学等都属于对生态整体论进行研究的学说。

海德格尔所提出的“诗意栖居”“天地神人四方游戏说”等成为生态整体论哲学得以建立的思想基础。存在论生态哲学所遵循的主要研究方法是现象学方法。只有从生态现象学与生态存在论哲学的崭新视角才能理解生态美学。海德格尔的现象学方法建立人与自然须臾难离的“此在与世界”在世模式，创建“天地神人”四方游戏的生态世界观，呼唤解决生态危机的“诗意栖居”。梅洛－庞蒂的身体现象学是生态现象学的新发展，梅勒进一步挖掘了生态现象学的方法，走向学科化的生态现象学。①

如果说上面谈及的生态存在论哲学和生态现象学方法还是从世界观的角度来论及生态整体论，并没有论及生态整体审美论的精神实质，那么，格雷戈里·贝特森（Gregory Bateson）的生态整体论则从生态认知的视角解决了生态系统的整体性问题，从而将生态整体论问题落实到了生态领域。贝特森认为，生态恶化的内在威胁是认识论的错误，人类对自然的控制构成生态恶化的根源。生态学作为科学的局限性也恰恰反映在这里，它通过量化方法来控制和管理自然的思想，非但对拯救生态危机于事无补，而且因其控制自然的思想以量化手段的实施，成为生态困境进一步加剧的直接推手。基于此，贝特森从生态学的局限性入手，通过美学的出场，形成与生态学的互补之势，并引入西方现代科学的理论成果“三论”（控制论、系统论和信息论），形成了他的递归认识论——一种旨在克服人类与自然的割裂状态的整体主义认识论。递归认识论将人类生态系统看作一个自反性的恒温器（reflexive thermostat），恒温器构成一种关于人类持续生存的递归式模型，向我们昭示了这样一种生存状态：人类生活在一个递归性

① 曾繁仁教授对生态整体论的分析主要是从海德格尔存在论哲学和现象学方法入手的。

的世界中，只有在递归性的因果联系下“靠自己生活”（live upon themselves），才能使生存跨越时间的长河而走向持续生存，而在此过程中，生态系统经历或长或短的时间，回到其出发的原点，完成一个递归过程①。递归认识论构成贝特森生态整体论的理论核心，而美学对生态学的介入与修正，构成生态整体论的关键环节。贝特森晚年对生态美学的提出则是其考量生态整体论的直接结果。在贝特森看来，生态学只能解决部分问题，而美学才能洞见生态整体。他提出生态美学的核心就在于解决生态整体性问题，生态美学是自然而然提出的，原因在于，贝特森认为生态学有理论局限性，需要美学对其矫正和平衡，必须使美学和生态学发生学科交叉，在美学与生态学交叉的界面上思考所有的问题。生态学知识只能解决局部的生态危机问题，而生态系统的危机只能通过生态美学加以解决。张法研究贝特森的生态美学后认为：“生态系统具有两个层面，一个是具体时空中的生态系统，可以用生态学的知识来加以把握，二是与具体时空中的生态系统紧密相连的整个地球乃至宇宙生态系统。”② 在具体时空中的生态系统，我们可以通过生态学的知识加以理性干预，建立一种新型的审美感知模式，即建构一种生态美学范式来解决局部的生态危机问题，但这种范式还是一种实体型的审美范式，它无法解决整个地球乃至宇宙生态系统的整体性问题。贝特森则认为我们可以通过审美对总体性的一瞥，能够在无意识当中认识到事物的总体③。张法认为，贝特森的这一观点说明了审美可以把握生态整体，这种把握的方式在无意识领域中实现，“涉及隐喻、诗歌、意象和想象”④，这样，生态整体论才能从世界观的角度落实到审美观

---

① Harries - Jones，P. A Recursive Vision：*Ecological Understanding and Gregory Bateson*，University of Toronto Press，1995，p. 80.

② 张法：《西方当代美学的全球化面向（1960 年以来）》，中国人民大学出版社 2017 年版，第 110 页。

③ 李庆本主编：《国外生态美学读本》，长春出版社 2010 年版，第 176 页。

④ 同上书，第 175 页。

的视野。而正是这种生态整体论的审美观，“让西方生态型美学与非西方的美学比如中国古代美学，会通了起来”①，即西方生态美学的整体性思维与中国古代美学的“空无”思维有了会通的可能性，即通过“实”来思维“虚”，在对眼前生态实景的审美欣赏中体悟到宇宙之美、生态圈之美，中国古典美学中的“象外之象”“韵外之致”等就构成了贝特森生态整体审美可以比拟的范式。

上面分析了生态美学理论建构中几个重要的理论问题，西方生态美学作为中国生态美学理论建构的“他者”和资源，是生态美学中国话语体系建构的重要坐标系。生态美学中国话语体系建构必须建立在中西生态美学理解与对话的基础之上，生态世界观的形成和发展问题、生态美学的渊源问题、生态美学合法性问题及其生态整体论问题也是生态美学中国话语体系建构中需要解决的重要问题。西方生态美学的发展给了解决这些问题的基本思路和参照，如何在借鉴西方生态美学理论原则的基础上建构具有中国特色的生态美学话语体系，是摆在我们每一个美学研究工作者面前的一个理论难题，我也将在《生态美学的中国话语体系建构》一文中予以撰述。

Some Basic Problems in the Construction of Ecological Aesthetics

Hu Youfeng

Abstract In the construction of Chinese discourse system of ecological aesthetics, we need to clarify some basic problems. The formation and development of ecological world view involve the academic basis of ecological aesthetics. The origin of ecological aesthetics relates to the sub-

① 张法：《西方当代美学的全球化面向（1960 年以来）》，中国人民大学出版社 2017 年版，第 112 页。

ject attribution of ecological aesthetics. By tracing the origin of ecological aesthetics, we can see that ecological aesthetics deals with the relationship between ecology and aesthetics in terms of discipline basis. Ecology as a science and aesthetics as a humanities, how to combine the two to form legitimacy is also a core problem to be solved in the theoretical construction of ecological aesthetics. As a large ecosphere, the ecological whole cannot be grasped by cognition, but the ecological integrity can be grasped by aesthetics, thus forming a connection with the classical Chinese thinking of emptiness.

Key Words Ecological World View; Origin of Ecological Aesthetics; Legitimacy of Ecological Aesthetics; Ecological Holism

Author Hu Youfeng, a professor of research center of aesthetics and literary theory of Shandong University.

生态整体的审美何以可能

——贝特森递归认识论下的生态美学思想探微

张惠青

摘要 格里高里·贝特森作为20世纪唯一充分论证了整体主义科学的伟大理论家，将控制论的反馈和递归性理论融入生态学所提出的递归认识论，其晚年对生态美学的开创性思索，为我们提供了一条从“形而下”的角度解决生态整体论的合理路径。生态世界观构成递归认识论的根本理论前提，它以“有价值的生存”作为核心价值观，将生态系统的变化和稳定以及人类的生存和发展，均建立于“有机体与环境加权”式关系模式之上，自然形式也作为“有机体与环境加权”式关系模式的具体化，被阐释为“内在”（心智）与“外在”（自然）的映像关系。生态审美观构成递归认识论的核心，贝特森以被其奉为“生命与环境的终极真理”的三组关系（神圣与美学、美学与意识、意识与神圣）为依托，寄希望于生态美学能够对生态整体问题提出洞见，从而创建了“关联模式”这一抽象的审美模式，以与生态秩序的变化和稳定相协调的方式重新构想了生死节律，完成了对生、死和美的再评价。生态审美模式借由“掠视界面”模型的创建，以一种意识与无意识同构的“叠纹模式”，从深层审美机制层面阐释了递归认识论，其中，差异作为生态系统的变化和稳定的指征，其信息单元成为感知生态整体的“元模式”，生态美学作为响应“元模式”的手段成为“元语境”。

关键词 贝特森；递归认识论；关联模式；生态整体；差异；掠视

作者简介 张惠青，山东建筑大学艺术学院副教授，主要从事生态美学和生态建筑研究。

生态美学是生态文明时代的一种崭新的美学形态，生态整体论是生态美学研究的一个核心问题，曾繁仁教授就认为生态美学“致力于在当代生态文明的视野中建构一种包含着生态整体主义原则的当代存在论审美观”[①]，这说明生态美学作为生态文明时代的美学形态是以生态整体论为基本的方法论原则的。与此同时，生态美学对美学的哲学基础有了新的突破，“生态美学使得美学的哲学基础由传统的认识论过渡到实践哲学，并由人类中心主义过渡到生态整体主义”[②]，生态整体主义构成生态美学的哲学基础，它突破了之前认识论美学和实践论美学研究的“人类中心主义”倾向，同时也突破了西方环境美学的“自然全美”的“生态中心主义”倾向，从而走向一种“生态人文主义”（其中包含了生态整体主义的重要内涵）[③]。曾繁仁教授主要从海德格尔的存在论“此在与世界”的关系，亦即“人在世界之中”存在出发，论证了“生态整体论”问题[④]，从“形而上”的哲学思辨层面为生态美学的发展奠定了扎实的思想基础。

如果我们不是从“形而上”的思辨哲学层面出发，而是从“形而下”的人类审美感知出发，去论证生态整体论问题，就会遇到难以克服的障碍，因为人类的感知和认知能力的有限性决定了在具体时空中把握生态整体的不可能性。美学毕竟是居于“形而上”与“形而下”之间的一门学问，生态美学也不例外，如果仅仅从哲学思辨的层面论证生态美学的生态整体论问题，生态美学就会处于“凌空高蹈”的状态，不能落地。如果生态美学从现实的审美经验出发，从对生态系统的审美感知出发，生态整体

---

① 曾繁仁：《生态美学基本问题研究》，人民出版社 2015 年版，第 111 页。

② 曾繁仁：《中西对话中的生态美学》，人民出版社 2012 年版，第 129 页。

③ 曾繁仁：《生态美学基本问题研究》，人民出版社 2015 年版，第 30 页。

④ 海德格尔通过现象学的方法论述了人的本性在于“在世”与“存在”，人与世界是一个整体，两者存在须臾不可分离的关系。海德格尔在后期提出的“天地神人”四方游戏说更是将这种生态整体主义推进一步，而梅洛－庞蒂通过“身体”进一步地沟通了天与人，身心和物体。他们对生态整体论的论述隐含在他们的思想体系之中，在他们的著述中并没有明确提到生态整体论问题。曾繁仁教授在认真研读他们著作的基础上，提出了生态整体论问题，可谓意义重大。

的不可穷尽性，就会成为制约生态美学发展的理论瓶颈，并直接影响到生态美学的合法性。因此，能否就生态整体进行审美，从而使生态美学真正通达生态精神，成为生态美学研究中的关键理论难题。在这方面，格里高里·贝特森（Gregory Bateson）的递归认识论给我们提供了一条从“形而下”的角度解决生态整体论的合理路径。

格里高里·贝特森作为20世纪最有影响力的思想家之一，也是唯一充分论证了整体主义科学的伟大的理论家，将控制论的反馈和递归性理论融入生态学所提出的递归认识论（recursive epistemology）或生态认识论（ecological epistemology），以及在其生命的最后时刻对生态美学的开创性思索，为打破生态整体论的理论僵局提供了出路。本文追随贝特森递归视角下探索生态美学的思想脉络，遵循生态美学的学科规范及其内在规定性，以对自然形式的感性关照作为逻辑起点，以外在的自然形式（形式逻辑）和内在的自然进程（生态意义）之间的交互关联作为行文主线，以生态系统症候的诊断和生态救赎的达成为论证宗旨，从生态世界观、生态审美观到生态审美模式，逐层剥开贝特森是如何从“形而下”的救世层面——致力于“如何做”——来把握生态系统的统一性和整体性的。

一　主客融合：“有机体与环境加权”式一元论生态世界观

自然形式是生态审美的逻辑起点，也是贝特森思考生态整体问题的首要关键术语。自然形式作为生命形式的内在规定性，使得对自然形式的审美关照指向通过外在的形式逻辑洞悉形式背后的生态意义，外在的自然形式与内在的自然进程之间的交互关联（cross - correlation），构成生态美学真正意义上的审美对象。基于此，对生态整体的审美关照，就不仅仅需要面向自然形式的统一性与整体性，更应致力于深挖自然形式背后的、内在的自然进程——生命形式的组织方式和构建原则。正是在这样的观念的引导下，贝特森将控制论的理论成果引入生态学研究，开创性地将生态系统视作生态信息系统，以此觅得自然形式与自然进程之间的“交互关联”，并于20世纪60年代晚期形成了其独具特色的递归认识论。然则，直到他生命的最后十年，贝特森才深信自己找到了递归认识论的真正答案，这就是被他称为“心智生态学”（ecology of mind）的关键术语。“心智生态学”以将人类心智与自然并置的方式强调了一种关系模式（patterns of relation），此关系模式存在于所有生命形式及其环境之间，构成一个相互作用的独立的“关系”领域。

心智生态学对人类心智与自然之间的关系模式的强调构成贝特森递归认识论的核心，究其根源，则可追溯到他的“有机体与环境加权”（organism *plus* environment）式生态世界观：致力于探求所有生命形式是怎样助益于生物圈的有序组织和再生的，与此同时，生命形式又是怎样被生物圈的环境所改造的。贝特森沿袭盖亚假说的理论构想，将有机体对其作为一部分参与其中的环境的影响，归因于有机体与环境之间自发的相互调节：一方面，有机体与生态系统形成一种休戚与共的耦合关系；另一方面，有机体作用于生态系统的思想和行为可以具体化为对环境的影响。在贝特森看来，整个星球的稳定性以及人类的生存和发展均建立于“有机体与环境加权”式关系模式之上，此关系模式也因人类心智对自然的介入，构成贝特森主客融合的一元论生态世界观的核心。

贝特森的“有机体与环境加权”式生态世界观，传承至现代进程之父怀特海（Whitehead）。身为英国著名数学家和哲学家的怀特海是贝特森的父亲W. 贝特森的朋友，贝特森从年少时起就直接或间接地受其学术思想的影响。怀特海将“有机体与环境加权”与人类进化关联起来，他认为，在技术进步对环境具有侵略性的情况下，我们要理解人类进化机制需要遵循以下两个关键点：其一，人类进化应该具有环境友好型的特征；其二，人类进化应该协同考虑特定类型的有机体的耐受性。在此基础上，怀特海将“有机体与环境加权”的内涵诠释如下：在任何生命系统中，有机体的行为都必须既有利于环境又有利于有机体自身，如果背离了这种“双重有利”原则，有机体将遭受灭顶之灾。①

追随怀特海的思想脉络，身为人类学家的贝特森，围绕人类进化机制中的变化和适应问题，展开了关于“有机体与环境加权”式关系模式的阐释性命题，创造性地提出了他的“有价值的生存”（survival – worthy）思想：不同于传统意义上以生物单元之间的能量交换为基础的生存，也不局限于把有机体存活时间的长短作为唯一衡量标准的生存，“有价值的生存”更强调生命物种在持续变化的状况下，遵循一种将有机体与其生存环境重新整合在一起的弹性（resiliency）——在有机体与环境之间形成一种共同演化结构（co – evolutionary framework）——构成思考“有机体与环境加权”的关键之所在。进而，对于如何达成“有价值的生存”，贝特森给出了有机体与环境“共同演化”的两种方式②：其一，有机体改变自身以直面和适应环境的变化；其二，有机体将持续的环境变化整合进自身的生存过程中。贝特森强调，在此“共同演化”的过程中，有机体的生理机能并不构成生命模式的核心单元，而只是作为一部分存在于其中的环境的一个层面。显然，“有价值的生存”是一种以能动的适应为主导的积极的生存观，与其相伴而行的则是一种坦然的生死观：“最终，如果死亡战胜物种，自然将会说，这是我的生态系统所必需的。”③ 如此坦然的生死观将直接决定在感知生态整体问题上的生态审美观（文中第二部分将予以论证）。

---

① Harries Jones. P：*A recursive vision：ecological understanding and Gregory Bateson*，University of Toronto Press，1995：76.

② Gregory Bateson：*Mind and Nature：A necessary Unity*，E. P. Dutton，1979：103. 贝特森在其《心智与自然》中指出：“生命物体适应变化的方式有三种：要么纠正变化；要么改变自己直面变化；要么将持续的变化整合进自身生存中。”要达成有价值的生存，就要选择后两种适应环境的方式。

③ Gregory Bateson：*Mind and Nature：A necessary Unity*，E. P. Dutton，1979：103.

“有机体与环境加权”式生存单元作为生态系统中最小的生存单元，既表达了有机体与环境之间“共同演化”的依存关系，又表达了对二者之间的“共同演化结构”（亦即自然形式）的思索。贝特森对作为生命形式的自然形式的理解，虽建立于有机体与生态系统的耦合关系之上，却经历了一个将人类心智与生态系统密切关联在一起的思索和酝酿过程，伴随着其晚年“心智生态学”理念的形成而日臻成熟。在此过程中，怀特海的“事件模式”、温勒的“领域理论”和科日布斯基的“地图不是领土”（The Map Is Not the Territory），都对贝特森关于自然形式的理解产生过或大或小的影响。尤其是“地图不是领土”，最终促成了从“内在”与“外在”的映像关系中界定自然形式——这一对生态整体进行审美关照的逻辑起点。

“地图不是领土”的提出者是数学家兼哲学家科日布斯基，他同时也是普通语义学的倡导者，尤其擅长将数学原理呈现于哲学中。科日布斯基颠覆了希腊思想中对真理和谬误的肯定预设（positive premise），代之以一种否定预设（negative premise）将我们自身与世界分离，在此基础上，将语言世界与其所持续言说着的客观世界之间的关联，重构为“我们所观察的关系”（relation we observe）。由此，本体论意义上的“存在”（To be）就等同于某种“存在关系”（to be related），而此“存在关系”形成的前提，则为我们通过某种形式的映像过程（mapping process）建构了这些关系。[①] 正是基于这种“关系”逻辑，科日布斯基将普通语义学原则概括为一句朗朗上口的短语：“地图不是领土”——“地图”（map）亦即我们的心智（或心灵）通过特定的映像过程所建构的“存在关系”，它不同于作为“领土”（territory）而进入心智（或心灵）的映像过程的客观世界——

① Harries Jones. P：*A recursive vision：ecological understanding and Gregory Bateson*，University of Toronto Press，1995：68.

以此表达这样一种理念："语言既不是'外在'的客体，也不是'内在'的情感，与之相反，所有语言都应该被看作我们所建构的语言世界和客观世界之间的关系的代名词"[①]，因而"所有秩序都通过某种形式的映像过程得以建构"[②]，自然形式秩序亦不例外。通过"地图不是领土"，科日布斯基从本体论的角度强调了"一切存在都是关系性的存在"，"地图"作为人类心智在映像过程中所描绘的、包含意义和情感的结构关系，并不是作为"领土"的客观世界本身，而是在客观世界之上附加了"有机体与环境加权"式关系模式。另外，地图虽然不是领土，但正确的地图必须与领土具有相同的结构，而且只有二者之间的结构相似，经验世界的"存在关系"相较于客观世界的"存在"才是"合理的"。

贝特森之所以对"地图不是领土"产生浓厚的兴趣，并将其用于对自然形式的定义，固然与他所追随的"有机体与环境加权"式生态世界观密切相关，但究其根源则在于他对传统自然科学中的量化分析的失望。贝特森认为，将实证主义的量化分析用于生态学研究，非但对解释生命系统于事无补，还将因其对自然的控制和管理，而成为西方世界生态危机的直接推手。正因如此，贝特森用"地图不是领土"来诠释生命形式与环境的关系，并赋予其更加丰富的内涵：其一，生命形式适应环境的过程不同于环境自身的物理作用；其二，"地图"代表了我们自身与"领土"之间的关系领域；其三，我们通过心智所映像的是我们参与其中的关系（relationship），而不是对外部的物（things）的直接再现。贝特森在其晚期研究中，将对"地图不是领土"的理解扩展到对于生态学的讨论，并进一步强调，我们所建构的我们自身和"领土"之间的关系领域，一定不能混淆两种关系：其一是我们的肉身与"领土"之间的关系；其二是我们从"领土"中

---

① Harries Jones. P: *A recursive vision: ecological understanding and Gregory Bateson*, University of Toronto Press, 1995: 68.

② Ibid.

所辨认出的关系。[①] 这两种关系构成贝特森借以定义自然形式和把握生态整体问题的关键环节，前者关乎主客关系感知中的“参与者阐释”问题——成为把握生态整体问题的理论难题；后者则关乎与递归认识论的形成密切相关的“关联模式”——成为感知生态整体问题的审美模式。

贝特森借由“地图不是领土”将自然形式阐释为“我们所观察到的关系”——“内在”与“外在”的映像关系——作为“有机体与环境加权”式关系的具体化，完成了文化地图与生态领土的融合，也实现了具体时空领域中的严格意义上的主客融合。接踵而至的是，“有机体与环境加权”式关系模式中主客关系的感知问题，把“参与者阐释”作为一个无可规避的理论难题摆在我们面前：作为感知点的有机体既是参与者又是感知者，他不可能从作为部分参与其中的生态系统中抽身出来，从一个更高层面回视自身行为，以便把握生态系统的统一性的视觉面貌。究其原因在于，观察者作为生态系统的一部分被限定于其中，难以跳出自身建立的单一的参照点，也难以依赖这样的参照点去评价自然界中的统一性和相互作用。此理论难题与时间和变化密切关联，被贝特森用伞兵的“自由降落”形象隐喻如下：“生态学家与跳出飞机却没有借助仪器建立与地面之间的联系的伞兵处于相同的境况。他们飘来飘去，形成自由降落之势，不知道他们相对于地面的正确定位，搞不清是向上飞还是朝下落。我们的文明就在自由降落中，因为它对它的生态动力学或者递归性的生态过程的整体状态，不是知之甚少，就是一无所知。”[②] “参与者阐释”问题，使我们对生态整体的把握，在感知阈限和认知局限之外又增加了一重不确定性。

---

① Harries Jones. P：*A recursive vision：ecological understanding and Gregory Bateson*，University of Toronto Press，1995：59.

② Harries Jones. P：“Understanding Ecological Aesthetics：The Challenge of Bateson”，*Cybernetics & Human Knowing*，vol. 12，2005：70. 中译参考［加拿大］彼得·哈里斯·琼斯：《理解生态美学：贝特森的挑战》，王祖哲译，李庆本《国外生态美学读本》，长春出版社2009年版，第218页。

生态系统的无可穷尽性，使生态整体成为现代科学的盲点。如何把握生态系统的统一性和整体性成为贝特森毕生理论诉求的基点。那么，贝特森是如何突破这一理论瓶颈的呢？让我们以问答的方式梳理一下他解决问题的策略。第一，既然我们在现有的知识范畴内无法解释生态整体问题，那么，是否可以向自然史上有过整体经验的领域学习？第二，既然西方科学的线性逻辑和量化方法不足以解决生态整体问题，那么可否有一种或然性的方法能对其进行矫正或补足？第三，既然我们在既定的感知阈限内只能感知“部分”，那么，能否借由有限的“部分”通达无限的“整体”？贝特森对第一个问题的回答是：引入“神圣”和“三元合一”的宇宙观，神圣作为一种表面或拓扑结构，隐喻了自然形式的统一性和整体性。贝特森对第二个问题的回答是：美学与生态学的联姻，寄希望于在美学和认识论的审视界面上解决问题。对于第三个问题，贝特森的答案是：借鉴控制论的理论成果，将反馈和递归性引入对生态系统的考究，建立了他的生态信息系统理论。此“三重问答”分别对应着通向生态整体思想的“三组关系”，形成了贝特森独具特色的递归认识论。贝特森把握生态整体的思想脉络均包含在其递归认识论指导下面向生死节律的生态审美观中。

二　关联模式：递归视角下面向生死节律的生态审美观

生态审美观的树立构成递归认识论（或生态认识论）的核心，而对生物圈的统一性和整体性的描述无疑是一个理论难题，贝特森毕生的理论诉求都与解决此理论难题相关，其中就包括他通过对美学领域的开启，将能动的感知过程与人类活动的环境关联在一起，所创建的一种抽象的审美模式（aesthetic patterns）——关联模式（pattern which connects），以及在此基础上建立的递归认识论。贝特森在《心智与自然》的最后一章，以美学与意识的联姻对其递归认识论作了初步构想，他打破了西方文明中的“二元论”思维，以美学、意识和神圣的“三位一体”回应了整体主义的理论难题①。之所以选此“三位一体”的结构来应对整体主义的理论构想，源于贝特森对意识的局限性的认知。在他看来，意识总是有选择性的，“意识倾向于聚焦于部分，而神圣和美学的观念却倾向于寻找更大的整体”②。于是，借助美学、意识和神圣的互补之势，贝特森秉承了他一贯对于事物之间“关系”的推崇，架构了被其奉为“生命与环境的终极真理”的三组关系——神圣与美学、美学与意识、意识与神圣——以此弄明白生态整体问题这一迄今为止只有在宗教领域才能企及的理论难题，而且，在其《心智与自然》的结尾部分，提出了以这三组关系为主线编写《天使之惧》的最初构想。③ 在其去世后出版的著作《天使之惧》中，贝特森致力于以这三组关系为依托来寻求生命的统一性，并寄希望于生态美学能对生命的统一性及其整体主义模式提出洞见，从而将美学与认识论联系在一起，形成了其独具特色的递归认识论。递归认识论作为一种“神圣的认识论”呼应了此书的副标题，也当之无愧地成为贝特森遗留给当代生态美学的宝贵理论财富。

首先，让我们看看贝特森应对生态整体主义理论难题的一个关键术语“神圣”，以及被其奉为“生命与环境的终极真理”的一组关系——神圣与美学。

贝特森在其最后一部著作《天使之惧》的手稿中，对于如何通向“生物圈的统一性”这条“连天使都惧怕踩踏”的路径，给出了其独到的策

① Harries Jones. P：*A recursive vision：ecological understanding and Gregory Bateson*，University of Toronto Press，1995：212.

② G. Bateson，Rodney E. Donaldson. ed.：*Sacred Unity：Further Steps to an Ecology of Mind*，Harper Collins，1991：300.

③ G. Bateson：*Mind and Nature：A necessary Unity*，E. P. Dutton，1979：211，213.

略：研究整体主义形态业已存在的经验领域，并从中获取解决问题的线索。基督教、“命运”和生态系统的上帝（ECO），都成为贝特森借以思考整体主义的媒介，在贝特森看来，宗教隐喻使普通人思考宇宙整体的复杂性成为可能，因此，关于统一性和整体性的宗教观点，不应该从我们手上流失。[①] 他一度从人类学的角度梳理了人类社会初期认识自然界的统一性视角，认为原始宗教中图腾崇拜和万物有灵所反映的人类与自然界的共情关系迄今仍有一定的借鉴意义。然而，贝特森始终对超验上帝的概念持反对态度，认为它割裂了人类心智与自然的关系，使人类心智与其所内在于其中的环境结构相分离，进而将最终危及人类自身。因此，在对待生物圈的统一性问题上，贝特森摒弃了超验上帝的概念，而且迥异于从宗教中寻求神恩庇护的思维立场，他选择了以神圣作为预设的“第三模式”，为我们提供了一种“没有上帝的统一性视角”。究其根源在于，贝特森始终认为，对统一性的诉求不应该成为被错误的精神性理念所束缚的理由，因为所有超验的方法在理解生物圈的统一性方面都是荒谬的，一旦精神性统一体的观念被接纳，生物和生态秩序中的内在整体性（immanent holisms）问题将无法得到解决。[②] 正因如此，神圣被视作一种将美学和意识映像于其上的表面或拓扑结构，亦即“地图不是领土”这一用于界定自然形式的短语中“地图”的表面，它不但表征了生态整体视角下自然形式的统一性，而且隐喻了地球表面的不可亵渎和不可侵犯性——地球作为有生命的星球是我们的“家园”，是上帝赐予人类的“神圣的礼物”。

贝特森对神圣所预设的“没有上帝的统一性视角”的诉求，直接导致了他对荣格的整体主义思想的借鉴。贝特森从荣格（Carl Jung）的《向死者的

---

① G. Bateson & M. C. Bateson：*Angels Fear*：*Towards an Epistemology of the Sacred*，Macmillan Publishing Company，1987：195ff.

② Harries Jones. P：*A recursive vision*：*ecological understanding and Gregory Bateson*，University of Toronto Press，1995：219.

七次布道》中借鉴了三个术语——道（pleroma）、物（creatura）与阿布雷克斯（abraxas），形成了其“三元合一”的宇宙观，与笛卡儿以降的身心“二元论”划清了界限。此“三元合一”的宇宙观与基督教的“三位一体”大相径庭，迈出了对于生命形式的认识论的关键一步。其中，阿布雷克斯虽然借鉴于诺斯替教派（Gnostic）的上帝形象，却作为“神圣”的化身，被奉为“上帝的上帝”（God above God）。贝特森并没有机械地照搬荣格的思想，而是将阿布雷克斯这一术语的内涵予以自然化，以其来隐喻“生物的统一体”。与此同时，道和物作为相互关联的对立面，分别被贝特森赋予无生命世界和生命世界的内涵，前者意指“空”或“满”的、完全无从言说或思考的、无结构的混沌界，后者意指被差异、区分和信息所决定的、可解释的、可描述的现象界。阿布雷克斯作为凌驾于道与物之上的“第三模式”，被贝特森视作集善与恶、美与丑、光明与黑暗于一身的湿婆神（Shiva），是最大的可想象的格式塔（gestalt）或混沌宇宙（cosmos）的组织化视角。神圣借由阿布雷克斯或湿婆神作为隐喻，成为生物圈的统一性的参数和媒介，从宇宙观的角度把履行“没有上帝的统一性视角”的伟大使命赋予美学。总之，贝特森对神圣和美学的关系的思考，促成了他以美学代宗教与科学形成补足的理论构想，以及在此基础上发展生态美学的伟大理论命题。

其次，美学与科学的联姻是贝特森迈向生态整体性的关键一步，也将构成“生命与环境的终极真理”的第二组关系——美学与意识，展现在我们面前。

贝特森始终认为，以西方科学为代表的实用主义的机械文明在应对生态系统的统一性和整体性问题上面临着认识论的恐慌，西方科学的一贯信念（诸如线性逻辑和量化方法）对解释生命系统问题毫无助益。这是因为，西方科学以“物”（things）而不是“关系”观世界的特点，决定了它极易将我们生活的世界撕裂为支离破碎的部分，从而忽略了借以思考生物圈的统一性的自然形式的整体。贝特森远远超前于他的同行意识到生态科学所犯下的认识论错误：第一，生态科学错误地预设了量化措施对生态系统的控制和管理能力；第二，西方世界所面临的生态困境正是源于控制自然的思想，以及用量化方法将此控制自然的思想在生态学中的具体化；第三，任何有目的的掌控自然的行为，以及信奉高科技可以解决生态恶化问题的观点，都是错误的。也正因如此，贝特森才将美学看成对科学的矫正和平衡，用美学类比神圣履行“没有上帝的统一性视角”，作为理解生物圈的统一性和整体性的媒介。美学与科学的联姻被贝特森称为“第二洞见”（second vision），以其与现代科学的“单一洞见”（single vision）及其对生命系统的机械论处理方式相抗衡。①

在《天使之惧》中，我们至少可以通过两种方式来解读贝特森把美学与生态学结合起来所做的努力：其一，增强审美敏感性，以接近自然的模式及其调节方式——此乃梦与诗的材料。其二，深入挖掘美学和认识论之间的联系，并以“叉状之谜”（forked riddle）作为隐喻来说明这种联系——“什么样的人能认出疾病、破坏或者丑陋?”“什么样的疾病、破坏或者丑陋能为人所知?”——前者作为“谜”的一端指向美学，关乎观察者用来辨别美与丑的知觉敏感性；后者作为“谜”的另一端指向认识论，关乎观察者对于疾病和破坏模式的知识占有。② 显然，“叉状之谜”的两端分别对应着人类的两种知觉模式，指向美学的一端关乎感知模式，指向认识论的一端关乎认知模式，这两种模式之间有着相对清晰的“边界”，并且在“叉状”交汇处存在着无数的矛盾和张力：就感知而言，存在着感知模式之流中的一些看似矛盾的情况（属于美学问题）；就认

① Harries Jones. P：“Understanding Ecological Aesthetics：The Challenge of Bateson”，*Cybernetics & Human Knowing*，vol. 12，2005：65. 中译参考［加拿大］彼得·哈里斯·琼斯：《理解生态美学：贝特森的挑战》，王祖哲译，李庆本《国外生态美学读本》，长春出版社 2009 年版，第 213 页。

② Harries Jones. P：“Understanding Ecological Aesthetics：The Challenge of Bateson”，*Cybernetics & Human Knowing*，vol. 12，2005：72. 中译参考［加拿大］彼得·哈里斯·琼斯：《理解生态美学：贝特森的挑战》，王祖哲译，李庆本《国外生态美学读本》，长春出版社 2009 年版，第 220 页。

知而言，存在着对于表象的认知与对表象的“真实”描述之间的张力(属于认识论问题)。因此，贝特森建议：“应该不断地在这一‘矛盾之叉’——美学与认识论的界面上做文章，方能有助于推进一种关于整体主义的新构想，并且从感知层面增进我们对于一个更大、更具包容性的系统的美的意识。”①

显然，“叉状之谜”的提出为我们建立了通往生态系统的统一性和整体性的审视界面——美学与认识论的界面。贝特森对生态美学的理论构想就建基于这一审视界面之上，当代生态美学的理论困境也恰恰出现在这一审视界面之上。该界面作为“知觉与真理的交汇点”“先验与经验的交汇点”，见证了生态学和美学以互补之势处理生态系统中部分与整体关系的格局，同时也见证了生态美学的学科架构及其学理基础：一方面是如何以生态学的节律和模式，来克服西方科学的“单一洞见”对生物圈的统一性的割裂状态；另一方面是如何唤醒我们的感官来体悟这种割裂状态对自然形式的统一性所造成的破坏。前者作为生态学的使命，关联于生态学知识，居于“叉状之谜”的一端；后者作为美学的使命，关乎人的知觉敏感性，居于“叉状之谜”的另一端。由此不难洞见，美学和生态学的合法联结，究其实质在于美学从审美判断不同于认知判断的特殊性上对意识的一种矫枉和平衡。贝特森去世前几个月的这组意味深长的问答，充分说明了这点。②

---

① Harries Jones. P：“Understanding Ecological Aesthetics：The Challenge of Bateson”，*Cybernetics & Human Knowing*，vol. 12，2005：72. 中译参考［加拿大］彼得·哈里斯·琼斯：《理解生态美学：贝特森的挑战》，王祖哲译，李庆本《国外生态美学读本》，长春出版社2009年版，第220页。

② Harries Jones. P：“Understanding Ecological Aesthetics：The Challenge of Bateson”，*Cybernetics & Human Knowing*，vol. 12，2005：73. 中译参考［加拿大］彼得·哈里斯·琼斯：《理解生态美学：贝特森的挑战》，王祖哲译，李庆本《国外生态美学读本》，长春出版社2009年版，第221页。这组彰显了贝特森美学思想精髓的问答，发生于1979年10月英格兰的达丁顿大厅（Dartington Hall），此时恰好是贝特森去世前的几个月，文中所引即为贝特森与生态学家Henryk Skolimowski以及其他几人讨论时的对白。

问：是否可以这么说，美学是这种具有统一之功的灵光一瞥（glimpse），能够使我们洞悉事物的统一性，这点在有限的意识范围内是无法企及的？

贝特森：这么说是对的，这正是我所孜孜以求的。我现在所谈的东西，正是作为对意识的棒喝（disturbance）而出现于意识中的灵光一现（flash）。

贝特森毕生孜孜以求的，正是美学施之于意识的“灵光一现”对意识的矫枉和平衡，此“灵光一现”源于美学对整体的“灵光一瞥”，而恰恰是此“灵光一瞥”为我们提供了认识生物圈的统一性和整体性的媒介。在美学与意识的相辅相成的关系中，意识呈现为科学的描述，它倾向于向内聚焦于“部分”，而诸如神圣和美学则倾向于向外体悟“整体”，二者交汇于美学与认识论的界面上，共同应对生态系统的整体性问题。必须补充说明的是，贝特森将美学引进科学，并不意味着不加审视地接受任何先验的精神性，相反，贝特森一直对能否用“科学的语言”来描述生态系统的整体性忧心忡忡，即便他想象的科学并不在场——因为科学本身并不能精确地描述何为整体性问题。于是，在科学缺席且拒绝采纳精神性统一体概念这一两难的格局下，如何用“科学的语言”来描述生态系统的内在整体性问题，就将被贝特森奉为“生命与环境的终极真理”的第三组关系摆在我们面前，并直接导向他的递归认识论。

最后，在构成贝特森的“生命与环境的终极真理”的第三组关系——意识与神圣中，神圣以“不在场的科学”的身份加持于意识，使以“科学的语言”描述生态系统的内在整体性的递归认识论得以形成。

要理解意识与神圣的关系，首先要了解贝特森致力于通过一种拓扑图像来描述生命系统的统一性所发展的“代数学”。为了建立这门定性的研究关联思想和拓扑结构的“代数学”，贝特森做了如下设想：怎样将 x 带入 y，二者的相互关联将产生怎样的综合方法？其中，x 等同于宗教，y 等同于科学。[①] 这种将宗教引入科学的设想，构成意识与神圣的关系的思想基础，通过这种方式，贝特森旨在从蕴含着传统宗教的基本原则的科学发现中，为“生物圈的沟通规则”提供有益的借鉴基础。试想：如果神圣（宗教）通过与意识（科学）的联结放弃其超验性视角，而意识（科学）通过与神圣（宗教）联结放弃其线性逻辑和量化思维，那么最终结果则是二者通过互补与融合而扬长避短。正是基于这种将神圣（宗教）与意识（科学）交织在一起的拓扑学，贝特森将神圣作为一种秉承传统宗教精神的参数或媒介，使之以一种“不在场的科学”的身份，为把握生态系统整体提供了一种“没有上帝的统一性视角”。神圣加持于意识，将用科学的语言来描述生态秩序的内在整体性的橄榄枝伸向了“三论”（系统论、信息论和控制论），究其原因则在于“三论”中蕴含着丰富的宗教宇宙观，尤其是控制论，因其反馈和递归性理论所包含的统一性和整体性的理念，成为贝特森建构其递归认识论的理论基石。

对人类可持续发展的忧患和对西方科学的线性模式、量化思维的哲学反思，促成了贝特森递归认识论的诞生。贝特森始终认为人类生态灾难的内在威胁来自认识论的错误，所以他从认识论层面的变革入手，将“三论”引入生态学，开创性地将生态系统定义为生态信息系统，[②] 以之取代传统生态系统模型下的物质或能量系统。能源驱动的传统生态系统模型，将能源看作支撑地球生命延续的根本要素，这就暴露了资源的有限性和人口的持续增长之间不可调和的矛盾，从而使人类的可持续发展成为悖论。可持续发展悖论被贝特森诠释为路易斯·卡罗尔笔下“面包—蝴蝶”

---

① Harries Jones. P：*A recursive vision*：*ecological understanding and Gregory Bateson*，University of Toronto Press，1995：230.

② 生态信息系统的好处如下：首先，为不同层面的生态系统所发生的变化提供耐受性阈值；其二，将生态系统视作信息通道，能够通过较长时间跨度的自我生产的生命演化过程，来理解生态系统的稳定、适应和退化；其三，生态信息系统是生物熵系统，其信息（或差异）通道为我们呈现了生态恶化的线索，这点不能即时被辨认，更难通过考察生态系统中的能量预算加以辨认。

谚语[1]的最可怕的当代版本。贝特森的生态信息系统模型，以“信息的具身化”来替代“能量的具身化”，将生态系统比喻为一种控制论意义上的“恒温器”，有效地规避了可持续发展悖论。作为“恒温器”的生态信息系统模型，具有以下特点：其一，它符合人类心智的映像规则，其“地图”可以从其自身信息回路的“领土”中分辨出来，为把握生态系统的统一性和整体性提供了可能；其二，它自身的信息回路的时间指征，赋予其反身性的（reflexive）特征，从而使其成为一种关于人类生存的递归性模型。从某种意义上讲，我们生存的世界只有是递归性的，人类生存才能跨越时间的长河，步入一种真实的“靠自己生活”（live upon themselves）的路途——递归性的因果过程——生态系统历经或长或短的时间总能回到它的起点，在周而复始的递归过程中，使人类的永续生存成为可能。贝特森的递归认识论即建立于生态信息系统模型之上，把握了递归认识论，就等于触摸到了贝特森作为一个卓越的认识论学家的系列理论问题的肩膀。

贝特森在其生命的最后 5 年，才开始使用“递归认识论”这个词，并于 1987 年出版的《天使之惧》中对递归认识论展开了系统的论述。在《天使之惧》中，贝特森对递归的讨论可以概括为三个关键词，它们分别是结构、过程和关系。首先，贝特森将递归思考为一种“抽象结构”，寄希望于以其为秩序原则来替代罗素的逻辑类型。结构概念的创造来自对

---

① Harries Jones. P：*A recursive vision：ecological understanding and Gregory Bateson*，University of Toronto Press，1995：78. 贝特森用路易斯·卡罗尔在其《爱丽丝梦游仙境》中所描述的“面包—蝴蝶”（bread – and – butterfly）作为隐喻来类比可持续发展悖论。路易斯·卡罗尔以“面包—蝴蝶”为喻所幻想的困境是：“面包 – 蝴蝶”的翅膀是用奶油面包薄片做的，身子是一个面包壳，头是一块方糖。当爱丽丝问这种生物靠什么生存时，得到的回答为：“奶油淡茶。”显然，如果这种生物吃掉食物，就会死；无食物可吃，也会死。这一谚语告诉我们，“面包—蝴蝶”之所以灭亡，并不是因为任何物质原因——因为它们的头是方糖做成的，或者因为它们无法找到食物，而是因为他们赖以生存的食物是“奶油淡茶”。这就在“面包—蝴蝶”的生命本体和其食物之间，形成了矛盾性适应（contradictory adaptation）的不可能性。人类世界就是以这种矛盾困境的方式构成的，它的构成方式并不遵从唯物主义的那种线性的、单一目的的因果关系。这一案例就是人类生存困境的典型写照，其突出的特点是矛盾性适应的不可能性。

"质料"的综合描述，而"质料"是通过感知器官的过滤抵达我们的，因此，贝特森将"结构"视作所有我们能够感知到的"质料"——某种存在的"真实"。[①] 在贝特森看来，生命系统通过发出指令来控制生命演化序列的递归性特征，接近"结构"概念的本质。[②] 递归性通过生态信息系统的沟通过程关联于递归形式。贝特森从生物发生学和生物进化的元控制理论出发，将递归形式的成因诠释为生命演化序列中的形态发生（morphogenesis）。在贝特森看来，形态发生是生命形式自发地创造自身组织的过程，其最典型的特征为：生物结构的"整体成为整个发育过程的各个部分"。贝特森以胚胎发育过程为例对形态发生做了生动而形象的描述："体内发育着的胎儿总在见证和评价自己的发育过程，并发出指令，控制自身的变化和反应的路径。"[③] 形态发生的这种自我指涉的特征，使贝特森意识到，自然形式就是递归形式，它见证了生态系统整体在演化序列中融入各个部分的发展的递归过程。其次，贝特森思考递归的第二个关键术语为过程，它可以形象地描述为一种"再进入"（re－entry）逻辑或递归式螺旋环（recursive looping）。"再进入"过程可以视为理解递归逻辑的先决条件。递归过程和逻辑类型最大的区别在于，递归过程在"再进入"生态系统的信息回路时，非但不否定循环还自动引导循环，它以递归式螺旋环的方式从信息回路的"终点"朝着"起点"螺旋式上升，从而在持续的再循环（re－cycle）中维持自身。与贝特森同时期研究递归理论的学者马图拉纳和瓦雷拉，将递归过程的这种循环因果特征称为自创生（autopoiesis），即任何生命系统都通过遗传现象或适应环境进行着被动的自我生产，在此过程中，生命系统的整体与其组成部分保持一致。自创

---

① G. Bateson & M. C. Bateson: *Angels Fear: Towards an Epistemology of the Sacred*, Macmillan Publishing Company, 1987: Chapter XV.

② Ibid., p. 161.

③ Ibid., p. 155.

生构成生态系统内在的自然进程的本质特点，可以使我们放眼较长时间跨度的生命演化过程，来理解生态系统的稳定、适应和退化。最后，递归认识论不以“物”而以“关系”看世界，生态系统的持存（survival）被看作关系的持存，对关系的感知体现为关联模式这一抽象的审美模式。关联模式下，“地图”作为我们从“领土”中所辨认出的关系，明确表征了自然秩序的嵌入式关系，体现为“内在”的心智活动和“外在”的自然环境的交叉关联（cross - correlation）。前者通过认知作用于内部的自然进程（递归之过程），后者通过感知作用于外部的自然形式（递归之结构），二者统一于关联模式中，将生态秩序的变化和稳定内在于其中：自然进程之内在的生态逻辑表现为一种沟通过程，当沟通过程出现障碍时，关联模式的连续性就会中断；自然形式之外在的形式逻辑呼应内在的生态逻辑，将连续性的中断（非连续性）表现为一种反身性（reflective）的差异模式，以其作为线索可以辨识生态灾难。总之，我们对自然界的统一性的认识，是感官与自然界之间递归性的相互作用的具体化，它仅仅表现为差异，且仅仅存在于关系之中。关联模式彻底克服了人与自然的割裂状态，将自然中的二元性统一起来，使递归认识论走向整体主义的一元论。自然形式作为递归式生物圈之递归秩序的形式的统一体，是自创生的自然进程通过形态发生涌现的拓扑结构，其终极形态被贝特森定义为“有机体与环境加权式关系模式中差异的具体化”①。自然形式的这种定义，使得在对其进行审美观照时由部分洞见生态整体成为可能，其中，差异成为“终极真理”。

递归认识论经由关联模式指向生态系统原初的生死节律（the rhythms

① Harries Jones. P：*A recursive vision*：*ecological understanding and Gregory Bateson*，University of Toronto Press，1995：174.

of life and death），其最终目的是“呈现神圣的死者的美学本质”①。关联模式将自然视作递归性的统一体，此统一体的表面——自然形式，被贝特森预设为一种神圣的表面或拓扑结构，该表面以连续性和非连续性的统一，与生态秩序的变化和稳定相一致。阿布雷克斯（或湿婆神）被奉为神圣的化身，用来隐喻自然形式这一可感知的最大的格式塔。与此同时，阿布雷克斯还被隐喻为“生与死的混合体”，它集创造者和毁灭者于一身的“上帝的上帝”的形象，赋予我们对于生死节律的全新理解：所有积极的价值都会被精确的破坏所平衡，死也由生的对立面转变为生的停顿；生命不会走向自身的反面，死也是生命节律的一部分。这种全新的生死观化解了生与死的二元对立，使生态系统真正获得了生命的整体性。如果说美学从根本上在于评价生命，那么此全新的生死观对贝特森来说，必然意味着面向生死节律的全新的审美观——以与生态秩序的变化和稳定相协调的方式重新构想生死节律——它通过“关联模式”对地球上的生命的系统性再评价，完成了生死节律的递归性转换，从而完成了对于生、死和美的再评价。第一，美与毁灭并存，美表现为湿婆神的双面舞蹈；第二，死不再被诠释为美的对立面，而成为生命组织之美的不可或缺的一部分；第三，无论生死都是生命的应有之义，生死皆为美。总之，面向生死节律的审美观将神圣、美学和意识的“三位一体”统一于生死节律，通过自然生态秩序中连续性和非连续性的统一，彻底化解了自然中的二元性，成就了真正意义上整体主义的审美观。更重要的是，面向生死节律的审美观对自然形式的审美关照，也不再局限于对自然形式的视觉体验，而是透过外在的自然形式深入挖掘自然进程内在的生死节律，并以此为线索寻找生态系统在突发性干扰下所产生的衰败或流变——自然为适应变化而自我修复的症

---

① G. Bateson, Rodney E. Donaldson. ed.: *Sacred Unity: Further Steps to an Ecology of Mind*, Harper Collins, 1991: 268.

候——以自然形式中的差异为我们所感知，从而生态美学成为建立于能动的感知之上的、能够履行生态救赎使命的美学形态。

三 尺水兴澜：以差异为指征意识与无意识同构的生态审美模式

递归认识论下面向生死节律的生态审美观，以与生态秩序的稳定和变化相协调的方式，使感知生态系统的统一性（抑或生态整体）成为可能。那么，到底如何从操作层面描绘生态系统的统一性呢？换句话说，到底怎样才能在神圣这一“上帝的上帝”的加持之下，通过美学和意识的合法联结，由可感知的、有限的部分洞见无限的生态整体呢？贝特森将此神圣的使命赋予生态美学，寄希望于在美学和认识论的界面上，将能动的感知过程与自然生态现象联系在一起，探求自然作为一个递归性统一体的沟通规则（communicative regularities）。在贝特森看来，沟通规则在生态系统中具有普遍性和决定性，以至我们可以用“上帝”来称谓它。[1] 要描述生态系统的统一性，就必须发现这些沟通规则，因为正是这些沟通规则内化在递归性的自然进程中，并最终决定了自然形式的拓扑结构——有机体与环境加权式关系模式中差异的具体化。贝特森将探求沟通规则的使命赋予“关联模式”这一抽象的审美模式，其中，“差异”成为审美关照的“终极真理”。正如贝特森在《天使之惧》中所提及的，真理、必然性和终极真理“并不内在于外在世界中，……而是内在于过程中，通过这一过程，内在于外在世界的东西变成了内在于内在世界的东西”[2]。正是通过关联模式下

① G. Bateson & M. C. Bateson：*Angels Fear*：*Towards an Epistemology of the Sacred*，Macmillan Publishing Company，1987：142.

② Ibid.：UE no. 2.

的审美过程，“差异”作为“内在”与“外在”交互关联的映像关系，成为审美感知的可见方面，借以言说生态系统的统一性。

以差异为内在的终极真理的递归认识论，源自荣格的“物的认识论”(epistemology of creatura)。“物的认识论”表明，“物”的秩序关系中存在着一个外部阈限，此外部阈限以“边界”(boundary)的形式存在于具有秩序关系的生命世界和无生命世界之间。借由“边界”，阿布雷克斯所隐喻的“生物的统一体”，被区分为荣格的“物的理论”三要素（三个心理学术语）——子系统、“物”和“道”——“道”与“物”分别被思考为格式塔的两极，“物”被视作以“道”作为“底”的“图”，“物”可被再分割为相互关联的子系统，子系统使“物”成为自我指涉的“图”。美学作为阐释的第三模式，只有在“物”与“道”的“边界”处才能影响递归认识论，[①] 因为，只有在“边界”处，自我与各系统的自我才能相互耦合，也才能发觉差异的转化（将差异由静态的图像转化为事件或变化），从而使阐释在自我指涉中成为可能。总之，要感知生态系统的统一性，就必须能够在“物”与“道”之间画界。贝特森在《天使之惧》中讨论了“道”与“物”之间的“边界”问题，他认为，“边界”可看作从感知上毫无差别的连续体之中的“间隙”(gap)，一旦感知到“边界”，就可以区分它的不同层次，且辨别“间隙”的特性。[②] 贝特森将“间隙”形象地隐喻为“织物的裂缝”，在他看来，只有在“间隙”处，对比才得以进行，也才可以辨识出生态系统整体中“图”与“底”的差异，生态系统的部分和整体之间的递归性关系才能被感知。如果没有“间隙”存在，生态系统将会消融在无限循环的相互连通之中，就压根不可能对其递归模式进行任何描述，或者说，压根不可能感知递归模式中的任何差异。在“边界”亦

① Harries Jones. P：*A recursive vision：ecological understanding and Gregory Bateson*，University of Toronto Press，1995：228.

② Ibid.，1995：99.

或“间隙”处，通过对比感知差异的过程发生在一种预设的界面（interface）上。该界面作为审美的“关联模式”的内在性平面，是贝特森之“叉状之谜”的矛盾之叉——美学与认识论的界面在深层审美机制层面的具体化，它将外在与内在、美学与科学、无意识与意识、感知与认知交汇在一起，成为矛盾的汇集点和真理的发现处。该界面为贝特森的递归认识论提供了一个思考的平面，将子系统（作为部分）转化为生态系统整体的审美过程就发生在此界面上。

正因如此，贝特森在《天使之惧》中，围绕生态整体的感知问题创造了一个“掠视界面”（scanning the interface）模型，旨在通过“掠视”概念的引入，解决通过“感知生态系统的变化”来感知生态系统整体这一理论难题。“掠视界面”模型是递归认识论在深层审美机制层面的体现，它在遵循“有机体与环境加权”原则的前提下，致力于解释生态、环境和心智作为一个关系整体，是怎样“再进入”有机体的感知的，又是怎样确保感知以一种递归模式进行。如果用递归认识论的三个关键词（结构、过程和关系）来反观该模型，该模型在对“结构”（形式）方面的感知之外，更明确地强调了把握对“过程”方面的感知的能力，以及把握“结构”和“过程”之间的“关系”模式的能力。这就在生态整体的感知问题上，把自然形式与自然进程之间的交互关联作为真正的审美对象，为深挖自然形式背后的、内在的自然进程及其生态意义提供了方法论基础。贝特森对“掠视界面”模型做了如下讨论。其一，当“掠视”在界面上发生时，“差异”将两次进入感知过程：首先，界面以连续性模式的感知的形式出现，在此，差异和“生异之异”（differences that make a difference）得以感知；其次，界面以非连续性模式的感知的形式出现，在此，通过对差异模式中“变化”的感知，使分类得以进行。其二，“掠视”过程中对差异的感知遵循一种全息模式（hologramic pattern），它类似于盲人感知差异的方式，靠的是对全息图景中多种信息之间的相互作用的“掠视”，其理论基础为“格式塔”完形心理学：整体中的部分包含在每一个部分中，其中任何一个部分发生变化，所有部分都会发生变化。其三，“掠视”过程是一种意识和无意识共同参与的能动的感知过程，它遵循一种二阶递归方法——“叠纹模式”（moiré pattern）。贝特森颠覆了康德以降将脱离了意识控制的感知过程视作被动的感知过程的观点，同时批判了弗洛伊德关于意识和无意识的二元论，提出了以“叠纹模式”（moiré pattern）为代表的能动的感知理论。“叠纹模式”顾名思义亦即将意识和无意识像两片丝织物一样相互交叠在一起（交汇于界面上），所创造的意识的“第三模式”——一种无意识和意识同构的“双重视角”（double vision）——感知过程中被意识所加工的输入信息，是优先经过无意识的“掠视”过程综合处理之后的极小一部分信息；无意识作为通往创造性的原初路径，与意识共同完成了对美的感知和创造性的达成。这种感知不仅仅来自“外在”世界，而且也递归性地反作用于“外在”世界，从而使“边界”或“界面”成为“创造性的主体性”（creative subjectivity）生发的中间地带。总之，“掠视界面”模型将“意识—无意识”的掠视功能与人的审美敏感性联系起来，为我们诠释了从“边界”或“界面”处感知生态整体的深层审美机制。

必须强调的是，贝特森创造“掠视界面”模型的根本目的在于创造一种方法，此方法通过审美感知的递归模式，帮助我们辨认出生态系统的病症。生态系统作为生态信息系统，当其信息回路因沟通规则的失灵出现“错误”时，就会导致“异常”现象出现。此“异常”现象在子系统之间的“边界”处表现为“间隙”，“间隙”作为连续性的中断被我们感知为“差异”，“差异”作为线索为我们呈现出生态恶化的“症候”。于是，贝特森沿着“错误—异常—边界—间隙—差异—症候”的逻辑线索，为我们描绘了以差异为指征诊断生态系统的疾病的方法，将生命秩序关系和生态系统的稳定和变化关联在一起的。必须指出的是，“症候”

是生态系统在适应外界“事件”侵扰的过程中，所发生的试图自我治愈的“变化”的直观显现。我们必须通过意识与无意识相互交叠的“掠视”过程，充分调动人的审美敏感性，才能感知这些“症状”。从一般意义上讲，哪里出现了美学上的“异常”现象，哪里就可能是生态系统自我治愈的“症候”之所在。以差异为指征对“症状”的诊断遵循递归模式，所谓递归亦即一种自我指涉的反馈，它通过感知的自我指涉，让自然形式在自我比较中“遇见自己”，其结果是，“差异”作为部分与整体相比较的反馈，使整体“再进入”部分。贝特森将此“再进入”的递归过程，形象地描述为一个自反性的螺旋环朝向自己的始点的螺旋式回归，在此过程中，通过对差异的审美敏感性，可以诊断出有什么样的“错误”内置于生态系统的沟通秩序中。总之，从对差异的“掠视”过程到对“症候”的最终洞察，完成了一个递归过程，也见证了贝特森赋予生态美学的真正使命——为生态系统治病。我们不妨通过以下设问来加深对此问题的理解：如果说人类有机体生病了可以通过语言加以表达，那么，生态系统生病了怎样表达自己？贝特森对这个问题的回答是：生态系统以“差异”为指征来表达自己的“症候”。在贝特森看来，差异之于生态系统，就像粒子之于牛顿理论一样重要。差异通过对我们感官的唤醒，表征了生态系统自我治愈的“症候”，进而借由此“症候”，可以“溯因推理”至生态系统内在的自然进程中的真正“病灶”。总之，以差异为指征的递归认识论无异于为生态系统治病的方法论；对差异进行审美感知就相当于对于生态系统进行“望闻问切”。

递归认识论无异于一种“尺水兴澜”式的方法论，它旨在以“差异”之“尺水”来“兴”起生态整体之“澜”，其中，差异作为阐释的“终极真理”，使生态信息系统的信息回路中的“差异的信息单元”——“有机体与环境加权式”生存单元中的子系统，成为通向生态整体的“元模式”。所谓“元模式”亦即“具有联结功能的模式”，它通过“联结功能”“界定着范围广大的一般化过程”，因此而成为“模式的模式”。[①] 由此可见，响应了“元模式”，就可以通过其“联结功能”，解决更大范围的生态系统的问题。生态审美正是贝特森用来响应“元模式”的“元语境”，因为生态美学“本身就是生态信息系统内部一个自我指涉（self - reference）的领域”[②]，是“介入或者揭示元模式的一种响应性的手段”，与此同时，也是“揭示生态学潜在秩序的一个手段”[③]。生态美学通过对自然形式中的“差异”进行审美关照，将“差异”转化为对生态系统进行侵扰的“事件”及其生态系统的“变化”，进而通过“事件”和“变化”“追溯”生态系统的健康和疾病的过程，就是生态审美作为“元语境”响应差异这一“元模式”的过程，同时也印证了贝特森的那句话：“审美……是对具有联结功能的模式起反应。具有联结功能的模式是元模式。”总之，生态审美作为“元语境”，通过对差异这一“元模式”的审美关照，使生态整体的审美成为可能，与此同时，也使生态美学成为一种“元美学”。

结　语

贝特森并没有先入为主地预设生态美学这一学科的存在，他从时代生态危机出发，在寻求生态救赎之道的过程中，发现了现代科学在应对生态整体问题上的理论局限性，于是，向美学领域伸出橄榄枝，寄希望于在美学与认识论的界面上解决生态理论难题。在贝特森看来，美学有一个独特的品质，可以告诉我们整体是什么，可以为我们提供一个借以理解生物圈的整体性的中介。贝特森在其最后一次演讲后所接受的采访中，说过这么一句话：

① ［加拿大］彼得·哈里斯·琼斯：《格里高里·贝特森对生态美学的“发现”》，王祖哲，李庆本《国外生态美学读本》，长春出版社2009年版，第310页。

② 同上书，第315页。

③ 同上书，第310页。

"……一个人进入深山里寻找一头驴子，在他70岁的时候方才发现，他已经在这头驴子上骑了60年。"贝特森在其生命的最后时刻才恍然大悟，美学就是他骑了60年的那头驴子，也是他穷其一生苦苦追寻的生态救赎的答案。毫无疑问，在整个研究生涯中，贝特森都在持续寻找将艺术（美学）与科学（生态学）联系在一起的方法，他在生命的最后阶段对生态美学的理论构想，只不过为他终生的理论思索找到了一个落脚点，这个落脚点让他发现，自己毕生的研究并没有背离自己的起点。然而，由于研究时间的局限性，贝特森并没有在其有生之年解决其预设的理论问题，却为我们留下很多认识论碎片和理论的不确定性。尤其是"掠视界面"模型中对意识与无意识的"叠纹模式"的论证也仅限于认识论层面，并没有对界面处的感知与认知、意识与无意识相互作用的审美机制做本体论层面的论证。幸运的是，贝特森的忠实追随者，法国著名哲学家菲利克斯·加塔利在其最后一部著作《混沌互渗》中，从本体论的角度，对意识和无意识在审美机制中的作用做了系统的论述，并提出了其著名的主体性生产四象限模型。虽然加塔利从未提及生态美学这一术语，其生态智慧思想却构成生态美学的理论内核。[①] 由此可以预见，如果将贝特森和加塔利的理论精髓有机融合起来，对生态美学的理论建设将具有弥足珍贵的意义。

How is the Aesthetic Perception of Ecological Wholes Possible?

——On Bateson's Ecological Aesthetics from the Perspective of Recursive Epistemology

Zhang Huiqing

Abstract Gregory Bateson, the only great theorist in the 20th century who fully demon-

① 张惠青：《混沌互渗：走向主体性生产的生态美学》，《浙江社会科学》2017年第8期。

strated the science of holism, put forward recursive epistemology by integrating cybernetic feedback and recursive theory into ecological research and his pioneering thinking on ecological aesthetics in his later years, which provided us with a reasonable way to solve ecological holism from the perspective of"physics". Ecological world view that bases the change and stability of the ecosystem and the survival and development of human beings on the patterns of relation of"organism plus environment"takes"survival – worthy"as its core value and constitutes the basic theoretical premise of recursive epistemology. The natural form is accordingly the embodiment of patterns of relation of "organism plus environment", which is interpreted as the mapping relationship between"inside"(mind) and"outside"(nature) . Based on the three relationships of"the eternal truth of life and environment"(the sacred and aesthetics, aesthetics and consciousness, consciousness and the sacred) by Bateson, ecological aesthetic forms the core of recursive epistemology, and following which the rhythm of life and death is re – conceived in a way that is accordance with the change and stability of ecological order according to the abstract aesthetic pattern of" pattern which connects", so that ecological aesthetics can not only perceive the ecological wholes, but also complete the re – evaluation of life, death and beauty of ecosystem. Through the creation of a model of "scanning the interface", the ecological aesthetic pattern explains the recursive epistemology from the vision of deep aesthetic mechanism with the"moiré pattern"of conscious and unconscious. Difference, as the index of the change and stability of the ecosystem, makes the"information unit of the difference"become the"meta – pattern"of perceiving the ecological wholes and the ecological aesthetics become the"meta – context"in response to the "meta – pattern".

Key Words Bateson; Ecological Aesthetics; Recursive Epistemology; Ecological Wholes; pattern which connects; Difference

Author Associate Professor, School of Art, Shandong University of Architecture, mainly engaged in ecological aesthetics and ecological architecture research.

自然美如画的人文根据

王中原

摘要 当代西方自然美学对如画的批评把自然美和艺术的关系问题凸显出来,对这个问题的解答需要对自然美如画的人文根据进行探究。如画的人文根据是:人的“如画之眼”的光学机制以其“镜子式”的再现使得自然生成为美的风景图像;“如画之眼”的文化哲学基础在于我们必须透过艺术的界面来欣赏自然,风景画的“赋形”使自然美必然显得如画;人类文化实践的整体(社会历史实践)构建了自然美如画的审美经验。该文的探讨揭示了艺术在自然美的显现、自然审美中的基础性的赋形作用。

关键词 自然美;如画;“如画之眼”;文化哲学

作者简介 王中原,河南大学文艺学研究中心副教授,主要研究方向为文艺理论和美学。

自然美如画——自然在(与视觉关涉的)审美中必然会显得如画,或者(广义的)美的自然必然会看起来像画——表述了自然审美经验中的一个事实,即我们必然会用如画来体验和描述自然美。如画也是一个美学概念。在中国古典美学中如画与逼真对举,在美学层面表达了中国文化的自然审美经验——自然(山水)在审美中看起来真的如画;在西方美学中,如画对应于18世纪英国美学中的“Picturesque”,该词表述了一种寻找和欣赏如画风景的自然审美时尚和基于其上的介于优美和崇高之间的第三审美范畴,其基本的内涵是美的自然风景看起来必然像画。如画的重要美学价值在于，其关涉着自然美和自然审美的本质、自然与艺术的关系乃至美的本质等美学问题。然而，在当前的学术语境下，如画的问题是由当代西方自然美学（其完成形态是环境美学）来界定的，当代西方自然美学把如画视为一种艺术类的自然审美模式，即以欣赏艺术的方式来欣赏自然，这有悖于自然美学标榜自然具有独立、本己审美价值的美学观念，在自然美学看来，如画作为一种歪曲自然美的审美模式必定是误入歧途和应被批驳的一种自然审美传统。当代西方自然美学的批评有其偏颇之处，自然美的呈现必定离不开人及其文化，这一点正如唐人柳宗元所说："夫美不自美，因人而彰。"[1](p.729)但自然美学的批判也打开了一个窗口，使我们得以重新审视人及其文化的边界，进而获得一个新的认知自然美的视野。在当代西方自然美学的问题域中，如画面临着以下尖锐的审问：自然美是否真的与艺术无关？如果二者有关联，那么产生关联的人文根据及其限度是什么？对上述问题的解答需要我们从文化层面对自然美如画的根据进行探究，以期为如画、自然美与艺术的关系、自然美以及自然审美的本质研究提供新的识见。

一　自然美如画与"如画之眼"

在自然与人、自然与人文这类呈基本性对立的词组中，以人为出发点我们可以把人类文化理解为人性的外化、人的本质在社会历史实践中的自我实现，即所谓的"人化自然"。这个意义上的文化表达了一种文化哲学的观念，其实质是哲学人类学从人出发解释世界的哲学观念。按照如此解释的文化概念，我们应该以人、人性的外化为基点来阐释自然美必然显得如画的根据，在这个研究框架下，首先进入视野的是人眼的观看。如画关涉自然美的视觉欣赏，自然美必然显得如画的根据在于我们有一双把自然美看得像画的眼睛，英国“如画美学之父”吉尔平（William Gilpin）牧师称之为“如画之眼”（picturesque eye）。因此，首先需要考察的是人眼的“如画功能”。

眼睛的观看机能是与其光学机制相关的，视觉透视遵循的就是眼睛的视觉光学原理，眼睛和视觉光学是统一的。世界上的事物之所以是可见的，我们的眼睛之所以能看到事物，其根源在于事物对太阳光的反射。周围世界在这种反射中以电子波能量的形式存在着，我们的眼睛就是一架天然的光学仪器，它能接收并感知一定波段的电磁波，从而使世界万物能够以视觉形象的方式被我们感知。眼睛的生理结构包括虹膜、晶状体、玻璃体液、视网膜，外界事物对光的反射通过眼睛的生理光学结构而在视网膜上形成图像，其光学构造和成像原理类似于暗箱式相机。正是因为这种相通性，“在艺术家和科学家热衷于越来越精密地复制视野时，他们又发明了一些技术补救方法，因为感觉通常会对视网膜影像做出补充。最通常的设计是‘照相暗匣’”[2](p. 92)。暗箱式照相机源自意大利的“暗室”，暗室的原理是：如果在一间密闭的房子的墙壁上开一个小孔，那么外面的事物影像就根据小孔成像原理在对面墙壁上形成一幅倒立的图画。

由于暗箱式照相机的光学机制更精确地体现了眼睛的视觉功能，因而在真正的照相机发明之前，艺术家是通过描绘“暗箱照相机”所生成的倒立的影像来“创作”风景画的[3](p. 63)。因为我们通过“现场目击”所看到的风景与暗箱成像的影像是一样，二者都是一副二维的平面图像；并且，通过机器对风景的成像比人眼的观看更精确，因为眼睛的观看容易受到注意力、意欲、习俗、偏见、幻觉等心理因素的影响。因而，当开普勒的《天文光学》确立了人工观察的机械工具——暗箱——的时候，人类观察者开始从光学文献中淡出，因为机械装置比肉眼更精确、更科学。对于自然风景的观看来说，由于机械的光学装置能够更精确地体现视觉光学机制，更忠实地以图像化的方式再现风景，因此画家更愿意通过暗箱来观看风景和创作风景画。在英国的如画旅行中，旅行者往往会随身携带一些光学仪器，如远距成像透镜、暗箱照相机、遮光镜等，其中最著名的就是克劳德玻璃，“为了制造这个设备，要将一块凸面玻璃安装在黑色背景上：它将会把风景加以映射和小型化，并且淡化它的色彩，但恼人的是它并不允许这个图像被拿走”[4](p.117)。通过克劳德玻璃，风景被缩小化、平面化为一幅小型图画，使其看起来像克劳德（Claude Lorrain）所创作的风景画，克劳德玻璃被广泛使用的一个原因就在于，它更好地实行了人类的视觉机制，克劳德玻璃比起人眼的直击来说更容易使风景看起来像画。

然而，这里更值得探讨的不是自然风景通过眼睛的视觉机制生成为一幅图像，而是眼睛通过其光学机制对风景的观看或者复制如何将图像艺术化，如画所说的绝不只是眼睛看到的风景在“二维平面图像”方面相似于风景画，其中更深层的相似在于“艺术性”（即美）。艾迪生（Joseph Addison）的话点出了问题的关键：“我曾经看到过的最美的风景画，是画在一个暗室的墙壁上的［……］这个实验在光学中是常见的，在这儿你看到波浪和水在强烈和合适的颜色中的波动，船的图画出现在末端……”[5](p.419)这幅最美的“风景画”就是外界风景通过暗室的暗箱原理在墙壁上生成的平面图像，对此我们应该追问的是，风景在眼睛的感知过程中的图像化再现如何产生了美，以致这种图像化的再现必须被描述为美得像画（“像艺术”)?

暗箱照相机及其所形成的图像是人眼视觉功能的体现，风景在人眼的现场直击中其实就是一副二维的平面图像，因此，观看按照透视原理创作的风景画就像透过窗子看风景。平面图像是对风景的再现，通过技术上的操作，平面图像也可以在视觉中被还原成为立体的物象世界，这体现在计算机视觉技术和当代的3D技术上。因而可以说，人眼对自然风景的直击同样是对风景的再现和复制，这一点与暗箱照相机的复制完全一样，区别只是在于人眼的直击与克劳德玻璃一样不能生成固定的图像。因此，如果抽象出一个自然风景本体，那么人眼所看到的并不是风景的“物自身”，在风景的原物与人眼所看到的风景之间是能够做出区分的。从这个角度看，人眼看到的风景或者暗箱的成像都相似于镜子对风景的反射，如丢勒（Albrecht Dürer）所说：“我们的视觉就同一面镜子，因为，它承受出现在我们面前的任何一种形态。”[6](p. 176)也正是这个镜子的镜像再现解释了暗箱或者眼睛的图像化能够产生美的缘由，“如画之眼”能够把风景图像生成为美的，其美学根据在于视觉对自然风景的“镜子式再现”，镜像产生了美，一如中国美学中所说的“镜花水月”的例证。蒲伯（Alexander Pope）的“岩洞”在此可以作为例证。

> 蒲伯在特维克海姆的地产中有一个著名的岩洞，其中有一个镜子，水、光和各种景象都能在镜子中被映射［……］按照蒲伯的设想，这个岩洞被设计用于“像一个墙壁上暗箱式针孔摄像机那样运作，在其中所有的客体如河流、山峦、树木、小舟形成了一个在它们的视觉放射中的移动的图画”，通过描述“镜子的丰富”的“非凡效果”，在一个罕见的时刻中如画风景被说成是超越了大师级画家的技巧。[5](p. 419)

综上所述，人眼的“如画功能”在于：自然风景在眼睛——其机能的更为理想的机械代用品是暗箱——的光学机制中能够形成一个“二维的风景图像”，这种“镜子式”的自然再现借助镜像而产生了美，使“二维风景图像”看起来像风景画。这是从“如画之眼”的视觉光学机制层面对自然美如画的人文根据的阐释。

二 “如画之眼”的文化内涵

“如画之眼”的光学阐释中已经渗透了文化的内涵，眼睛观看对自然的“镜子式”再现能够产生美，就不再是光学机制能解释的了；另外，我们之所以能够把眼睛观看所生成的“二维风景图像”称为像风景画，是因为我们必定已然知道何为风景如画，一个没有接触或受过艺术训练的人是绝对不可能辨认何为风景画的，“像画、如画”对于他是无意义的。此外，人眼的观看并非是纯粹的机械光学的运作，视觉必然受到文化层面的调节和制约，甚至可以说，我们看到了什么取决于怎么看。自然美乃至自然本身都必须借助于人及其文化的再现作为中介才能呈现，眼睛观看、暗箱、克劳德玻璃和镜像所生成的自然图像之所以显得美如画，其更进一层的原因在于人类文化对自然的中介。在此，摄影是一个绝好的例证。

真正意义上的照相机诞生之后，摄影制作的风景相片逐渐取代了如画旅行时期的风景素描和手绘地景图，这是由于作为机械的“如画之眼”的摄影术在技术层面更完美地体现了眼睛的光学机制[7](p.9)。摄影的诞生对绘画的影响是巨大的，不仅因为摄影照片的技术复制在对现实的精确再现上让手工绘画望尘莫及，更在于摄影对绘画艺术的根本性渗透，画家不再采用写生，而是使用拍摄的相片作为绘画创作的底稿，甚至绘画在风格上也尝试着模仿摄影。摄影促使绘画不得不重新确定自己的边界，思考自己的本质，现代绘画便在摄影的逼迫下从再现现实转向主体表现、抽象构图等创新实践。于是，这里产生了一种假象，似乎是光学机械的技术规定着再现性的绘画创作和审美感知，而事实却并非如此。

摄影以其严格的光学成像原则和对现实的忠实复制宣示了它的客观性和科学性，本雅明（Walter B. S. Benjamin）就认为：“对相机说话的大自然，不同于对眼睛说话的大自然：首先是因为相片中空间不是人有意识地布局的，而是由无意识所营构出来的［……］这部机器可以在瞬间产生一个视觉的影像，且看起来与自然本身一样鲜活真实。”[8](p.5) 这种通过机械技术所固定下来的现实的影像与绘画等人工再现的图像相比，其客观性和精确性使得人们产生一种根深蒂固的误解，认为摄影照片不但是对现实的复制，而且就是现实本身的真实呈现，这一点促成了人们在科学实验和认知领域对摄影的真实性的信仰。然而，恰恰是这部能够捕捉和固定现实的机器的功能本质拆穿了信仰赋予它的“神话”。照相机及其工作原理的真正根据在于对人眼功能的模仿，可以设想的是，如果小孔成像原理不是恰好相通于人眼的光学原理，那么这种技术和装置就根本不会逐渐攀升到图像制造的主导位置，很难想象在模仿昆虫的“复眼”结构的光学机械里的世界将会是个什么样子。只有能被人们理解的东西才能被看到，画家只画他们希望看到的东西，只有使人们能够看到“人眼中的世界图像”的机械才能成为观看世界和制作图像的工具。因而，事实上是人及其文化的因素决定了作为机械技术的摄影的盛衰，亦即摄影术的存在依据在于人类文化，而不是相反。

因此之故，虽然真正的照相机于 1839 年诞生不久就被应用于风景拍摄，以其对风景的逼真的复制被称为“自然的画笔”（the pencil of nature），然而，摄影能够被称为“画笔”和风景照片能够被视为艺术类图像的真正原因不在于对风景的精确复制，而在于人类文化的命名。由此才能够理解何以作为机械复制技术的摄影在其早期竟然表现出对绘画的刻意模仿，“崭新的再现技术的突然出现并没有立即产生一种新的想象模式，摄影师和公众都已经形成了一个关于风景或者一个建筑的再现应该是什么样的清晰概念，这些概念是从 1839 年前的半个世纪的大量的印刷和绘画中获得的”[9](p.75-76)。因为文化的力量主导着我们的理解和信念，决定着我们该看、要看和能够看到什么，因此摄影必须模仿绘画，甚至是摄影在行使其“档案记录”（documenting）功能的时候。如果不是基于摄影诞生之前的漫长的制图和读图的文化史经验，摄影就不可能取得其独立的图像生产的地位；如果没有艺术史中的“艺术模仿现实”的传统和绘画在于记录光与影的信条，我们就会很难理解摄影能够作为艺术以及绘画后来对摄影的模仿。

摄影本质上只是我们透过照相机的“机械之眼”对世界的一种观看，“很明显，不止存在一种叫做‘观看’（由相机记录、协助）的简单、统一的活动，还有一种‘摄影式观看’——既是提供人们观看的新方式，也是供人们表演的新活动”[10](p.147)。摄影既是一种观看，也是一种观看着的生存方式，其本质是属于文化的，诚如周宪先生所说，观看的本质是一种非常复杂的社会—文化现象[11](p.68)。文化乃是一切感知和呈现得以可能的基底，只有立足其上、置身其中我们才能观看，我们的文化经验教会并训诫我们“什么是可见的”和“应该如何观看”，摄影相片不仅呈现了可见的一切，而且包含着不可见的观看方法，因此约翰·伯格说“每一图像都体现着一种观看的方法”[12](p.10)。我们“看到什么”取决于“怎么看”，而“怎么看”建基于我们对现实的理解和信念，这些关于现实的知识解释和信念归属于我们的文化，因此观看之道的本质属于文化。

对于自然欣赏来说，文化经验先行地为我们描绘了“自然风景是什么”“一种对自然风景的再现应该是什么样的”“何为美的自然”，即文化奠基了我们对自然的“摄影式观看”，调控、支配着“如画之眼”的运作。因此，我们的探讨必然要进一步过渡到文化哲学的层面。

三　自然美如画的文化哲学基础

视觉观看的“如画功能”奠基于人类文化，从文化对“如画之眼”的奠基作用来说，自然欣赏必须以艺术的模式组织审美经验，我们必须透过艺术的框架来观看自然[13](p.111)。然而，对上述论断的根据的解释则需要过渡到文化哲学的思考疆域。文化的本质是人性的外化、人的自我实现，能够为这一视角提供基础性阐释的是哲学人类学意义上的文化哲学，而该领域内最有代表性的思想家无疑是恩斯特·卡西尔（Ernst Cassirer）。

康德（Immanuel Kant）通过转向人的认识能力（即纯粹理性）为人类的知识找到了一个可靠的地基，这个所谓的“哥白尼革命”是以人的转向完成的哲学变革，其创新性是把解决一切哲学问题的思考基点置于人的理性主体性之上，因此康德的理性批判实质上是一种人的批判。在《逻辑学讲义》中，康德为《纯粹理性批判》中提出的三个主要哲学问题——“我能够知道什么”（形而上学）、“我应该做什么”（伦理学）、“我可以期待什么”（宗教）——增加了“人是什么”这个最后的问题。康德认为人类学能够对第四个问题做出回答，并且，“从根本说来，可以把这一切都归结为人类学，因为前三个问题都与最后一个问题有关”[14](p.15)。理性批判的所有问题都可以归结为人的问题的依据在于，人类理性认识及其实践活动都根源于人的本性，在这个意义上可以把康德的哲学称为一种哲学人类学。卡西尔的文化哲学所遵循的就是这种哲学人类学的思想路线，“回到康德”不仅是卡西尔乃至整个新康德主义的口号，而且是他们所共同遵循的思想纲领。

按照卡西尔的理解，康德的哲学贡献主要在数学和自然科学领域[15](p.59)，他在这些领域发现了人类认识能力的先天原则和秩序，并且把这种规则性归结为人的知性能力（即为认识赋予原则的统一性能力）。然而，能为人类生存提供意义的那些原则和结构不仅存在于自然科学的领域，而且存在于所谓的人文科学之中，在语言、神话、历史、艺术、科学等所有文化领域都存在着源于人性的精神结构、形式和原则。卡西尔遵循康德“先验哲学”的思路，将所有的文化领域的活动归因于人的本性中的赋予形式的能力，其哲学思考就是探究文化活动中感知和理解的“先验形式”。由于卡西尔把康德的思考扩展到包括人文科学在内的整个人的文化实践，正如一研究者所说，卡西尔是在文化科学的事实领域提出了康德的问题，即先天的综合形式如何可能[16](p.222)，在这个意义上可以说，卡西尔哲学是康德的“哥白尼式革命”的深化及其在文化领域的扩展。

“文化”一词在卡西尔这里获得了最为充分和恰当的定义，甘阳认为卡西尔所理解的文化是“人的外化，人的对象化”[17](p.8)，卡西尔本人也有过类似的说法：“我们称之为文化的东西，也许可以定义为我们人类经验逐步向前客观化，定义为我们的情感、情绪、欲望、印象、直觉、思想和观念的客观化。”[18](P.114)在他看来，“客观化”是通过符号形式来完成的，而客观化即是所谓的对象化、外化。按照这种定义，人乃是文化的根基，不仅文化形态是人的本质客观化的结果，而且这种文化活动（符号活动能力）的功能本身也属于人的本性。因此，卡西尔哲学实际上是一种基于哲学人类学的“文化批判”，以对应于康德“纯粹理性批判”，其文化哲学的基点在于对人的定义：

> 人的突出特征，人与众不同的标志，既不是他的形而上学本性也不是他的物理本性，而是人的劳作（work）。正是这种劳作，正是这种人类活动的体系，规定和划定了“人性”的圆周。语言、神话、宗教、艺术、科学、历史，都是这个圆的组成部分和各个扇面。因此一种“人的哲学”一定是这样一种哲学：它使我们洞见这些人类活动各自的基本结构，同时又使我们把这些活动理解为一个有机整体。[17](p.87)

人的本性通过符号活动的劳作为自己构筑了一个符号的宇宙，这个宇宙就是人类的文化活动及其结果，这就是文化的所有领域——宗教、艺术、科学、历史等。卡西尔对人的定义为我们揭示了艺术的本质，艺术作为“人性”圆周上的一个扇面，是人的符号活动的一种，是人类文化活动的一个领域，艺术不仅是某一领域的符号形式，而且是一种为实在赋予符号形式的能力。艺术通过形式的创造为现实提供了可以感知和理解的秩序[18](p.134)，可以说正是艺术的“赋形”能力为现实进入人的感知和情感提供了前提。艺术作为符号形式的一种也参与了对世界的构造，卡西尔认为艺术预期地构造了实在的领域，艺术是对象化程序的一种途径[15](p.49)。艺术作为符号形式中的一种，其特殊性就在于，艺术是在“可听、可感、可触的外观把握中给我们以秩序”，艺术为感性感知赋予形式，艺术的形式是生命情感的结构和秩序。[20]由于艺术从知觉形式和意义上构造了人类活动的对象和直观的世界，在艺术创造为事物赋予形式以前，我们是不会去注意这些形式及其对事物的组织的，并且这些形式不仅仅存在于艺术领域，它们在全部的人类知觉经验中都存在着，如卡西尔所说：“艺术可以包含并渗入人类经验的全部领域。在物理世界或道德世界中没有任何东西，没有任何自然事物或人的行动，就其本性和本质而言会被排除在艺术领域之外，因为没有任何东西能够抵抗艺术的构成性和创造性过程。”[17](p.200-201)

按照上述理解，自然唯有通过艺术的赋形才能进入我们的审美感知活动中，不仅如此，自然美就在于自然在感知中的符号形式化。也就是说，是艺术的符号形式为我们揭示了自然美的存在。对于视觉经验来说，由于风景画这种艺术符号揭示了自然风景的美的形式，因而，只要我们对自然进行审美欣赏，自然风景就必定是在风景画所赋予的符号形式的框架中被感知，从而使自然看起来必然会像画，这种理解就清晰明确地出现在卡西尔本人的表述中：“审美经验开始于我们心智框架的突然转变。我们用于风景观察的并不是一个观众的眼界，而是一艺术家的眼界。在我的眼界中形成了一幅风景的‘画面’。”[18](p.164)

依据卡西尔的文化哲学，我们必定要透过艺术的符号形式框架来观看自然，自然美必须经过艺术的赋形才能呈现自身。在文化哲学的视野里，自然只有经由文化的界面才能向人类经验开放自身，自然美因此而必然显得如画。

四　自然美如画的人文实践基础

卡西尔在《人论》的结尾说道："作为一个整体的人类文化，可以被称为人不断自我解放的历程。语言、艺术、宗教、科学，是这一历程的不同阶段。在所有这些阶段中，人都发现并且证实了一种的新的力量——建设一个人自己的世界、一个'理想'世界的力量。"[17](p.288)作为整体的人类文化之所以是人的自我解放的历程，是因为这个历程本身是人性自我实现的过程，人类文化实践的整体就是人类自我实现的历史，因而最广义的文化就是人类历史实践活动的整体。从人文的视角来看，是人文实践的整体构建了人的生存经验，人的审美活动作为人的感知体验同样是文化实践整体构建的结果，人的审美活动是人类文化实践的整体对身体的控制和思想观念的训导的结果，这就是伊格尔顿（Terry Eagleton）在其《审美意识形态》中所表达的考量："在本书中，我试图通过美学这个中介范畴把肉体的观念与国家、阶级矛盾和生产方式这些更为传统的政治主题联系起来。"[21](p.8)意识形态是文化实践整体的约束力在人的观念和行为习性上的体现，是文化实践整体构建出来的人的观念、行为、习性等的总和，它表现为对现实的想象性关系或者一种社会领域的"先验构造"，人只有通过意识形态这个中介才能进入现实世界。

作为纯感性领域的审美活动也渗透着意识形态的影响，从根本上说，作为文化实践的一个组成部分的审美（艺术和非艺术的）也是一种意识形态，这种审美的意识形态与其他意识形态一起归属于一般意识形态[22](p.60)。"审美本身也是一种意识形态"所表述的就是文化实践整体对人的审美感知、审美活动的构建。在这个意义上，审美并非一个自律的领域或者漂浮于世俗之外的纯净之所，审美不但参与了社会历史的权力运作，而且它本身就是人文实践整体构建的结果。根据这种理解，自然审美亦是一种人文实践的整体构建出来的人类经验。

按照安·伯明翰（Ann Bermingham）的研究（《风景与意识形态》），景观与意识形态之间存在着深刻的关联[23]，事实上，18 世纪英国的如画趣味不只是一个美学时尚，它也是当时的意识形态的一个表征。如画的兴起并行于由圈地运动和先进的农耕技术所导致的农村地区人口下降，但是它的鼎盛期却出现在由法国大革命引起的追求农业利润的农业景气年代，如画的流行伴随着经济结构的改变，繁荣于特别的危急时刻，英国国内的如画旅行的兴盛绝不仅仅是因为战争阻断了到欧洲大陆的旅行。在当时到苏格兰高地的如画旅行中，人们对自然风景的欣赏必须接受旅行指南的调节，而这个调节是在政治和经济的框架下进行的，在以改善风景为理由的将当地居民驱离居住地，或者将高地以及高地上的人口都作为经济交易和大英帝国的商品的如画改造中，如画都体现着各种政治经济势力的渗透和操控。

从政治角度看，如画的风行首先表现为特定社会阶层的美学趣味在社会文化中的主流化，审美趣味不仅可以区分为不同风格类型，而且趣味本身就是阶级区分的一种标志，趣味也参与了社会的阶层分流[24](p.6)。上述观点也是适用于如画的，在某一特定的社会形态中，如画趣味不仅是某一特定阶层的社会和文化身份的标志（特定阶层正是借助于这种时尚来区分自身的），而且同一社会中不同阶层的成员也会有不同内涵的如画体验，在这个意义上，如画实际上是通过风景审美参与了社会的阶级编码。在 18 世纪的英国如画趣味是绅士阶层的文化时尚，当时到欧洲的大旅行就是绅士教育课程的一部分，而且要欣赏那些以粗糙、破败、不规则、野蛮人、文明的废墟为主题和特征的如画风光，欣赏者必定需要相当程度的艺术和文化修养，忧心忡忡的穷人是既没有心境也没有条件欣赏如画风景的。不同社会的不同阶层会有不同的如画经验，例如，穷人的如画是为劳苦的生活装点的幻美的面纱，让人觉得这艰辛的生活还是值得过的；而征人的“江山如画”则更多意味着家园之思、爱国之情。

对于土地拥有者从美学角度对风景的如画改进来说，其政治意图既有对土地和土地上的居民的驱离或者占有，又包括将这种土地所有权在意识形态上合法化的美学宣示。如画美学对于无利害距离的强调，对于强盗、吉卜赛卜、破旧的农舍、衣衫褴褛的牧羊人的形象的偏好，其意识形态内涵就在于，宣称这些地区贫困和痛苦（至少按照绅士的标准），对于任何想在这些土地上维持生计的人口是不可避免的，因此，如画实际上是为绅士阶层的政治利益所做的美学辩护。从民族关系角度看，英国的如画时尚可以被视为摆脱法国影响的美学反叛，人们在英国本土寻找如画风景的行为不仅是因为战争阻断了欧洲之旅，而且是因为如画风景所带来的身份认同迎合了英国人的民族自尊心，如画风景在这里成为民族身份的象征。此外如画还与殖民主义相牵连，这一点在美国对西部风景的如画改造中表现得尤为显著，在白人对西部北美风景的如画性组织和塑形中，如画被牵连进殖民主义话语之中。从经济角度看，自然的如画观看充当了地主乡绅开发土地的经济努力的必要前提，即是说如画美学允许把乡村人口看作一个客体，这促进了把人口作为一类人的动产和实产的社会变革[25](p. 76)。

在18世纪英国的如画趣味中交织着各种社会力量的博弈，如画不仅参与了社会权力和话语的运作，而且如画趣味本身就是由英国人文实践整体构建出来的。鉴于人文实践整体对人的生存经验的强大塑造功能，我们可以说，自然美如画是文化实践的整体构建出来的一种自然审美经验。

结 语

本文对自然美如画的人文根据的探讨表明，我们必须通过人、人文的界面来欣赏自然，艺术为自然的显现提供了基础性的形式架构，是艺术组织了我们的自然审美经验，自然美必须通过艺术的再现才能向我们的审美经验开放自身。本文的探讨实质是一种以人为基点的哲学人类学意义上的文化哲学的阐释，其合法性基础在于“人化自然”（所谓的“人为自然立法”）的信念，即自然的显像只有通过人才能得以实现，在这一点上“人乃自然的尺度”，人是自然显现与不显现以及如何显现的一个基底。文化哲学的阐释有效性仅囿于“人化自然”的领域，当真相超出人之主体性所能负载的诠释力的范围的时候，自然美如画的文化阐释就不再具有其有效性。当我们以现象学的视角来看，自然审美的真相就并不是人对自然观看的结果，而恰恰是自然对人的观看，自然的自行显像具有了人的觉知和生存，从而自行地向人显现为像画（像艺术）[26]，在此，画乃是自然在审美中自行显像（露面、显露外观）的本质性运作。在这一点上，当代西方自然美学对如画的批评是中肯的，他们指出了如画的理论阐释的人文视角的局限，即其囿于哲学人类学的人类中心主义立场。然而，就此也并不能否定自然美如画这个审美经验的事实，因为即便在现象学的视野里，自然美也必然自行显得像画，除开人类中心主义的立场，如画也并非是一种必定歪曲自然美的审美经验或模式。在这个意义上，文章的探讨事实上借助于如画这种自然审美经验，从自然和艺术的关系的角度为我们揭示了自然美、自然审美的本质性事实——艺术在自然美的显现和自然审美中具有基础性的赋形作用。这一见解无疑将会为当前学界的自然美学、艺术美学乃至美的本质的研究提供一个崭新的见解，作为观念创新以期能够实质性地推进这些领域的相关研究。

参考文献

[1] 柳宗元:《柳宗元集（卷二十七)》，中华书局 1979 年版。

[2] [美] 卡洛琳 · M. 布鲁墨:《视觉原理》，张公衿译，北京大学出版社 1987 年版。

[3] [美] H. G. 布洛克:《现代艺术哲学》，滕守尧译，四川人民出版社 1998 年版。

[4] Paul Smith and Carolyn Wilde（ed）: *A Companion to Art Theory*, Blackwell Publishers Ltd, 2002.

[5] David Marshall: "The Problem of Picturesque", *Eighteenth – Century Studies*, No. 3（Spring 2002）.

[6] 杨身源:《西方画论辑要》，江苏美术出版社 2010 年版。

[7] 徐国武等:《摄影与透视》，辽宁美术出版社 2008 年版。

[8] 吴琼、杜予:《上帝的眼睛：摄影哲学》，中国人民大学出版社 2005 年版。

[9] James S. Ackerman: "The Photographic Picturesque", *Artibus et Historiae*, No. 48（2003）.

[10] [美] 苏珊 · 桑塔格:《论摄影》，黄灿然译，上海译文出版社 2010 年版。

[11] 周宪:《视觉文化的转向》，北京大学出版社 2008 年版。

[12] John Berger: *Ways of Seeing*, British Broadcasting Corporation and Penguin Books Ltd, 1972.

[13] 王中原:《"自然模仿艺术" 命题的内涵、理据及其美学意义》，《西南大学学报》（社科版）2017 年第 5 期。

［14］［德］伊曼努尔·康德：《逻辑学讲义》，许景行译，商务印书馆 1991 年版。

［15］［德］恩斯特·卡西尔：《人文科学的逻辑》，关之尹译，上海译文出版社 2004 年版。

［16］Eugene T. Gadol：“ The Idealistic Foundations of Cultural Anthropology：Vico，Kantand Cassirer” . *Journal of the History of Philosophy*，No. 2（April 1974）.

［17］［德］恩斯特·卡西尔：《人论》，甘阳译，上海译文出版社 1985 年版。

［18］［德］恩斯特·卡西尔：《符号、神话、文化》，李小兵译，东方出版社 1988 年版。

［19］马国柱：《卡西尔符号论美学评述》，《社会科学辑刊》1992 年第 6 期。

［20］［英］特里·伊格尔顿：《审美意识形态》，王杰等译，广西师范大学出版社 2001 年版。

［21］Terry Eagleton：*Criticism and Ideology*，Verso，2006.

［22］Ann Bermingham：*Landscape and Ideology*：*The English Rustic Tradition*，1740—1860，University of California Press，1986.

［23］Pierre Bouraieu：*Distinction*：*A Social Critique of the judgement of Taste*，*Translated by Richard Nice*，Harvard University Press，1984.

［24］Kim Ian Michasiw：“Nine Revisionist Theses on the Picturesque”，*Representations*，No. 38：1992.

［25］王中原：《自然向人文的自行生成：一个探讨自然美的新维度》，《西北大学学报》（哲社版）2017 年第 4 期。

The Humanistic Basis of Picturesque

Wang Zhongyuan

Abstract The criticism on Picturesque from contemporary western natural aesthetics highlights the relationship between natural beauty and art, the solution to which needs to explore the humanistic basis of Picturesque. The picturesque's humanistic basis is: The optical mechanism of human "picturesque eye" makes the nature become the beautiful scenery image with its "mirror – like" reproduction; The cultural philosophy foundation of "picturesque eyes" lies in that we must appreciate nature through the interface of art, The "form – endowing" from landscape painting Contributes to Picturesque; The human cultural practice(social – historical practice) as a whole constructs the aesthetic experience of Picturesque. The discussion of this paper reveals the fundamental shaping function of art in the presentation of natural beauty and natural aesthetics.

Key Words Natural Beauty; Picturesque; "Picturesque Eye"; Philosophy of Culture

Author Wang Zhongyuan, Associate Professor of the Research Center of Literature and Art of Henan University, his main research direction is literary theory and aesthetics.

文艺美学

Artistic Aesthetics

历史的反复，还是戏仿？

——马克思的戏仿论蠡测

妥建清

摘要 戏仿作为文艺—文化领域的惯性话语业已成为学术界的论述中心之一，但是长期以来学术界对于马克思有关历史的戏仿论未予重视。马克思不仅以戏仿论来嘲讽1848—1851年的新法国革命为历史贬值的革命，扬弃了黑格尔建立于理性拱心石之上的“历史的反复”的说法，而且从新、旧法国革命历史记忆的意图指涉、资产阶级社会的代议制以及现代传播媒介等诸多方面，深度反思戏仿所表征的唯美—颓废审美风格的文化成因，以此确证历史唯物主义观念的合理性，并且借此跨界性的戏仿论为历史理性主义赋魅。由此，相异于巴赫金、后现代论者的戏仿论，马克思的戏仿论具有“批判新法国革命的视角，为人类历史目的”的重要意义。

关键词 戏仿；历史的反复；马克思的戏仿论；唯美—颓废审美风格；新、旧法国革命

作者简介 妥建清，西安交通大学人文学院哲学系教授，博士生导师，山东大学文艺美学研究中心博士后。

在西方思想文化场域中，“戏仿”作为文艺—文化领域的惯性话语起源于古希腊的“相对之歌”（parodia）。[①] 直至近代，戏仿小说与滑稽的古

---

① ［英］玛格丽特·A. 罗斯：《戏仿：古代、现代与后现代》，王海萌译，南京大学出版社2013年版，第6页。

代概念与用法被不断窄化为现代意义的“戏谑”风格。20世纪以来，巴赫金以拉伯雷、陀思妥耶夫斯基的文学实践为主要对象，系统地阐释了戏仿的复调性与风格化。晚近的克里斯蒂娃、热奈特、詹姆逊等人则于后现代语境中揭示出戏仿对于当代文化的解释有效性。相比于此种流行的文艺—文化领域的戏仿研究，学术界长期以来对于马克思有关历史的戏仿论未予重视。实际上，马克思不仅以戏仿（parodie）论①来嘲讽1848—1851年的新法国革命为历史贬值的革命，扬弃了黑格尔以理性为基础的“历史的反复”之说，而且还从资本主义社会的诸多方面深度反思了此种戏仿现象所表征的唯美—颓废审美风格的文化成因，借此跨界性的戏仿论为历史理性主义赋予迷魅。由此，有别于巴赫金、后现代论者的戏仿论，马克思的戏仿论具有了“批判新法国革命的视角，为人类历史目的”的重要意义。

一　马克思对于黑格尔“历史的反复”之说的扬弃

“历史的反复”的说法来自黑格尔对于恺撒的有关评论。黑格尔在《历史哲学》中指出，恺撒作为“世界历史人物”，将庞培以及元老院所

---

① 马克思在《路易·波拿巴的雾月十八日》《1848年至1850年法兰西阶级斗争》等文献中多次使用“parodie”（戏仿）一词。在《路易·波拿巴的雾月十八日》一文中，马克思论及路易·波拿巴称帝是一种戏仿现象，马克思使用“parodie”（戏仿）一词，认为波拿巴的胜利，是“对帝制复辟的拙劣可笑的模仿”（Imperialistische Restaurationsparodie）。中译文参见中共中央马克思恩格斯列宁斯大林著作编译局编《马克思恩格斯选集》（第1卷），人民出版社2012年版，第755页。德文本Karl Marx，Friedrich Engls：Werke. Berlin 1960，Band 8，p. 193. 马克思论及旧法国革命使死人复活是为了赞美新的斗争，而不是为了拙劣地模仿旧的斗争（nicht die alten zu parodieren），亦使用“parodieren”（戏仿）一词。中译文参见中共中央马克思恩格斯列宁斯大林著作编译局编《马克思恩格斯选集》（第1卷），人民出版社2012年版，第670页。德文本Karl Marx，Friedrich Engls：Werke. Berlin 1960，Band 8，p. 116. 在《1848年至1850年法兰西阶级斗争》一文中，马克思认为戴着皇冠打着鹰旗的路易·拿破仑也是对于老拿破仑的一种“parodierte”（戏仿）。中译文参见中共中央马克思恩格斯列宁斯大林著作编译局编《马克思恩格斯选集》（第1卷），人民出版社2012年版，第483页。德文本Karl Marx，Friedrich Engls：Werke. Berlin 1960，Band 7，p. 46.

施行的个人统治的日渐空虚的形式主义予以取消，代之以单独的个人意志，即罗马帝国的皇帝来行使统治之权，结果遭遇布鲁特斯、加西阿斯等人的暗杀。但是恺撒之死并未恢复罗马往昔的共和国旧制，相反人们却将帝国作为事实予以接受，致使 Caesar（恺撒）——罗马皇帝的称谓得以在后世流行。在黑格尔看来，此种历史剧情的偶然事件——恺撒被暗杀之中充满着世界历史按照理性自由发展的必然，这种必然性为后来“历史的反复”所证实：罗马的共和国旧制无法挽救罗马的危局，只有帝国模式才能维系罗马的命运，此乃理（精神—理性）之所至，势（辩证运动）所必然，于是黑格尔说：“因为自古及今的一切时期内，假如一种政治革命再度发生的时候，人们就把它认为是理所当然的了。也就是这样，拿破仑遭到了两次失败，波旁王朝遭到了两次放逐。经过重演以后，起初看来只是一种偶然的事情，便变作真实和正当的事情了。”①

马克思在《路易·波拿巴的雾月十八日》（1851—1852 年）（以下简称《雾月十八日》）开篇引用黑格尔“历史的反复”的说法进一步指出，“历史的反复”并非事件本身的重复，而只是同结构形式的历史事件的再次发生：“黑格尔在某个地方说过，一切伟大的世界历史事实和人物，可以说都出现两次。他忘记补充一点：第一次是作为伟大的悲剧出现，第二次是作为卑劣的笑剧出现。”② 此前，马克思曾在《〈黑格尔法哲学批判〉导言》（1843 年）中首次表达了此种观点，历史本是先后上演悲剧和喜剧的多幕剧，悲剧表明新时代的诞生（如法国），喜剧则代表着人类愉快地同自己的过去诀别（如德国）：“历史是认真的，经过许多阶段才把陈旧的

---

① ［德］黑格尔：《历史哲学》，王造时译，上海书店出版社 2006 年版，第 292 页。

② 中共中央马克思恩格斯列宁斯大林著作编译局编：《马克思恩格斯选集》（第 1 卷），人民出版社 2012 年版，第 668 页。

形态送进坟墓。世界历史形态的最后一个阶段是它的喜剧。”① 而在《雾月十八日》中，马克思认为1848—1851年的新法国革命只是旧革命的幽灵在游荡，所谓“科西迪耶尔代替丹东，路易·勃朗代替罗布斯比尔，1848—1851年的山岳党代替1793—1795年的山岳党，伦敦的特别警察和十来个负债累累的尉官代替小军士及其一桌元帅！白痴②的雾月十八代替天才的雾月十八”③。此种徒具革命形式而无革命精神的拙劣模仿，尽管以“历史的反复”的方式发生着，但它并不是黑格尔意义上世界精神自由发展的必然性的明证，而只是历史的一幕笑剧。马克思进而从当时法国革命的历史事实出发，批判性地反思以黑格尔历史观为代表的“真正的神正论”④ 的困境。

黑格尔认为世界历史是合目的与合规律的统一，世界历史的发生与演进系于集实体与动力于一身的先在的理性。物质是依他不依自的，其以复合的存在样态，相辅相成地趋向统一的理想为目的，本质上是不自由的；而理性则依自不依他，其既具有自我意识，知道自身的存在，又以不断复回自身的辩证运动成全自己，因此理性本质上是自由的。世界历史作为理性由自在到自为发展运动的过程，不过是理性感性显现的过程。黑格尔又将理性的逻辑形式历史化，赋予世界历史合规律的一面。黑格尔继承古希

① 中共中央马克思恩格斯列宁斯大林著作编译局编：《马克思恩格斯选集》(第1卷)，人民出版社2012年版，第6页。马克思的此种说法正好与同时期的法国历史学家托克维尔所谓“法国革命不断上演”的说法“英雄所见略同”：“接替旧制度的是立宪王朝，接替立宪王朝的是共和国，而在共和国之后是帝国，帝国之后是王朝复辟，后来就到了七月王朝。在这相继出现的政权转移的每一次之后，新的掌权者在接近完成自诩为自己的事业的时候，都宣称法国革命完成了。可悲！我自己在王朝复辟时期也曾希望如此，而在王朝政府垮台不久也还这样希望。这是又重新开始的法国大革命，因为人们向来是这样看的，我们越往前进越远离目标，越感到前途暗淡。”参见托克维尔《托克维尔回忆录》，董果良译，商务印书馆2010年版，第100页。

② 将波拿巴称为白痴的创始者是梯也尔，马克思在此只是引用梯也尔之说。参见［英］大卫·哈维《巴黎城记：现代性之都的诞生》，黄煜文译，广西师范大学出版社2010年版，第107页。

③ 中共中央马克思恩格斯列宁斯大林著作编译局编：《马克思恩格斯选集》(第1卷)，人民出版社2012年版，第668页。

④ 同上书，第181页。

腊巴门尼德“存在与思维同一”的哲学传统，又吸取了同时代的费希特、谢林等人的逻辑学成果。费希特认为A是A的形式逻辑具有重要的哲学意义，他不但声称全部知识学应以研究自我为起点，而且推己及人，由自我设定非我以及设定其与自我的对立，由此形成全部知识学的三条基本原理：自我设定自己本身，自我的设定成为一切知识学的基础，亦即“A=A”；自我设定非我，非我的无条件设定成为一切否定判断的基础，亦即“-A≠A”；自我设定可分割的非我与自我使其相互对立，旨在解决绝对自我同时设定自我与非我的矛盾，保证普遍的自我意识的统一，[①] 以此同一重复的逻辑形式表达其高扬主体的同一哲学的价值。黑格尔将辩证法引入其同一哲学之中，赋予理性的纯粹逻辑A-A以新质。黑格尔视理性的辩证运动为A是A的逻辑展开，主词A与宾词A的逻辑形式的同一性只是表明理性从自我展开到消融他者乃至复返自身的辩证运动过程，但是主词A经过否定性的运动之后所达至的宾词A是更为丰满自足的理性，由此世界历史内在表现出不断进步的以实现自由为目的，外在又具有逻辑同一性的理性的辩证发展过程。在此意义上，世界历史不具有反复的可能，世界历史中每一事件的发生都是为了不断实现理性的自由，前者事件只是后来事件的准备，后来事件则是前者事件的结果，世界历史呈现出理性的必然进步。但存在于世界历史自身中的自由只是一种潜在的、可能性存在，现实自由的实现必须依托人的需要、欲望、热情等活动。黑格尔于是将恶视为推动世界历史发展的积极力量，以恶的目的为善的诠释消解了西方古典意义上善与恶的对立，为恶赋予伦理正当性。正如恩格斯所评价的："在黑格尔那里，恶是历史发展动力借以表现出来的形式。"[②] 而“英雄人物”将个人的需要、热情与世界精神的自由展开相互统一，由此成为世界

① 王玖兴：《全部知识学的基础·译者导言》，商务印书馆2007年版，第vi-viii页。

② 中共中央马克思恩格斯列宁斯大林著作编译局编：《马克思恩格斯选集》（第4卷），人民出版社2012年版，第244页。

精神人物。世界历史合理性的逻辑预设决定着世界精神人物成为可能，但是世界精神人物则依托其自身的行动结果来证实自身，黑格尔历史哲学于此理论上陷溺于循环论证之中，而现实层面则有将路易·波拿巴的政变视为法国历史发展的必然的风险，实质造成将“白痴的雾月十八”与“天才的雾月十八”相混同的重大误识。

黑格尔曾极力批判卢梭所谓先于国家自身的人类自然状态的假设，认为国家是建基于唯一理性之上的现代城邦，卢梭式的以个人相互建立契约而组成国家的方式只是某种基于他们的任意自由的东西，最终酿成了法国大革命的悲剧。在黑格尔看来，尽管拿破仑作为世界精神人物曾经实现了法国政局的稳定，但是拿破仑政权倒台之后，国家的问题会再次成为法国后革命时期的首要问题：“我正好年届五十，在这个时常惴惴不安的恐惧和希望的时代度过了三十年，我希望这种恐惧和不安一劳永逸地一去不还。现在，我不得不看到这种状况还在无休止地继续。”① 于是按照黑格尔的说法，法国国家建立于先在的理性基础上将是法国历史发展的必然，因为国家作为绝对自由的理性本是实体性意志的现实化，“这个实体性的统一是绝对的不受推动的自身目的，在这个自身目的中自由达到它的最高权利”，② 而代表世界精神人物的路易·波拿巴的出场亦属历史的自然。诚然，黑格尔未及见到路易·波拿巴的政变。

恩格斯以黑格尔“存在即是合理”的其人之道还诸黑格尔哲学体系其身，批判黑格尔哲学体系的完成即孕育着它的解体：“哲学在黑格尔那里完成了，一方面，因为他在自己的体系中以最宏伟的方式概括了哲学的全部发展；另一方面，因为他（虽然是不自觉地）给我们指出了一条走出这

① Joachim Ritter: *Hegel and the French Revolution*, trans, Richard Dien Winfield, Cambridge, MIT Press, 1983, p. 43.

② ［德］黑格尔：《法哲学原理》，范扬、张企泰译，商务印书馆1961年版，第253页。

些体系的迷宫而达到真正地切实地认识世界的道路。"① 黑格尔从理性出发的思维抽象赋予了理性辩证法的统治地位，理性经由现实的否定然后复返于自身的圆形运动辩证地生产出世间一切，但是已经完成的东西常常是丰满的，也是容易遮蔽的，因为“在实现中的东西本身中就拥有某种尚未实现的东西。只要产生这种东西，某种未经实现而现实化的东西就把这种自身特有的被动性带入现实化的积极性之中”。② 马克思通过将黑格尔意义上的“精神”扬弃为具有实践能动性的“劳动”，进而确认“精神生产”作为从逻辑与历史层面上后于物质生产的生产形态总是发生在“过程”之中，而且这种总体的过程并不会终结。由此，黑格尔建立于理性基础上的历史哲学的困境显示出由现实出发“更多地在批判政治状况当中来批判宗教"③ 的合理性。马克思遂以物质生产为始基的“开放的历史决定论”颠覆了黑格尔以理性为始基的封闭的“先验的决定论”。物质生产实践的丰富性和可变性赋予历史发展总体决定之中发生变化的可能，尽管此种变化最终为物质生产力的发展所制约。在此意义上，历史既可以表现为第一次发生的因富有革命精神而具有增值可能的悲剧，也可以表现为第二次发生的徒具历史形式而不断贬值的笑剧。马克思从事实出发指出（见下表），虽然旧法国革命与新法国革命的主角都名为拿破仑，并且两次法国革命分别成全了二者各自成为法兰西第一、第二帝国的皇帝等，但是旧法国革命与新法国革命形式方面的同一性无法遮蔽两次革命的目的、历史的意义等革命内容的差异，结果造成新法国革命只是在戏仿旧法国革命，以至旧法国革命的拿破仑被视为天才、英雄，新法国革命的拿破仑则被称为白痴、丑角。

---

① 中共中央马克思恩格斯列宁斯大林著作编译局编：《马克思恩格斯选集》（第4卷），人民出版社2012年版，第226页。

② ［德］布洛赫：《希望的原理》（第一卷），梦海译，上海译文出版社2012年版，第226页。

③ 中共中央马克思恩格斯列宁斯大林著作编译局编：《马克思恩格斯选集》（第4卷），人民出版社2012年版，第404页。

戏仿	原历史人物:拿破仑	戏仿人物:波拿巴
关系	伯父	侄子
事件	拿破仑的雾月十八日	波拿巴的雾月十八日
结果	法兰西第一帝国皇帝	法兰西第二帝国皇帝
代表阶级	农民	保守的农民
革命目的	推翻封建的绝对主义统治,建立资产阶级民族国家,实现自由、平等、博爱的现代性价值	结束资产阶级共和国,建立君主立宪制的帝国
采用手段	对于农民:免除农民赋税,分封自由民土地;对于军队:抚慰士兵,赢得荣耀	对于农民:增加赋税,分封的土地难以耕作;对于军队:利诱、耍阴谋,予以收买
对外影响	结束神圣罗马帝国,使得欧洲诸多国家赢得民族国家独立	侵略其他国家,阻止他国赢得民族独立
历史意义	秉承法国革命精神,推动历史进步	复辟
评价	天才,英雄	白痴,平庸可笑的人物,丑角

二　波拿巴的雾月政变与戏仿的唯美—颓废审美风格

马克思在《1848 至 1850 年的法兰西阶级斗争》《雾月十八日》等名篇中，以历史唯物主义的观点阐释原初波拿巴主义的成因，还以浪漫化手法描述波拿巴的政变实是对于旧法国革命的戏仿。① 马克思认为此种历史

① 哈维认为第二帝国为期 18 年，完全未如梯也尔和马克思所寓言的那般“痴呆”与滑稽。相反，第二帝国是一场相当严肃的国家社会主义实验，并且是同时拥有警察力量和民意基础的独裁国家。参见大卫·哈维《巴黎城记：现代性之都的诞生》，黄煜文译，广西师范大学出版社 2010 年版，第 107 页。

中的“戏仿”主要是通过拙劣地模仿旧法国革命“去革命”后的历史形式，造成新法国革命的形式与内容之间的不对称，将原历史崇高的英雄主义审美风格“降格”为以丑为美的唯美—颓废审美风格，从而制造出喜剧效果。马克思在此不仅将“戏仿”视为由文学领域延伸至历史领域的跨界性概念，而且某种意义上把新的法国革命当作此后巴赫金所诠释的笑剧，历史于此严肃、认真的一面之外而显现出滑稽、戏谑的一面。

首先，新、旧法国革命都力图以革命的历史记忆来建构自我的身份认同，但是因其历史记忆所表征的意图指涉相反，马克思认为新法国革命是以革命的历史记忆来反讽自身的身份认同。历史记忆关乎主体的身份认同，笛卡儿以“我思”确认主体存在的合法性（“我思故我在”），但是“我思”并非无历史的存在，其往往以记忆的意识绵延来抵抗遗忘的压抑，亦通过记忆的意图指涉展示未来的某种可能性，以此历史性地建构自我的身份认同，正如阿莱达·阿斯曼所言：“被回忆的过去永远掺杂着对身份认同的设计，对当下的阐释，以及对有效性的诉求。”① 自 18 世纪以降，“罗马的启蒙”以集体文化记忆不断影响着启蒙运动。无论是启蒙哲人师法前贤，频频将古罗马的西塞罗、卢克莱修引为他们的灵感源泉，② 还是启蒙时代上至政治家，下至普罗大众皆耳熟能详于罗马旧事，③ 抑或是当时史家“辨章学术，考镜源流”，一再称道罗马乃为幸福之世，④ 如是种种启蒙运动中的罗马记忆，不仅旨在弥补文艺复兴以降崇尚希腊文化而压抑罗马文化的文化亏欠，而且凸显启蒙民众对于罗马文化重刚健而轻卓越、

① ［德］阿莱达·阿斯曼：《回忆空间：文化记忆的形式和变迁》，潘璐译，北京大学出版社 2016 年版，第 85 页。

② ［美］彼得·盖伊：《启蒙时代（上）：现代异教精神的兴起》，刘北城译，上海人民出版社 2015 年版，第 91 页。

③ ［英］爱德华·吉本：《吉本自传》，戴子钦译，生活·读书·新知三联书店 2002 年版，第 159 页。

④ ［美］彼得·盖伊：《启蒙时代（上）：现代异教精神的兴起》，刘北城译，上海人民出版社 2015 年版，第 107 页。

重崇高而轻优美的审美品位的积极认同。

旧的法国革命作为启蒙运动的终结性事件亦复如此。马克思从历史唯物主义观点指出，人们是在一定的历史条件下创造自己的历史，旧法国革命的英雄们重拾罗马文化重视英雄主义风格的传统，领导民众冲决封建主义的罗网，打碎束缚民众身心的重重桎梏，充满激情地宣布自由、平等、博爱的新时代的到来，他们“战战兢兢地请出亡灵来为自己效劳，借用它们的名字、战斗口号和衣服，以便穿着这种久受崇敬的服装，用这种借来的语言，演出世界历史的新的一幕”。[①] 黑格尔在“法国革命德国版”的纲领性著作《精神现象学》中，以总结性的口吻称赞旧法国革命开创了人类新的世界：“我们这个时代是一个新时期的降生和过渡的时代……可是这种逐渐的、并未改变整个面貌的颓毁败坏，突然为日出所中断，升起的太阳就如闪电般一下子建立起了新世界的形象。”[②] 然而旧法国革命英雄们的此种罗马文化记忆，并非发思古之幽情，以回到罗马为荣耀，正如黑格尔曾以艺术作品为例所指出的，任何旨在重建过去的工作皆是徒劳的，由于古代艺术作品显示的那种神灵崇拜的氛围已然不在，[③] 因此，这种罗马文化记忆着实是在为新的革命精神张本。实际上，就历史的本体论层面而言，海德格尔的基础存在论揭示人“在世界之中”，“在世之人”不仅应该明了世界之于人是非对象化的存在，而且还要觉悟人作为“终有一死者”是历史性的存在。既然人是被抛入世界的存在，所谓“烦、畏、死”等切己性的尘缘自然殊难断绝。保罗·利科从解释学出发指出，历史、传统先于我和我的反思，解释只是在预先设定的历史中的解释：“对于解释者而言，解释即是把自我放在原本所支持的解释关系所指示的意义之中。”[④] 如

① 中共中央马克思恩格斯列宁斯大林著作编译局编：《马克思恩格斯选集》（第1卷），人民出版社2012年版，第669页。

② ［德］黑格尔：《精神现象学·序言》，贺麟、王玖兴译，商务印书馆1962年版，第7—8页。

③ ［德］黑格尔：《精神现象学》（下卷），贺麟、王玖兴译，商务印书馆1962年版，第231页。

④ Paul Ricoeur：*From Text to Action*，Northwestern University Press，1991，p. 122.

此种种都已表明，历史对于作为历史情境中的人而言，或者为其全盘接受，或者为其斩断前缘式的极化选择是不可能的，因而历史中的革命毋宁是人的革命诉求与历史传统的“视域融合”。故而马克思认为：“在这些革命中（指旧法国革命，作者注），使死人复生是为了赞美新的斗争，而不是为了拙劣地模仿旧的斗争；是为了在想象中夸大某一任务，而不是为了回避在现实中解决这个任务；是为了再度找到革命的精神，而不是为了让革命的幽灵重行游荡。”① 但需要指出的是，此种革命危机时代历史记忆的意图指涉，尽管是借普罗大众普遍性的革命诉求来表现的，却深藏着资产阶级的“私心”，“从前的革命需要回忆过去的世界历史事件，为的是隐瞒自己的内容”，“从前是辞藻胜于内容”。② 诚如马克思在《德意志意识形态》中所言，自由、平等等思想作为资产阶级文化霸权的表征，其只是资产阶级以普遍性的思想形式主要表现其自身阶级的利益诉求的。③

而1848—1851年新的法国革命“是作为笑剧出现”的。④ 托克维尔亦指出：“可以使二月革命具有特色的独特精神还没有出现。人们在找寻，在等待，在重温我们父辈的激情，但没有找到这种精神。他们模仿在戏剧中看到的父辈的激情，但模仿不了他们的激情或体验不到他们的狂热。”⑤ 革命作为历史唯物主义的核心之义，其不只是解释世界的理论，更是改造世界的真正武器。实践的无限性发展要求永远地革命，资产阶级革命尚未成功还需要革命，但等到革命成功，常常至于不准革命之境。此种永远革命的实践要求与资产阶级后革命之际不准革命形成“革命的吊诡”。从某种意义而言，资产阶级革命的成功即是它的失败。马克思指出，资产阶级

---

① 中共中央马克思恩格斯列宁斯大林著作编译局编：《马克思恩格斯选集》（第1卷），人民出版社2012年版，第670页。

② 同上书，第671页。

③ 同上书，第180页。

④ 同上书，第668—669页。

⑤ ［法］托克维尔：《托克维尔回忆录》，董果良译，商务印书馆2010年版，第85页。

的专政最终导致革“革命”的发生：“一般说来，资产阶级一旦自己成为专制者的时候，就不得不亲手把自己用来对付专制制度的一切防御手段尽行毁坏。”[①] 而此种“革命的吊诡”进一步揭示出资产阶级的原形：“原来这个国家公开承认的目的就是使资本的统治和对劳动的奴役永世长存。”[②] 新的法国革命作为资产阶级革命后的革命，亦无法逃脱“革命的吊诡”的命运，其只不过是以旧革命的形式演绎着“后革命”的历史剧情，此种“后”并非激进性的革“反革命”，而是革“革命”，历史由此出现“戏仿”，新的法国革命“为了回避在现实中解决这个任务，……为了让革命的幽灵游荡”。[③] 因此，新、旧法国革命以革命的历史记忆而指涉着相反的革命精神，诚如傅勒所言，如果说旧法国革命的罗伯斯庇尔等人还只是通过书本的想象来了解斯巴达和罗马，那么新法国革命的农民则只是依凭着记忆同波拿巴订立契约，二者都源于某种对于意识形态的无知，唯其有别的是“在第一种情形下，意识形态抓住了主要演员，将一种极端外在于法国革命的客观要求的、因而必然是临时的政治奉献给他们。在第二种情形下，意识形态构成了一个阶级的集体记忆，一种产生于近期经验，并且构成了一个能够决定国家的形式而非其内容的公共舆论的记忆”，[④] 以致后者将前者所表征的崇高的英雄主义审美风格降格为唯美—颓废审美风格，进而演出了一幕世界历史的笑剧。

其次，马克思认为资产阶级代议制的名与实的背离使得波拿巴称帝实是一出历史的闹剧。代议制作为资产阶级社会进步性的表征，本是代表者与被代表者以契约形式而达成的政权参与方式，然而代议制先进性的逻辑

① 中共中央马克思恩格斯列宁斯大林著作编译局编：《马克思恩格斯选集》（第1卷），人民出版社2012年版，第705页。

② 同上书，第469页。

③ 同上书，第670页。

④ ［法］傅勒：《马克思与法国大革命》，朱学平译，华东师范大学出版社2016年版，第89—90页。

预设与新法国革命的现实实践貌合神离。鉴于法国大革命期间社会秩序的种种弊端,[①] 需要加强国家中央集权来彻底地推翻封建主义，拿破仑遂以革命的恐怖主义建成“拿破仑式专制”的资产阶级国家，促进资本主义的发展。马克思和恩格斯曾在《神圣家族》(1844 年）中指出，拿破仑“了解到现代国家的真正本质”，“把国家看作目的本身”。[②] 此后马克思又于《雾月十八日》中指出拿破仑完成了中央集权的国家机器：“第一次法国革命的任务是破坏一切地方的、区域的、城市的和各省的特殊权力以造成全国公民的统一……”[③] 拿破仑对外则是以输送此种“美丽的恐怖主义”来清扫封建主义的反法同盟，法国旧革命因此具有了世界意义。恩格斯在《德国状况：给北极星报编辑的第一封信》中称赞拿破仑“是革命原理的传播者，是旧的封建社会的摧毁人”。[④] 然而拿破仑在让法国“从民族国家获得拯救”的过程中，念兹在兹于作为未成形的农民阶级代表的身份认同。马克思指出：“一切‘拿破仑观念’都是不发达的、朝气蓬勃的小块土地所生产的观念。”[⑤] 拿破仑一方面分封农民土地，满足农民一定的私有欲，使半农奴式的农民赢得解放成为自由民，小土地所有制便成为农民反抗封建主义的重要力量，“小块土地所有制在法国土地上扎下的根剥夺了封建制度的一切营养物。小块土地的界桩成为资产阶级抵抗其旧日统治者的一切攻击的自然堡垒”。[⑥] 另一方面，分封到土地的农民以皇帝来回馈拿

① ［英］托马斯·卡莱尔：《论历史上的英雄、英雄崇拜和英雄业绩》，周祖达译，商务印书馆 2010 年版，第 283 页。

② 中共中央马克思恩格斯列宁斯大林著作编译局编：《马克思恩格斯全集》（第 2 卷），人民出版社 1957 年版，第 157 页。

③ 中共中央马克思恩格斯列宁斯大林著作编译局编：《马克思恩格斯选集》（第 1 卷），人民出版社 2012 年版，第 760 页。

④ 中共中央马克思恩格斯列宁斯大林著作编译局编：《马克思恩格斯全集》（第 2 卷），人民出版社 1957 年版，第 636 页。

⑤ 中共中央马克思恩格斯列宁斯大林著作编译局编：《马克思恩格斯选集》（第 1 卷），人民出版社 2012 年版，第 768 页。

⑥ 同上书，第 765 页。

破仑，小块土地所有制则成全了拿破仑——“成为皇帝的物质条件”[①]。因为小块土地所有制既造成人与人之间的隔离状态，又使得全国范围内各种社会关系和个人达到均质化的水平，农民并未因共同的利益而结成统一的阶级，从而不能自己代表自己，需要有支配权的异己的力量来代表自己完成反封建的大业，“归根到底，小农的政治影响表现为行政支配社会”。[②]而有赖土地为生的作为封建主义中间阶梯的贵族阶级，亦随着小块土地所有制的建立逐渐消失，农民与国家权力之间缓冲区的缺失更加剧了国家进行垂直式管理的必要性。因此，法国小块土地所有制的经济基础决定农民反抗封建主义的历史进步性的同时，也成就了拿破仑以皇帝的方式从近代民族国家获得拯救法国的可能。

至新法国革命之际，资产阶级革命的成功使得法国社会的阶级构成较之于资产阶级诞生时出现新的变化，封建领主已被城市的高利贷者所代替，土地的封建赋役已被抵押债务所代替，而贵族的地产亦被资产阶级的资本所代替。[③] 小块土地所有制曾经肩负的反抗封建主义的使命业已终结，相反还造成农民的保守。法国有赖拿破仑分封土地而获得自由民身份的第二、三代农民，由于人口的增长导致小块土地更加分散，经营成本日益增高，其不得不以抵押债务的方式获得资本家的资本支持。结果，法国革命只是使法国农民从封建主义制度下对地主的依附转变为资本主义制度下对抵押债务的依附。小块土地还肩负着沉重的赋税，作为官僚、军队、教士和宫廷等整个国家行政权机构的生活来源。曾经拿破仑时代以军事恐怖主义开辟市场与掠夺大陆所得尚能抵偿农民小块土地的沉重赋税，由此释放出农民的生产激情，刺激着法国农业的发展。而今历史

---

① 中共中央马克思恩格斯列宁斯大林著作编译局编：《马克思恩格斯选集》（第1卷），人民出版社2012年版，第765页。

② 同上书，第763页。

③ 同上书，第765页。

上伯父给予法国农民父辈的恩惠却要法国农民二代连本带利地偿还给侄子。于是，诸多无法承受小块土地所有制使其日益贫困乃至破产的人口，以无业游民的身份千方百计地加入波拿巴“虚设”的官僚阶层来摆脱困境，而波拿巴正是依赖此种增设的官僚阶层来行使政治支配权的。最终，无法代表自身的未成形的农民阶级，只能通过秉有行政支配权的代表而代表，以便走出小块土地所有制解体的困境。法国社会再次出现封建贵族阶级作为中间阶梯消失后国家权力对于农民大众全面介入的状况，所不同的是，第一次介入时，农民与资产阶级是利益共同体，旨在共同反对封建主义；而第二次介入时，农民与资产阶级临时政府则已分道扬镳，势同水火，一出模仿拿破仑称帝的滑稽戏实属必要。保守的法国农民因历史迷信而相信，只有拿破仑才能拯救人民于水火，结果历史戏谑地给予他们一个名为拿破仑而实则只是波拿巴的人，进而上演了一场模仿帝制的闹剧。①

马克思对于1848年12月农民起义的评述足以用来评价波拿巴的雾月政变，唯其有别的是前者农民以“武力”表达对波拿巴的支持，后者则是以“选票”来表达对他的赞成：“这种表示他们投入革命运动的象征既笨拙又狡猾、既奸诈又天真、既愚蠢又精明，是经过权衡的迷信，是打动人心的滑稽剧，是荒诞绝顶的时代错乱，是世界历史的嘲弄，是文明人的头脑难以理解的象形文字——这一象征显然带有代表着文明内部的野蛮的那个阶级的印记。共和国通过收税人向这个阶级表明自己的存在，而这个阶级则通过皇帝向共和国表明自己的存在。拿破仑是最充分地代表了1789年新形式的农民阶级的利益和幻想的唯一代表。”② 而农民以选票方式对于旧法国革命的经典式戏仿表明，尽管由君权神授的封建主义向以代议制为代

① 中共中央马克思恩格斯列宁斯大林著作编译局编：《马克思恩格斯选集》（第1卷），人民出版社2012年版，第763页。

② 同上书，第481页。

表的君权民授的资产阶级社会的演进，往往被视为历史的巨大进步，乃至此种代议制业已风行于19世纪初的欧洲，马克思曾戏称它为一种特殊的流行病症，“染有这种病症的人就变成幻想世界的俘虏，失去一切理智，失去一切记忆，失去对外界世俗事物的一切理解”[①]，但是“农民能代表自身吗”的巨大疑问戳穿了资产阶级代议制的虚伪。马克思指出，农民只是被代表而无法自己代表自己，甚至于拙劣地被代表。从某种意义而言，农民不是选中波拿巴，而是如同虔诚的信徒被名为拿破仑的“神”所选中。历史上的共同体之所以成为共同体，本是以这样或那样的方式将自身想象成为被神所选中，犹太人如此，阿拉伯人如此，法国农民亦是如此，“‘被选中’就等于接受一套约束力极高的义务，这些义务是决不能被遗忘的”[②]。结果法国农民如同海德格尔意义上的“无”。“为什么在者在，而无却不在?”由此资产阶级代议制的名与实的背离使得波拿巴的称帝成为闹剧，其不仅将拿破仑称帝的英雄主义审美风格降格为唯美—颓废审美风格，而且更是对于波拿巴称帝的巨大嘲讽，因为波拿巴的称帝“不是社会本身获得了新的内容，而只是国家回到了最古的形态，回到了宝剑和袈裟的极端原始的统治”[③]。

最后，波拿巴作为历史中的丑角有意识地利用现代大众传媒积极塑造其另类英雄的个人形象，进而不断地生产着戏仿现象。戏仿以拙劣地模仿产生颠覆性的喜剧效果，并且有赖现代大众传播媒介成为文化生产的重要方式。文艺复兴以降以印刷书为中心蓬勃发展的现代媒介，不仅成为播散

---

① 中共中央马克思恩格斯列宁斯大林著作编译局编：《马克思恩格斯选集》（第1卷），人民出版社2012年版，第733页。

② ［德］扬·阿斯曼：《文化记忆：早期高级文化中的文字、回忆和政治身份》，金寿福、金晓晨译，北京大学出版社2015年版，第23页。

③ 中共中央马克思恩格斯列宁斯大林著作编译局编：《马克思恩格斯选集》（第1卷），人民出版社2012年版，第672页。

新知识、荟萃新思想和观念的重要推手，[①] 而且深度参与现代政治，成为个人政治宣传和建构想象的共同体——现代国家的重要手段。[②] 尽管中世纪的宗教领袖业已利用图像等可视媒介对于民众进行“宗教启蒙”，教皇大格里高利（Gregory the Great）所谓“置图像于教堂之中，尽可使无知之人面壁读像”[③]，但是法国现代意义的政治宣传肇始于大革命期间的印刷图像，彼得·伯格指出：“在法国，印刷品的兴起与1789年的革命有关，那是又一场画像战争，制作的图像达六千多副，因此扩大了公众参与的领域，让文盲也能参与政治辩论。1789年以后，真正的‘宣传’开始出现……1789年以后，视觉宣传在现代政治中占据着重要地位。”[④]

波拿巴作为有意识地利用现代传媒进行政治宣传的先行者，则广泛利用报纸、巡游，乃至开展博览会等各种方式来宣传自己类英雄的形象。波拿巴本出身于流氓无产阶级，流氓无产阶级是无产阶级中最底层的群体，“介于自由民与奴隶之间的平民”[⑤]，“就是被法国人称作浪荡游民的那个完全不固定的、不得不只身四处漂泊的人群”[⑥]。而波拿巴作为流氓无产阶级的首领，“把这些由所有各个阶级中淘汰出来的渣滓、残屑和糟粕看作他自己绝对能够依靠的唯一的阶级”[⑦]。因此，马克思曾愤怒地指出：“这就是真实的波拿巴，不加掩饰的波拿巴。”[⑧] 然而波拿巴不甘于此种“丑角”形象。其一方面利用报纸、巡游等方式频繁出镜，引导社会舆论，

---

① ［法］费夫贺、［法］马尔坦：《印刷书的诞生》，李鸿志译，广西师范大学出版社2006年版，第3页。

② ［美］本尼迪克特·安德森：《想象的共同体——民族主义的起源与散布》，吴叡人译，上海人民出版社2008年版，第30—32页。

③ Lawrence G. Duggan：“Was Art really the Book ofthe Illiterate？” *Word and Image* V（1989），pp. 227－251.

④ ［美］彼得·伯格：《图像证史》，杨豫译，北京大学出版社2008年版，第101页。

⑤ 中共中央马克思恩格斯列宁斯大林著作编译局编：《马克思恩格斯选集》（第1卷），人民出版社2012年版，第206页。

⑥ 同上书，第719页。

⑦ 同上书，第720页。

⑧ 同上。

借此不断塑造自我为掌控危局的英雄人物。波德莱尔曾指出，波拿巴的伟大之处在于证明控制全国性媒体，便能控制整个法国。[①] 每逢议会内产生风波之时，其报纸总会以政变相威胁，而且危机越近，发动政变的声调则越放肆[②]。波拿巴亦利用报纸伪造证据，混淆视听进而控制社会舆论，“他就在《通报》上登出一个伪造的文件，说什么在他周围已聚集了许多议会权威人士，他们已组成一个咨政会”。[③] 波拿巴还以巡游法国“来对抗前往圣伦纳兹和威斯巴登的拜谒”，[④] 借此与法国皇帝相区别，从而在法国民众面前树立其个人英雄形象。不仅如此，波拿巴组织宣传队为自己大肆宣传，无限放大个人形象。就媒介传播方式本身而言，由早期古代口传故事到大规模纸质文本等可读媒介，乃至图像等可视媒介的变迁，虽然标志着人类技术文明的不断进步，但是无疑弱化了人类经验的丰富性。讲故事的方式并非以故事本身为中心，而是以彼此的经验可传递性来沟通和涵蓄人生。而等到报纸等新闻报道方式出现后，人物的故事报道本身即是目的，乃至宣传人的形象不断掏空经验人本身，最终人则成为宣传放大的拟象。波拿巴分子相信波拿巴并非奇理斯玛型人物，于是通过宣传为波拿巴人为地“赋魅”，将波拿巴打扮成拿破仑式的英雄，“他们根据不同城市对总统接待的情况，教自己的傀儡发表演说，或者宣称总统施政的座右铭是坚持共和主义的随和温顺的态度，或者宣称这一座右铭是坚持刚毅倔强的精神”[⑤]。

另一方面，波拿巴通过举办两次世界博览会的方式来吸引法国民众的注

① ［英］大卫·哈维：《巴黎城记：现代性之都的诞生》，黄煜文译，广西师范大学出版社2010年版，第118页。

② 中共中央马克思恩格斯列宁斯大林著作编译局编：《马克思恩格斯选集》（第1卷），人民出版社2012年版，第750页。

③ 同上书，第754页。

④ 同上书，第549页。

⑤ 同上。

意力，借此“商品秀”宣扬自己创造的发达资本主义社会的盛景。1855年法国的世界博览会成为“商品拜物教”的朝圣之地，琳琅满目的商品超越其使用价值，并以频繁的交换价值引领波拿巴时代的消费主潮，人们在商品的生产与再生产中享受着马克思意义上自己的异化和他者的异化。而展览会“摄影”等艺术展厅的设立则宣告艺术“失灵”的机械复制时代的来临。1867年的世界博览会又创造了以法兰西第二帝国为代表的资本主义文化新的幻境[①]。由此，波拿巴以两次世界博览会商品的时尚对于法国民众的“震惊”体验不断制造着小型“政变”。某种意义上，报纸、巡游、博览会等都已成为波拿巴策划小型政变的主要方式，“波拿巴既被他的处境的自相矛盾的要求所折磨，同时又像个魔术师，不得不以不断翻新的意外花样吸引观众把视线集中在他这个拿破仑的顶替者身上，也就是说，他不得不每天发动小型政变”。[②] 波拿巴正是通过策划各种形式的“政变”使自己成为“艺术品”，其正是福柯意义上“花花公子”的典型代表：“花花公子使他的身体、他的举止、他的感觉和激情，他的整个存在成了一件艺术作品”。[③] 借此艺术品的存在方式所表征的唯美—颓废审美风格，波拿巴使法国民众在新奇的震惊体验中暂时性遗忘他只是拿破仑拙劣的替身，从而不断地生产与再生产着其反英雄的英雄形象，最终彻底地亵渎了国家机器的圣光。

要之，新、旧法国革命历史记忆的意图指涉的相反，资产阶级社会代议制的名与实的悖理，以及波拿巴操控现代传媒“以浮华而代自制”，使得新法国革命只是拙劣地模仿旧法国革命——拿破仑的历史的纪念碑化本是以美学提炼的方式状写旧法国革命的盛景，进而型塑法国民众永恒的记

① ［德］瓦尔特·本雅明：《巴黎，19世纪的首都》，刘北成译，商务印书馆2013年版，第12—16页。

② 中共中央马克思恩格斯列宁斯大林著作编译局编：《马克思恩格斯选集》（第1卷），人民出版社2012年版，第719页。

③ ［法］米歇尔·福柯：《什么是启蒙》，汪晖译，汪晖、陈燕谷编《文化与公共性》，生活·读书·新知三联书店1998年版，第433页。

忆，但是波拿巴不断以此种拙劣的颓废审美的震惊体验促使法国民众在审美忘川之中暂时性地满足对拿破仑的想象，导致旧法国革命所表征的崇高的英雄主义审美风格被降格成以丑为美的唯美—颓废审美风格，结果“如果黄袍终于落在路易·波拿巴身上，那么拿破仑的铜像就将从旺多姆圆柱顶上倒塌下来”①。

三　马克思戏仿论的“批判新法国革命视角，为人类历史目的”

马克思视新法国革命为历史剧情中的戏仿之论，不仅超越雨果和蒲鲁东对于“波拿巴的雾月十八日”解释的局限性，而且与巴赫金、后现代论者的戏仿论不同，具有“批判新法国革命的视角，为人类历史目的”的重要意义。

首先，马克思以历史戏仿论批判黑格尔的“历史的反复”之说，确证其历史唯物主义观点和方法论的合理性。马克思的戏仿论认为，历史发展的实体与动力系于物质生产实践，物质生产力的发展决定着历史的变迁。此前，马克思在《德意志意识形态》（1845—1846 年）中指出历史发展的基础是社会的物质生产，18 世纪下衍的以黑格尔为代表的历史编纂家深具“弑父”情结，忘恩负义于物质生产基础，编造着由精神生产出理性、自我意识等意识形态的神话，借以掩饰其支配文化领导权之实：“历史并不是作为‘产生于精神的精神’消融在‘自我意识’中，……每个人和每一代当作现成的东西承受下来的生产力、资金和社会交往形式的总和，是哲学家们想象为‘实体’和‘人的本质’的东西的现实基础……”② 此后，

① 中共中央马克思恩格斯列宁斯大林著作编译局编：《马克思恩格斯选集》（第 1 卷），人民出版社 2012 年版，第 774 页。

② 同上书，第 172 页。

马克思在《〈政治经济学批判〉序言》（1859 年）中从人的全面生产出发，明确阐述物质生产决定精神生产和经济基础决定上层建筑的复调同一的历史唯物主义的总纲领。① 而在《雾月十八日》中，马克思则指出新法国革命的发生并非如黑格尔所言是历史合理性的明证，而是以法国小块土地为代表的经济基础发展的后果。黑格尔建立于理性基础上的历史观设定理性既是历史的实体，又是历史的目的，历史的合理性的展开仰赖于“历史的反复”的发生，但是“历史的反复”的正当性不是通过物质生产实践来检验，而是先期已经寓于理性之中。马克思历史戏仿论以物质生产实践的尺度来确定“历史的反复”的性质，进而抽去黑格尔体系性的唯心历史观的理性始基，由此确立历史唯物主义基本观点的真理性。

不仅如此，马克思的戏仿论以具体—抽象—具体的研究方法颠覆黑格尔“历史的反复”之说的本末倒置的历史研究法，实现革命理论的理论意识与实践可能的高度统一。马克思的戏仿论从具体的物质生产实践出发而非从空洞的理性逻辑出发，揭示新、旧法国革命同一的革命形式所显现的具体历史内容之间的差异，取“具体—抽象—具体”研究方法。马克思曾在《〈政治经济学批判〉导言》（1857）中以“人口”范畴为例，谈及其从“具体—抽象—具体”的政治经济学研究方法，“在第一条道路上，完整的表象蒸发为抽象的规定；在第二条道路上，抽象的规定在思维行程中导致具体的再现”，而科学正确的政治经济学研究道路应该是二者的结合。② 纵使在《政治经济学批判》（1859）及其续篇《资本论》（1867）中，亦是将“逻辑的研究方法”和“历史的研究方法”予以有机结合的。诸如在《资本论》中，马克思从商品出发揭示资本主义的秘密，尤其是关于资本循环公式 G－G’就是对于黑格尔形式逻辑 A－A 的批判。资本产生于劳动，

① 中共中央马克思恩格斯列宁斯大林著作编译局编：《马克思恩格斯选集》（第 2 卷），人民出版社 2012 年版，第 2—3 页。

② 同上书，第 701 页。

但是黑格尔却从哲学上为资产阶级辩护，把资本、历史等解释为资产阶级理性精神的产物。资本形式上归属的同一性遮蔽资本由于购买特殊的可以增值的劳动力商品而获得利润的可能，致使资本主义社会将财富的创造秘密归结于资产阶级。因为黑格尔理性的辩证发展保证 A－A 纯粹理性的逻辑同一性，但是宾词 A 和主词 A 的实质余差被视为抽象的理性的增值运动，而非人类的物质生产发展，工人的劳动又一次成为“无”。如果说马克思的研究方法诚如恩格斯所称道的是“唯一正确的思维发展形式”，“历史从什么开始，思维进程也应从什么开始”[1]，那么黑格尔则是以抽象—具体—抽象的逻辑的历史化研究方法，最终陷入唯心主义的理论循环以及为神正论的辩护之中。因此，马克思的“戏仿论”是对黑格尔“历史的反复”之说从历史观到方法论的批判，以此确立历史唯物主义的观点和方法论的优位性。

其次，马克思的戏仿论揭示了现代性有病，以致戏仿论成为其全面的资本主义社会批判理论的重要组成部分。追溯戏仿现象所表征的唯美—颓废审美风格的美学起源，其兴起于近代审美现代性与历史性的对抗之际。始自波德莱尔揭示审美现代性，“现代性就是过渡、短暂、偶然，就是艺术的一半，另一半是永恒和不变”。[2] 现代性美学发扬浪漫主义所高举的想象力传统，不仅以陌生的、跨艺术门类的人工化艺术抵制现实主义的美学主张，而且还以“去人性化的”艺术[3]引领“民众的反叛”——颠覆历史中的英雄形象，奉“生活中的英雄”为普罗大众新的崇拜对象，致使此种人工化的艺术成为现实生活的理想。

此种由“为艺术而艺术”向“为生活而艺术”的现代性美学扩张赋予布丰所提出的“风格即人”之说超越文艺领域的新的含义。风格作为流行

---

① 中共中央马克思恩格斯列宁斯大林著作编译局编：《马克思恩格斯全集》（第 13 卷），人民出版社 1965 年版，第 532 页。

② ［法］夏尔·波德莱尔：《现代生活的画家》，郭宏安译，上海译文出版社 2012 年版，第 19 页。

③ ［西班牙］奥尔特加·伊·加塞特：《艺术的去人性化》，莫娅妮译，译林出版社 2010 年版，第 1—52 页。

于文艺领域的惯性话语，始自布丰提出“风格即人”之论，强调风格介于文学审美独特性与作者人格的中位，既是审美个性的体现，也是作者人格的表征。[①] 人格近代法权意义上的不可让渡性[②]致使“人（人格）即风格”相同于“风格即人（人格）”，由此“风格即人”之说不仅适用于布丰意义上的文艺领域，亦可以指向社会政治领域。于是，此种唯美—颓废审美风格既可以表现为唯美—颓废文学审美，又可以表现为唯美—颓废社会审美。以唯美—颓废主义的代表波德莱尔而言，他在代表作《恶之花》中不仅使得审丑成为可能，举凡忧郁、腐败、死亡、病态等丑恶皆视之为美，而且使大众于此丑恶之美的震惊中超越现实的庸常。“我们之中谁没有那种雄心勃勃的时刻，没有梦想过创造一个奇迹——写一篇充满诗意的、没有节奏、没有韵律却如乐曲般的散文，那么轻快流畅，那么断续跳跃，完全适应心灵的抒情颤动、梦幻的起伏波动、意识的突然惊厥?”[③] 而此种震惊美学中的“刹那”，尽管使大众在超时间的审美忘川之中沉醉，但是其耗散了艺术本身的灵韵。由此可见，波德莱尔的震惊美学与波拿巴的政变美学异曲同工，共同表现出法兰西第二帝国唯美—颓废审美风格的主调。

尽管此种戏仿现象所表征的唯美—颓废审美着实具有反抗市侩资本主义的庸常，抵制资本主义商业化和功利化侵袭的功绩，“这种美的概念在‘令资产阶级震惊’这个著名表述中得到了完美的概括。‘为艺术而艺术’是审美现代性反抗市侩现代性的头一个产儿”[④]，但实质上其是资本主义社会自反性的表征。

---

① ［法］布丰：《论风格》，范希衡译，《译文》1957 年第 9 期。亦可参见尤西林《心体与时间——二十世纪中国美学与现代性》，人民出版社 2009 年版，第 146 页。

② ［德］黑格尔：《法哲学原理》，范扬、张企泰译，商务印书馆 1982 年版，第 76 页。

③ ［德］瓦尔特·本雅明：《巴黎，19 世纪的首都》，刘北成译，商务印书馆 2013 年版，第 205 页。

④ ［美］马泰·卡林内斯库：《现代性的五副面孔》，顾爱彬等译，译林出版社 2015 年版，第 46 页。

第一，马克思认为资本主义社会有别于他者社会之处在于将无限的生产视为其天命，只有在永恒的生产与再生产之中，一切才成为可能。而生产的不断扩大使得建立于经济交换基础上的其他各种交换，包括语言、文化、媒介传播等不断产生，乃至形成特定的共同体。在此意义上，想象的共同体的建立有赖于生产与交换的发展。而新的地理空间和心理空间亦是随着生产的发展而产生的。颓废审美转向丑恶领域本是与资本主义的生产欲望相适应的，随着资本主义的空间生产与再生产，罪恶以结果善的方式被赋予正当性，颓废审美不满足于传统审美的风格，转向撒旦开辟出新的审美空间，“阳刚美的最完美原型是撒旦——就如弥尔顿眼中的他”①。

第二，资本主义社会的货币资本以巨大的夷平化功能瓦解传统的二元对立的谱系，使得相对主义成为万事万物的命运。举凡前资本主义社会的等级、固定的关系，乃至神圣之物，在无限的生产与再生产的洪流之中都烟消云散了。在此意义而言，道出“上帝之死”的应是马克思，尼采只是以耸人听闻的方式说出了19世纪的一个常识。在流动的资本主义社会中，“每一种事物好像都包含有自己的反面”。② 唯美—颓废主义继承以雨果为代表的浪漫主义的美丑相对说，借此包容性的美消解美丑之间的对立状态，于是反英雄具有成为英雄的可能，代议制滋生出波拿巴的复辟，革命则产生出伪革命，如此种种的历史中的戏仿表现出唯美—颓废的审美风格。

第三，资本主义以时空压缩的方式不断提高生产效率，表现在审美领域即是，一方面颓废审美力求于刹那间获得最大量的审美愉悦，由此一次性的审美效率不断提高；另一方面，资本主义生产效率的提高使得批量生产成为可能，不仅艺术品本身如产品一样价格会下降，而且艺术品曾经具

---

① ［美］马泰·卡林内斯库：《现代性的五副面孔》，顾爱彬等译，译林出版社2015年版，第46页。

② 中共中央马克思恩格斯列宁斯大林著作编译局编：《马克思恩格斯选集》（第1卷），人民出版社2012年版，第775—776页。

有的“此时此地”的灵韵不断消失，审美经验的独一性被重复性审美的无聊和疲倦所代替，唯美—颓废审美因资本主义的生产效率最终耗尽艺术品本身的灵韵、艺术家职业的神圣光环，正如伯曼评论马克思的“神圣光环消散”的说法所言：“在资产阶级社会中没有人能够如此纯粹，如此安全，如此自由。……知识分子必须认识到他们自己——既在经济上也在精神上——依赖于他们所鄙视的资产阶级世界的深度。除非我们直接地开放地面对这些矛盾，否则就永远也不可能克服它们。”[①] 由此而言，此种戏仿现象所表征的唯美—颓废审美愉悦与其说是“一见钟情”，不如说是“最后一瞥之恋”，[②] 其深刻地表现出现代性的危机。

最后，马克思的戏仿论使戏仿成为跨界性概念，进而为历史理性主义赋予迷魅。自古希腊以降，戏仿作为丑怪化现实主义美学风格屡屡表现在中世纪乃至文艺复兴的诙谐文学（文化）之中。对此作出开创性研究的当属苏联文艺理论家巴赫金。巴赫金以拉伯雷小说所表现的民间诙谐文化为研究对象，指出民间诙谐文化数量巨大并且具有抵抗统治的官方文化的重要意义，从而成为研究中世纪乃至文艺复兴文化史的重要通道，“这种文化的规模和意义在中世纪和文艺复兴时期都是巨大的。那时期整个诙谐形式和表现的广袤世界与教会和封建中世纪得到官方和严肃文化相抗衡。”[③] 但与此形成明显对照的则是民间诙谐文化的研究状况：“民间诙谐文化及其形式……是民间创作中研究得最不够的一个方面。”[④] 此种问题意识促使

① ［美］马歇尔·伯曼：《一切坚固的东西都烟消云散了——现代性体验》，徐大建等译，商务印书馆2003年版，第153页。

② ［德］瓦尔特·本雅明：《巴黎，19世纪的首都》，刘北成译，商务印书馆2013年版，第12—16页。

③ ［苏］巴赫金：《巴赫金全集》第六卷，李兆林、夏忠宪等译，河北教育出版社1998年版，第4页。

④ 同上。关于文艺复兴民间诙谐文化的研究，布克哈特曾在其巨著《意大利文艺复兴时期的文化》中有所涉及。布克哈特在《近代的机智与讽刺》中曾论述文艺复兴时期的讽刺诗、滑稽诗等诙谐文化。参见［奥地利］布克哈特《意大利文艺复兴时期的文化》，何新译，马香雪校，商务印书馆2007年版，第167—183页。

巴赫金不断地反思民间诙谐文化，尤其是拉伯雷的小说，从而原创性地提出深具影响的狂欢化诗学理论。

巴赫金狂欢化诗学理论植根于民间文化所指涉的官方生活与民间生活的二元对立的基础之上。巴赫金指出第一生活是由官方统治的现实生活，此种生活世界充满森严的等级制度，统治阶级具有绝对的话语权，而被压抑的民众不能说话，从未平等地和统治阶级对话。纵使民众能够说话，也仅是建立在一种“亏欠的语言上”，只是折射出双方等级、身份、地位的不平等罢了。于是，在此生活世界中民众遭遇拒斥与放逐，他们不具有存在的合法性。所谓第二生活即是狂欢生活，就狂欢精神的土壤——狂欢生活而言，由第一生活所建构的等级制度在此狂欢生活中一律被消解而趋向平等化。在狂欢生活的特定时空之中，无论是空间意义上的街道、广场，还是庙堂、官方，都沉浸在狂欢化的迷醉之中。而社会等级意义上的皇帝、国王、臣子、民众，都放弃第一生活中的等级差别，无视宗教规约与现实制度的羁绊，载歌载舞徜徉于狂欢的世界，“民间文化的第二种生活、第二个世界是作为对日常生活，即非狂欢节生活的戏仿，是作为‘颠倒的世界’而建立的”①。在此狂欢节生活中，民众通过戏谑方式将神圣之物降格化，使其变成大众戏谑而非敬畏的对象：“狂欢节语言的一切形式和象征都洋溢着交替和更新的激情，充溢着对占统治地位的真理和权力的可笑的相对性的意识。独特的‘逆向’‘相反’‘颠倒’的逻辑，各种形式的戏仿和滑稽改编、降格、亵渎、打诨式的加冕和脱冕，对狂欢节语言来说，是很有代表性的。”② 通过此种“戏仿”将被等级秩序压抑的民众从现实生活的重负中解放出来，使其被绝对的、神圣的严肃范畴压迫的生命力予以自由地表现，从而消弭现实世界等级制度的区别，实现现实世界和理

① ［苏］巴赫金：《巴赫金全集》第六卷，李兆林、夏忠宪等译，河北教育出版社 1998 年版，第 13 页。

② 同上。

想世界同一的目的。而以拉伯雷小说为代表的戏仿文学，因其具有狂欢化精神亦表现出丑怪化的审美风格特征，“怪诞现实主义的主要特点是降格，即把一切高级的、精神性的、理想的和抽象的东西转移到整个不可分割的物质—肉体层面、大地和身体的层面”。[①] 总之，“戏仿”通过各种形式的滑稽改编、降格、亵渎等“堕落”的方式，将严肃、永恒、绝对等神圣之物祛魅化，为传统的崇高脱冕，从而逃逸出束缚与禁锢的牢笼，获得自由的审美愉悦。

与巴赫金不同，马克思不仅以活生生的历史事件而非文学实践来阐释戏仿概念本身，视戏仿为一种拙劣的模仿，将原历史崇高的审美风格降格为唯美—颓废审美风格，进而制造出喜剧效果，而且深度追溯戏仿的唯美—颓废审美风格的资本主义社会的原因。如果说戏仿在巴赫金意义上还只是文化转型期间的文化现象，尚是狂欢生活与官方生活二元对立的生活形态的产物，那么随着作为生产机器的资本主义社会的无限生产，戏仿必然穿越二元对立的生活形态成为普遍的现象。因为资本主义使得“一切等级的和固定的东西都烟消云散了”，导致资本主义文化转型日趋加速和频繁，结果戏仿以普遍性的生产与再生产成为跨界性存在，而资本主义社会本身亦是在戏仿之中耗散自己的能量，最终走向灭亡的。

马克思的戏仿论亦有别于后现代文化论者的戏仿论。从克里斯蒂瓦的互文性到热奈特的超文性，从哈桑的反讽到詹姆逊的后现代拼贴，如此种种后现代论者的戏仿论，尽管具有解构传统的二元对立模式、批判资本主义社会和文化的压抑性力量等积极的作用，但是此种资本主义的文化批判作为一种不彻底的革命，一方面导致综合地、体系化地观察与资本主义社会的政治、经济、哲学等相关结构的视野的丧失，另一方面则导致对如何

① ［苏］巴赫金：《巴赫金全集》第六卷，李兆林、夏忠宪等译，河北教育出版社 1998 年版，第 24 页。

扬弃现实状况从而展望未来的视野的丧失，以致此种文化相对主义的播散不仅酿成文化虚无主义的后果，更重要的是它并非人类文化的发展方向。文化批判和解构之后还是需要一种文化建设的，否则人类文化乃至人类本身都难以为继。有别于此，马克思以现实的历史事件批判性反思此种戏仿现象所发生的资本主义社会的经济、文化等诸多方面，始终坚持历史唯物主义的立场，而且辩证地揭示了此种戏仿审美风格的积极与消极作用，高擎社会主义以至共产主义必然实现的伟大理想的旗帜，从本质主义的视角出发，强调只有通过伟大的革命斗争，彻底推翻资本主义的统治，才能走出此种历史悲喜剧式的胜利之中。

更重要的是，马克思以此历史中的戏仿为历史理性主义赋魅。黑格尔视理性为历史发展的根本力量，历史发展的进程是理性由自在向自为发展的过程，此种以理性为依归的历史哲学反映着资产阶级登上历史舞台的自信与豪情。而随着资本主义的全球扩展，尽管黑格尔的辩证法揭示理性的前进之路是一条光荣的荆棘路，但是黑格尔未曾料到20世纪的人类历史却不断地出现理性的疯狂乃至毁灭的巨大灾难。黑格尔的历史理性主义哲学遂遭到后来思想家的质疑与批判。韦伯以“世界不再令人着迷”（disenchantment）的两歧性来表达其之于理性的矛盾态度。一方面，理性化的推进祛除世界的迷魅，充分彰显人类改造自然和社会的伟大功绩；另一方面，理性化的推进也切断了美好事物的“神圣”与“超越”的源头，使人陷于“铁笼困境”之中而难以自拔，“没有人知道，将来会是谁住在这个牢笼里？……果真如此，对此一文化发展之‘最终极的人物’而言，下面的这句话可能就是真理：‘无灵魂的专家，无心的享乐人，这空无者竟自负已登上人类前所未达的境界’”①。福柯则进一步指出知识生产并非透明

① ［德］马克斯·韦伯：《新教伦理与资本主义精神》，康乐等译，广西师范大学出版社2010年版，第183页。

的过程，而是与权力之间充满了纠葛，其表面的客观性无法遮蔽内在权力主导的事实。[①] 其权力—知识生产关系论述的深层意义在于指出任何乌托邦的方案都难以逃逸压抑性力量的压制，以此坚定回应韦伯所谓由科层—技术理性所构成的“铁笼”将成为现代人类运命的悲观主义论说。其实，先于韦伯和福柯，马克思就以戏仿来反讽历史理性主义，历史因戏仿的出现而产生滑稽、戏谑的一面，诚如柄谷行人所言：“讥讽《路易·波拿巴的雾月十八日》忽略了‘史实’的现代历史学家的著作，没有看出这本书是描写闹剧最出色的文学文本。”[②]

结　语

当20世纪末黑格尔的幽灵——福山的历史终结论伴随着诸多历史事件广被播散之时，历史又一次以黑格尔式的反复发生着。[③] 不！这与其是“历史的反复”，毋宁是马克思意义上的戏仿！马克思深谙资本主义作为人类历史的准备阶段，较之于封建社会已有巨大的进步，但是不可否认它的灭亡早已孕育于其自身之中：资本主义社会造成传统解体后相对主义的泛滥，使得戏仿的生产与再生产成为可能，资本主义本身亦正是在戏仿之中耗散着自己的能量，最终走向灭亡。而新的具有历史意义的革命，只有通过伟大的斗争推翻资本主义社会，才能走出历史剧情中的“戏仿”闹剧：“革命的进展不是在它获得的直接的悲喜剧式的胜利中，相反，是在产生一个联合起来的、强大的反革命势力的过程中，即在产生一个敌对势力的

① ［法］米歇尔·福柯：《规训与惩罚》，刘北成、杨远婴译，生活·读书·新知三联书店2003年版，第29页。

② ［日］柄谷行人：《历史与反复》，王成译，中央编译出版社2011年版，第21页。

③ ［美］弗朗西斯·福山：《历史的终结与最后的人》，陈高华译，广西师范大学出版社2014年版，第1—21页。

过程中为自己开拓道路，只有（本文作者注：译文稍有改动，将‘只是’按照汉语习惯改成‘只有’）通过和这个敌对势力的斗争，主张变革的党才走向成熟，成为一个真正革命的党。”① 这并非黑格尔意义上历史终结后的历史，它恰是在革命实践的曲折中开启的以解放人类的崇高梦想为己任的大历史，历史并未终结！

Historical repetition or parody?

——The inference on Marx's parody theory

Tuo Jianqing

Abstract Parody, as a literary – cultural field of inertia discourse, has become one of the academic centers of the academic world, but for a long time the academic community has not paid much attention to Marx's parody of history. Marx not only used the parody theory to mock the revolution of the new French revolution of 1848—1851 as a historical depreciation, but also abandoned Hegel's "repetition of history" based on the rational arch of the heart, but also from the new and old France. The intention of revolutionary historical memory refers to the representative system of bourgeois society and the modern media. It deeply reflects the cultural origin of the aesthetic – decadal aesthetic style represented by parody, thus confirming the rationality of historical materialism and borrowing this cross – border parody is a charm of historical rationalism. Thus, unlike the parody of Bakhtin and postmodernists, Marx's parody has the important significance of "criticizing the perspective of the new French revolution for the purpose of human history."

Key Words parody; historical repetition; Marx's parody theory; Aesthetic – decadal aesthetic style; new and old French revolution

Author Tuo Jianqing, a professor of School of Humanities and Social Science, Xi'an Jiaotong University.

---

① 中共中央马克思恩格斯列宁斯大林著作编译局编：《马克思恩格斯选集》（第1卷），人民出版社2012年版，第445页。

身体现代性的生成及其话语向度

——以晚近“身体遭逢”为对象

黄继刚

摘要 身体现代性作为文化现代性发生的一个侧面，在塑造公众现代意识的历史演进过程中发挥了明显的作用。身体的言说和阐释对应着近代启蒙运动中的国民塑造过程，这种现代性的生成过程表征出政治性的隐喻色彩。尤其是从晚近“身体遭逢”及其处境，我们不难看到国民身体的社会生成过程，其过度支配的境况反映出时代的需求和欲望，也投射出身体话语被国家化的建构历程。身体的出场在一定程度上有效纾解了变法或改革的焦虑，并成为政治、军事乏力之后产生的替代性话语途径，这也是近代身体的真实遭遇和无奈羁绊。

关键词 身体现代性；政治隐喻；革命话语；废缠足

作者简介 黄继刚，阜阳师范学院文学院教授，研究方向为文艺美学。

众所周知，传统意识哲学关注的重心是主体形而上学，其对经验的排斥必然会导致对身体议题的诘疑和悬搁。而西方现代哲学将感性经验纳入观念生产的秩序当中，并实现了感性的回归，这就意味着对感性经验的重塑和张扬，尤其是法国后期现代哲学通过关注“身体的灵性化和心灵的肉身化关联来彰显了身体经验”（杨大春 125），并在此基础上清除了意识哲学的思想残余。梅洛·庞蒂认为人并不是通过纯粹的意识而是通过身体来完成知觉活动的，他用“盲人手杖”①的事例来证明身体业已成为建构我们认知世界的行为主体。身体既然已经成为一个更加系统宏大的目标，那就势必会突破传统自足的言说体系而进入新的文化链条。身体在肉体（flesh）的存有之外，附加上了文化性、社会性的各种规约。由此，身体虽然是传统哲学终结之后的“剩余物”（remains），却是形而上学之后的文化生长点，并渐次成为近代思想中的重要遭逢和文化事件。这里所言及的“身体遭逢”（body encountering）指称的并不是生物学意义上的存在，也不是个人意识的反映结果。这一概念的语境关涉社会文化的辨识及其界定，这就使得社会的、历史的以及文化的因素必然性地参与身体的建构和形塑过程。但就目前而言这一论域的探讨还远远不够，这种被轻视的尴尬以及产生的“边缘话语”（marginal discourses）并非源自学者的有意疏漏，而是归因于学术之间壁垒森严的思考惯性，各个学科既定的研究范式对事物的观察分析沿袭着已有的学术路径，其虽然驾轻就熟但是也湮灭了新鲜的视角及学理变化之可能。由此，我们对身体议题的重新审视可谓对这种客观主义和绝对主义之弊病的检讨。就本文而言，作者的研究面向既不是巨细靡遗的资料考证，也不是编年纂述的思想梳理，而是以近代“身体遭逢”为分析对象来揭橥被遮蔽的身体意识渐次浮出历史表面的过程，并就此演示出身体研究所具有的反思和检视现代性的功能。换言之，歧义丛生的身体话语作为文化现代性谱系中的重要环节，表征着现代思想在文化地图的引领下的一系列知识冒险。

一　近代身体的政治隐喻和公众展演

我们从儒家要求的“修身、齐家”不难看出“身体”成为建构儒家知识话语最为切近的通道。事实上，近代身体的言说和阐释对应着文化启蒙运动中的国民塑造过程，这种身体现代性的生成过程表征出鲜明的政治隐喻色彩。具体而言，就身体在20世纪中国的存在景观来说，其既受限于历史文化的约束，又面临国家意图的附加，“身体成了积贫积弱的近代中国人在步履蹒跚的历史中抓住的救命稻草”（唐小兵8）。这也是近代身体的真实遭遇和无奈羁绊。换言之，近代身体的发展及其建构状态本身就内蕴着历史的特殊性和境遇性，我们已经很难说有一种永恒普遍的身体图式存在。而身体和政治（近代的军国民运动、新民运动、新文化运动和公民运动等）的各种纠缠关系呈现出身体现代性的原初形态和嬗变进程，在这进程中身体是被置于一个众声喧哗的政治语境中的。譬如严复和梁启超都曾经用“病夫”这一身体性言说来喻指当时的国体，他们对传统身体的大肆挞伐也正说明他们对身体功能性存有另外一种想象和期待。“合四万万人，而不能得一完备之体格。呜呼！其人皆为病夫，其国安得不为病国也。”（梁启超153）这种说辞之本意是以此抨击晚清羸弱时政，希冀唤醒民族自觉并激励国人奋发图强。“今日之中国，则病夫也。中国之为俎上之肉久矣”。（梁启超67）而当时救国济民的政治意旨就隐匿在一系列身体话语当中，并构成了互文指涉的隐喻关系。针对这种政治与身体相互纠缠的事实，桑塔格认为“使一个健全社会的理想变得明确，该理想经常具有反政治的色彩，但同时又是对一种新的政治秩序的呼吁”（桑塔格68）。而所谓的污名性指称“东亚病夫”，既是西方国家对近代国人的“妖魔化”的称谓，也是对近代中国政治体制上的不尊重和嘲弄。由以上事例不难看出，身体已经脱离了“一己之身”的微观性和经验性，从个体的私密领域走向公共空间并被时代话语所覆盖，成为文化思潮叙述和国家民族言说的基本构成单位。

身体的政治化言说最终成为“权威化语言”（authorized language），这并非偶然。在启蒙知识分子的眼中，国民孱弱的身体是导致中国在国际交往中缺少竞争力的重要因素，对身体的重新建构则成为这场变局中的一种尝试性途径。1895年，严复《原强》一文引起文化思想界对“物竞天择”

的思考，文中呼吁的“血气身体之强”让重塑国民身体的必要性获得强有力的道德支持，并一度成为社会聚焦的核心议题，他在文中提及“三民主义”，其基本逻辑就是在“鼓民力”的基础之上来提倡“开民智”并进而“新民德”。梁启超、孙中山、蔡元培等人皆以“保国强种”为旨归来呼吁国人对健康体魄的关注和重视。在“民强”而后“国富”的社会逻辑中，身体维度俨然成为重要的基础环节。尤其是自甲午海战之后，中国思想界不得不反躬自省，并认识到“尚武精神”对于一个国家屹立于世的重要性，身体的存在价值自此迈入以救亡图存作为优先考量的境地。[②]1902 年由蔡锷牵头在《新民丛报》发起的“国民性身体运动”就是以身体的军事化规训和改造作为强国保种的根本途径，这一举措得到了蒋百里、张謇、梁启超、杨度、贾丰臻等人的积极响应，并开启了一场历时 17 年之久的改造运动。蔡锷在《新民丛报》中宣称：“昔日中国罹麻木不仁之病，群医投以剧药，朽骨枯肉，乃获再更生。”（蔡锷 8）而蒋百里发表《军国民之教育》一文，“苟不行全国皆兵主义于吾国，而终不得出而谈天下事”。（22）由这一特殊的修辞技巧中，我们可见一种普遍的言说方式：借“身体”来论及政体国事。梁启超也在同年发表了《新民说》，他认为实现国富民强的基本前提就是体魄健康之“新民”的存在，“国人婚期太早，耗目力而昏眸，未黄青而驼背，苟有新民，何患无新国家”（梁启超 117）。由此，身体遭受的细密改造及其内蕴的言说论述就和国家民族之命运、政治文化之变局建立了因果联系。由上述身体被赋予的诸多使命也不难看出，“工具化的身体在 20 世纪上半叶的中国是以一种更加强化，而非渐次舒缓的样态在进行，一种超脱儒道身体观的新式身体工程学（body engineering）正在中国兴起”（黄金麟 22）。这也使得有关于身体的考辨和分析呈现为一种没有开端和结尾的“持续”（becoming）和“未完成”（unfinished）的过程。

周宪认为身体在社会文化中一般会呈现为两种话语形态，“其一，身体在隐喻修辞和叙事分析中的呈现；其二，身体作为文化表征在一定社会语境中的呈现”（周宪 325）。这恰当说明身体在政治隐喻的意义之外还兼有公众展演之可能，尤其是在内讧外侮、国势垂危之际，身体的公众展演更是备受关注和青睐，在近代知识分子看来，这也不失为国民性之警醒或改造的重要手段。譬如在 1895 年晚清签订《马关条约》之时，康有为领导十九省在京举人“公车上书”，当时情形是所有举人都俯阙叩首、群情嚣嚷、痛哭流涕、衣冠塞途，但是最终众人并没有将这种身体公众展演的形式继续下去，而是选择吁请相关部门递书代奏的形式来表达政治诉求，希冀晚清政府能够“拒和”“变法”，以振国势，最终这种拘囿于小范围的身体展演也并没有收到预期的效果。而真正让身体走向政治表演舞台并被后世所殷殷称道，皆归功于青年学生在游行活动中形成的文化风暴。[③]在对示威游行的围观、体验和想象中，学生们的身体成为我们解读文化现代性的有效范本。

近代一系列文化运动中的学生们用操控自我之身体的方式来赢取公众话语的聚焦，并用这种激进直率的身体公众展演来警醒政府和民众国破家亡的可能性。“道统”承于内，“谏议”显于外，这也是学生运动的主要功能，而国难外患更是将身体展演的作用放大，学生们以聚众抗议、示威游行、呐喊呼号、绝食静坐、血书举旗等个人身体牺牲的方式来形成社会舆论压力，所谓“振民气合民力万众一心，御国敌除国贼匹夫有责”（佚名 1）。这种动辄几千人参加的集会将城市公共场域于旦夕之间转变为政治激情的场所，而身体聚集所营造的氛围也演化为一种情绪真实，并通过传播媒介的发酵作用，成为陆续发生的思想运动的认知指引。以五四运动前夕的学生游行为例：

学生们所经之处，万人空巷，争相鼓掌欢迎，有一部分学生更沿途齐声疾呼“还我青岛”“取消二十一条”，此外尚有种种图画、旗

> 帜、化装。又另一联语云,“纵有金钱亡国何用”“虽无势力热血犹存”,又有以三人扮作囚徒,均系以黑索于其身上,书明卖国贼等,以一扮作雷神模样及国民模样,紧随其后,有以二人执头牌,一曰神人共怒,天地不容,一曰辱国害民,死有余辜。(佚名7)

在革命派看来,身体的抗争并非最为彻底有效的革命方式,但从社会影响和活动效果来看,学生们的身体展演还是起到了推波助澜的重要作用。诸如晚清政府迫于压力拒签臭名昭著的《巴黎和约》,并将三个亲日大臣(曹汝霖、陆宗舆、章宗祥)革职发落。另外,在当时国患局势下,知识分子、普罗大众和学生们很快就形成共通的话语和关注,这一历史性的辐辏使得学生的身体展演获得了合法性,因为对于大多数“看热闹”的人来说,这些天天罢课请愿、示威游行的学生不再是“异类”,他们所从事的观者如堵、拥挤不堪的活动也并非事不关己,而是每一人都身涉其中、需要以身许国的集体事件。“身体所具有的改变世界能量也在各种的示威游行中持续地显露出来。”(黄金麟204)加上当时文化报刊所衍生的情绪传染效应,包括商铺悬挂的爱国标语、街角张贴的爱国布告和时局漫画等,使得城市街道、广场、茶馆、火车站等公共空间一时都成为身体展演的舞台。以“五四”前夕天津十八所院校集体游行为例,当学生们走出南开校园为国请愿时,受到当局的阻拦,在荷枪实弹的军警面前,手无寸铁的三千名学生万般无奈下,唯有尽跪于泥道中,吁请军警许可他们能够面谏省长曹锐,军警倒转枪口对学生拳脚相向,表现出政治当局的无能滥权和扭曲不义,在没有任何武器作为支撑力的前提下,学生唯有将自我身体作为唯一政治武器。他们“起而复跪,前后六次,历三小时”(《五四爱国运动》173),最后学生代表终于面见省长并表达了政治诉求。在之后号召社会各界达成统一战线时,学生们再次运用身体来表达愿望,他们集体罢课在公共空间中宣传演讲,号召工厂罢工、商店罢市,并“分队向城内外大小各商号，跪地泣求商界一律罢市”（186），希冀用这种停摆正常生活的方式来向当局施压。

纵观这一时期的学生游行活动不难看出，正是亡国灭种的忧患危机感使得青年学生不惜以身体为筹码来谏言政府、警醒同胞，而这种“想象真实”（imagined reality）也是他们走出校园并自发性参与街头抗争的出发点。尤其是在当时国破家亡的不堪政局中，学生们只好毁己身以求仁，他们甚至以伤残或自杀这样极端的身体表达方式，来彰明悲愤激越之情并申明对国家的政治希冀与诉求。清华学生徐日哲连续演讲后悲伤疲惫致死；北大学子周瑞琦投水自尽求殉道以振国人士气，老梅对此给予高度评价：“比干剖心，痛切殷亡，唤醒国魂，大感自慰。”（老梅 4）这些学生用身体的伤残甚或死亡来内爆出当权者的道德匮乏，更使得当权者的统治合法性备受质疑。这种铿锵有力的“死谏”行动和它所召唤出来的道德情怀，使身体的存在意义在此时获得前所未有的澄明。但是，我们也不可否认任何“身体遭逢”的过程中都有派生性的成分，包括身体公众展演的伦理合法性也是值得进一步商榷的。譬如天津学联的同学们为了让商户响应当时“罢市”的决议，专门成立了所谓的“跪哭团”，由学生身着丧葬服，手持哭丧棒，披麻戴孝地跪在商户大门口劝解游说。许多商家为了避讳霉头，往往被迫应允罢市。这种颇具有戏剧性的身体表达方式，实则难逃“身体暴力”（physical violence）的嫌疑。我们也理应对这种消匿在明亮口号背后的幽暗事实保持一种应有的警觉和怀疑。

二 “断发”“易服”及其身体的革命话语

按照福柯的说法，身体的拘羁和驯化是因为受到了权力（王权、父权、夫权）的控制，从身体发肤到言谈意志都受到这些权力的影响，一旦违逆，身体则会受到各种责罚。而近代中国接踵而至的革命浪潮也不乏对身体的关注，“身体革命”也成为政治革命家和启蒙知识分子屡屡关注的焦点，正如黄金麟所言，“在20世纪初叶，随着中国国势的低落以及之前各项军事与政经改革的失败，改造国民的身体开始成为一个紧迫的工作，并将身体的改造视作为国家改造的前提”（黄金麟20）。新国人之耳目，改民众之视听皆是这场身体运动的最终要旨，而近代中国身体改革中最具典型意义的就是“头发”的革命。中国传统发式都是不剪不剃，集结为一束，名曰“总发”，总发挽至头顶打结称为髻；而至清代，男子一律散髻为束辫。由此，薙发蓄辫历来被视为满族社会风俗的标记，为了维持传统风纪，清政府明确号令包括海外留学生在内的所有民众都不能模仿西俗而“私自剪发”，但中国留学生的辫子却成为经常被西方人耻笑的“豚尾”。至1898年维新时期，康有为就上奏《断发改元折》，并吁请光绪皇帝带头表率，以“断发”这一革故鼎新之举措来开启变法的新篇章。康有为在奏折中言明“辫发长垂，误缠机器，立即可死，辫与机器，不相容也，且兵争之世，辫尤不便”（康有为368）。之后的于天泽更是认为头发事关重大，而晚清当时危若累卵的国势，皆是由头发而生，他在《大公报》中宣称，“吾国之所以未能与世界相平等，实因剪发易服未断行……而剪易之利，一则振国民之精神，一则息外邦之窥伺”（于天泽 2）。由此不难看出，“断发”作为一种象征性符号，已经融进了国家的现代性想象，成为当时改制图强的主要议题和目标，其牵涉的不仅仅是民风世俗和等级标志，而且和近代中国的维新变革联系在一起，是振兴中国的道路中必须破除的文化栅栏，由此，头发脱离了身体维度无咎无誉的指涉，而成为近代文化冲突的战场。

而后的革命派更是将“发辫”视为清政治压迫的文化标志，“发辫”与时代精神严重不符，是野蛮落后的象征。1900年，章炳麟在《中国旬报》上以《解辫发说》一文来阐明要以“断发”来明示革命之理想并公然宣称与晚清政府决裂。邹容在《革命军》当中也声讨“辫子”之种种落后和不便，并以此向封建残余势力开战。而推翻封建帝制后，1912 年由孙中山亲自颁布《命内务部晓示人民一律剪辫令》并要求限期完成，“满虏窃国，易吾冠裳，强行编发之制，今者满廷已覆，民国成功，凡我同胞，作新国之民……有不遵者以违法论”（孙中山 177）。民国“临时约法”明确规定人民有身体之自由，身体从法理上摆脱了权力的独断统属，这个建立在“天赋人权”观念以及约法下的身体法权概念，是民国身体不同于封建统治时期的重要区别，也一直是辛亥革命戮力要完成的目标。这也标志着中国传统伦理中“身体发肤，未敢毁伤”这一古训的退场。“头发”作为近代中国身体现代性的起始语境，政治革命的言说对头发叙述的影响非常明显，从中也不难看见其对身体的各种附加和想象。这也使得有关于身体的讨论明显凌驾于其他社会议题之上，而社会舆论对身体的过分关切势必导致问题的过激化和简单化。譬如学界有人从经济利益的角度来论证剪发的合理性：“如有一万万有辫子之人均不用梳篦，每年可省九十万万元；不用辫绳等物，一年可省一百八十万万元……华人如需剪发每年可增利益四百万万元。”（佚名 3）为此还拟成立“捐辫社”，并将全中国男性之发辫卖作假发来舒缓临时政府的财政危机，这种几近幼稚的提议不能不说是近代知识分子对身体现代性议题的单纯想象。

“断发”作为一场旷日持久的社会文化运动，其中杂糅了许多政治革命的基因元素，但其作为身体规训的一个重要方面，文化指涉终究还是不能逾越社会风俗的范畴，维新派或革命派希冀借此带来暴力革命所造成的后果，却又是天真幻想。身体的个人经验获得国族发展、社会进步这样宏大叙事话语的强行干涉必然会带来一系列不良社会效应。譬如后来的革命派用“剪发”或“蓄发”来判断“革命”还是“非革命”这样的政治立场，单纯从身体维度之头发来判断“新思想”和“旧观念”，并以此来裁定出“传统”和“现代”二者泾渭分明的界限，正如当时百姓申诉辩白：

“辫子不过是头发而已，又干革命何事?”辫子的存留不应违背个体自由选择的意愿，但是这种质疑很快淹没在政治话语的洪流中。而鲁迅在作品《阿Q正传》《风波》和《头发的故事》中用人物形象“钱大少爷”“七斤”和“N先生”来塑造出处于政治夹缝中的普通百姓在头发选择上的窘境和艰难，纵然是躲避都成为有限度的选择。头发（辫子）既是鲁迅笔下大肆挞伐的批判对象，也蕴含着鲁迅对革命行为的反省。“头发是我们中国人的宝贝和冤家，古今来多少人在这上头吃些毫无价值的苦。”（鲁迅132）同时，“无辫之徒，回国以后，化为不二之臣者也多得很”（鲁迅286）。因此，他在作品中既写出了世人遭遇的“无辫之祸”，又描绘了盘发后“被革命之患”。由此也不难看出，维新变法和辛亥革命并没有动摇中国传统文化的根基，变法和革命最终也沦为身体展演上的形式主义，正如曹聚仁的讽刺:“辛亥革命，说来只是‘盘辫子’与‘剪辫子’的革命，其使我们失望，那是必然的。”（曹聚仁43）

如果说“断发”这一扰攘不安、充满曲折的过程被视为身体现代性的意义铺陈和自我认识的展开，那么“易服”则是启蒙主义给中国思想界提供的重要身体资产，其被视为社会文化变革之先锋，“服饰”议题也从个人审美问题转变成为政治隐喻，成为当时民族主义话语中的重要维度。换句话说，身体之服饰不仅和礼教人伦、德行等级联系在一起，更成为改元易朔、重构身份的政治表征。[④]早在康有为主张的维新变法中，为了“壮于观瞻”，就力推“易服”；后来宋恕也认为在国势衰微之际，“欲更官制、设议院，必自易服始”（胡珠生502）。章炳麟在《剪辫易服说》中也直陈洋服之“变法、强兵、行役、善外交、振工艺、饵教案”等不可逾越之优点。（王忍之472）但是一味地推崇普及“西装”并不适合于当时的国情，而不伦不类的穿洋服者更是沦为人人得以挞伐的“假洋鬼子”，“易服实与国体攸关，未便轻率从事”（孙中山42）。最终由孙中山先生和知名裁缝黄隆生共同设计裁制的“中山装”可谓兼顾中西审美特点，完美诠释了革命思想在身体上的成功展演。

“中山装”是孙中山在参考南洋华侨“文装”的基础上完成的，其改变了清代传统服饰“上衣下裳”“大襟长衫”“对襟短褂”的审美风格，兼有美观和实用功能，更加体现出现代服饰的特征。而孙中山先生对“中山装”的示范性推广普及更是和国民革命、改朝换代联系在一起。其在服饰细节中集中物化并寄寓着“天下为公”的政治理想，譬如四只设计为可以由盛入物件的多寡而涨缩的“琴袋”喻义“国之四门”，也即儒家“礼义廉耻”思想的表征；软盖喻义以文治国、崇文兴教；胸前的五颗纽扣喻义“五权宪法”，即立法权、司法权、行政权、检察权和考试权的相对独立分离行使；而衣袖上的三颗装饰扣喻义民族、民权和民生的“三民主义”；以风纪扣装饰并坚硬收紧的衣领喻义民族时时所面临的危机和压力。如果说传统服饰具有“昭等级、辨名分”的阶级区分作用，体现出来的是帝王将相的权势地位和统治尊严，那么中山装体现出来的则是易服色、改正朔的政治文化功能，并传达出励精图治、天下大同的民国理想。

文化学者赫洛克认为“民众的衣着是当时思想意识的具体化”（吕国荣 37）。保罗·康纳顿也认为“服装系统不仅象征并且造就了行为范畴的存在，并通过塑造体型，规范举止，成为习惯”（康纳顿 33）。事实上，在 1911 年辛亥革命胜利之后，国民政府是通过行政法规的形式来在军、政各界推广中山装，为此还制定了各种“服制条例”来打造统一的政务部门新形象，诸如颁布的《警察制服条例》《陆军军服条例》《随从制服规则》《署卫队服装规则》《铁路服制》《地方行政官公服令》《外交服制》等；而教育学界也随后颁布条例号召教员、学生身着统一新式制服，如安徽省教育厅在 1928 年 6 月就发布《全省各学校一律改着中山服案》，以此来调教学生的组织纪律性，并敦促学生“发奋为雄”。随后数年，中央国民政府在全国范围内推行《服制条例》（1929 年 4 月）、《行政革新数事》（1930 年 1 月）、《国民服制条例》（1932 年 4 月）、《公务人员服用国货办法》（1933 年 2 月）等条例来完成了国民身体的集中塑造和规训，并从国家认同和民众消费两个维度来建构起中山装作为文化象征符号的自明性和合法性。

由上述“断发”和“易服”两例“身体事件”，我们不难看出，身体现代性作为近代文化现代性发生的一个侧面，在塑造公众现代意识的历史演进过程中发挥了明显的作用。但是，身体遭逢的“派生性”体现在它作为一种社会诉求被激发苏醒的同时，也会产生出无法预估的、偏离于既定目标的力量。“身体既是对历史事件的铭写，也是对意识的消解”（汪民安 171）。也就是说，它既可以唤醒、改造国民，同时又具有负面效应。所以，最终身体的难题体现在如何对身体施以道德之名以及如何对情欲加以掌控这一焦点问题之上。诸如梁启超提出的“新民运动”就出现了“强种保国”的身体生产和严控情欲“五贼”并重的趋向。梁启超将身体的五种正常官能需求视为“五贼”，也可看出他在以身体为工具来表述国家政治诉求时的左右为难。这也包括后来的“易服”议题，当其被提升到一个完全无法预料的高度去商榷，这种看似热闹的众声喧哗语境背后，却是身体实指意义的单薄无力，这也是身体研究的话语限度。身体所界定的个人体验的唯一性、经验性和不可重复性，使得我们理应明晓身体的言说并不一定和宏大叙事中的革命解放、自由新生等议题紧密相连，而复杂的身体话语一旦落入单一的政治解释框架之中，则有可能加大话语表述和历史事实之间的距离并遮掩其本相。

三 “废缠足”与身体的现代性姿容

现代性的核心要义是“祛魅”（disenchantment），就是用思想解放和文化启蒙来向人们描绘出更为美好的社会前景。在中国历来的思想文化运动中，这种“祛魅”话语表征为启蒙过程的各个不同的思想侧面，诸如对中国传统文化的批判，对西方“器物现代性”的迷恋，对传统女性身体的改造和解放，等等。而晚清之后的“废缠足”运动可谓这些启蒙思想的身体践行，并成为近代女性自我意识苏醒的重要表征。

“缠足”作为明代以来“别贵贱”的社会风俗，被视为恒常琐屑之事，而多数女性皆以缠足为荣，否则必遭轻之。[⑤]最早质疑“缠足”的声音来自清代西方传教士，他们从生理医学的角度认为“缠足”将会致使气血不畅、骨骼变形、身体羸弱从而百病缠身。而比身体上遭受戕害更为痛楚的是，这种“野蛮行径”开始被外人引为茶余笑谈。尤其是大阪万国博览会（1903）和圣路易思世界博览会（1904）中公然展示中国女性缠足的弓鞋模具，并被主办方贬斥为“劣等习俗”，缠足从身体之隐私上升为有碍国体之污点，成为辱华者的挞伐对象。西人在浏览猎奇中极尽惊讶耻笑之能事，引发了留学生们强烈的民族情绪，这段苦楚的经历甚至还被晚清李伯元写进了作品《醒世缘》当中。这种“他者”的眼光既成为国人审视并反思的重要尺度，也成为“夏变于夷”的重要推动力量。正如保罗·科恩的分析，近代维新派知识分子积极推行“废缠足”运动，其主因就是“觉悟到西方人对这种野蛮风俗的厉声谴责”（费正清 644）。这种“引以为耻”的情绪逐渐转化为牵涉国族兴废的“澌灭之厄”，鲁迅的杂文《以脚报国》（1931）谈及的就是这种情绪的转化。可以说，近代国人在追求“文化现代性”的思维逻辑中，身体的现代性建构也成为重塑民族自信的重要方面，“缠足”这一无关紧要的闺房琐碎之事也就理所当然地进入了“宏大叙事”的话语洪流。

整体而言，尽管晚清“废缠足”的推进沿袭着逡巡而进的变革步调，但还是受到社会各界的广泛支持。1895 年康有为设立“粤中不缠足会”，1897 年梁启超在上海建立了规模更大的“不缠足会”。这股轰轰烈烈的历史思潮中有贤士出于维护女性生理健康的考虑，如张之洞感喟女性因为缠足而被迫“废为闲民僇民，不能负载，不利驱走，所作之工，五不当一”(《近代中国女权运动史料》827)；或“宜弛放双弓，谨为一生之利”(84)；此外，还有维新人士站在政治立场而发出弱体、弱种乃至羸国的担忧，或如袁世凯的认识“气血羸弱，则生子不壮；跬步伶仃，则教子者鲜；幼学荒废，似续式微”(姚灵犀3)。由此，光绪帝亲自下旨声言：“缠足行之已久，有违造物之和，务当婉切劝谕。”(朱寿朋939)维新知识分子对这场身体运动的持续关注和引导，可谓文化现代性中“化民成俗必由学”这一解释路径的有力注脚，而之后官方颁行律法制度来支持这一“世道人心”的行为，使得国家权力对身体的干预和控制呈现出明显增强和渐次深入之态势，并最终实现了用“王法”来通变风俗，并使得“奉旨放脚”成为“废缠足”运动的一大特色。而1911年临时政府一成立就号召全国实行剪辫放足。1912年3月，孙中山布告全国禁止女性缠足，声明“因缠足之故，教育莫施，世事罔闻，此等风俗，尤宜事先革除”(孙中山335)，由此，“天足运动”从法律层面在全国铺开。所谓“天足”，其寓意即为“天赋之足”(heavenly feet)。而之后成立的南京国民政府于1928年颁发了《禁止妇女缠足条例》，并通过较为严厉的惩处措施将“缠足”这一行为完全追责化；1934年2月，蒋介石以重申“礼义廉耻”为名而开展全民范围的“新生活运动”，以此来重塑国民的身体和生活，其中也颁布推行了《禁止妇女缠足条例》等。由此可见，女性的身体已经全面纳入现代性的叙事进程，并依循着政治变革的路径来道未尽之言。尤其是五四新文化运动以后，传统观念诸如“缠足”“女子无才便是德”之类被视为封建陋习受到猛烈的鞭挞。现代性想象更加鲜明地通过女性身体的姿容呈现出来，而女性身体的解放运动可谓引领了现代文化的结构转型并在很大程度上重塑了女性的公众形象，“缄默的半数”开始发出自己的声音。普通女性终于摆脱了“闺阁深埋数十年”的命运，不仅能够接受正式教育和具有“我手写我心”以及广泛阅读的机会，而且被赋予促进社会文明进步的希冀和厚望。

如若我们进一步探究，不难看出“身体遭逢”并非一个“束缚—解放”的直线进程，女性身体解放运动虽然声势浩大、此起彼伏，但是女性只是被动地摭拾其中运动的成果。而在发动权的建构上，这些运动都呈现出一个主体存在而女性缺席的历史事实。无论是“废缠足”还是“兴女学”的要求都反映出这种政治性运作的逻辑，女性只是被化约为一个“非历史同质性客体”（高彦颐 2），整体性被封装在官方的统计资料当中。就此而论，上述种种攸关于身体改革或解放的风潮实则存在功利和片面的趋向，女性劳动生产力和智识转化的思潮倾向可谓一种特定历史情境之产物，而女性自己真实的身体感受仍然被掩盖在政治诠释框架和道德评价标准之下。她们对自己的身体一直处于“默声”（voiceless）的状态，“缠”或“废”的行为选择，往往还是被王权、父权、夫权所把持，正如女性对“缠足”这一疼痛过程的容忍，更多基于对自己未来幸福婚姻的想象而非来自个人的审美要求；对“缠足”的参与和认同，更多基于封建男权思想“潜移默化”的塑造而非女性的主动选择。包括女性对缠足的无奈顺从到后来的摇摆游移都并非女性自己所决定的，姚灵犀在《采菲录》中言及这种女性身体选择的无奈尴尬：“往日以之为美，今日又以之为丑，妇之道苦，难乎其为妇女矣。”（姚灵犀 197）换句话说，“缠足”成为众矢之的，主因在于其妨碍女性劳动生产力之发挥而缺少对身体现代性的真正关注。正如阎锡山在颁布的《禁止缠足告示》中提到的“谁代田亩之劳，谁理工商之业，谁充看护，谁任转输”（阎锡山 1523）。女性身体的解放不过是满足“浚壕培土、肩砖开沟”的劳动需要，这也导致附加于身体之上的解放举措既武断又生硬。而后来蒋介石推行的“新生活运动”同样遭受到很多文化学者的诟病，个人的身体选择已经从个体之自由完全演变为关乎国家政治的社会行为，女性身体的书写和视觉呈现（visual representation）就理所当然地和当时社会的经济、政治、美学以及性文化纠缠在一起。《现代女性》杂志刊载评论《丢开失地不谈，且将衣裤干涉》，以嘲讽的口吻批评了国民政府身体运动的效果。该评论认为这种对女性身体的强制管控和法律期许，与其说是国民政府的励精图治，不如说是在国运衰微面前推诿责任。[6]但在社会动荡变革的特殊时期，这些尚待商榷的措施和手段皆因为目标的“正确性”从而被合法化。由此也不难看出，近代女性的“身体解放”仍然是政治书写的“文本历史”，她们繁复细致的装束背后还是一个空洞的主体存在。这种由政治力量推行的身体运动更多还是侧重民族主义维度，由此也定然会导致“性别的盲视”，所谓“性别的盲视”不在于它对女性积极勇敢地走出家门的鼓动，而在于其居高临下的教诲姿态以及规训的意图，而女性真实的身体欲望被拘囿和隐匿于无形，由此，“女性解放”不啻成为反讽。

整体而言，中国近代的“身体遭逢”以及文化运动都是有条件限定的，其基本诉求都是被裹携在更广泛的历史解放运动当中，尤其是从晚近“身体遭逢”及其处境，我们不难看到国民身体的社会生成过程，其过度支配的境况反映出时代的需求和欲望，也投射出身体话语被国家化的建构历程。身体的出场在一定程度上有效纾解了变法或改革的焦虑，并成为政治、军事乏力之后产生的替代性话语途径。由此，身体解放不过是其他目的的“额外”产物，这也使得身体解放的后果可能发生历史性的倒退。譬如近代女学领域的代表人物吕美荪（1880—1946）就出现过这种思想摇摆，其作为天津公学的教习，较早地接触到西方的现代文明并积极宣传女性解放、智识启蒙之思想。不仅如此，她还为“废缠足”、兴办女学等事倾力而为，奔走呼号。但是她在1906年8月22日遭遇一场被电车撞断手腕的车祸，我们从这场车祸以及处理后果中可以窥见近代身体现代性发生的复杂面向。这一事件的前因后果经过《大公报》《天津新闻》和《津报》等媒体的深入追踪报道，引起天津和北京的女学界集体发声来维护吕美荪的“身体之利益”。但是吕美荪本人，这位在女学界一直相当活跃、堪称领军人物的“新女性”，却就此缄默不语，多少年后，她在回忆文集中言及此事，只是将此劫视为神罚天诛，[7]归于因果报应和宗教神秘。吕美荪这令人不解的思想错节和言行不一恰恰表征出近代身体现代性的不足之处，“急进”的社会思潮和“慢变”的个人身体情感之间并没有实现完整的对接，这一悖谬性的矛盾体现出来的是女性思想上的两难和混乱，正如吴昊的批判：“新女性就算怎样的自命解放，但对自己的身体仍是保守而传统的。”（吴昊 75）当启蒙话语无法阐释个人身体的隐秘体验时，吕美荪顺理成章地从传统神祇观念中来寻求解答。这一“身体遭逢”正揭橥出近代中国思想的基本状况：启蒙现代性未必全然一新，而传统文化也未必黯然退场，二者的交织纠缠使得历史的流动性与不稳定性成为常态，这一常态在近代中国新旧并陈的文化语境中表现得尤其明确，而我们如若对这段过往缺乏语境化的分析和历史性的考察，势必会导致结论多于分析，断言压过探究，那么我们的分析研究将会成为一个没有任何学术意义，甚至激不起任何情绪反应的空洞呓语。

注释

①“盲人的手杖对盲人来说不再是一件物体，……手杖的尖端已转变为有感觉能力的区域，增加了触觉活动的广度和范围，它成了视觉的同功能器官。”《语言、身体、他者》，生活·读书·新知三联书店 2007 年版，第 190 页。

②自 1885 年晚清政府成立北洋武备学校并招生开始，至袁世凯 1895 年于天津用德国军事制度练兵，可谓近代中国按照西方军事制度来操演身体的先声，这也意味着传统淮军、湘军所沿袭已久的身体训练正式被放弃。

③青年学生身体展演的游行和普通庆典狂欢的游行并不一样，后者被严格细致地监控、统一地规划，以此彰显着时代政治主题，并被视为表征

国家主义的重要手段。统治阶级以此来“证明自我存在的合法性，并根据检阅、典礼、仪式、勋章和其他附属品来组织这种行为”。洪长泰：《毛泽东时代的庆祝游行：中国五十年代的国家景观》，《现代哲学》2009 年第 1 期。

④晚清政府一直坚持认为：“国家制服，等序分明，习用已久，从未轻易更张。”华梅：《中国近现代服装史》，中国纺织出版社 2008 年版，第 5 页。

⑤高彦颐认为缠足作为社会风俗中通行的“身体改造”方式，其斑驳复杂的意义还牵涉行为者自身的精神信仰，“缠足不是束缚，而是一种特权。对于女人本身而言，这是自尊的体现”。高彦颐：《缠足：“金莲崇拜”盛极而衰的演变》，江苏人民出版社 2009 年版，第 288 页。

⑥黄金麟认为“在以蒋介石领衔的新生活运动中，不惜以一种全面丑怪化的方式铭记了中国民众的生活，这显现的是其政局正处在一个极度艰难的挑战之中，应对乏力，而只能以一种负面贬抑的方式来陈述它的困境，通过这样的方式，国民政府不仅为重新规训民众的身体制造了合法性，而且将国家积贫积弱、破败危亡的责任转移到每一个百姓身上”。黄金麟：《历史、身体、国家：近代中国的身体形成》，新星出版社 2006 年版，第 122 页。

⑦“猛然憬悟，手首同音，不断其首而断其手，罚之当也。往大公馆者，神遣之；自往就刑，所以示大公之报也。斟之酌之，衡情准理，无已，其以手代首乎？且左手也，无害于握管谋生，仍得自食其力，聪明正直之谓神，每一念及，感激无已。”吕美荪：《葂丽园随笔》，华昌大印刷厂 1941 年版，第 86 页。

引用作品

杨大春：《语言、身体、他者》，生活·读书·新知三联书店 2007 年版。

唐小兵：《身体政治的历史幻觉》，《南风窗》2006 年第 10 期。

梁启超：《新民说》，辽宁人民出版社 1994 年版。

[美] 苏珊·桑塔格：《疾病的隐喻》，程巍译，上海译文出版社 2003 年版。

蔡锷：《军国民篇》，《新民丛报》1902 年第 1 期。

黄金麟：《历史、身体、国家：近代中国的身体形成》，新星出版社 2006 年版。

周宪：《视觉文化的转向》，北京大学出版社 2013 年版。

佚名：《学生之游行大会》，《顺天时报》，1919 年 6 月 5 日。

中国社科院近代史研究所编：《五四爱国运动》（上册），中国社会科学出版社 1979 年版。

老梅：《社评：两志士忧国自杀之痛感》，《出路》1936 年第 7 期。

康有为：《康有为政论集》，中华书局 1981 年版。

于天泽：《剪发易服论》，《大公报》1906 年 8 月 20 日。

孙中山：《孙中山全集》（第 2 卷），中华书局 1986 年版。

佚名：《剪辫之利益》，《申报》1911 年 10 月 19 日。

全国文史资料研究会：《辛亥革命回忆录》（第四部），中华书局 1963 年版。

鲁迅：《鲁迅全集》，人民文学出版社 1973 年版。

曹聚仁：《鲁迅评传》，东方出版中心 1999 年版。

吕国荣：《服装史话》，宁波出版社 1997 年版。

[美] 保罗·康纳顿：《社会如何记忆》，纳日碧力戈译，上海人民出版社 2000 年版。

胡珠生：《宋恕集》，中华书局 1993 年版。

王忍之：《辛亥革命前十年时论选集》（第 1 卷），生活·读书·新知三联书店 1960 年版。

汪民安:《福柯的界限》,中国社会科学出版社2002年版。

费正清:《剑桥中国晚清史》(上卷),中国社会科学出版社1993年版。

李又宁:《近代中国女权运动史料》(下册),(中国台湾)传记文学出版社1975年版。

姚灵犀:《采菲录》,天津书局1934年版。

朱寿朋:《光绪朝东华录》(第4册),中华书局1958年版。

[美]高彦颐:《缠足:“金莲崇拜”盛极而衰的演变》,苗廷威译,江苏人民出版社2009年版。

吴昊:《中国妇女服饰和身体革命》,东方出版中心2008年版。

阎锡山:《治晋政务全书初编》,山西村政处1928年版。

The Occurrence of Body Modernity and Its Discourse Dimension: Take the recent "body encountering" as an object

Huang Jigang

Abstract Body modernity plays an important role in the process of shaping cultural modernity. The body study corresponds to the modern enlightenment, and expresses the political metaphor. From the recent "body encountering", we see the production process of national body. it is over – dominated and reflect the needs of the times. The appearance of the body to a certain extent, ease the anxiety of reform, which is also the body's frustration.

Key Words body modernity; political metaphor; revolutionary discourse; waste foot binding

Author Huang Jigang is a professor in Department of Chinese, Fuyang Normal University, with research interest in aesthetics of literature and art.

阿尔都塞学派的兴起与西方马克思主义文论的变革

杨建刚

摘要 “阿尔都塞学派”是由阿尔都塞及其弟子所构成的马克思主义学术共同体。阿尔都塞以结构主义为武器来批判人道主义马克思主义，并以此为基础建构了科学化的结构主义马克思主义。他对文学艺术与意识形态和意识形态国家机器之间关系的深入探讨，以及对矛盾与多元决定论、症候阅读法等方法论的有力阐述，对他的弟子们产生了深远的影响。这种影响体现在马克思主义文学生产和阐释理论的建立、符号学马克思主义的兴起，以及其意识形态和多元决定理论在文化研究中的广泛运用等多个方面。阿尔都塞学派的学术创造最终带来了马克思主义文学理论与批评的重大变革与伟大复兴。

关键词 阿尔都塞学派；结构主义马克思主义；意识形态国家机器；多元决定；症候阅读

作者简介 杨建刚，文学博士，山东大学文艺美学研究中心副教授，研究方向为西方文论和美学。

托马斯·库恩指出，每一个学术共同体都是由具有共同的信念、价值和技术等因素的成员组合而成的，这些成员研究同一个对象，采用类似的解答问题的方法，从而构成一种科学研究的范式，学术的发展就依赖于新旧范式的转换和演替。虽然库恩用范式理论解释的是自然科学的发展史，但是它对人文社会科学的发展也具有一定的解释力。英国马克思主义批评家弗朗西斯·马尔赫恩将马克思主义文学理论的历史分为三个发展阶段，并概括出了与此三阶段相对应的三种不同的理论“相位”或研究“范式”。一是由马克思和恩格斯创立，到20世纪前半期的“古典主义的或科学社会主义的相位”，即“经典马克思主义”；二是从20世纪20年代兴起，在其后的30年中发展成熟并趋于多样化，然后在60年代确立了“非正统的规范”的“具有自我风格的批判的相位”，即佩里·安德森所概括的“西方马克思主义”；三是起于20世纪60年代早期，其后10年间快速发展和广泛传播，又在“唯物主义”和“反人道主义”等名目下迅速发展和演变的“批判古典主义的新的相位”，即阿尔都塞及其弟子们（学术界将这一学术共同体统称为“阿尔都塞学派”）所开启的“结构主义马克思主义”新范式。① 可以说，20世纪马克思主义文学理论和批评的“结构转向”是“阿尔都塞学派”兴起的直接结果。

每一次范式的转换都意味着马克思主义文学理论与批评的基本观点与研究方法的全面更新。阿尔都塞的结构主义马克思主义的理论创构，及其弟子们对这一学说的继承和发展促成了马克思主义文论的变革。这一变革主要是方法论意义上的，即以结构主义为方法论来建构“科学”的马克思主义文学批评。但是，与马克思主义第一阶段的“古典主义或科学社会主义相位”的“科学”不同，第三阶段的“科学”已经“没有了19世纪那种宇宙论的调子”。同时，经历了第二阶段的洗礼，其“科学”中也包含了“批判”的因子。阿尔都塞在新的时代吹响“回归马克思”“保卫马克思”的号角，其实质是要“回归那种最终必须与马克思著作中大量异质的

① ［英］弗朗西斯·马尔赫恩：《当代马克思主义文学批评》，刘象愚等译，北京大学出版社2002年版，第3页。

内容及其嗣后无力的评论相脱离的历史科学”①。显然，这一发展历程并不属于黑格尔历史辩证法的正、反、合模式，而是一种马克思所说的历史的螺旋式前进方式。学术界对以法兰克福学派为代表的“西方马克思主义”范式已经有深入的研究，但是对于阿尔都塞学派及其所代表的“结构主义马克思主义”批评范式的理论立场、研究方法及其学术史意义，还缺乏更为深入系统的分析和探讨。

一　阿尔都塞学派与结构主义马克思主义的产生

阿尔都塞的结构主义马克思主义的建构是通过对人道主义马克思主义的批判开始的。20 世纪 60 年代之前，整个欧洲的马克思主义的主导范式都是“人道主义马克思主义”。无论是以卢卡奇和法兰克福学派理论家为代表的西方马克思主义，还是以亚当·沙夫、米哈依洛·马尔科维奇和莱泽克·科拉科夫斯基等为代表的东欧新马克思主义，都持一种鲜明的人道主义立场，人的自由及其存在价值是其关注的核心问题。人道主义马克思主义在整个欧洲盛行的原因是多方面的。从政治的角度来看，高度发达的资本主义统治之下人的异化日趋严重，而两次世界大战，尤其是法西斯主义的大肆扩张，给西方民众的生存带来了空前的摧残与冲击。因此，关注人的存在、批判这种异化状态，就成为西方与东欧的马克思主义者的共同选择。另一方面，马克思的《1844 年经济学哲学手稿》的发现和出版，其对资本主义异化现实的批判以及所蕴含的人道主义观念，为马克思主义的人道主义化提供了理论武器。具体到法国学术界，在阿尔都塞学派出场之前，萨特作为一颗耀眼的学术明星居于法国学术界的领袖地位。萨特认为

① ［英］弗朗西斯·马尔赫恩：《当代马克思主义文学批评》，刘象愚等译，北京大学出版社 2002 年版，第 14 页。

存在主义本质上是一种人道主义[①]，而他所主张的正是一种具有存在主义色彩的马克思主义立场。正是对人类生存状况的这种人道主义关怀，使人道主义马克思主义成为20世纪50年代马克思主义的主流形态。

人道主义马克思主义的这种主导地位在20世纪60年代发生了改变。此时的法国马克思主义者正沉浸在苏共二十大之后对斯大林主义的失望情绪和对马克思主义前途的迷茫之中。而伴随着列维－斯特劳斯、罗兰·巴特、福柯、德里达等结构主义大师的集体闪亮出场，结构主义一跃成为风靡法国的时髦思想乃至主导范式。结构主义强调结构的重要性而削弱人的主体性，这种“反人道主义”立场为马克思主义者反思人道主义提供了方法论借鉴。面对结构主义的巨大影响及其方法论上的可借鉴性，马克思主义者们清楚地认识到，马克思主义要取得新的发展，就必须将这种新兴的理论思潮纳入其中，从而建构一种具有结构主义色彩的马克思主义。正是出于这一认识，60年代的法国学术界兴起了关于马克思主义与结构主义关系的大讨论，以及将二者结合起来的有益尝试。[②] 通过这场讨论，阿尔都塞在法国学术界的影响力日益增强，其结合马克思主义与结构主义，从而建构一种结构主义马克思主义的方法也获得了越来越多的认同。正如结构主义史家弗朗索瓦·多斯所言：“阿尔都塞的著作及其产生的冲击力使得

① ［法］让－保罗·萨特：《存在主义是一种人道主义》，周煦良、汤永宽译，上海译文出版社2012年版。

② 虽然戈德曼结合发生学和结构主义的尝试还比较机械，但是他试图把结构主义引入马克思主义的努力却为马克思主义后来的发展开启了新的方向。在20世纪60年代，随着结构主义的兴起，以及马克思主义所面临的复杂局势，对二者之间关系的讨论一度成为热点问题。1964年吕西安·塞巴热出版了《马克思主义与结构主义》一书，试图将马克思主义与结构主义成功地调和在一起。遗憾的是，1965年1月，吕西安·塞巴热向自己面部开了一枪，从而在结束了自己生命的同时，也结束了他这一具有启发性的尝试。1967年10月，《思想》杂志以“结构主义与马克思主义”为题出版了专号，哲学家吕西安·塞夫、让·迪布瓦、让·德尚等均就这一议题发表了文章。1967年和1968年，《新批评》和《法国通讯》等杂志也刊登了系列文章，就结构主义如何应对马克思主义的危机问题展开了讨论。这场讨论对于结构主义和马克思主义的发展都产生了重要的影响。（［法］弗朗索瓦·多斯：《解构主义史》，季广茂译，金城出版社2012年版，第111—122页。）

马克思主义者再也无法与结构主义相安无事，阿尔都塞对结构主义的浓厚兴趣也使得与结构主义立场的理论论争变得无可回避。”① 阿尔都塞试图通过将时兴的结构主义引入马克思主义，使马克思主义摆脱普遍的人道主义倾向，并成为一种科学化的学说。正是这一点使阿尔都塞也被看作“一个广义的结构主义者”②。

阿尔都塞以结构主义的诸如结构、系统、整体和二元对立等为方法论来重新阅读马克思的著作，认为马克思的思想发展经历了一个“认识论的断裂”。这个断裂点以1845年《德意志意识形态》的出版为标志。1845年之前的青年时期属于马克思思想的“意识形态阶段”，而1845年之后的成长和成熟时期则属于马克思思想的“科学阶段”。“意识形态阶段”的代表性理论是人道主义，而“科学阶段”的代表性理论则是历史唯物主义和辩证唯物主义。阿尔都塞之所以用结构主义方法来研究马克思主义，其目的是用结构主义的“科学”方法来反对马克思主义研究中的“人道主义”和“意识形态”方法，用结构主义的马克思主义来反对包括存在主义在内的人道主义的马克思主义。在阿尔都塞的视野里，“这种人道主义是资本主义意识形态的一个狡诈的诡计，它哄骗了这些善意的知识分子，使他们恰好和自己正在致力批判的资本主义媾和”③。在阿尔都塞看来，只有极少数具有足够的哲学修养的知识分子能够认识到马克思主义不仅是一种政治学说，而且也是一种分析和行动的“方法”。然而，遗憾的是，当时的很多知识分子，包括马克思主义者，甚至都没有读过成熟期的马克思的著作，而是热衷于“在马克思青年时期的著作的意识形态火焰里重新发现自己的热情”④。

---

① ［法］弗朗索瓦·多斯：《解构主义史》，季广茂译，金城出版社2012年版，第111页。

② ［法］马克·波斯特：《战后法国的存在主义马克思主义：从萨特到阿尔都塞》，张金鹏、陈硕译，南京大学出版社2015年版，第285页。

③ ［澳］卢克·费雷特：《导读阿尔都塞》，田延译，重庆大学出版社2014年版，第28页。

④ ［法］路易·阿尔都塞：《保卫马克思》，顾良译，商务印书馆2006年版，第4页。

建立科学的马克思主义是阿尔都塞的基本目标，而对马克思主义的这种区分则是他的理论基础。在此基础上，他以结构主义为方法论，提出了一系列方法、概念和术语，使马克思主义表现出新的特征，也为后来的马克思主义者提供了借鉴。也正是因为对人道主义的结构主义批判及其所产生的巨大影响力，1966 年 3 月，阿尔都塞受到了法共中央委员会的谴责。总书记瓦尔德克·罗歇（Waldeck Rochet）在对委员会决议的总结中声明："脱离人道主义的共产主义不是共产主义。"① 这一声明完全是出于对阿尔都塞用结构主义方法来置换马克思主义中的人道主义成分的理论倾向的批评。在这种批评之下，1967 年，阿尔都塞开始了自我批评的历程，并宣布放弃了他在《保卫马克思》和《读〈资本论〉》中所倡导的"理论主义"，将哲学重新定义为"理论中的阶级斗争"②。恩格斯在《德国农民战争》序言中指出了阶级斗争的三种形式——经济的、政治的和理论的，阿尔都塞的观点显然是对恩格斯提出的阶级斗争形式的继承和发展。正是对"理论中的阶级斗争"的思考，促使了阿尔都塞的意识形态国家机器理论的形成，以及对文学艺术与意识形态之间关系的再思考。

二　文学艺术作为意识形态国家机器

虽然阿尔都塞反对把马克思主义作为一种意识形态，试图将其引上科学化的道路，但是这并不意味着他反对使用马克思主义的意识形态理论。事实上，在阿尔都塞的思想体系中，意识形态具有奠基性或拱心石的作用。"意识形态"理论也正是阿尔都塞对马克思主义哲学和文学理论最重

---

① ［澳］卢克·费雷特：《导读阿尔都塞》，田延译，重庆大学出版社 2014 年版，第 86 页。

② ［法］路易·阿尔都塞：《在哲学中成为马克思主义者容易吗?》，《哲学与政治：阿尔都塞读本》，陈越编，吉林人民出版社 2003 年版，第 174 页。

要的贡献之一。

阿尔都塞对意识形态的重新界定包括两个方面。一方面，“意识形态是具有独特逻辑和独特结构的表象（形象、神话、观念或概念）体系，它在特定的社会中历史地存在，并作为历史而起作用”①。也就是说，意识形态作为表征系统，它通过形象、神话、思想或概念等来表征现实。另一方面，“意识形态所反映的不是人类同自己生存条件的关系，而是他们体验这种关系的方式；这就等于说，既存在真实的关系，又存在‘体验的’和‘想象的’关系。在这种情况下，意识形态是人类依附于人类世界的表现，就是说，是人类对人类真实存在条件的真实关系和想象关系的多元决定的统一”②。如果把这两个方面综合起来就是，“意识形态是个体与其真实存在条件的想象性关系的一种表征”③。意识形态不是人类意识对现实关系的真实反映，而是一种体验的和想象的关系的表征，这就为文学与意识形态的天然联系奠定了基础。文学是一种强调体验和想象的艺术门类，所以也就自然成为意识形态的天然载体。就艺术与意识形态的关系，阿尔都塞指出：“艺术使我们‘看到’的，也就是以‘看到’，‘觉察到’和‘感觉到’的形式（不是以认识的形式）所给予我们的，乃是它从中诞生出来、沉浸在其中、作为艺术与之分离开来并且暗指着的那种意识形态。”④艺术不同于科学，对同一个对象而言，科学是借助概念并以认识的方式来揭示和阐明对象，而艺术则借助于感性形象并以使我们“看到”“觉察到”和“感觉到”的方式来表征对象。生活现实错综复杂，意识形态也多种多样。每一个社会中除了占统治地位的统治阶级的意识形态之外，还存在各种与

① ［法］路易·阿尔都塞：《保卫马克思》，顾良译，商务印书馆2006年版，第227—228页。

② 同上书，第230页。

③ ［法］阿尔都塞：《意识形态与意识形态国家机器》，见斯拉沃热·齐泽克等《图绘意识形态》，方杰译，南京大学出版社2002年版，第161页。

④ ［法］阿尔都塞：《一封关于艺术的信》，陆梅林编《西方马克思主义美学文选》，漓江出版社1988年版，第521页。

其相对立的意识形态。因此不能笼统地看待文学艺术同意识形态之间的关系，不能简单地说文学是意识形态的反映。“艺术（我是指真正的艺术，而不是平常一般的、中不溜的作品）并不给我们以严格意义上的认识，因此它不能代替认识（现代意义上的，即科学的认知），但是它所给予我们的，却与认识有某种特殊的关系。这个关系不是同一的关系，而是差异的关系。我相信，艺术的特性是‘使我们看到’‘使我们觉察到’‘使我们感觉到’某种暗指现实的东西。”① 虽然艺术不能摆脱意识形态，艺术就存在于复杂的意识形态环境之中，也体现着特定阶级的意识形态，但是，真正优秀的艺术所关注的并不是现实的同一性，而是差异和矛盾。因此，阿尔都塞指出，“我并不把真正的艺术列入意识形态之中，虽然艺术的确与意识形态有很特殊的关系”②。这并不是说真正的艺术与意识形态无关，而是说真正的艺术不隶属于居于主导地位的统治阶级的意识形态，不是被这种意识形态所收编而成为它的表征，而是在这种意识形态之外，体现着完全不同的意识形态和价值。

阿尔都塞之所以非常强调文学艺术与意识形态之间的这种复杂关系，是因为他把文学艺术及其教育都看作国家机器的一部分，并在国家机器的管理和运作中发挥着意识形态规训与压迫、抑或批判与反抗的功能。在马克思主义的国家理论中，国家机器（State Apparatus）通常指的是“包括政府、行政部门、军队、警察、法庭、监狱等”在内的强制性国家权力机构。阿尔都塞对马克思的国家理论进行了拓展，认为还存在一种意识形态国家机器（Ideological State Apparatuses）。这种意识形态国家机器由“包括宗教的、教育的、家庭的、法律的、政治的、工会的、通讯的（报纸、无线电和电视等）、文化的（文学、艺术、体育运动等）”具有意识形态性的

---

① ［法］阿尔都塞：《一封关于艺术的信》，见陆梅林编《西方马克思主义美学文选》，漓江出版社1988年版，第520页。

② 同上。

权力机构所构成。二者之间关系密切，彼此包容，相互结合，共同参与国家的管理和建构。强制性国家机器也具有意识形态性，并通过意识形态间接地发挥作用，比如军队和警察等都通过意识形态的教育来提高和保证自身的凝聚力和再生产。同样，意识形态国家机器在某种程度上也具有强制性，比如学校和教会也使用适当的惩罚、开除和挑选等强制性手段来要求学生和教众服从。不同之处在于，强制性国家机器中的强制性是暴力的、主导的和直接的，而意识形态国家机器中的强制性则是非暴力的、辅助的和隐蔽的。强制性国家机器的各部分构成了一个有组织的统一整体，受统治阶级所掌控，是其实施阶级统治的重要工具。相对而言，意识形态国家机器的不同组成部分具有相对的独立自主性，各有其特点和规律，其传递意识形态和再生产生产关系的方式也有所不同。比如，在西方中世纪，教会就是一种宗教意识形态，它通过有组织的宗教活动和教义宣讲在民众心中产生信仰来对民众进行意识形态规训。而成熟的资本主义阶段的主导意识形态国家机器则是学校教育，它通过文学艺术、历史文化等方面的教育，在学生心中形成对资产阶级价值观的认同以及在行为中的遵守。

每个社会都是由不同的阶级、阶层和集团构成的，它们出于自身不同的利益诉求而具有不同的意识形态，因此，意识形态国家机器也就成为不同阶级、阶层和集团之间进行斗争的重要场所。正如阿尔都塞所言："意识形态国家机器可能不仅是桩标（stake），而且是阶级斗争，往往是激烈的阶级斗争的场所。在 ISAs 中，掌握权力的阶级（或阶级联盟）不能像在强制性国家机器中那么轻易地发号施令，不仅因为先前的统治阶级能够长期地保持强制的地位，而且因为受剥削阶级能够在那里找到方法与机会表达自己，或者利用它们的矛盾，或者在斗争中占领它们的阵地。"① 一个

① ［法］阿尔都塞：《意识形态与意识形态国家机器》，斯拉沃热·齐泽克等《图绘意识形态》，方杰译，南京大学出版社 2002 年版，第 108 页。

社会中主导性的意识形态国家机器必然掌握在占统治地位的阶级、阶层或集团手中，成为他们进行意识形态统治和规训的手段和工具，这也就导致在社会中占统治地位的意识形态永远是统治阶级的意识形态。但是，由于意识形态国家机器并不具有绝对的强制性，因此也就为被统治阶级借以表达其利益诉求，宣扬其意识形态留下了空间。文学艺术作为“更高地悬浮于空中的意识形态”，由于远离经济基础，从而成为各种意识形态最复杂、最集中的展现平台和斗争场所。不同的阶级都试图通过文学艺术的生产和消费来宣扬和再生产自己的意识形态。统治阶级把文学艺术作为意识形态统治和规训的工具，而被统治阶级则把文学艺术作为生产自身的意识形态来反抗统治阶级意识形态的手段。综观中外文学史，大量的文学作品都体现着统治阶级的意识形态，但是优秀的作家往往有意识地与统治阶级保持距离，避免沦为阶级统治的工具，而对被统治阶级、受压迫阶层往往给予更多的关注和同情，以使其作品的内涵更加丰富，意义更加深远。正是在这个意义上，阿尔都塞认为优秀的文学作品应该不属于统治阶级的意识形态之列，反而成为使其消解的手段。也正是出于这一点，阿尔都塞的弟子马歇雷提出了自己的艺术生产理论，并得出了“文学艺术是意识形态斗争的手段，又是使其崩溃的工具”的著名论断。

三　结构主义马克思主义的批评方法

可以说，阿尔都塞以结构主义为武器来批判人道主义马克思主义，为其建构科学化的马克思主义奠定了基础；他对文学艺术与意识形态以及意识形态国家机器之间关系的深入探讨，为后世的文学理论和文化研究创造了一个新的论域和视角；而他对矛盾与多元决定论、症候阅读法等理论的深入阐述，则为当代文学批评提供了重要的方法论。

（一）矛盾与多元决定论

多元决定论是阿尔都塞哲学理论中的一个重要概念。这一概念是在对黑格尔和马克思的辩证法进行比较、批判与综合的基础上提出的。黑格尔是辩证法理论的重要建构者，而马克思就自认为其辩证法是对黑格尔的批判性继承或扬弃。在马克思看来，黑格尔的辩证法是“倒立着的”，因为它不是建立在“唯物主义”的坚实基础之上，而是陷入了“思辨哲学”的窠臼之中。恩格斯将黑格尔的这一矛盾称为“辩证方法”与“唯心主义体系”之间的矛盾。因此，要建立一种马克思主义的唯物主义辩证法，就必须对黑格尔的辩证法进行“扬弃”，即吸收其“合理内核”而抛弃其“神秘外壳”，从而将其“颠倒过来”。[①] 但是，通过对马克思和恩格斯著作的细读，阿尔都塞发现，他们二人在论述黑格尔辩证法时有明显的语焉不详之处，后来的马克思主义者对二者辩证法之间关系的论述，也只是对马克思和恩格斯的话进行了极其表面化的解释，并没有发现其内在的矛盾之处。在阿尔都塞看来，事实上，“说辩证法能够像外壳包裹着内核一样在黑格尔体系中存身，这是不可思议的事。……同样也不能想象黑格尔的辩证法一旦被‘剥去了外壳’就可以奇迹般地不再是黑格尔的辩证法而变成了马克思的辩证法”[②]。“内核”与“外壳”的比喻是不确切的，因为它所提出的并不是用相同的方法研究不同的对象的性质，而是辩证法本身的结构和性质的问题。因此，对黑格尔的辩证法的扬弃不是对其“含义”进行“颠倒”，而是对辩证法的“结构”进行“改造”。马克思主义哲学要做的就是对黑格尔辩证法的一些基本结构，如否定、否定之否定、对立面的统一、扬弃、质量相互转化、矛盾等重要观念进行一种马克思主义的改造，

① 中共中央马克思恩格斯列宁斯大林著作编译局编：《马克思恩格斯选集》（第2卷），人民出版社2012年版，第94页。

② ［法］路易·阿尔都塞：《保卫马克思》，顾良译，商务印书馆2006年版，第79页。

从而使其成为唯物主义辩证法的一个基本方法。阿尔都塞认为，这一任务对于马克思主义是“生死攸关”的，而“马克思主义哲学的发展当前就取决于这一项任务”①。

在辩证法的上述概念体系中，最为核心的概念就是“矛盾”。黑格尔将这一概念运用于观念哲学，认为矛盾是绝对精神向前发展的推动力，而马克思则将其运用于现实社会，认为矛盾是社会历史向前发展的推动力。在社会历史发展的推动力中，经济制度、社会制度、政治制度、法律制度、风俗习惯、道德、宗教、哲学、文学艺术等诸多因素并不是毫无关联、各自用力的，而是都参与其中，相互作用，从而构成了一个矛盾的统一体。阿尔都塞称这个矛盾统一体为“多元决定的矛盾”。这个矛盾统一体也正是马克思的矛盾论对黑格尔矛盾论的扬弃和发展的结果。正如阿尔都塞所言：“根据马克思主义的历史经验，一切矛盾在历史实践中都以多元决定的矛盾而出现；这种多元决定正是马克思的矛盾与黑格尔的矛盾相比所具有的特殊性；黑格尔辩证法的‘简单性’来源于黑格尔的‘世界观’，特别是来源于世界观中得到反映的历史观。”② 因此，只有在黑格尔矛盾论的血管中注入唯物主义的血液，才能将辩证法真正地安置在社会历史的基座之上。黑格尔把政治和意识形态作为经济的前提和本质，马克思则相反，认为经济是政治和意识形态的前提和本质。政治和意识形态因素只是经济因素的外在表征，经济因素才是社会发展的最终决定力量。马克思用了“基础”与“上层建筑”这一比喻来描述社会经济与政治和意识形态等因素之间的关系。经济基础是社会历史发展的最终决定力量，并决定其上层建筑的性质和结构，但并不是唯一的决定力量。“无论在开始或在结尾，归根到底起决定作用的经济因素从来都不是单独起作用的。总之，

① ［法］路易·阿尔都塞：《保卫马克思》，顾良译，商务印书馆2006年版，第81页。
② 同上书，第95页。

‘简单的’、非多元决定的矛盾观念，正如恩格斯所批判的经济主义那样，是‘毫无内容的、抽象的、荒诞无稽的空话’。”[①] 也就是说，在多元矛盾的结构统一体中，按照马克思的“基础与建筑”的比喻，从纵向或历时性来看，矛盾中的各种因素的决定性顺序是由底层向上层依次传递的，因而其决定性力量也就必然由下而上逐渐减弱。正是在这个意义上，恩格斯才说文学艺术属于离经济基础最远的“更高地悬浮于空中的意识形态领域”[②]。而从各种矛盾的横断面或共时性结构来看，矛盾中的各种要素却是交织在一起而互为因果，相互影响，从而形成了一个多元决定的力的平行四边形。从这个角度也就能解释为什么古希腊和19世纪的俄国在经济非常落后的条件下却创造出了非常辉煌的文学艺术和文化。这样，在原因和结果的辩证关系中，阿尔都塞就把源自莱布尼兹和黑格尔的强调一元决定论的“机械因果律”（mechanical causality）和“表现因果律”（expressive causality）发展为结构主义马克思主义的强调多元决定论的“结构因果律”（structural causality）。

但这并不是说在多元矛盾的网络结构中，各种矛盾及矛盾的不同方面之间的重要性和影响力是同等重要而没有差别的。随着毛泽东思想的这股“东风”在巴黎学术界吹起波澜，毛泽东的《矛盾论》中对辩证法的经典阐述深深地影响了阿尔都塞。[③] 可以说，阿尔都塞的《关于辩证唯物主义》一文中的后两个部分对矛盾问题的论述基本上就是对毛泽东的矛盾论观点

---

① ［法］路易·阿尔都塞：《保卫马克思》，顾良译，商务印书馆2006年版，第103页。

② 中共中央马克思恩格斯列宁斯大林著作编译局编：《马克思恩格斯选集》（第4卷），人民出版社2012年版，第611页。

③ 在法国知识界，阿尔都塞对毛泽东的哲学思想的吸收和借鉴是比较早的。阿尔都塞对毛泽东的辩证法的新阐释，使他成为法国左派学生中的“毛泽东思想的精神导师”。随着毛泽东思想这股“东风”在西方世界的日益强劲，法国知识界对毛泽东思想的接受也逐渐由哲学转向政治理论。1966年5月中国“文化大革命”的爆发使法国学生对中国革命和毛泽东思想报以更大的热情，致使1967年成为法国社会的“中国年”，并深深地影响了1968年的学生运动——“五月风暴”。（［美］理查德·沃林：《东风：法国知识分子与20世纪60年代的遗产》，董树宝译，中央编译出版社2017年版，第111—128页。）

的分析和阐释。阿尔都塞将毛泽东的矛盾观概括为三个概念——关于主要矛盾和次要矛盾的区别、关于矛盾的主要方面和次要方面的区别、关于矛盾的不平衡发展，并认为“这三个概念是马克思主义辩证法的基本概念，因为它们体现着马克思主义辩证法的特性”[①]。在阿尔都塞看来，矛盾并不是单一的，矛盾的“一元论”是同马克思主义毫无共同之处的意识形态概念，相反，矛盾是一个多元决定的、具有一种多环节主导结构的统一性整体。可见，阿尔都塞的多元决定论一方面强调经济的最终决定力量，另一方面又反对把经济作为唯一决定因素的经济主义。而在矛盾的统一性整体中，既强调各种矛盾之间的相互依存、彼此作用，又强调不同矛盾与矛盾的不同方面依社会历史的具体情境而相互转化、共同作用。通过对矛盾的这种多元决定论的深入分析，阿尔都塞充分认同并发展了马克思主义的唯物主义辩证法。这一方法最终成为阿尔都塞哲学体系的核心理论和文学批评的重要方法，并对阿尔都塞学派及其后的文学批评和文化研究等都产生了深远的影响。

（二）症候阅读法

阿尔都塞对文学批评的另一个重要影响是他提出的“症候阅读法”。阿尔都塞通过分析马克思的著作，发现了马克思的两种阅读方法。

第一种是“回顾式的理论的阅读”。这种阅读只是对文本中一致性和矛盾性的记录，是对文本的发现、空白、错误、功绩或缺陷等问题的一个总结，一种“理论的回顾”或者“解读”。在阿尔都塞看来，这种阅读中暗含着一种认识论，在这种认识论中，认识最终被认为是一种“看”。这种“看”意味着一些已知的事实被看到，同时还有一些事实却因为被“疏忽”而“缺席”。敏锐的读者通过其阅读对象能够发现或看到这些已知的事实，而那些不怎么敏锐的读者则更容易疏忽这些事实中的重要部分。在

① ［法］路易·阿尔都塞：《保卫马克思》，顾良译，商务印书馆2006年版，第187页。

这种阅读中，马克思属于前者，而斯密则属于后者。

第二种是“症候阅读”（symptomatic reading）。“所谓症候阅读法就是在同一运动中，把所读的文章本身中被掩盖的东西揭示出来并使之与另一篇文章发生联系，而这另一篇文章作为必然的不出现存在于前一篇文章中。……也就是说，在新的阅读方法中，第二篇文章从第一篇文章的‘失误’中表现出来。”① 显然，阿尔都塞在提出“症候阅读”这一概念时借用了精神分析的“症候”概念和结构主义的方法。在精神分析中，医生往往能够通过病人的普通言谈中的一些不寻常的细微特征来发现病人精神中最为隐秘的无意识领域，从而对其意识状况予以解释和治疗。最为经典的例子就是“弗洛伊德式口误”，通过一些不经意的口误却能真切地发现说话者的内心世界。这种细微的特征或者“口误”正是精神分析家用于把握病人无意识精神的“症候”。从结构主义的角度来看，这种症候正是文本的表层结构，而其无意识精神则是文本的深层结构。前者是可见的或在场的，而后者是不可见的或缺席的。在阿尔都塞看来，马克思阅读古典经济学文本的方式就类似于精神分析师阅读其病人的话语症候，他关注的并不只是对象文本中已经明确表达出来的已知事实，还包括文本的意义断裂、脱漏、矛盾和逻辑谬误之处，因为此处作为文本的症候，包含着未被说出的更加丰富的内容。症候阅读就是要通过对文本表层结构中的断裂、脱漏、矛盾和逻辑谬误的深入分析来发掘和重构文本深层的“无意识思想”，并在此基础上对文本进行深度阐释。显然，“回顾式的理论的阅读”更侧重于对文本中已知事实的阐明、解读和呈现，它并不能产生新的意义；而“症候阅读”则在文本的症候中发现新的意义，因此这种阅读过程也是一种意义的再生产过程。

---

① ［法］路易·阿尔都塞、艾蒂安·巴里巴尔：《读〈资本论〉》，李其庆、冯文光译，中央编译出版社2008年版，第16页。

四 马克思主义文学理论与批评的“结构转向”

阿尔都塞将结构主义方法融入马克思主义的这一努力得到了学术界的热烈响应，一批青年学生开始围绕在他的周围，成为他的忠实信徒，从而构成了一个新的学术共同体——阿尔都塞学派。正是阿尔都塞及其弟子的这种努力，在马克思主义中发展出了一种全新的方法论，给马克思主义带来了新的气象，在马克思主义中建立了“结构主义马克思主义”这一重要支脉，带来了西方马克思主义的“结构转向”。可以说，之后的马克思主义都或多或少受到阿尔都塞及其“结构主义马克思主义”的影响。

（一）马克思主义文学生产和阐释理论的建立

马克思区分了物质生产、精神生产和人自身的生产。马克思和恩格斯在讨论生产的时候多集中于物质生产，而对以文学艺术为核心的精神生产很少论及。西方马克思主义者意识到了这一问题，并试图补充这一理论空缺。本雅明很早就提出了“机械复制时代的艺术生产”和“作为生产者的作家”的问题，前者主要是从物质进步对艺术生产的影响的角度来讨论艺术，后者则是要阐明艺术生产与物质生产之间的共同点与差异性，认为作家是艺术的生产者，其生产资料是语言，而技巧和修辞等则是艺术的生产力。在此基础上，阿尔都塞认为“知识”也是社会生产实践的一种形式，这种观点被看作“阿尔都塞对分析理论作品的最重要的贡献”①。阿尔都塞把理论生产作为知识的一个重要部分，认为它是一种特殊的社会实践，“它与其他的社会实践（意识形态的、政治的、经济的、‘技术的’，等

① Ten Benton: *The Rise and Fall of Structural Marxism: Althusser and his influence*, St. Martin's Press. 1984, p. 36.

等）一起构成了这个复杂的整体‘社会’”[①]。这些实践中的每一种都有一定的原材料，都是经过人类的劳动，依据一定的工具来完成的。不同之处在于，理论实践是一种特殊的劳动，它所采用的原材料不是物质，而是概念、观念和事实。它们要么是其他社会实践（尤其是意识形态实践）的产品或副产品，要么是理论生产的前一阶段的产品。阿尔都塞对理论实践的分析是对马克思主义的生产理论的发展和丰富，并对马克思主义的文学生产理论的形成和完善起到了很大的推动作用。

作为“第一位阿尔都塞派的批评家”[②]，在《文学生产理论》中，马歇雷试图把阿尔都塞的结构主义马克思主义贯彻到文学的批评实践中，从而为马克思主义的意识形态批评提供一种语言分析的方法论。不同于戈德曼所坚持的文学文本与社会集团及其意识形态的异质同构，马歇雷认为文学文本与意识形态之间具有一种“离心”结构，其中并不存在一种主导意识形态。“正如一部作品产生于一种意识形态一样，它也是为了反对意识形态而写的。”[③]因此，如果说一般的文学还只是在重复或生产着现实意识形态，那么优秀的文学则“通过意识形态对意识形态提出挑战”[④]。显然，马歇雷的文本与意识形态的离心结构和文学生产理论是对结构主义的文本理论和阿尔都塞的理论生产、意识形态和症候阅读等学说的有机融合。正是出于这一点，孔帕尼翁对马歇雷给予了高度评价，认为“以文学为背景，马克思主义理论（意识形态批判和科学观的确立）与形式主义（语言

---

① Ten Benton: *The Rise and Fall of Structural Marxism: Althusser and his influence*, St. Martin's Press. 1984, p. 36.

② ［英］特里·伊格尔顿：《马歇雷与马克思主义文学理论》，戴侃译，《国外社会科学》1983 年第 1 期。

③ Pierre Macherey: *A Theory of Literary Production*, London: Routledge & Kegan Paul Ltd, 1978, p. 133.

④ Ibid..

学分析方法）在书中成为佳配”①。伊格尔顿进而认为文学生产实际上也是一种“物质实践”，文学生产过程就是将一般意识形态和作家意识形态转化为审美意识形态，从而成为文本的有机构成部分的过程。与此相应，詹姆逊将结构主义的文本理论引入马克思主义，提出了马克思主义的文本意识形态阐释理论，以此为方法来挖掘文本深层的意识形态或“政治无意识”。② 可以肯定地说，通过他们几位的努力，阿尔都塞所提出的建立“科学的马克思主义”在文学理论和批评实践方面成为现实。

（二）符号学马克思主义的兴起

马克思最具影响力的、具有结构主义性质的符号学说就是讨论社会结构时对“经济基础—上层建筑”这一对比喻性概念的运用。正是在这一点上，阿尔伯特·柏吉森认为阿尔都塞也是符号学家，是符号学马克思主义发展过程中的一个重要节点。在阿尔伯特·柏吉森看来，“马克思正在被首尾倒置。在20世纪马克思主义的理论发展中已经可以看到一个理论链条的产生，它不仅主张基础/上层建筑模型的倒置，而且认为上层建筑的逻辑（更具体地说，意识形态和语言的逻辑）就是一个作为整体的社会构型（social formation）的逻辑”③。也就是说，在这个理论系列中，马克思所主张的经济基础与上层建筑之间的决定关系被颠倒过来，上层建筑尤其是意识形态和语言被赋予了自主性，并在某种程度上决定着经济基础的形态和发展。为了将这一理论链条与其他后马克思主义区分开来，“符号学马克思主义”就作为一个标志性概念被提了出来。柏吉森将“符号学马克思主

---

① ［法］安托万·孔帕尼翁：《理论的幽灵——文学与常识》，吴泓缈、汪捷宇译，南京大学出版2011年版，第6页。

② 关于马歇雷、伊格尔顿和詹姆逊如何将结构主义的文本理论引入马克思主义来建构马克思主义的文本生产理论和文本阐释理论，笔者在《文本与意识形态——马克思主义与结构主义对话中的一个关键问题》（《文艺研究》2010年第1期）一文中有详细的探讨，在此不予赘述。

③ Albert Bergesen：“The Rise of Semiotic Marxism”，*Sociological Perspectives*，Vol. 36，No. 1，(Spring，1993)，p. 1.

义”的发展梳理为四个阶段。第一阶段的代表人物是葛兰西，他在20世纪30年代提出的霸权（领导权）理论已经开启了经济基础与上层建筑的颠倒模式。在葛兰西看来，意识形态是国家霸权中的重要方面，意识形态霸权甚至可以影响政治，并最终影响经济基础。阿尔都塞是第二阶段的代表，他在20世纪60年代提出的“意识形态国家机器”理论中已经将意识形态与政治融为一体，或者说意识形态“吸收”了政治，从而使其成为国家机器中的一个重要部分。阿尔都塞的弟子、希腊的政治哲学家尼科斯·普兰查斯在70年代成为第三阶段的代表人物。在普兰查斯这里，经济基础被吸收到了意识形态国家机器之中，从而成为了一个理论实体。在柏吉森看来，此时的马克思主义理论已经超越了颠倒基础与上层建筑模式的阶段，因为在普兰查斯的理论中意识形态不再决定政治和经济，而是已经与它们融为一体。而在阿尔都塞的再传弟子拉克劳和墨菲这里，即符号学马克思主义理论发展的第四阶段中，经济基础与上层建筑，或经济与政治和意识形态之间的因果关系理论被淘汰了，阶级之间的逻辑关系被借用符号学理论解释为能指之间的符号逻辑关系。意识形态的逻辑不再是基础的逻辑的决定因素，相反，它就是基础本身。也就是说，在拉克劳和墨菲的理论中，原来被区分的几个领域之间的界限消失了，马克思主义的社会构型（social formation）被转化为符号学马克思主义的“话语构型”（discursive formation）。① 可见，在符号学马克思主义的理论建构过程中，从葛兰西开始，经由阿尔都塞、普兰查斯到拉克劳和墨菲，马克思的经济基础与上层建筑的社会结构模式被颠倒过来，经济基础和政治不断地被吸收进意识形态中，最终转变为一种全新的符号学模式。

（三）意识形态和多元决定论在文化研究中的广泛运用

阿尔都塞的意识形态与多元决定理论对当代文化研究也产生了深远的

① Albert Bergesen: “The Rise of Semiotic Marxism”, *Sociological Perspectives*, Vol. 36, No. 1, (Spring, 1993), p. 3.

影响。斯图亚特·霍尔指出，在以威廉斯和霍加特等人为代表的文化研究的文化主义范式中，文化被看作一种“物质实践”，“意识形态”在其中并没有发挥重要的作用，但是，在结构主义范式中，意识形态却作为一个核心概念发挥作用。[①] 如果说法兰克福学派和巴特等人所批判的大众文化中包含的意识形态是马克思意义上的“虚假意识”，那么伯明翰学派的文化研究中所运用的意识形态则是阿尔都塞意义上的人们与现实世界之间的“想象性关系”和“非强制性国家机器”。在霍尔看来，大众文化正是这种“想象性关系”的再现或表征，并作为一种国家机器对生活于其中的人们起到一种规训的作用，而文化研究的目的就是揭示这种意识形态规训的内在机制，从而使人们认清大众文化的本质并从中解放出来。通过对阿尔都塞的意识形态理论的深入探讨，霍尔产生了对葛兰西的意识形态“霸权”理论的兴趣，并最终推动了文化研究的“葛兰西转向”。而从文化研究的方法论角度来看，在阿尔都塞的影响下，伯明翰学派试图摒弃文化研究的政治经济学模式，认为这个模式把复杂的文化现象仅仅看作政治经济的直接表征，从而陷入了经济还原论和本质主义的俗套。在霍尔看来，经济是大众文化产生和发展的最终决定因素，但并不是直接因素，还存在着很多中间环节。每一个特定社会中的文化形态中都包含着经济、政治、种族、阶级、性别、宗教和意识形态等多种要素，或者说是这些要素和力量多元决定的结果。因此，伯明翰学派的文化研究就是要对这种多元决定力量加以剖析，从而将复杂而一体化的社会文化结构化，并使文化研究摆脱文化主义范式的经验主义和人文主义倾向，最终走上结构主义的科学化道路。

---

① ［英］斯图亚特·霍尔：《文化研究：两种范式》，载罗钢、刘象愚主编《文化研究读本》，中国社会科学出版社2000年版，第57—58页。

结 语

阿尔都塞学派用结构主义方法来重新阅读马克思，并把结构主义的理论、方法和术语纳入马克思主义。可以说，马克思主义与结构主义之间的对话促使了阿尔都塞学派在20世纪60年代的兴起，而他们所主张的结构主义马克思主义方法带来了20世纪马克思主义文学理论和批评的重大变革，也促使了马克思主义在70年代的再次复兴。对阿尔都塞学派的学术史地位，学术界给予了高度评价。结构主义史研究专家弗朗索瓦·多斯认为，阿尔都塞从结构主义的角度对马克思主义进行的解读“是对马克思主义富有活力的治疗，它使马克思主义摆脱了悲剧性的命运。……阿尔都塞的结构马克思主义为新的哲学时代奠定了基础，但是所有的知识领域都在1965年经历了严重的震荡。阿尔都塞的模型充分利用了结构主义的时尚，成了转化人文科学的其他努力的发射台”①。因此，阿尔都塞也自然被看作马克思主义在70年代的伟大复兴中最为重要的人物。② 亚当·沙夫虽然批评阿尔都塞的学说是一种“伪结构主义”和“伪马克思主义”，但同时也认为，在后斯大林主义的这个极为关键且问题丛生的时代，阿尔都塞及其合作者在1962—1966年的研究和出版的著作对马克思主义的复兴做出了很大贡献。③ 阿尔都塞为马克思主义在新的历史时期的再出发奠定了理论基础，指明了发展方向。可以说，后来的马克思主义者都是继承阿尔都塞的遗产，沿着阿尔都塞的道路前进的。这一点在文学理论和批评领域表现得

---

① ［法］弗朗索瓦·多斯：《结构主义史》，季广茂译，金城出版社2012年版，第385—386页。

② Leonard Jackson：*The Dematerialisation of Karl Marx：Literature and Marxist Theory*，Longman Group Limited，1994，p. 174.

③ Adan Schaff：*Structuralism and Marxism*，Pergamon Press，1978，p. 32.

尤为明显。正如阿尔都塞研究专家卢克·费雷德所言:“由于他的著作,文学批评似乎第一次能够变得既具有科学上的真实性,又具有政治上的激进性。自从20世纪70年代文学研究中发生的革命性的激荡以来,政治理论与批评变得多样化,而且变得更加复杂。然而,如果我们要理解政治干预理论与批评的诸般现代形式——新历史主义和文化唯物主义、男同性恋和酷儿理论、以种族为导向的和后殖民的理论、女性主义批评、文化研究或者后马克思主义——的意义,那么阅读阿尔都塞的著作就是很重要的,所有这些形式都以不同的方式受惠于阿尔都塞。”① 因此,要准确地把握20世纪马克思主义文学理论和批评的发展历程,就不能忽视阿尔都塞学派所产生的这种影响。从阿尔都塞学派所建构的马克思主义文学理论和批评的“科学相位”再出发,探索一种适用于21世纪的马克思主义文学理论与批评,将是一个重要的学术命题。

The Rise of The Althusserian School and The Great Change of Western Marxism Literary Theory

Yang Jiangang

Abstract The Althusserian School is a Marxist academic community composed of Althusser and his disciples. Althusser criticized humanitarian Marxism with structuralism as a weapon, and based on this, constructed the scientific structuralist Marxism. He explored the relationship between literary arts and ideology as well as the state machine of ideology. And he also made a powerful elaboration of contradictions and plural determinism, symptomatic reading methods and other methodologies which have had a profound impact on his disciples. This impact is reflected in the establishment of Marxist literary production and interpretation theory, the rise of semiotic Marxism, and the extensive use of ideology and plural determinism in cultural studies. The aca-

① [澳] 卢克·费雷特:《导读阿尔都塞》,田延译,重庆大学出版社2014年版,第8页。

demic creation of The Althusserian School eventually brought about a major revolution and great change of Marxist literary theory and criticism.

Key Words The Althusserian School, structuralist Marxism, state machine of ideology, plural determinism, symptomatic reading methods

Author Yang Jian' gang is an associate professor at the Center of Literary Theory and Aesthetics of Shandong University, with main research interests in literary theory and aesthetics.

从“情感结构”到“阅读型构”

——英国马克思主义文论的文化转向

曹成竹

摘要 威廉斯的“情感结构”和本尼特的“阅读型构”既是沟通文学和文化理论的桥梁，又都以马克思主义理论为基础，它们彼此之间也在历时的维度中构成了一个完整的互补性结构，集中地代表了英国马克思主义文论的文化转向。从中我们能够更好地理解“文化”的观念与马克思主义理论保持紧密关联的必要性，为文化研究以及马克思主义文论的当代发展提供有益的思考。

关键词 情感结构；阅读型构；英国马克思主义文论；文化研究

作者简介 曹成竹（1981— ），男，文学博士，山东大学文艺美学研究中心副教授，研究方向为文艺理论、民族审美文化。

20世纪50年代兴起于英国的文化研究已经取得了丰硕成果，然而我们也不得不正视它如今的尴尬境遇：它未能有效地实现其打破知识壁垒和激起社会变革的文化政治理想，而正演变为一种学术研究方法。作为一种研究方法，文化研究又因为没有固定的学科对象及理论，其合法性身份也常常遭到质疑。面对此情形，学界开始思考文化研究的未来走向，其中一个比较有代表性的声音便是主张将文化研究重新纳入马克思主义的轨道中，如保罗·史密斯的《文化研究的回顾与前瞻》所言：

当文化研究取消了马克思主义时，它就绝不能填补它在自身内部所造成的那些鸿沟；没有别的可行的理论形式能够做马克思主义所能做的那种工作，也不能做文化研究总是声称它要做的那种工作。现在为了恢复一整套与马克思主义有联系的观念和方法，并不会使文化研究变成马克思主义“本身”。但是，这将意味着文化研究可能再也承受不起对马克思主义的反感，这种反感已经把它引向了众多的死胡同和危机，促使它后退，却没有认识到自己最好的各种知识的和政治的抱负。①

可以说，英国文化研究起源于马克思主义理论家的一种创新性实践。威廉斯、霍加特、汤普森等人的早期论著为英国文化研究奠定了独特的理论基调：在理论原则和价值理想上以马克思主义为依据，在研究对象上以大众文化、工人阶级文化、少数群体的亚文化等为重点，在理论态度上既区别于英国特有的以阿诺德、利维斯为代表的文化精英主义传统，又区别于法兰克福学派对于大众文化的激进批判和否定。这些特征决定了英国文化研究的发展方向：它从“文化”的角度切入马克思主义文论和美学的核心问题，即艺术（审美）和意识形态的关系问题，并为深入思考和解决这一问题找到了可以依托的物质基础。此外，文化研究又是在反对正统马克思主义的经济决定论和简化论的基础上发展起来的。在此意义上，我们有必要在英国马克思主义理论的框架内回顾其文化转向问题，这样不仅能够更好地理解当代英国马克思主义文论本身的特点，也能为文化研究与马克思主义之间的关系问题提供有益的思考。

为了使研究更加具体明晰，本文选取两个关键概念——威廉斯的“情感结构”和本尼特的“阅读型构”为坐标，以考察英国马克思主义文论的文化转向轨迹。这两个概念既是沟通文学和文化理论的桥梁，又

① 陶东风主编：《文化研究读本》，中国人民大学出版社2006年版，第10页。

与马克思主义有着密切的关联。此外，它们彼此之间也在历时维度中构成了一个完整的互补结构，集中地代表了英国马克思主义文论转向文化的理论拓展。

一 情感结构：文艺作品的文化解读

雷蒙德·威廉斯作为英国杰出的马克思主义文艺理论家，在诸多领域的贡献都是开创性的。他不仅奠定了英国文化研究的理论基础，还把“经济基础与上层建筑”的经典公式进行了修正，举起了文化唯物主义的大旗。在威廉斯的文化理论体系中有一个关键词——“情感结构”（structure of feeling，又译作感觉结构、体验结构），可以视为威廉斯马克思主义文论主张的枢纽。

“情感结构”概念的提出首先是针对英国早期马克思主义文论对文学艺术的简单僵化理解，威廉斯的《文化与社会：1780—1950》（1958）的矛头便直指这一倾向。威廉斯认为，马克思主义理论虽然确立了经济在社会发展和艺术生产关系中的根本地位，但这不代表可以把文学艺术的发展规律简化为经济决定论，实际上它与作为整体的生活方式的“文化”有关，我们需要重视的恰恰是其在现实中的复杂性和相对独立性。例如，英国早期马克思主义理论家考德威尔的《幻象与现实》把15世纪以来的现代诗歌称为“资本主义的诗”，把20世纪的西欧文学称为“颓废文学”，因为这些文学赖以产生的社会制度是“颓废”（decadent）的，这一结论显然就是一种简化理解，它把利用了颓废因素的下等艺术和大众文化，与认真探讨并且展示了资本主义现实和精神世界崩溃过程的、内容充实的严肃艺术混为一谈。威廉斯指出，“将过去300年的英国人的生活、思想、想象简单地说成是‘资产阶级’的，将现在的英国文化推述为‘濒临死亡’

(dying)，这是都是用牺牲理实来成全公式”①。

正是在反驳这种对于文学艺术的简化和僵化理解中，在将文学艺术重新还原给个人、经验和社会整体生活方式的努力中，“情感结构”的重要性逐渐被凸显出来。威廉斯以18世纪到20世纪中叶在英国文学和思想领域产生深远影响的40位作家为考察线索，展示了资本主义社会发展不同时期人们的思想和感觉世界的变化轨迹。在这一过程中，“情感结构”成为文本与社会参照阅读的有效工具。例如盖斯凯尔夫人的《玛丽·巴顿》一书，威廉斯特别注意到作品的一个重要改变：据作者回忆，约翰·巴顿原本是小说主人公，饱受贫困之苦，这引发了作者对工人阶级和底层民众的深切同情。但是后来小说重点却转向了约翰·巴顿的女儿，连书名都改成了《玛丽·巴顿》。威廉斯认为，这种超出作者预期的变化正是“情感结构”的变化。因为约翰·巴顿是一个工会指使的政治谋杀犯的代表，这个角色虽然不能代表当时英国工人阶级的主要倾向，却还是诱发了中上层阶级的“恐暴症”：“对劳动人民要自己当家做主的恐惧，非常普遍，而且成为当时的特征。”② 作品中为富不仁的哈利·卡尔逊被杀，就是由作者所代表的阶层想象出来的工人阶级主体意识的表露，而不是对当时社会的观察与合理分析之后的判断。威廉斯指出，造成作品整体感觉被破坏的最重要原因便是作者的怜悯、当时英国社会偶发性的工人暴行及作者对暴行的恐惧结合在了一起，这种写作模式实际上受到当时一种潜在共有的“情感结构”的影响。通过对另外几部类似小说的分析，威廉斯进一步归纳出了这种共有的“情感结构”：“认识到邪恶，却又害怕介入。同情未能转化为行动，而是退避三舍。我们还可以观察到这种感觉结构持续地进入到了我们

---

① ［英］雷蒙德·威廉斯：《文化与社会》，吴淞江、张文定译，北京大学出版社1991年版，第358页。

② 同上书，第130—131页。

这个时代的文学和社会思想的程度。"① 这种"情感结构"与作品所反映的真实社会生活不同，它代表了作家情感和经验的真实倾向，这是在作品内容中无法看到的。

《文化与社会》并没有对"情感结构"进行总结和阐释，只是通过对不同时代文学作品的分析解读，展示了"情感结构"作为理解一个时代文化特征的角度的可能性。这一思路在《乡村与城市》中得到了贯彻和发展。《乡村与城市》考察了"乡村"如何随英国社会的发展而在文学中成为一个持续变化的主题，而理解这一文化和文学现象同样应从主体的"情感结构"着手。从古典时代到资本主义时代，农村与城市的对比在文学作品中一直有着潜在的线索。实际上早在16世纪末，英国的"乡村居所诗"已然出现。威廉斯指出，这时的作品多表现出"对稳定性的渴望"和"对现实的苦涩的逃避"，是当时英国封建社会解体、资本主义扩张的时代没落贵族的心态写照。这种落后的意识形态在一定程度上占据了当时社会的主导地位。随后国内战争、王朝复辟以及1688年宪法的颁布等一系列事件使英国的社会特征也随之改变，"因此毫不奇怪，在意识形态、沉思和新的创造性工作方面，文学作品中的乡村也发生了改变"②。威廉斯认为这一时期的乡村田园诗鲜明地体现出过渡期的新旧秩序之间的情感纠葛："在这一系列对安居生活的复杂态度中最终表现出的，是一种不同于以往的情感结构。马维尔的诗具有毫无疑问的转型期特征：对旧秩序和新秩序的复杂情感"③；18世纪以来，阶级意义上的"农民"已不复存在，只有作为佃农和雇佣劳动力这一日渐增长的稳定结构。与之相应，诗歌中对快乐的佃农以及乡村生活的理想化描绘，让位于对"变迁"和"逝去"的深切而

---

① ［英］雷蒙德·威廉斯：《文化与社会》，吴淞江、张文定译，北京大学出版社1991年版，第153页。

② Raymond Williams: *The Country and City*, Oxford University Press, 1973, p. 55.

③ Ibid., p. 58.

忧郁的怀旧意识，最终在诗歌中建构起一种新的“追忆结构传统”①。通过对历史和文学作品的考察，威廉斯揭示了这样一个问题：并不存在一个真正没有剥削和苦难、具有美好诗意的过去时光以及逝去的乡村牧歌传统，这些只不过是文学作品随着资本主义社会的发展而营构出的审美幻象，其真实性不在于作品对于城市与乡村的描绘，而在于作品背后的“情感结构”，一种植根于历史发展进程，却又不同于主导性社会价值观的感觉经验世界。

可以看出，“情感结构”是一个以主体经验为核心的文化理论概念，折射出文学作品的文化作用：它们是作家及其所代表的资产阶级群体应对社会环境变迁的一种主体性反应，而不是被动的、机械的反应。“情感结构”实际上重建了被社会思想和意识形态遮蔽的经验世界，从而为马克思主义的基础和上层建筑之间的对应关系扩展出更加复杂和重要的中间地带。在《马克思主义与文学》中，威廉斯终于把“情感结构”作为文化理论的一个关键词进行了阐释和总结。他指出，马克思主义的某些主流派系容易把社会化约为凝固形式的做法使得社会普遍性、意识形态以及其他范畴都显得相对乏力，因为这些固定范畴简化了社会意识的复杂性，也就等于简化了社会发展变革的复杂性，因为社会意识或者说具有主导作用的官方意识不应该是固定的和简单的，而应该存在于人们活生生的实际经验之中，是一种经常带有紧张感和变异性的实践意识，情感结构即是这种“溶解流动”的具有在场性的社会经验。其重要性不仅仅在于提示我们生活世界的文化问题比马克思主义的一些被机械化了的理论框架更加复杂和真实，还在于社会发展和变革的动力常常来自某些情感结构中暗含的张力，特别是具有“新兴文化”意义的情感结构。

可以说威廉斯的“情感结构”是连接文学与文化理论的关键概念，也

---

① Raymond Williams: *The Country and City*, Oxford University Press, 1973, p. 61.

是从文化唯物主义角度改造马克思主义的关键概念。它以区别于主导意识形态的在场的、溶解流动的社会经验为内容，以文学艺术作品的独特表达为形式，以深入完整地呈现过去的社会文化变迁和理解并推进新的社会变革为目标。它的理论重心在于作者端和文学艺术的形式端，并把文化领域的核心问题划归于“审美经验”而不是“意识形态”，从而在批驳旧有马克思主义理论弊端的基础上为英国马克思主义文论的文化转向打开了大门。

二 阅读型构：文化研究时代的文学批评

托尼·本尼特是英国当代马克思主义理论家，他于 1979 年出版的《形式主义与马克思主义》探讨了俄国形式主义和马克思主义文学批评这两种范式的合理性和局限，显示出阿尔都塞学派和英国马克思主义传统的双重影响。本尼特在 20 世纪 90 年代以后的学术兴趣更明显地倾向于文化研究，博物馆理论、007 电影以及政府的文化政策问题等成为他的关注重点。而“阅读型构”（reading formation）理论在本尼特的研究中构成了“由内向外”转向的关键环节，即文化研究时代文学批评的新思路。

本尼特 1983 年的《文本、读者、阅读型构》一文详细论述了这一概念。他以金兹伯格的《奶酪与蠕虫》中对 16 世纪的磨坊主曼诺齐欧对《圣经》解读的成因的分析为例，来阐明“阅读型构”。曼诺齐欧认为“上帝和天使诞生于蠕虫，而蠕虫又从一块巨大的元素尚未分离的原始奶酪中产生”。这种看似荒诞不经的理解，却是曼诺齐欧始终坚持的看法，他为此两次遭到宗教法庭的拘捕。为了分析其成因，金兹伯格考察了曼诺齐欧读过的书：《圣徒的生活》《圣母玛丽娅》《中世纪编年史》《曼德威尔游记》《十日谈》和可能已翻译成意大利语的《古兰经》。通过这些文本在曼诺齐欧的法庭证言中的一致的、颠倒的、异常的回声，金兹伯格找到了成因所在。

> 他读《圣经》时，一方面是在教会官方文化与文艺复兴时期新知识人文主义的边缘之间的关系之中，另一方面（在曼诺齐欧的头脑中）这两种书写文化与意大利农民的口头传播文化在相互作用。置身于这种语境之中，曼诺齐欧的异想天开的宇宙起源观就易于理解了：物质主义地对创世纪的《圣经》神话的颠覆，是由于阅读了经过农民的口头文化的口腹之欲的物质主义（奶酪与蠕虫的物质主义）的过滤后的《创世纪》与文艺复兴人文主义之间的关系而造成的。①

通过这个例子，本尼特引出了“阅读型构”：“一套交叉的话语，它以特定的方式生产性地激活了一组给定的文本，并且激活了它们之间的关系。曼诺齐欧的阅读是他置身于交叉但矛盾的文化之网的结果，这些文化每个都有自己的规则和程序，他的出身的农民文化也服务于这种文化之网，并成为其主要成分。”② 可以看出“阅读型构”实际上是一个可以“生产性地激活文本”的意义生成系统，它不仅受读者已有的阅读积累的影响，还受到出身、教育、文化、历史和日常生活经验等因素的影响。这些因素塑造了一个或一群人的“阅读型构”，决定了读者对于作品的理解认知。

本尼特并没有止步于此，他随后赋予了这一概念更“马克思主义化”的意义。他首先批判了金兹伯格对于曼诺齐欧的“阅读”的评价。在金兹伯格看来，诺曼齐欧的阅读是歪曲的，与“真正的”和“本质的”文本及“合理的”阅读相去甚远。而在本尼特看来，阅读的差异并不代表优劣，

① ［英］托尼·本尼特：《本尼特：文化与社会》，王杰等译，广西师范大学出版社 2007 年版，第 71 页。

② 同上。

它不与文本自身相连而是与阅读型构、生活经验相连，因此在“阅读型构”中生成的文学经验必然有着合理性：“意义就是意义；边缘化的、次要的、巧合的、异想天开的或堂吉诃德式的意义与主流性的意义一样都是真实的、具有本体论的安全，都和文本的活生生的社会命运联系在一起。”① 接下来本尼特又把“阅读型构”的考察视角转向了大众阅读行为。因为“阅读型构”“生产性激活了”固定文本，把阅读行为变成实际经验，也就是使某种固定的理解模式“合理化”，那么我们应该审视的便不是阅读本身，而是可能影响“阅读型构”的文化机制和复杂因素。本尼特认为，在经典文学中，既有的学院式批评话语已然构成了大部分读者“阅读型构”的主要决定因素，在很大程度上影响着大众对文学经典的理解。但是在其他的大众阅读和大量通俗小说中，“学院式”的影响则微乎其微，取而代之的则是一系列更为复杂的机制，如电影评论、明星访谈、广告宣传等。这些因素无形中构建着人们的“阅读型构”，并“生产性地激活了”我们还未曾接触到的文本。本尼特认可了詹姆逊对反阐释的认同，但他认为，马克思主义的反阐释应该是通过“阅读型构”的研究去“审视阐释”，特别是当代语境中的大众阅读。

> 文本与读者的关系的最重要激活正是由那些批评评论的形式所构成的，这些批评评论流通在文化机构中，如批评刊物、教育机制、出版社它们在文学体制之中占有主要的份额。然而，大众文本的大众阅读会怎么样呢？安置了这种阅读的相互文本性的规则又是什么呢？大众阅读被监督的话语形式与制度机构是什么呢？没有一个人知道，至少不是特别清楚。人们可能指出明星系统的操作，指出大众英雄的社会生产，作为大众阅读的监督的例证；这些事实上构成了以一种特殊

① ［英］托尼·本尼特：《本尼特：文化与社会》，王杰等译，广西师范大学出版社 2007 年版，第 74 页。

的方式压制大众文本的意义的解释系统，因而加固了意识形态的位置，而大众文本就在这里被阅读。

……我们对大众文本的解释的激活动因的作用知之甚少，我们甚至很少知道可以组织起来反对这样“引发”的阅读的文化资源。①

本尼特提示我们重要的不是反对阐释，而是发现“生产性激活”的复杂性，去看看到底是谁、为什么，以及如何让我们“这样”去阅读一部作品。“阅读型构”由此指向了阅读的两端：一端是意识形态和价值观的运行机制和诸种文化控制行为；另一端是作者或读者真实的和顺理成章的感觉经验。后者总是表现出毫无疑问的合理性，但问题在于后者何以“如此”。“阅读型构”由此将文化研究与马克思主义文学批评联系起来。本尼特的这种观念在1981年的《马克思主义与通俗小说》中已经显现，他号召把以前未曾引起注意的通俗小说引入马克思主义文学研究领域中，因为通俗小说背后的大众阅读是一个明显的理论空场：“如果不能充分考虑与阅读过程密切相关的这些问题，在谋求文本效果时就很容易暗中指向一个假想的读者：白人，男性，资产阶级。的确，所谓隐含的读者十有八九不外乎是批评家自己。这里的关键不是一个理论问题，对读者的考虑也要求重新思考马克思主义的批评实践本身。如果文本本身没有效果，只是生产效果的场所，那么效果问题显然就是一个实践问题，亦即如何以最佳方式介入文本效果的生产过程。”② 可见“阅读型构”是对阅读过程中“文学之外”因素的强调：一是前在于文本的文化机制，一是读者自身的具体特殊性。正是这两方面的因素塑造了“阅读型构”，决定着同一部作品意义的不同显现方式。

---

① ［英］托尼·本尼特：《本尼特：文化与社会》，王杰等译，广西师范大学出版社2007年版，第83—84页。

② ［美］弗朗西斯·马尔赫恩主编：《当代马克思主义文学批评》，北京大学出版社2002年版，第222页。

“阅读型构”在本尼特的研究中构成了一个“由内向外”转向的关键环节，也是文化研究时代文学批评的新思路。早在《形式主义与马克思主义》中，他已经鲜明地表现出马克思主义文学研究的立场：批评应该关注的不是大写的文学（Literature，即形式主义意义上的文学作品，抽象的文学概念和理论），而是小写的、具体的文学（literatures，用伊格尔顿的话说即生产和转换意识形态的不同文学模式），应该是“具体的、历史特殊的、唯物主义的”①。从后来的《马克思主义与通俗小说》《文本、读者、阅读型构》《文学之外》，到20世纪90年代以后的《博物馆的诞生》《文化：改革者的科学》，以及新近的《审美、政府、自由》和《文化、历史与习性》等，我们可以清楚地看到这种转变——由文学形式和内容本身，转移到对文化机制和外部环境的研究。

三　从文学到文学之外：情感结构与阅读型构的理论启发

通过考察可以发现，威廉斯的情感结构强调对于文化生产主体（作者和文本）的研究，而本尼特的阅读型构则更强调对于文化生产机制（读者和社会）的研究；情感结构强调一个时期的文化是一种以文学和艺术的特殊表达方式为表现的主体经验构建；而阅读型构则强调这种情感构建之外的更为复杂的非主体性因素，一种“决定结构的结构”。只有将两者结合起来，才能看到英国马克思主义论文化转向的一个完整轨迹：以文化（文艺审美经验）为对象，研究重心从作者转向读者，从作品形式转向社会机制。这一转向的意义在于以下方面。

首先，使马克思主义理论能够有效应对资本主义发展的后现代语境。

① Tony Bennett：*Formalism and Marxism*，Routledge，1979，p. 188.

德里克把后现代主义、后殖民主义、全球化看作当代马克思主义需要面对的严峻挑战①。20世纪60年代以后的资本主义世界趋于稳定，经济全球化和一体化的趋势空前增强，马克思在《共产党宣言》中已经提出了资本主义按照自己的面貌为自己创造了一个世界，但资本主义晚期体现出的顽强生命力是马克思所不曾预见的。后现代社会的最突出特征便是大众文化的兴起，马克思所处年代的资本主义核心矛盾以经济基础和上层建筑为框架，以阶级斗争为主要表现，而这种模式在大众文化盛行的后现代社会需要得到新的发展——剥削和掠夺不再是显而易见的，资本主义的文化霸权却随着全球化的商品消费浪潮而空前强化。伊格尔顿曾经把马克思主义理论按照历史发展进程划分为四个板块：人类学的、政治的、意识形态的、经济的。其中“经济的”板块是指对于文化的生产方式的研究，英国马克思主义文论的文化转向显然属于这一板块。由此，文学研究的关注重心不再是如何解读一部作品的形式或者历史成因，而是对它所属的文化进行分析——既包括作者的文化，也包括生产、传播和阅读者的文化。其重要意义在于通过对于文化的唯物主义研究，使马克思主义文论更具有力量和现实基础，从而能够更有效地应对资本主义的后现代文化语境。

其次，强化了自下而上的不同于法兰克福学派的西方马克思主义文论立场。以本雅明、阿多诺、马尔库塞等为代表的法兰克福学派作为西方马克思主义的最突出代表，倡导一种精英美学立场，希望通过审美启蒙实现对于资本主义世界的救赎。他们钟情于现代主义艺术，但现代艺术却并未带来深刻的思想变革和社会进步，而是逐渐淹没在后现代主义的浪潮之中。相比之下，英国马克思主义文论在20世纪中期以后便伴随着文化转向确立了一种自下而上的传统，他们关注工人阶级和少数群体、

① 参见［美］阿里夫·德里克《当前马克思主义面临的挑战：后现代主义、后殖民主义、全球化》，《马克思主义美学研究》第10辑，中央编译出版社2007年版。

被压迫群体的文化生活，并且从中发现了文化的韧性和积极意义。当一种边缘文化、底层文化、残余文化被大众文化和主导文化所影响时，他们更注重文化的复杂性和张力，也让人们看到了社会变革的希望所在。在情感结构的概念中，我们还能够感到这种以作家为代表的资产阶级群体的文化观仍然带有一定程度的精英主义色彩，而阅读型构则更彻底地转向了对于大众阅读行为的意义生成问题研究，确立了一种更加实证和具体化、大众化的立场。

最后，进一步拓展了反映论、生产论等马克思主义文论的核心问题。马克思主义一直把现实主义作为文学批评的首要原则，要求从作品对客观世界的反映出发评判作品。而威廉斯的"情感结构"所强调的并不是作为现实关系的"反映"的文学形式，而是作为主体应对现实关系的"反应"的文学形式。换言之，它所关注的并不是作品呈现的客观世界的真实性，而是作品传达的主观经验的真实性。威廉斯认为马克思主义文论既有传统对这一环节有所忽视和简化，这对于人们认识历史进程和社会革命的漫长性是不利的。本尼特的"阅读型构"则从文学意义生产的复杂因素方面提出了问题，文学的生产绝不等同于作品的生产和传播，还取决于各种诸如文艺评论、明星访谈、广告宣传、书店营销等在大众自由阅读作品之前便已经影响到大众阅读的先在因素。文学的生产是意义的生产，但意义的生产不仅是作者赋予作品以意义，还在于各种外在的"阅读型构"的生产性激活，后者的力量可能大于前者，而影响后者的因素却经常是复杂和未知的。这两个概念都指向了文化的唯物主义转向，从而为马克思主义的反映论和生产论等核心问题拓展了更丰富的维度。

当然，英国马克思主义文论的文化转向也并非没有问题。后现代文化的一个特征便是断裂与破碎，当我们从文化的视角研究问题时，如何能够穿越纷乱芜杂的文化现象、文化个案与文化张力的迷雾从而重构总体性？

在诸多影响文学作品生产和文学意义生产的文化因素背后，是否仍需要确立更加本质的决定性因素（例如马克思主义的经济决定论）？这些都是马克思主义文论转向文化以及文化研究独自发展时始终需要思考的问题。此外，强调文化研究与马克思主义的关联，关键问题不仅仅在于文化研究的方法和立场本身，还在于我们如何界定马克思主义——是坚持以某些经过阐释和发展了的成规和框架为评判标准，还是承认马克思主义本身的开放性。当代理论发展的现状证明了存在主义、精神分析、性别问题、后殖民主义、生态问题都可以找到与马克思主义理论的结合点，因此一种理论到底是马克思主义者的理论还是马克思主义的理论或许并不是最重要的，更重要的是在历史唯物主义这一马克思主义基本原则的基础上，确保理论建构与社会发展变化之间的紧密关联以及针对社会现实的批判精神，确保能够不断地从马克思主义理论家的著作中得到启发，并且始终对未来世界图景充满马克思主义者所具有的诗情。

From "Structure of Feeling" to "Reading Formation": The Cultural Turn of British Marxist Literary Theory

Cao Chengzhu

Center for Literary Theory and Aesthetics, Shandong University

Abstract This paper selects two key concepts in British Marxist literary theory, Raymond Williams's "structure of feeling" and Tony Bennett's "reading formation" as a starting point, to examines the cultural turn of British Marxist literary theory. The two concepts can be seen a bridge which connect literary theory and cultural theory, and they are also interconnected and complementary to each other. They push the cultural turn of British Marxist literary theory from the perspective of cultural materialism and expand the theory space of Marxism. By researching of them we can understand the necessity for cultural studies to keep a closely associated with

Marxism, and provide helpful thinking for the development of contemporary cultural studies and Marxist literary theory.

Key Words structure of feeling; reading formation; British Marxist literary theory; cultural studies

Author Cao Chengzhu, Doctor of literature, is an associate Professor of Center for Theory of Literature and Aesthetics, Shan Dong University. His academic interests are literary theory, folk art and aesthetics.

艺术接受的审美话语表达

凌晨光

摘要 随着现象学美学、阐释学理论在文学艺术研究中的广泛影响，艺术接受问题占据了艺术理论话语的中心位置。艺术接受的直接对象是艺术文本，它与接收主体审美经验之间的对位与协调关系构成了艺术接受的基本框架。审美经验具有直接性、情感性和沉思性，它们分别对应于艺术欣赏主体的外在形态、内部结构和深层意蕴。艺术欣赏过程大致经历了“感于目、呈于象、会于心”三个阶段，其最终结果是艺术品之感觉、形式、联想三方面的审美价值得以凸显，最终达到欣赏者自我提升和精神自由的境界。

关键词 艺术接受；审美经验；话语表达

作者简介 凌晨光，文学博士，山东大学文艺美学研究中心教授。

在艺术活动中，艺术接受地位的提升，欣赏者作用的凸显，成为20世纪美学与艺术理论的重要话题，对此，一向重视读者与欣赏者问题的现象学美学、阐释学理论和接受美学可谓功不可没。正是这些理论，促成了文学艺术研究在20世纪后半期的一次重要转向。荷兰著名文学理论家佛克马曾具体针对文学对象，谈到了这次转向：“文学研究的对象从对孤立的文本阐释转向了对特殊社会背景下的文学交际研究。”① 文学交际或称文学交流是建立在文学文本所提供信息基础上的信息传递以及主体（创作者与接

① ［荷］佛克马：《认识论问题》，见［加拿大］马克·昂热诺编《问题与观点》，百花文艺出版社2000年版，第430页。

受者）之间相互协调的过程。当文学交流成为主要研究对象之时，在理论史上曾经长期被忽视的文学接受问题才重新占据了理论研究的焦点位置。文学研究中的上述变化恰是整个文学艺术理论发展的一个缩影。可以说，半个多世纪以来，艺术接受问题已经占据了艺术理论研究的核心位置。

一　艺术接受与审美经验

熟悉文学理论的人对于下述有关文论研究方向之转变的概括应该不会感到陌生：20 世纪的文学理论在研究重点上发生了两次重要的转移：第一次是从重点研究作家转移到重点研究文学文本，第二次则是从重点研究文本转移到重点研究读者。[①] 这一表述同样适用于整个艺术理论与艺术研究领域。可以说，经过这两次研究重点的转移，人们对艺术创作主体、艺术文本和艺术接受主体的本质特征和活动规律的认识得以扩展和深化，尤其对艺术接受过程在艺术整体活动中的地位和意义有了更加全面的理解。

在某些传统的艺术理论中，艺术活动仅仅意味着艺术家建构艺术作品的活动，艺术家经过艺术积累，构思和传达阶段，用物质材料将艺术品的物质化外观呈现出来之后，艺术活动即告结束。然而，深受现象学哲学、阐释学理论、接受美学影响的当代艺术理论则确立了一度被忽视的接受者的地位，认为艺术作品不是在所有时代和所有欣赏者面前都以同一面貌出现的自在客体，而是像乐谱一样，须经演奏者的二度创作才能完整呈现的欣赏对象。乐谱只是音乐的记录符号，只有依靠表演艺术家的演奏才能变成美妙的音乐。同样，没有欣赏者的能动接受，艺术家创造出来的东西也只能作为一种符号化的艺术文本存在。换句话说，欣赏者是艺术整体活动中不可或缺的能动因素，他既决定着艺术文本能否实现其价值，达到艺术

① 参见朱立元主编《当代西方文艺理论》，华东师范大学出版社 1997 年版，第 4 页。

创作者的预期效果，又以其接受反应来间接地影响着艺术家的创作。这样，欣赏者对艺术文本的欣赏与接受活动也直接或间接地参与了艺术品的创作过程。从这个意义上说，是欣赏者的接受活动，保证了艺术品的内涵与价值的全面揭示与实现，使得艺术活动能够最终完成。

艺术接受的直接对象是艺术文本，它可以是诉诸听觉的，如一段民谣，一首奏鸣曲；可以是诉诸视觉的，如一幅肖像画，一张艺术照片；也可以直接或间接地给人以触觉上的感受，比如冷硬的青铜或光滑的大理石可以雕刻出触感不同的形体。总之，艺术接受的对象都是直接对应于人的感官的对象。而接受活动则是以主体对艺术对象的感觉经验为起点的。作为哲学的概念，经验与纯粹的思想或非真实的抽象之物相对立，它一般指人们通过感官所知觉到的东西，或者从他人那里学到的东西。经验与观察和实验相联系。在艺术接受过程中，艺术品作为经验对象，引发观赏者的艺术经验和审美经验，同时欣赏者在本次接受行为之前已经形成的艺术经验和审美经验则参与并影响着他对眼前的艺术对象的经验结果。可以说艺术对象与审美经验之间的对立与协调关系，构成了艺术接受的基本框架。

面对着艺术对象的审美经验关注的是艺术现象，而不是理论的抽象或逻辑的演绎。艺术接受依靠的是感知而不是抽象的理论概念。在西方艺术研究领域，现象学理论以及后来深受其影响的当代阐释学理论和接受理论，对于揭示艺术接受的审美特性问题，具有得天独厚的条件。美国哲学家奥尔德里奇曾把传统的柏拉图式的超越日常生活现象的抽象化、概念化的哲学研究的思路与现象学研究的思路相对比，并表达出对后者在艺术研究的适用性方面的充分肯定：“柏拉图至少对艺术怀有不满情绪，因为艺术依靠知觉而不依靠概念。但是有前途的艺术哲学却恰恰需要对那种可感觉到的艺术现象作精细的研究，而不能破坏以致毁掉它们的精密结构。这种研究和这种在与艺术现象的密切交往中所形成的理论，我称之为现象学研究和现象学理论。”[①] 奥尔德里奇还将这种艺术现象学看作描述性的形而上学，他认为这种描述性形而上学可以保持艺术的本来面目，避免把艺术贬低或抬高为某种非艺术的东西，避免用严格说来属于非艺术领域的因果关系、逻辑推理等手段来取代对审美与艺术经验的研究。“所以，我们要对艺术现象进行现象学的研究和考察。有些比较谨慎的现象学家说：这种研究和考察只是一种阐释性的语言活动，而不是理论。但是，我认为某种理论将会出现。这种理论所采用的科学方法既不是归纳的，也不是演绎的。但是它将具有一种启示意义，使读者回想起他已经知道的某些事物，并帮助他用一种新的方式看待这些事物。”[②] 由于现象学的艺术研究是直接面向艺术对象的一种意向性活动，保持了审美经验的生动、灵活与完整性，因此，被认为是“最适合于阐明审美经验的一种方法”[③]。在艺术现象学的领域中，建立于审美经验之上的艺术接受活动的审美特性得到了全面深入的展示。

心理学家指出，经验建筑于人们通过感官所获得的信息的基础之上。美学家则说，审美经验是人们在观赏具有审美价值的事物时，直接感受到的一种愉快经验。“我们在倾听音乐、阅读诗歌、观赏绘画与自然风景的经验，具有明显直接的、情感的与沉思的特性，引导我们以诸如‘美丽的’‘高雅的’‘鼓舞的’‘动人的’之类的专业词汇描述我们的感受。哲学用‘审美’这一术语来界定这种经验。”[④] 在此，审美经验的三个特性得到强调，这三个特性是直接性、情感性与沉思性。

审美经验的直接性指的是它对对象的感性直观的把握方式。这种把握方式具有直觉的特点。一个审美客体能否为审美主体在极短的瞬间内把

---

① ［美］奥尔德里奇：《艺术哲学》，程孟辉译，中国社会科学出版社 1986 年版，第 6—7 页。

② 同上。

③ ［日］今道友信：《美学的方法》，李心峰译，文化艺术出版社 1990 年版，第 25 页。

④ ［英］塞巴斯蒂安·加德纳：《美学》，赵合俊译，《当代英美哲学概论》，社会科学文献出版社 2002 年版，第 332 页。

握，首先取决于审美主体的鉴赏力。康德说："鉴赏力是凭借完全无利害观念的快感和不快感对某一对象或其表现方法的一种判断力。"① 鉴赏力在18世纪的英国哲学家夏夫兹博里、柏克、休谟等人那里，又被称为"趣味"，它指一种对美的直接的认识能力。"趣味"一词的原意与人用味觉去辨别食物特性的能力有关，但在审美领域中，它用来隐喻一种对艺术中的美和丑的感知力：具有艺术素养的欣赏者能够直接而迅速地对艺术品之好坏做出反应，就像人的舌头对苦辣酸甜的反应一样灵敏。

审美经验的情感性指的是审美过程中主体体验到的愉悦之情。作为一种精神性的愉悦，它不同于纯粹的生理快感，它比日常情感蕴含着更为丰富、深刻的人生内容。它超越了个人狭隘的功利之心，表现得更为含蓄和深沉。审美愉悦与一般的舒适感、欣快感并不完全相同，它是建立在对审美对象进行切身体验基础上的一种由热爱、赞美、同情等各种情感因素混合而成的高级情感。由于审美经验中的情感性因素的介入，使得它与科学经验之间的区别变得更加明显了："包含在真实世界里的审美对象可以用好几种方法去解释。当用纯粹的天真去欣赏它们时，通常都对自然的科学解释有一种内心的反感。对于一个有这种感受的人，那漫游的植物学家，将花扯碎便毁掉了花朵的美丽。科学不仅一点儿都没有提到那落日的色彩所悄声传递给我们的慰藉与允诺，它甚至扼杀了那些对于人与其生活是极有意义的东西。或者，当一个被迫远离的人想起了德国的森林，而回忆又重新加深了他对祖国的情感时，科学也许并没有表明任何东西吧？这些是掺和着对故土热爱的审美印象，不应有任何科学思想闯入这一纯粹的人类情感中去。"② 可以说，当人们不再用功利之心仅仅去关注对象的实际用途，并能够从人生意义的高度体验对象的意义与价值时，一种高于日常经

① ［德］康德：《判断力批判》（上），宗白华译，商务印书馆1964年版，第47页。

② ［德］玛克斯·德索：《美学与艺术理论》，兰金仁译，中国社会科学出版社1987年版，第49—50页。

验和远离科学认知的审美情感便灌注于他的审美经验之中。

审美经验的沉思性指的是审美感知活动中，欣赏者之主体感觉的一种集中状态。古希腊哲人毕达哥拉斯曾说过，生活就像体育比赛，有些人作为角斗士出场，有些人是啦啦队，而最好的则是观看者。有学者认为，这里的观看者是指那些（也仅仅是那些）持审美态度的人。[①] 毕达哥拉斯的思想包含着这样一层意思：人们只有仔细去看，才能感受到自然或艺术中的意义与美。在美学术语中，这种集中感觉的沉思状态又被称为“观照”。德国哲学家叔本华在其《作为意志和表象的世界》中曾对这种审美观照的状态作过专门论述。在叔本华看来，审美经验就是观照，而观照建立于对对象的不间断的注意与沉思状态之中，意识完全为他观看的东西所占据。

审美经验的上述三个特性，为历史上不同的哲学家、美学家、艺术理论家所分别加以强调，比如康德概括出的审美经验的几大特征皆与上述论题有关。像审美经验的非概念性和仅涉及对象形式的特性就与审美经验的直接性相符，而审美经验是融合了感觉、想象与判断的全部心灵的愉悦这样的看法则凸显了审美经验的情感内涵，至于他对审美经验的非功利性的强调，以及其中包含的沉思静观的内容，更是可以视为叔本华审美观照理论的先声。其实，在中国，先秦时代的哲学家，特别是老子、庄子等，其理论中已包含了对审美经验的朴素论述。比如庄子对作为旁观者的静心观察和接受体验状态的标举，就与毕达哥拉斯的“观看者”之喻有异曲同工之妙，而他对虚静的强调，用“心斋”“坐忘”来命名的离形去知、返璞归真的艺术状态，更是在当代学者那里激起了回响。比如冯友兰借用美国心理学家威廉·詹姆士的“纯粹经验”概念做出的进一步阐发，其实正是对此种审美经验的一种精妙论述。“冯友兰对纯粹经验是这样阐明的：所谓纯粹经验，即无知识的经验，在有纯经验之际，经验者，对于所经验，

① ［波］塔达基维奇：《西方美学概念史》，褚朔维译，学苑出版社1990年版，第424页。

只觉其是‘如此’，不知其是‘什么’……不杂名言之别。他又说，在经验中，所经验之物是具体的，而名之所指是抽象的。所谓无知，冯氏再进一步说明：庄学所说的无知，乃经过知之阶段，实即知与原始的无知之合是也。此无知经过知之阶段，与原始的无知不同，对于纯粹经验，亦应作此分别，如小儿初生，有经验而无知识，其经验为纯粹经验，此乃原始的纯粹经验也，经过有知识的经验，再得纯粹经验，此再得者，已比原始的纯粹经验高一级。”①

审美经验的上述特性，在艺术接受中得以集中和充分地体现，因为“艺术鉴赏提供了最复杂最强烈的审美经验形式”。② 说艺术鉴赏与接受活动提供了最强烈的审美经验形式，是因为艺术品是审美经验发挥作用的最适宜、最集中的场所。说这种审美经验形式是最复杂的，则是由于它与人的意识的“意向性”相联系。为了说明这种“意向性”，我们先举一个例子：观赏者在艺术馆中看到一件作品会受到强烈的情感触动，但这件作品，比如一尊大理石雕塑，对于搬运工人来说却只是一件需费力搬动的重物。面对同一件事物，有些人能够产生审美经验，而另一些人却无动于衷，这说明，审美经验不是单纯取决于事物本身，而是取决于意识的主体，即看待事物的人。而“意向性”则是研究人与对象事物之关系的重要的现象学概念。意向性是主体意识的一种特点，“意识凭意向性觉识某物，换言之，意向性就是指向一个目标”③。按照德国现象学哲学家胡塞尔的解释，所有意识活动都是“意向性”活动，都是指向某物的，意向性完成了意识与对象之间的沟通，由意向性所构成的主客体关系中，客体对象经过主体意识之光的照射，自身的某些特性便得到突出，并能折射出主体意识

① 叶维廉：《中国诗学》，生活·读书·新知三联书店 1992 年版，第 103 页。

② ［英］塞巴斯蒂安·加德纳：《美学》，赵合俊译，《当代英美哲学概论》，社会科学文献出版社 2002 年版，第 332 页。

③ 《简明不列颠百科全书》（第 8 卷），中国大百科全书出版社 1999 年版，第 393 页。

自身的反光。瑞士心理学家荣格曾说："在我的实践中，我发觉人类几乎没有能力理解不属于他们自身的观点并承认其有效性，我一次又一次地为此而不知所措。"① 这种说法尽管过于绝对，但它仍提醒我们：意识对象与意识主体的相关契合是产生意识结果的前提。意识不是主体对对象被动反映的结果，而是主体与对象间主动建构的结果。比如符号"+"既可以被看作数学计算符号，又可以具有符合基督教理念的与十字架有关的牺牲与奉献的意味，而一个汉文化圈内的人士又可以将它理解为数字10的一种汉文表达方式。在此，"+"这个符号本身没有改变，变化的是主体与作为对象的这个符号之间所形成的关系。意识的这种意向性特征决定了包括艺术接受者在内的人的意识活动的构成要件在于客体的性质、主体的性质以及将主客体联系到一起的意向性关系特性。意大利学者艾柯曾就文学接受问题谈及对文学文本进行解释时涉及的三个方面的因素：第一，文本的特性（比如它那建立在语言文字符号基础上的线性展开方式）；第二，读者的特性（比如他总是通过某种特定的期待视野进行解读）；第三，读者与文本所处的文化环境而形成的阐释关系的特性（比如理解某种特定语言所需的"文化百科全书"以及前人对此文本所做的各种各样的解读）。② 由意识的意向性活动所赋予的意识结果的"关系特质"不仅存在于文学解读中，而且存在于一般的艺术接受活动之中。对此，苏联美学家鲍列夫明确论述道："艺术欣赏是艺术作品同艺术接受者之间的一种相互关系，这种关系取决于后者的主观特点和艺术篇章的客观属性，取决于艺术传统、社会舆论以及作者和欣赏主体同样依赖的语言符号的表意功能。所有这些因素都历史地决定于时代、环境和教养。欣赏的主观方面决定于欣赏者本人所固有的个人素质：才分、想象力、记忆力、个人经验、生活印象和艺术

① ［美］阿恩海姆：《艺术心理学新论》，郭小平等译，商务印书馆1994年版，第431页。

② ［意］艾柯：《诠释与过度诠释》，王宇根译，生活·读书·新知三联书店1997年版，第175页。

印象的积累、理智与情感两方面的修养。接受者的艺术欣赏能力也取决于他个人的经历以及他从书中，从其他艺术中得到了哪些知识，后者可称作第二人生经验。”① 上述几位学者的论述，都涉及了艺术接受中的主体特质、客体特质以及主客体关系特质对于艺术接受的审美效果的作用与影响问题，从而为我们下一步的论述提供了思路，即，从艺术接受与艺术客体、艺术接受与艺术主体的关系中进一步探求和揭示艺术接受的审美特征，并结合艺术接受的主客体关系最终凸显出艺术接受的审美价值。

二　艺术接受与艺术欣赏客体

艺术接受作为观赏者的审美经验活动，其对象即是艺术欣赏客体。艺术客体作为艺术接受与审美的对象不同于作为一般知觉对象而存在的日常生活中的客体。美国美学家比尔兹利区分了两种客体的物理客体与审美客体，他指出，人们通常认为只有一种客体的地方，其实却有两种客体。就拿椅子来说，有物理性质的椅子，还有知觉的椅子。知觉的椅子是由感官所得到的若干表象所组成的。它们是“外表”，正是这些“外表”在一定条件之下便成为审美客体。此处比尔兹利对两种客体的区分与法国现象学美学家杜夫海纳关于审美对象的观点构成了相互参照关系。在杜夫海纳看来，当人们与艺术品相遇时，艺术品并不是都被作为审美对象来看待的。对于一个插花的家庭主妇来说，普通的花瓶与希腊的古瓮没有多少差别；对于搬运工来说，一幅名画也不比其他贵重之物强多少。这就是说，艺术作品并不等于审美对象，只有艺术作品按照本来的面目，也就是审美的目的被知觉的时候，只有当艺术品的存在在审美知觉中显示出来的时候，才是审美的对象。简言之，艺术作品加上审美知觉才是审美对象。审美知觉

① ［苏］鲍列夫：《美学》，乔修业等译，中国文联出版公司1986年版，第318页。

在杜夫海纳那里，就是一种能把艺术作品变形为审美对象的知觉。[①] 审美知觉的功能在于能够从审美和思想的特性上来把握审美对象，对于审美知觉这种功能特性，捷克美学家希穆涅克做了如下解说："艺术形象的特殊性要求有特殊的审美知觉，要求能从总的审美和思想特性上来解释它。所谓感受艺术作品，就是指认识它的潜在的思想审美意义。不能用纯粹的工艺学或技术的方法，即从形式和结构的观点研究作品的方法，来偷换对艺术作品作充分的评价。艺术所具有的形象性就要求从形象的整体和总和上来感受艺术作品。不能把对艺术形象的感受缩小到只是对它所描绘的对象和现实的感受。艺术形象在内容上与所描绘的对象不同。艺术作品的内容，不仅仅是它所描绘的对象，也不仅仅是它所描绘的现实。如果描绘对象就是艺术的内容的话，那么人就不需要艺术了，只要满足于现实就够了。"[②] 可见，审美知觉把艺术品对对象的描绘与它所描绘的对象区别开来，把对艺术品的纯粹工艺学层面上的感受与审美的感受区别开来，如此艺术作品才上升为审美对象。

艺术接受的审美特性与作为审美对象而存在的艺术品的结构层面之间具有内在的联系，这是因为，艺术接受是面对审美对象进行的审美经验过程，审美经验的不同方面、艺术接受的不同步骤都与艺术作品的结构层次构成对应关系，于是，对艺术品结构层次问题的讨论，就成为进一步了解艺术接受的审美经验及其审美特性的基础性环节。

谈到艺术品的结构层次问题，波兰现象学文论家英加登对文学的艺术作品的结构分析影响颇大。他指出，文学的艺术作品是一个包含四个层次的复合结构体。一是语音现象层，指文字的字音和建立在字音基础上的更高级的语音构造，包括韵律、语速、语调等，它们不同于具体的发音，不

---

① 参见［法］杜夫海纳《审美经验现象学》，韩树站译，文化艺术出版社 1992 年版，第 8 页。
② ［捷］希穆涅克：《美学与艺术总论》，董学文译，文化艺术出版社 1988 年版，第 90 页。

属于物理性的声音现象。二是语义单位层，包括词、句、段各级语言单位的意义。这个意义层是作品诸层次的中心层，它为整个作品提供结构框架。三是图式化外观层。在这个层面上，作品所描绘的各种对象得以呈现，但构成作品的有限词句不能再现真实客体的所有方面，作品中的客体对象总是图式化地呈现的，它像一个框架结构，里面有许多未被充实之处，也就是说，客体对象中有些方面并未呈现出来，造成了许多“未定点”，它们有赖于读者在阅读中进行填补和充实。四是再现客体层。作品中所再现的客体是从句子的纯意向性相关物——事态中展现出来的，这些描绘事态或客体的句子不是真正的判断，不表示真正存在。也就是说，作品中由字句描绘出来的客体是意向性的，或者说是虚构性的，它们组成了一个作品中的世界。在后来的研究中，英加登又增加了第五个层次，“观念”层次。他认为，诸如崇高、悲剧性、神圣、有罪、悲哀、幸运、圣诞、和平等“形而上学性质”或“观念”构成了作品的顶点，并且在阅读中对作品的审美具体化发挥着重要作用。① 作为现象学哲学家胡塞尔的学生，英加登对文学的艺术作品之结构层次的划分明显地受到其师的影响，只是他在具体讨论文学对象的时候，把胡塞尔针对造型艺术作品的层次分析的思想进行了扩充而已。可以说，关心艺术品的结构层次，并以此为参照来阐述审美感知和审美经验的过程和实质，这是现象学哲学家、美学家和文论家的共同特点。胡塞尔在其著作《观念》第一卷中，结合德国画家丢勒的铜版画《骑士、死神、恶魔》，分析了艺术品的三个层面，第一层面是以常态知觉对象存在的“作为物的铜版画纸以及上面的墨迹”，胡塞尔称之为“形象载体”，第二层面是用“知觉意识”把握的由线条勾勒出的形象，第三层面是由“审美观照中的意向作用”所把握的“有血有肉的

① 参见［日］今道友信《美学的方法》，李心峰等译，文化艺术出版社 1990 年版，第 56 页。

骑士”的层面。[①] 相对于艺术品的不同层面，不同的感知经验和审美经验在其中发挥作用。

区分了艺术品的几个层次之后，接下来的问题就是如何把握层次之间的关系。对此问题的回答，法国学者罗兰·巴特的“第二级指示行为”概念是十分有用的。他从符号学的角度论述了这个问题。巴特指出，对于任何一个符号来说，能指和所指之间的“对等”而不是“相等”的关系决定了符号的存在。“他举一束玫瑰花为例。我们可以用它来表示激情。这样一束玫瑰花就是能指，激情就是所指。两者的关系（联想式的整体）产生第三个术语，这束玫瑰成了一个符号。我们必须注意，作为符号，这束玫瑰不同于作为能指的那束玫瑰：这就是说，它不同于作为园艺实体的一束玫瑰花。作为能指，一束玫瑰花是空洞无物的，而作为符号，它是充实的。”[②] 我们注意到，巴特明确地在符号与能指之间作出区别，虽然它们所涉及的可以是同一个对象，但由于所处的符号关系不同，两者的内涵和意义也不相同。这很容易让我们联想到上文提及的正在找花瓶的家庭主妇对待希腊古瓮以及搬运工人对待需要仔细搬运的名画时的情形。在接下来的神话研究中，巴特具体论述了他的“第二级指示行为”的思想。他认为，在一般的符号关系中，能指与所指构成符号；而在神话中，情况发生了变化，神话本身作为一种语言表述，已经建立在它之前就存在的符号链上。在第一级系统中具有符号地位的东西在第二级系统中变成了纯粹的能指。这样，原本在第一级系统中能指与所指构成的符号关系，到第二级系统中变成了形式（即第一级系统中的符号）与概念构成的指示行为的关系。[③] 巴特对神话的结构关系研究完全适用于文学艺术作品。也就是说，文学艺术作品和神话一样，是建立在第一级符号系统之上的第二级指示系统。以

① 参见［日］今道友信《美学的方法》，李心峰等译，文化艺术出版社 1990 年版，第 56 页。

② ［英］霍克斯：《结构主义和符号学》，瞿铁鹏译，上海译文出版社 1987 年版，第 134 页。

③ 同上书，第 135—137 页。

鲁迅的《阿Q正传》为例，主人公阿Q头上的小辫子本身是由能指与所指共同构成的符号，它是由作者用文字描写出来的，当然也可以由插图画家绘制出来。就书本上一连串的书写符号来说，辫子就是它所指的对象。但辫子本身又有其意指作用，它又可以被看作阿Q愚昧、麻木、自欺的人格特征的符号，其实这种由符号变成能指的转换关系还可以延续下去，阿Q的人格与行为特征又是“精神胜利法”的符号，而“精神胜利法”又是国人劣根性的符号。再举一个绘画方面的例子，画面上的一抹橘红色本身是能指，由几笔橘红色画出的一只橘子则是其所指，两者共同构成一个符号系统，于是画中的橘子就有了符号的意义。然而在尼德兰画家凡·爱克的《阿尔诺芬尼夫妇》一画中，这只橘子被画在窗前的桌子上，就整幅作品而言，它又由符号而变成了能指，此时，这只橘子的所指就是“成熟”，以表现画中人之间的和谐关系。因此我们可以说，这只橘子处于第二级指示系统之中。如果我们以小见大，将视野转向艺术品整体，借用一下胡塞尔关于艺术品结构的实例，则可以说，《骑士、死神、恶魔》的第一层面形象载体，与第二层面由线条勾勒出的形象之间，构成一级符号关系；而第二层面又可以变为能指，引导人们进入艺术品的第三层面——“有血有肉的骑士”。这样一来，丢勒的这幅铜版画就处于逐层结合的第二级指示系统之中。扩而大之，则可以说，所有艺术品都具有这种第二级指示系统的特性。

与艺术品的结构层次以及结构层次间的关系对应的是不同类型的审美经验。德国艺术理论家玛克斯·德索在《美学与艺术理论》一书中通过引用其他学者的研究成果谈到三种审美经验，一是由画面中的线条、色彩所唤起的“在看的方面纯粹的美感愉悦的经验”；二是由画面形式与结构的固定关系与安排引发的形式方面的审美快感；三是画面中的形象作为象征符号而激起的审美情感，对于第三种情感，他重点引用了这样的论述：“但那最有意义的美存在于自然中给予的而非基于人类意志的形式的象征手段上。通过这一象征手段，这些固定结合中的形式就化成符号，我们一看见这符号就必须会回想起某些形象和概念，并且还意识到潜伏在我们心中的某种情感。”然后，德索在此基础上总结出了与三种审美经验对应的三种情感：“由声音和颜色中的质的关系产生出和谐的情感；空间与时间的秩序唤起匀称的情感；这两种倾向的混合就产生出审美复杂的情感。我们将最后一种主要的情感称作为内容的情感。”①

将艺术品视为第二级指示系统，同时将艺术品引发的审美经验和审美情感过程理解为一个对应于艺术品结构的逐层深入的过程，这将有助于我们区分艺术与非艺术行为，从而准确把握艺术活动本身的特质。比如地图为何不是绘画作品，因为它只图精确而缺少创造性想象；园艺家为何不是艺术家，因为他的行为只限于物质材料的处理，缺少精神性的内容和超然奇异的特性。换句话说，上述两种情况中，对象都没有超越第一级符号系统而进入第二级指示系统之中。这正从反面告诉我们，艺术接受活动应该以第一级符号系统为起点，并能够超越它而进入第二级指示系统，最终把握艺术品的内在深层意蕴，体验到其中包含的复杂丰富的审美情感。如此便达至了英加登所说的“形而上的”作品层面。正如佛克马针对文学对象所指出的：“文学文本被理解为一个高低有序的分层系统，它必须由读者整合为一种终极的具有形而上物质的东西。”② 如果说“形而上特质”这个概念多少有些让人敬而远之，其实中国古代文论中标举的意境、境界理论以及所谓“言外之旨”“韵外之致”，说的正是这种超越了被表现物体的外形，而进入人生意义境界的“形而上特质”。因此，下面引用的这段话可以看作运用中国文论话语对“形而上特质”表述的一种转换：“诗境，一般

---

① ［德］玛克斯·德索：《美学与艺术理论》，兰金仁译，中国社会科学出版社 1987 年版，第 101 页。

② ［荷］佛克马、［荷］蚁布思：《文学研究与文化参与》，俞国强译，北京大学出版社 1996 年版，第 23 页。

正常语态所无法言传的诗境，经过诗人对文字独特的处理产生，仿佛读者在读诗时，他已经不觉察到语言本身，而如电光一闪，他被带入由文字暗示的一个‘世界’里。文字只是一种不可言传、复杂感受状态的‘指标’。”①

总之，由艺术接受的客体对象的不同层次引出的不同审美接受经验，将艺术接受从对象材料的表层愉悦经过对象形式结构的形式欣赏而进入对象内在意蕴的情感体验之中，完成了由艺术客体所引导的审美接受之途。

三　艺术接受与接受主体

在艺术接受活动中，艺术品之所以能够作为审美对象而存在，如前所述，是艺术接受主体的审美意识发挥作用的结果。艺术品的所谓形而上特质，同样只能依赖于接受主体而存在。艺术品所表现出的“崇高”“安逸”“凄凉”“沉郁”等意味，仅仅是从人的观点得出的，从审美角度来说，任何一个客体以及它的属性，都不存在于主体之外，不存在于与人的关系之外。对此，捷克美学家希穆涅克认为：“各种审美现象是从人的主体（他的意识）同客观实在（现实）的相互接触中产生的。一定的客观现实，只有在被人理解的时候才能成为审美特质。某种长度的电磁波，只有在人的视觉中才形成颜色；空气的振动，只有在人的主观听觉中才能形成音调。初升的太阳，只有在人的主观感受中是通红的；月亮只是在人的主观知觉中是惨白的。”“在审美知觉和审美现象中，体现出来的不仅是现实，而且还有人的本质。正是由于人的这一特点，对现实的审美认识要比现实本身更丰富。审美知觉是拟人化地把握现实的一种形式。审美现象正具有这种拟人化的性质。而审美地把握现实，则是在人的意义上，在现实对人的关

① 叶维廉：《中国诗学》，生活·读书·新知三联书店 1992 年版，第 156 页。

系上认识和感知现实的一种特殊类型。”① 如果说美学家在此关注的是主体与现实的审美关系中审美知觉的特性与作用，那么在艺术欣赏和艺术接受领域，人的审美知觉在艺术的审美关系中的地位与作用只会更加突出和集中。就现象学家而言，他们致力于对艺术品结构层次的分析，其目的还是从中体现主体审美知觉的强大功能。

法国现象学美学家杜夫海纳对于艺术品的基本结构的看法，与胡塞尔相近。他也提出了艺术品的三层面结构说，即感性材料层面；再现客体层面；表现世界层面。与此相应，杜夫海纳把人的审美知觉分为三个阶段：呈现阶段；表象与想象阶段；反思与情感阶段。在呈现阶段中，感官与对象进行了最初的接触，并导致主客体间的初步融合。这种融合的结果是作品的物质材料诸如颜料、声音、石头等消隐而去，而作品的感性材料，即由颜料、音符或雕刻的石头构成的特殊形式则显现出来。按照西方学者对“感性”的解释，它“恰恰就是作品的材料被审美地感知时所变成的那种东西。作为这种东西，它用来构成审美对象。这时的审美对象就可被界定为‘感性要素的组合’”②。在审美知觉第二阶段——表象与想象阶段，审美知觉倾向于把它初步感知的对象客观化为表象，使艺术作品真正成为一个统一整体而似乎具有了自己的生命，它此时已具有统一的形象和生动的气韵，与欣赏者的理解和想象力相沟通。但在这一阶段中，杜夫海纳又强调审美知觉往往要抑制想象的过分介入，以保证审美对象的本真呈现。在审美知觉的第三阶段——反思与情感阶段，审美知觉把艺术作品的内蕴以及它所表现的意义加以一种感受性的内省与反思，看作一个表情性的审美对象，进而对由此审美对象所表现的情感生活世界进行直观的体验。这时的审美知觉所面对的不是现实中的喜怒哀乐，而是在作品中艺术地表现出

① ［捷］希穆涅克：《美学与艺术总论》，董学文译，文化艺术出版社1988年版，第23页。

② ［美］爱德华·凯西：《〈审美经验现象学〉英译本前言》，见杜夫海纳《审美经验现象学》，韩树站译，文化艺术出版社1992年版，第609—610页。

来并被主体反思而知觉到的情感，这种审美地知觉到的情感具有本质性，它不是生活中的一颦一笑，而是哀伤和喜悦本身。杜夫海纳认为，审美知觉的真正的最高点在于情感的直观体验中，情感揭示了作品的表现性，审美经验在解读表现性的情感时达到了顶点。至此，审美知觉完成了它由浅入深的审美经历，而欣赏者的审美经验也得以最大限度地丰富和完整起来。①

杜夫海纳从现象学立场对审美经验的探讨，体现了现象学还原与审美经验过程的内在一致性。现象学还原乃是将一些关于实在的常识性假定加以“悬置”，把事物的本体存在特征用“括号”括起来，存而不论。意识对它不进行实际效力方面的判断。这种还原十分类似于欣赏者面对由艺术作品转化而来的审美对象对所抱持的中止判断的态度。在杜夫海纳等现象学家看来，艺术与现象学的旨趣是一致的。英加登曾经用一个登山的例子，具体说明了现象学的“中止判断”与审美经验之间的相通之处：当我们在山路上行走时，总是因为道路不安全而小心翼翼，然而美丽的景色常常会打动我们，使我们不由自主地停下脚来。通往顶峰的蜿蜒山道单调乏味，我们无暇顾及脚下的一切，另一种东西转移了我们的注意力。这个例子说的就是主体日常生活的实际态度向审美态度的转变，或者说是从对实在对象的感觉向审美经验的转变。美丽的景色转移了我们的注意力，中断了原来那种小心翼翼的心情，用现象学术语来说，就是“悬置”起来，“中止判断”，其结果是带我们进入了一个忘却自我的纯意识的境界。

审美经验在欣赏主体的意识中，呈现为阶段性。英加登的理论丰富了人们对审美经验的认识，在他看来，审美经验的起点以被他称为具有激动特征的“初期情感”为标志；在这种经验的第二个阶段，由于受这种激动

① 参见［法］杜夫海纳《审美经验现象学》，韩树站译，文化艺术出版社 1992 年版，第 372—425 页。

情绪的影响，接受者将全部意识专注于引发此种经验的对象之上；第三个阶段，接受者的意识对他从对象中感觉到的性质加以集中把握。这三个阶段概括起来，相继出现的是主体方面的纯粹激动，主体赋予对象以感性形式，主体对对象的感性体验这样三个步骤。在这三个步骤中，不同的心理因素参与了审美经验。中国清代文论家叶燮在其《原诗》中结合对杜甫诗句“碧瓦初寒外”的逐字赏析，谈到了审美经验的三个方面：“呈于象，感于目，会于心。”在此，如果与英加登所论的审美经验三阶段对应起来，可以说，英氏所说的第一阶段相当于叶燮的“感于目”，英氏的第二阶段相当于“呈于象”，英氏的第三阶段则相当于“会于心”。这三个阶段涉及内涵丰富的心理学概念和主体审美接受心理特征等问题。

下面我们大致依据主体审美经验的三大阶段，具体探讨一下艺术接受的审美经验中所蕴含的审美心理学方面的内容。

首先是“感于目”阶段。“感于目”是说艺术欣赏者凭借感知和直觉而对艺术品产生最初的印象。这种最初的印象一方面与艺术对象本身在物质层面具有的特质有关，比如王维的画给人清新淡雅之感，范宽的画则有大气淋漓之貌，这些都是由画家的笔墨所真实体现出来的。这种审美经验的展开还依据另一方面，那就是主体的审美态度和审美注意，假如没有这一点，再优秀的画作也未必会被人当作艺术品来观赏。审美态度正是英加登所说的“初期情感”，由于这种态度与情感的存在，一件艺术作品的某种特质比如色彩、形状、节奏等才能唤起观赏者的特殊情绪，在这种特殊情绪中，观赏者从日常生活经验中超脱出来，进入审美经验的领域。可以说，这种初期情感的重要功能就在于产生一种对于艺术品的特殊的审美期待和精神准备，这是接受者经历审美经验过程的最初一步。审美注意则相当英加登所讲的登山者例子中，登山者为山中美景所吸引而忘却了路途的艰辛的心理状态，这是一种意识在美感对象之上的“停留”或“逗留”状态。其特征是注意力集中于对象之上，而暂时进入了“忘我”的境界。有研究者指出，这种停留于对象之上的心理状态正是审美愉悦的特征：“疼痛把注意力引向它本身，而愉快却把注意力引向使人愉快的对象……人们在滑雪、听莫扎特交响乐，甚至吃牛排时所感到的愉快，都必须把注意力放在对象上，注意力的分散会立即导致审美愉快的中断。”① 审美注意指欣赏主体全神贯注于对象之上，直接地从对象中体验愉快经验的心理状态。它有意识地对审美对象加以选择，就审美对象中的艺术特质作出反应，同时也把与审美对象无关的其他刺激排除掉。这种全神贯注，正是进入审美经验的第一步。

其次是“呈于象”阶段。所谓“呈于象”是说艺术欣赏者凭借自己的敏感和领悟能力将构成审美对象的感性材料整合成事物完整形象的过程。在此过程中，欣赏者面临着感受艺术审美对象之整体形象的任务，主体的感受性在其中扮演着重要角色。感受性在经验中并不是一种被动的因素，它是经验本身所具有的一种构造性、创造性的力量，体现为整体上把握事物的一种能力。当这种能力与“感于目”阶段中论述的主体审美态度与审美注意结合在一起时，就发展为一种对艺术对象之中审美特质的知觉能力，也就是人们常说的鉴赏力。为说明这一问题，我们先来介绍一下美国现象学美学家奥尔德里奇关于两种不同知觉的观点。奥尔德里奇在两种知觉方式——观察与领悟之间做了区别，指出，观察是人们认识物理空间中的物质性事物的知觉方式，它关注事物的空间属性，而这种空间属性是由度量标准和测量活动所确定的；领悟则是人们看待审美空间中的对象的一种方式，它关注事物的审美空间，这种审美空间是由色度、色调和音量、音质等特性来确定的。比如日落之前的天空，瑰丽的云朵比之远处地平线上城市楼群的幽暗剪影似乎离我们观赏者更近一些，这种对审美空间的领悟完全与日常物理空间的实际情况相反，但为这落日美景吸引的观赏者却

① 朱狄：《当代西方艺术哲学》，人民出版社 1994 年版，第 332 页。

宁愿沉浸在这种“错误”的审美空间之中，甚至会口中喃喃吟诵：“落霞与孤鹜齐飞，秋水共长天一色。”从本不是如此的对象中“看到”某种审美特质，这就是领悟。领悟的对象是被主体认为具有审美特质的整体形象，而领悟的结果是从这具有审美特质的形象中看出富有意蕴的东西。因此才有人这样说：“把某物看作艺术，也就是从物的王国走向了意义的王国。”[①] 这句话里的“看作”正是一种领悟式的知觉方式。它是一种审美发现的能力，建立在艺术接受者独特的感受力与理解力之上，它是在审美对象中把握其审美特质的关键性的能力。有西方学者指出，虽然审美特质可以归因为客观事物多种多样的特质，但不能完全独立于主体而存在。真正的审美特质有赖于主体的发现、辨认和修正。[②] 主体的这种发现、鉴别和修正，不是在物理真实的层面上对事物存在状况的揭示，而是在主体意识之中对审美对象存在状况的一种想象和“信以为真”。对此，有人称之为一种“有意识的自我幻觉”，认为在审美经验中，心灵处于幻觉和意识之间的摇摆状态，有时人们能在瞬间意识到这是一种幻觉，但很快又处于听之任之的状态之中。[③] 德国学者伊瑟尔将这种状态称为“仿佛”，并引用了语言学家的界定：“这一连词连接的是一种假定的、不可能发生的情况。”“仿佛”恰好说明了对象事物实际上并非如此。伊瑟尔从这种似是而非的关系中看到了构成审美经验的一种重要心理因素——想象。他说：“‘仿佛’这一语式是一种平衡结构（它从不然中寻求必然）。如果虚构文本将其对观念的反映与那些‘不可能’的事情融合在一起，其结果必然是那些曾经看上去实实在在的东西变得捉摸不定了。这种难以捉摸的东西，就是我们所要的想象，它通过虚构化行为与文本反映的世界联系了起来。”[④] 当

---

① 朱狄：《当代西方艺术哲学》，人民出版社1994年版，第125页。

② 同上书，第419页。

③ 同上书，第321页。

④ ［德］伊瑟尔：《虚构与想象》，陈定家等译，吉林人民出版社2003年版，第28页。

这种“仿佛”状态激发起观赏者的想象力时，他们就心甘情愿地从物质对象中看出审美特质，于是画纸上的墨迹才一变而成为活生生的骑士。正是由于艺术中的形象是虚构的，因此那似真似幻的感知能力才成为审美经验的题中应有之义。

最后是“会于心”阶段。“会于心”即心领神会，在艺术接受的审美经验中，它主要指经过对审美对象的感知与领悟阶段，进而产生的主体与对象的心意相通。会于心的最终结果是，通过艺术欣赏，接受者完成了与他人的心灵沟通，并对艺术对象的意义和价值有了更加切身而全面的认识。情感表现是艺术创作的主要目的之一，艺术作品中也蕴含着艺术家的情感内容。就艺术欣赏者来说，他对艺术品的接受中也包含着对其中所表达的情感的体验。比如人们听柴可夫斯基的《第六交响曲》，就很有可能为其中的悲怆情怀而动容。但这种移情或同情不是一种心灵感应，更与神秘的通灵术无涉，而是通过对自我意识的训练和强化，了解到别人的意识活动。这种“推己及人”的意识活动，建立在一种观念“释读”的行为之中。面对作为审美对象而存在的艺术品，欣赏者不仅为其中的审美因素所吸引，也不仅把对象领悟为一个具有审美物质的完整形象，而且在内心之中，借助于审美观念对它进行释读，以揭示它对人类生存和发展的价值和意义。换句话说，正是在接受者内心的观念活动中，艺术品的审美意义和审美潜能才得以全面实现。另一方面，欣赏主体也在这种内心释读之中完成了与他人意识和人类意义的融通，扩展了自身的意识范围和深度。以陈子昂《登幽州台歌》为例，对于这样一首诗，读者保持着一种身临其境与置身事外之间相互对换的模棱性。一方面读者是一个旁观者，于是他眼前出现了一个在茫茫四野中孤单伫立的身影；另一方面读者又化作诗人本身，从他的角度感受天长地久与人生短暂，宇宙宏大与个人渺小之间的强烈反差，并因此而心生孤单落寞之情，不禁悲从中来，黯然神伤。这时的读者可以说既作为观众，又作为演员，在艺术品提供的特殊氛围中，自由无碍地出入于物—我之境。这种审美经验状态正是建立在“会于心”之上的。苏联美学家鲍列夫从理论上对这种欣赏经验做了概括，他说：“在艺术欣赏过程中，信息接受者把作品中的形象和情节‘移植’到自己的个人生活境遇中来，把主人公与接受者的‘自我’同一化。这是艺术欣赏的一个方面。这种与人物同一的过程又同欣赏主体与人物的对立和把后者视为‘别人’结合起来。由于这种结合，接受者才有可能在想象和艺术感受中扮演一个在生活中从未扮演过的角色，并取得未曾经历，但却在想象中体味到了的生活的经验。”① 从某种意义上说，艺术欣赏过程都含有这样一个角色扮演的阶段，而且，观众正是在既做演员又做观众的角色转换中，体验到了更加丰富的人类情感，把握了更加深邃的人生意义。

总之，就审美接受主体而言，由于欣赏的对象——具有审美意味的艺术作品——是艺术家创造的产物，因此，接受者面对这一创造物时，也就意味着对其作出反应与调动自身的创造潜能之间是相互协调的，接受者在受到对象激发的同时，还积极主动地参与和体验一种再创造的内心活动，于是他在作品中逗留、静观，原本是斑斑点点的色彩、断断续续的线条，在这充满兴味的眼光中，在一种诚挚的相信与“仿佛”的心态中，画面上奇迹般地凸显出生动活泼的人生场景。此时，欣赏者自愿投身于这个虚构的场景中，去扮演一个生活中不曾有过的艺术角色，同时他又能适时地跳出圈外，一面对艺术品的艺术魅力进行赞赏，一面也为自己能够自由出入于这种奇妙的艺术领域，并能够发挥出自身再创造的潜力，与艺术创造者相比肩而感到强烈的审美愉悦。在接受艺术作品时，如果没有感情的投入，没有一种建立在感同身受基础上的对所接受信息的再度还原，那么接受者也就无法真正理解作品内蕴的情感。正如一般读者在阅读一段文字时都会在内心赋予它尽量合适的情感内涵一样，一个合格的艺术接受者也会

① ［苏］鲍列夫：《美学》，乔修业等译，中国文联出版公司1986年版，第310页。

自动调整和发挥自身的心理潜能，对接受对象做出适当的反应，并从中领略真正的审美愉悦。

四 艺术接受与审美价值的实现

让我们首先从价值这个概念开始我们的论述。美国当代学者保罗·费耶阿本德说："谈到价值，就是以一个迂回的方式描述一个人想过的生活或认为一个人应该过的生活。"① 在这句话中，我们感受到价值与人的主观愿望之间的关系。如果我们需要一个更加正式的定义，还可以看到这样的表述："一般而言，价值意味着那使一件东西成为值得欲求的、有用的或成为兴趣的目标的性质。价值也被看作是主体的主观欣赏或是主体投射入客体的东西。"② 在这个意义中，主体的地位更加突出。价值与主体的意愿、欲求以及在面对客体的过程中选择出或投射于其中的东西有密切关系。这就提醒我们，艺术作品的价值内容及其实现途径离开接受主体的接受意愿和意识的参与，是不可能加以全面讨论的。

价值存在于主体对客体的愿望和欲求中，价值存在于主体与客体构成的主客关系中，然而价值仍然可以作为客体对象本身的某种特性而存在，只是当这些特性与人的主观经验发生作用时，其价值特性的意义才能得以真正实现。比如我们进一步追问什么是艺术品的审美价值，得到的回答往往是将这种价值归属于艺术品的某种特性："审美价值是指那些使艺术作品取得成功的特性，诸如均衡、魅力、飘逸、优雅、和谐、完整或统一

---

① ［美］费耶阿本德：《告别理性》，陈健等译，江苏人民出版社 2002 年版，第 23 页。

② ［英］尼古拉斯·布宁等编著：《西方哲学英汉对照辞典》，王柯平等译，人民出版社 2001 年版，第 1050 页。

等。”[①] 当然，在艺术作品未进入接受主体的视野之前，上述均衡、和谐、完整等属性并未实际体现出来，而只是艺术品自身的一种潜在特性，它如同神话中的睡美人，等待着艺术接受者这位王子将其唤醒。在接受主体这一方面，艺术价值则体现为艺术对象所给予他在感觉、情感等方面的满足感。这种满足感又被称为“愉悦”。德国艺术理论家玛克斯·德索将“愉悦”解释为“活跃的内心活动”，英国学者梅内尔则将“愉悦”看作由优秀的艺术作品所激发出的综合情感。他说：“这种情感类似于取得成就时的感觉，克服困难的感觉，或解决了某理论问题时的感觉和肉欲满足时的感觉。这种感情是对以前所做的极大努力之确认。”[②] 梅内尔认为，人的意识包括经验、理解、判断、决定四个方面，人类行为综合表现为经验的积累和经验的缺乏，理解和不理，判断和不能判断，有结论和不能作出结论。审美愉悦来自人类行为中构成人类意识能力的锻炼和扩大的愉悦，人们在这些意识能力的锻炼与扩大中得到满足，从而产生愉悦。通过训练人们的经验、理解、判断和决策能力，好的艺术作品使人们得到愉悦，它的作用是解除人们的肉体和社会环境对意识的限制，这就是好的艺术存在的理由，人们可以借助艺术品，通过认识其他人的意识是什么或可能是什么，来扩展其自我意识的范围。对此，捷克学者希穆涅克是这样说的：“艺术力图不按照不以人的意志为转移的现实的本来面目去描绘现实，而是从人的整体利益观点出发，依照人之所见、所感、所理解和所评价的样子去描绘现实。艺术作品中的现实以特殊的形式体现在人对现实的思想——审美关系的内容中。因此，正是这个评价关系，通常被认为是艺术创作的直接对象，被描绘的对象以自己思想—审美价值的属性进入艺术作品，这些属性由艺术创作在对象中揭示出来，这些属性丰富了人的认识，同样人

① ［英］尼古拉斯·布宁等编著：《西方哲学英汉对照辞典》，王柯平等译，人民出版社2001年版，第28页。

② ［英］梅内尔：《审美价值的本性》，刘敏译，商务印书馆2001年版，第26页。

也借助这些属性塑造和揭示自身，并在现实中认识自己。”[①] 因此，当接受者通过对艺术品的欣赏而把握了创作主体表现于其中的人与现实的审美关系，并由此丰富了自己的意识，充实了自己的情感的时候，其满足感和愉悦感应是不言而喻的。

英国学者梅内尔指出了艺术作品的几种价值：艺术品对人生的核心问题的概括与论证而体现出的价值；艺术品在处理内容诸要素关系时体现的价值；艺术品对情感表现时体现出的价值；艺术品之艺术效果的完整统一性体现的价值。[②] 另一位美国学者亨特·米德则区分出三种不同的审美价值类型，即感觉的、形式的和联想的。感觉的审美价值对应于艺术品的材质和物料，如某些色彩本身，某些乐器的音色本身就能给人以感觉的快感。形式的审美价值对应于事物之间的关系，比如艺术品的各部分之间，艺术品的部分与整体之间的关系等。联想的审美价值则对应于作品的符号意义层面。比如某段音乐让我们联想起了过去的生活，某个画中的人物让我们联想起了儿时的伙伴等。[③] 艺术品的这些价值内涵经由艺术接受者的欣赏，在接受者的内心经验层面得以实现。

对应于艺术品价值内涵的不同层面，艺术品审美价值的实现途径也存在于接受者不同的接受心理层面。艺术品之感觉的审美价值在接受者对艺术品的最初印象中便得以实现。一幅好的绘画作品被观赏者的目光短暂掠过，就会引起他的注意，使他进入逗留与观照阶段，此时，艺术品的感觉审美价值便体现出来了。艺术品之形式的审美价值则要经过接受者对艺术品的仔细观察与玩味，才能得以实现。此时，接受者从画面的技术技巧特征，比如构图或色彩特征上逐渐体会到了画家要表现的东西，当他认为画面上被表现之物均衡、完整、富于美感之时，形式的审美价值也为接受者

---

① ［捷］希穆涅克：《美学与艺术总论》，董学文译，文化艺术出版社 1988 年版，第 124 页。

② 参见［英］梅内尔《审美价值的本性》，刘敏译，商务印书馆 2001 年版，第 46 页。

③ 参见朱狄《当代西方艺术哲学》，人民出版社 1994 年版，第 398 页。

所把握和认同。艺术品之联想的审美价值则建立在接受者的丰富想象力与敏感反应力之上，当面对画面沉思静观的接受者脑海中突然出现了超出画面实景的“象外之象”时，艺术品的言外之意、韵外之旨则进入接受者的欣赏视野中，他的思维随之自由灵动地循着艺术品的暗示和指引上下翻飞起来。这种状态的出现正是联想审美价值得以实现并发挥作用的结果。

艺术的审美价值与艺术接受之间的关系解释了“人为什么会醉心于艺术接受”这个问题。简单说，艺术接受是为了实现艺术品中内蕴的审美价值，而审美价值的实现又是满足人的自身发展要求的重要一环。德国学者伊瑟尔自20世纪70年代起致力于接受美学的研究，与另一位德国美学家姚斯并称为接受美学界的双璧，然而进入90年代之后，伊瑟尔却转向了文学人类学的研究。当有人问他，这种转向是否意味着他抛弃了接受美学理论和读者反应理论时，他回答说，文学人类学理论与接受理论并不矛盾，文学人类学理论能够解释和回答接受理论本身遗留的问题，即人为什么需要阅读；为什么迷恋于阅读；阅读的对象尽管具有虚构性，但它在何种程度上揭示了人类自身。① 伊瑟尔的回答其实并不复杂：人们需要阅读并迷恋于阅读，是因为在阅读对象——文学作品所提供的虚构场景中，接受者的想象力得到了最好的激发和调动，在与现实的对照关系中，在现实、虚构、想象三者合为一体的关系中，人们构建世界的方式得到了极大的丰富。用伊瑟尔的话讲，就是：“文本可以顺理成章地看作是虚构、现实与想象相互作用和彼此渗透的结果。尽管上述三要素在文本中各司其职、各尽其妙，共同担负着文本的意义功能，但是，相比之下，虚构化行为是最为重要的。因为它是超越现实（对现实的越界）和把握想象（转化为格式塔）的关键所在。正是虚构化行为的引领，现实才得以升腾为想象，而想

① 参见［德］伊瑟尔《虚构与想象》，陈定家等译，吉林人民出版社2002年版，“代序”第3页。

象也因之而走近现实。在这一过程中，虚构将已知世界编码，把未知世界变成想象之物，而由想象与现实这两者重新组合的世界，即是呈现给读者的一片新天地。”①

为实现艺术品的审美价值，接受者必须具备相应的鉴赏知识和鉴赏能力。也就是说，只有在合格的接受者那里，潜在于艺术品中的审美价值才会真正实现。此中道理，正如欣赏音乐需要一双“音乐的耳朵”，鉴赏绘画需要一双“绘画的眼睛”一样。此外，经过真正的艺术鉴赏过程之后，接受主体的鉴赏能力也会得到进一步全面提升，并进而改变他们看待世界、对待现实的方式和结果。苏联美学家鲍列夫谈道：“艺术欣赏把艺术作品变成了意识的现实，使接受者得以领悟作者的艺思，从而也能尽自己的能力和文化修养同莎士比亚、莫扎特、拉斐尔和普希金进行思想上的交流。伟大艺术家对待生活的经验，他的世界观和创作构思也不同程度地变成接受者意识的内容，变成他们对待现实的方向标。”② 在艺术欣赏过程中，艺术品可以通过改变和违反接受者的习惯的方式来扩大他们的意识领域。“当一个人通过康斯坦布尔的眼睛来观赏时，他也会充分欣赏到英国乡村的美妙。据说一个太太曾经抱怨特纳的一幅日落画，说她从来未见过这样的日落。特纳说：‘但是太太，你不希望你能看到这样的日落吗?’”③ 梅内尔这段话告诉我们，如果作为艺术接受者，我们通过欣赏一件大师的艺术品而获得大师们所创造的东西，感他们之所感，知他们之所知，思他们之所思，悟他们之所悟，那将是一件多么令人神往的事情！我们会因此而变得更加聪明，更加敏锐，感情更加丰富，精神更加充实。这是艺术品价值得以实现的时刻，也是我们欣赏者自我提升和完善的时刻。还等什么，快，让我们去欣赏艺术！

---

① ［德］伊瑟尔：《虚构与想象》，陈定家等译，吉林人民出版社 2002 年版，“代序”第 16 页。
② ［苏］鲍列夫：《美学》，乔修业等译，中国文联出版公司 1986 年版，第 323 页。
③ ［英］梅内尔：《审美价值的本性》，刘敏译，商务印书馆 2001 年版，第 32 页。

On the Aesthetic Discourse Representation of Art Acceptance

Ling Chenguang

Abstract With the extensive influence of phenomenological aesthetics and hermeneutics theory in the study of literature and art, art acceptance occupies the central position of artistic theory discourse. The direct object of art acceptance is the art text, which constitutes the basic framework of art acceptance. Aesthetic experience is direct, emotional and thoughtful, and they correspond to the external form, internal structure and deep implication of the subject of art appreciation. The art appreciation process has roughly experienced three stages: "feeling in the eye, presenting in the image, and meeting in the heart. "The final result is that the aesthetic values of the feeling, form, and association of works of art have been highlighted. Finally, it reaches the realm of self – improvement and spiritual freedom of the viewer.

Key Words Art Acceptance; Aesthetic Experience; Speech Expression

Author Ling Chenguang is a professor of Research Center for Literary Theory and Aesthetics, Shandong University, China.

儒家“乐教”论释要

祁海文

摘要 “乐教”概念是以历史相当悠久的“以乐为教”传统为基础的，是以由对这一传统的表彰、阐发而形成的“乐教”观念为前提而形成的。儒家论乐以“乐教”问题为中心，以“先王乐教”的历史传统、礼乐文化、礼乐关系之演变为背景，明雅俗之辨而崇“雅乐之教”，通过乐的审美愉悦和感动人心的艺术功能，以情感陶冶为核心达到成就德性、塑造人格、谐和社会、移风易俗等平治天下的目的，追求“美善相乐”即审美与德性和谐统一的审美境界。

关键词 乐教；雅乐之教；以乐成德；中和；礼乐

作者简介 祁海文（1965— ），男，吉林榆树人。山东大学文学院、山东大学文艺美学研究中心教授，博士生导师，主要从事中国文学批评史、中国美学研究。

“乐教”一词最早见于《礼记·经解》，指与“诗教”“礼教”等并立的儒家六经之教之一。先秦两汉文献广泛记载了上古历代帝王“以乐为教”的历史传统。自春秋以后，儒家极力提倡、阐发这一传统，对“以乐为教”的内容与性质、对象与目的、地位与影响等重要问题进行了丰富而深刻的论述，为“乐教”概念的形成奠定了观念基础。儒家最为重视乐的审美教化功能，其乐论可以说是以“乐教”为中心展开的，因而我们将儒家的乐论定性为“乐教”论。

一 “乐教”之传统与观念

《礼记·经解》云：

> 孔子曰：“入其国，其教可知也。其为人也：温柔敦厚，《诗》教也；疏通知远，《书》教也；广博易良，乐教也；絜静精微，《易》教也；恭俭庄敬，礼教也；属辞比事，《春秋》教也。故《诗》之失愚，《书》之失诬，乐之失奢，《易》之失贼，礼之失烦，《春秋》之失乱。其为人也：温柔敦厚而不愚，则深于《诗》者也；疏通知远而不诬，则深于《书》者也；广博易良而不奢，则深于乐者也；絜静精微而不贼，则深于《易》者也；恭俭庄敬而不烦，则深于礼者也；属辞比事而不乱，则深于《春秋》者也。”

这是“乐教”等概念的最早记载。《经解》篇并论六经之教的得与失，“温柔敦厚”“广博易良”等是指“诗教”“乐教”等在“为人”即人格教养方面的成就。

《经解》的上述文字虽然托名孔子，但肯定是后出的。关于“乐教”概念的提出时间，可以从《礼记》的编订成书、《经解》的成篇、六经并提的时间等方面进行考察。但《礼记》之编定时间、《经解》的成篇时间争议都很大，[①] 难以得到确据。儒家六经并提，最早见于郭店楚简出现的“公元前四世纪中期至前三世纪初”[②]。此后，《庄子·天下》篇、陆贾《新语·道基》篇、贾谊《新书》的《六术》《道德说》、董仲舒的《春秋繁露》等都曾并论六经。但上述诸书都未从“得”或“失”的角度立论。

---

① 参见王锷《〈礼记〉成书考》，中华书局2007年版，第205—206、283—324页。

② 《荆门郭店一号楚墓》，《文物》1997年第7期。

先秦两汉文献，除《礼记·经解》外，兼论六经之得失的只有《淮南子·泰族训》。该篇指出：

故《易》之失也卦，《书》之失也敷，乐之失也淫，《诗》之失也辟，礼之失也责，《春秋》之失也刺。

五行异气而皆适调，六艺异科而皆同道。温惠柔良者，《诗》之风也；淳庞敦厚者，《书》之教也；清明条达者，《易》之义也；恭俭尊让者，礼之为也；宽裕简易者，乐之化也；刺几辩义者，《春秋》之靡也。故《易》之失鬼，乐之失淫，《诗》之失愚，《书》之失拘，礼之失忮，《春秋》之失訾。六者，圣人兼用而财制之。

两段文字原不相衔接，前段只言“失”，后段则分论得失。《泰族训》未托名孔子，对六经之得失的论述，显然也较朴质。朱自清曾指出：“《泰族篇》的‘风’‘义’‘为’‘化’‘靡’其实都是‘教’；《经解》一律称为‘教’，显得更明白些。——《经解篇》似乎写定在《淮南子》之后，所论六艺之教比《泰族篇》要确切些。《泰族》篇‘诗风’和‘书教’含混，《经解》篇便分得很清楚了。”① 这一判断是可靠的。《经解》的论述精练而有条理，且最后将六经之教的得失做综合概括，显然是在《泰族训》基础上的提炼和引申。《淮南子》上于西汉武帝建元二年（公元前139年），则“乐教”概念最有可能出现在此后至《礼记》编订成书之间。

西汉自武帝起将儒家经典立为官学，设“五经博士”予以传授，但终汉之世，儒家经学中从未有“乐经”之教。因此，“乐教”概念虽最有可能提出于汉代，但不应视为汉代经学教育之成立的结果，而只可能是自先秦以来文献中对“以乐为教”传统的记载和以儒家为主对这一传统的不断提倡、阐发的结果。

① 朱自清：《诗言志辩》，古籍出版社1956年版，第99页。

综观先秦两汉文献，“以乐为教”之事大体以三种形态被论及。

其一见于对“先王之乐”的追溯。先秦两汉文献中有相当丰富的关于上古历代帝王制乐、作乐的记载，如《吕氏春秋·古乐》历述自朱襄氏至周成王历代帝王制乐过程、乐舞名称，并论及作乐目的，《庄子·天下》备载黄帝至西周六代乐舞名称，《礼记·乐记》《汉书·礼乐志》都曾对自尧舜至西周历代“大乐”释名以彰其义。关于历代帝王的作乐目的，虽记载多端，但“以乐为教”得到了突出强调。如《吕氏春秋·察传》载孔子说：“昔者舜欲以乐传教于天下，乃令重黎举夔于草莽之中而进之。舜以夔为乐正，于是正六律，和五声，以通八风，而天下大服。”《史记·乐书》云：“上古明王举乐者，……上以事宗庙，下以变化黎庶也。”

其二见于对古代官制或学制的记述。《周礼》地官“掌邦教”，其属官六乡大夫“以乡三物教万民而宾兴之”，“保氏掌谏王恶，而养国子以道”，其教育内容即礼、乐、射、御、书、数“六艺”。《周礼》春官“掌邦礼”，其属官“大司乐掌成均之法，以治建国之学政，而合国之子弟焉”，以其内容为“乐德”“乐语”“乐舞”等，以《云门》《大卷》《大咸》《大磬》《大夏》《大濩》《大武》等“六乐”教育“国之子弟”。汉代编订的《礼记》等文献多从学制方面谈及“以乐为教”之事。如《礼记·文王世子》云：“凡三王教世子必以礼乐。”《王制》：“乐正崇四术，立四教，顺先王《诗》《书》、礼、乐以造士。”《内则》：“十有三年学乐，诵《诗》、舞《勺》，成童舞《象》，学射御。二十而冠，始学礼，可以衣裘帛，舞《大夏》。”

其三基于对乐教传统的追述而对此传统加以提倡或阐发。春秋时楚申叔时论太子教育，其内容就有“教之《诗》，而为之导广显德，以耀明其志；教之礼，使知上下之则；教之乐，以疏其秽而镇其浮”（《国语·楚语上》）。孔子立私学，“以《诗》《书》礼乐教”（《史记·孔子世家》）。郭店楚简明确提出：“为政者教导之取先。教以礼，使民果以劲；教以乐，则民弗德争将。”（《尊德义》）[①] 《荀子·乐论》提倡“制雅颂之声以道之”的“先王立乐之方”或“立乐之术”，突出雅乐的“可以善民心，其感人深，其移风易俗”的教化作用。《吕氏春秋·适音》也指出：“先王必托于音乐以论其教。”此后，《史记·乐书》《礼记·乐记》《汉书·礼乐志》等文献对“乐教”问题进行了更全面的阐发。

综上所述，“乐教”概念的形成，大体经历了三个阶段。即先有历代帝王“制礼作乐”之事；然后有以历代所作之大乐教育“国之子弟”或“万民”；春秋以降，儒家对“以乐为教”传统予以表彰、阐发，从而形成以乐教化天下的观念。概括地说，“乐教”观念起源于春秋时期随西周礼乐制度崩坏而兴起的说“礼”论“乐”风潮，战国时期随百家蜂起而达到高潮，儒家肯定、提倡并阐发“以乐为教”传统，诸子则多持批判甚至否定态度。至西汉武帝时，河间献王与毛苌等“采《周官》及诸子言乐事者以作《乐记》”（《汉书·艺文志》），以儒家思想为主对先秦以来的乐论思想进行了系统的整理和发挥。

二 “乐教”之内容与性质

《周礼》对乡大夫“教万民”和保氏“养国子以道”的“六艺”中“乐”的内容均未有交代。“掌成均之法”的大司乐“以乐德教国子中和祗庸孝友，以乐语教国子兴道讽诵言语，以乐舞教国子舞《云门》《大卷》《大咸》《大韶》《大夏》《大濩》《大武》，以六律、六同、五声、八音、六舞大合乐，以致鬼神示，以和邦国，以谐万民，以安宾客，以说远人，以作动物”。大司乐以下的属官均掌乐教，其内容大致可分为乐德、乐诗、

---

① 李零：《郭店楚简校读记》，见陈鼓应主编《道家文化研究》第17辑，生活·读书·新知三联书店1999年版，第523页。

乐舞、乐仪、乐律等。《周礼》所述的乐教，大体包含了后世的诗教、乐教、舞教甚至礼教等。《周礼》并非西周职官制度的实录，其职官设置之完备，乐官职能分类之具体，乐教内容安排之详密，确足使人怀疑其真实性。但其乐官、乐舞名称等大多可以在先秦两汉文献中得到证实，说明其内容“有夸大而无歪曲，基本可以依赖”①。

《周礼》“教国子”的《云门》等大乐，均为“先王之乐”。《周易·豫·象》载“先王作乐崇德，殷荐之上帝，以配祖考”，以“先王之乐”之功能为表彰功德和祭祀神灵。文献所载之历代大乐名称或有不同，但关于大乐之制作目的的理解却比较接近。《吕氏春秋·古乐》对历代大乐制作之目的，认为或“以祭上帝”，或“以见其善”，或“以昭其功”，或“以嘉其德”。《乐记》《汉书·艺文志》等对历代大乐名称之内涵的解释，也大体不出崇德、明功、祭祀等。这些历代帝王表彰功德、祭祀天地及祖先神灵的乐舞，就是孔子所说的“雅乐”。文献中关于乐教传统的记述和提倡均以“雅乐”为主，因此，儒家“乐教”的性质可以概括为“雅乐之教”。

春秋以后的儒家文献着重通过明雅俗之辨以体现其崇尚雅乐之教的宗旨。《周礼》有“凡建国，禁其淫声、过声、凶声、慢声”（《春官·大司乐》）的记载。孔子关于政治的理想设计是“行夏之时，乘殷之辂，服周之冕，乐则《韶》《武》②。放郑声，远佞人”（《论语·卫灵公》）。《韶》《武》均是“雅乐”。孔子“放郑声”，既因为“郑声淫”（《卫灵公》），也是为了“恶郑声之乱雅乐也”（《阳货》）。“郑声”是春秋末期兴起的民间乐曲的代表，其势力强大到足以“乱雅乐”的地步。孔子以后，儒家更加强化了明雅俗之辨的意识。楚简称《韶》《夏》《赉》《武》等“古乐”

① 杨向奎：《宗周社会与礼乐文明》（修订本），人民出版社1997年版，第296—297页。
② 参见蔡仲德《中国音乐美学史资料注译》（上），人民音乐出版社1990年版，第51页。

为“益乐”：“凡古乐动心，益乐动指，皆教其人者也。”而“郑卫之声，则非其声而从之也”（《性自命出》）[①]。荀子明确指出，“郑卫之音，使人心淫”，强调君子明“奸声”“淫乐”与“正声”“和乐”之辨，“慎其所去就”而“听其雅颂之声”。他所称道的“先王立乐之方”，即“制雅颂之声以道之”“贵礼乐而贱邪音”，认为“导之以礼乐而民和睦”（《荀子·乐论》）。

“雅乐”在艺术上表现为“和声”“中声”“中音”。《左传·昭公元年》载，秦医和称“先王之乐”为“中声”。“中声”“有五节”，可以“节百事”，而“烦手淫声”则“慆堙心耳，乃忘平和”以至“生疾”。《左传·昭公二十一年》载，周王朝乐官伶州鸠认为，天子之乐应为“和声”：“故和声入于耳而藏于心，心亿则乐。”又说：“夫有和平之声，则有蕃殖之财。于是乎道之以中德，咏之以中音，德音不愆，以合神人，神是以宁，民是以听。”（《国语·周语下》）荀子论乐，尤其突出乐的“中和”的特征：“礼之敬文也，乐之中和也，《诗》《书》之博也，《春秋》之微也，在天地间者毕矣”（《荀子·劝学》）；“乐者，天下之大齐也，中和之纪也”（《乐论》）。所谓“和声”“中声”，首先是指艺术风格上的“和平”，也就是荀子所说的“中正”“肃庄”（《荀子·乐论》），《乐记》等所说的“治世之音”的“安以乐”等。其次则指“度量”上的合于乐律。《吕氏春秋·大乐》篇指出，音乐“生于度量”。所谓“度量”，主要是指该书《音律》所论的“十二律”和以“黄钟之宫”为“律吕之本”。《大乐》指出：“声出于乐，和出于适。和适，先王定乐，由此而生。”《适音》篇云：“何谓适？衷音之适也。何谓衷？大不出钧，重不过石，小大轻重之衷也。黄钟之宫，音之本也，清浊之衷也。衷也者，适也。”“适

① 李零：《郭店楚简校读记》，见陈鼓应主编《道家文化研究》（第17辑），生活·读书·新知三联书店1999年版，第505页。

音”即“中音”，其特点是乐器之大小、乐声之清浊之“生于度量”。《吕氏春秋》论乐与儒家不尽相同，但其对“适音”的论述有助于理解儒家的“和声”“中和”等的艺术特征。

在政治、伦理观念层面上，“雅乐”表现为“德音”。春秋时，晏婴曾引《诗经》的“德音不瑕”称先王之乐，伶州鸠则直接称“道之以中德，咏之以中音”的天子之乐为“德音”。孔子以“尽善尽美”为“雅乐”之理想：“子谓《韶》，尽善矣，又尽美也。谓《武》，尽美矣，未尽善也。”(《论语·八佾》)楚简提出“德生礼，礼生乐”(《语丛一》)[①] 之说，荀子则称“先王之乐”为“正声”“雅颂之声”“礼乐”。至《乐记》，则明确提出乐以“德”为本，“德者，性之端也；乐者，德之华也。金石丝竹，乐之器也”。《乐记》指出：“夫乐者，与音相近而不同。”“德音之谓乐”，而“郑音好滥淫志，宋音燕女溺志，卫音趋数烦志，齐音敖辟乔志。此四者皆淫于色而害于德”。只有“德音”，才能“情见而义立，乐终而备尊。君子以好善，小人以听过”，发挥“修身及家，平均天下”的作用。《乐记》认为，先王作乐贯彻了以“德”为本的原则，“本之情性，稽之度数，制之礼义”，“使亲疏贵贱长幼男女之理，皆形见于乐”，主张“君子反情以和其志，比类以成其行。奸声乱色，不留聪明，淫乐慝礼，不接心术，惰慢邪辟之气不设于身体。使耳目鼻口心知百体，皆由顺正以行其义”。

综上所述，所谓“雅乐之教”，就是指以合乎音律的“和平”“中正”的，与礼相应而体现出儒家政治、伦理之观念和理想的“中声”“正声”进行教化。

① 李零：《郭店楚简校读记》，见陈鼓应主编《道家文化研究》(第17辑)，生活·读书·新知三联书店1999年版，第532页。

三 “乐教”之对象与目的

《周礼》所述的乐教对象有以下几种。一为“万民”。地官司徒“帅其属而掌邦教，以佐王安扰邦国”（《地官·司徒》）。大司徒“以五礼防万民之伪而教之中，以六乐防万民之情而教之和”（《地官·大司徒》）。其属官六乡大夫以“六德”“六行”“六艺”“教万民而宾兴之”。二为“国子”“国之子弟”。地官师氏“以三德教国子”，保氏以“六艺”等“养国子以道”。一般认为，地官所教之“国子”，性质为小学，而春官大司乐所掌“国之子弟”之乐教，则为大学。《尚书·尧典》云：“帝曰：夔，命汝典乐，教胄子。直而温，宽而栗，刚而无虐，简而无傲。”“胄子”，孔安国谓：“胄，长也，谓元子以下至卿大夫子弟。”大致相当于《周礼》的“国子”。《礼记·王制》载，乐正“顺先王《诗》《书》、礼、乐以造士”，“王大子、王子、群后之大子、卿大夫元士之适子，国之俊选，皆造焉”。“士”所包甚广，清孙诒让认为，“周制大学，所教有三：一为国子，即王大子以下至元士之子，由小学而升者也；二为乡遂大夫所兴贤者、能者，司徒论其秀者入大学。……三为侯国所贡士。此三者皆大司乐教之”①。《左传》《国语》等所载单穆公、伶州鸠等论乐，因其卿士大夫或天子乐官之身份，则均以“万民”或“民”为乐之教化对象，申叔时所论则为“太子”之乐教。孔子“以《诗》《书》、礼、乐教，弟子盖三千焉，身通六艺者七十有二人”（《史记·孔子世家》），因其以“有教无类”（《论语·卫灵公》）为原则，弟子不分身份贵贱，所教对象颇具普遍性。春秋之后的儒家乐论，如《荀子·乐论》《礼记·乐记》等于乐教对象所述较概括，即一方面以“民”为对象论述乐教的普遍意义，一方面

① （清）孙诒让：《周礼正义》，中华书局1987年版，第1713页。

着重论述“君子”的乐之修养。由此可见，无论就乐教传统来说，还是就儒家乐教观念来说，乐教都表现出比较明显的社会性与个体性相统一的特点。

乐教之目的，是儒家乐教思想之重点，然亦因对象而于大同之中有小异。概括来说，大体有以下数端。

其一，成就德行。《周礼》所述的“万民”或“国子”教育，体现出“德行”与“道艺”双修的特点，但“德行”与“道艺”尚处并立分教关系。春秋时，魏绛曾提出“乐以安德”（《左传·襄公十一年》）的主张，晏婴认为，先王之乐可以“平其心”，而“心平，德和”（《左传·昭公二十年》）。春秋以后的儒家乐论则始终贯穿着“以乐成德”的观念。荀子所理解的“先王立乐之方”，就是“制雅颂之声”“以感动人之善心”，所谓“乐行而民乡方矣”（《荀子·乐论》）。《乐记》更明确地指出：“先王之制礼乐也，非以极口腹耳目之欲也，将以教民平好恶，而反人道之正也。”“以乐成德”是儒家乐教最基本的目的，乐教的其他目的的实现都以此为前提和基础。

其二，塑造人格。《尚书·尧典》载帝舜命夔“典乐，教胄子”，目的是培养“直而温，宽而栗，刚而无虐，简而无傲”的人格。孔子论人格之成长，以“兴于诗，立于礼，成于乐”（《论语·泰伯》）为序，并指出“文之以礼乐，亦可以为成人矣”（《宪问》）。“成人”即人格的完成，其标志是“文质彬彬，然后君子”（《雍也》）。《礼记·经解》以“广博易良”释“乐教”，亦是就人格之养成立论。人格之养成最初主要是“国子”或“胄子”之乐教的目的，后来则多见于关于“君子”乐教之“情志”修养论述。荀子主张“君子以钟鼓道志，以琴瑟乐心”，达到“乐行而志清，礼修而行成”（《乐论》）的境界。《乐记》则强调“君子反情以和其志，比类以成其行”；“使耳目鼻口心知百体，皆由顺正以行其义”。

其三，培养从政才能。《礼记·王制》载，乐正掌“造士”，“大乐正论造士之秀者以告于王，而升诸司马，曰进士。司马辨论官材，论进士之贤者以告于王，而定其论。论定然后官之”。可见，乐教是培养士之从政才能的重要途径。《左传·僖公二十七年》载，晋文公谋三军之帅，赵衰举荐郤縠，其理由是郤縠“说礼、乐而敦《诗》《书》”。春秋时士大夫出使国外，大多能从容地“赋诗言志”，可见其时《诗》《书》、礼、乐之教的政治才能之养成效能。孔子云：“诵《诗》三百，授之以政，不达；使于四方，不能专对。虽多，亦奚以为?”（《论语·子路》）亦将从政视为乐教、诗教之目的。其弟子分“德行”“政事”“言语”“文章”（《先进》）四科，当亦先修《诗》《书》、礼、乐或“六艺”之教。荀子的《乐论》《礼记·乐记》等已远离春秋时的礼乐文化背景，故均未将培养从政才能作为乐教之目的加以论述。

其四，和谐社会关系。以礼乐广施教化，是儒家政治观念、乐教思想的基本信念。孔子以“礼乐征伐自天子出”为“天下有道”（《论语·季氏》）的标志，于其理想政治的设计中亦将“乐则《韶》《武》”作为重要组成部分。荀子指出：“乐合同，礼别异，礼乐之统，管乎人心矣”，“乐在宗庙之中，君臣上下同听之，则莫不和敬；闺门之内，父子兄弟同听之，则莫不和亲；乡里族长之中，长少同听之，则莫不和顺”。（《乐论》）乐的作用在于协调“上下”“父子”“长幼”等政治、伦理关系，从“人心”上使之“和敬”“和亲”“和顺”，达到“合同”。《乐记》将“礼乐刑政”视为治国平天下之道：“礼以道其志，乐以和其声，政以一其行，刑以防其奸。礼乐刑政，其极一也，所以同民心而出治道也”“礼节民心，乐和民声，政以行之，刑以防之。礼乐刑政，四达而不悖，则王道备矣”。礼乐的作用是促进社会政治、伦理关系上的“相亲”“相敬”，从而达到“上下和”，即社会整体和谐之目的：“乐者为同，礼者为异。同则相亲，异则相敬”“礼义立，则贵贱等矣；乐文同，则上下和矣”。这就是所谓的

"乐至则无怨，礼至则不争。揖让而治天下者，礼乐之谓也"。调节社会关系以达到社会整体的和谐，这可以说是儒家乐教的最高理想。

四 "乐教"之根据与境界

春秋时人论乐，于阐扬"先王之乐"传统时多注意论述乐教的内容与性质、对象与目的等，孔子之后的儒家乐论则着重揭示乐教之根据、核心及其理想状态。

首先，人性根源。楚简儒家文献多从"性""情"论礼乐，指出"情生于性，礼生于情"(《性自命出》)[①]；"礼因人之情而为之"(《语丛一》)[②]；"凡声其出于情也信，然后其入拨人之心也厚"(《性自命出》)[③]。礼乐皆与"情"有关，而"情生于性"。荀子说得更为清楚："夫乐者，乐也，人情之所必不免也。故人不能无乐，乐则必发于声音，形于动静。……故人不能不乐，乐则不能无形，形而不为道，则不能无乱。先王恶其乱也，故制雅颂之声以道之。"(《乐论》) 乐是"人情"之必然表现，按荀子的"性恶"论，"人情"如不加以合理引导则必将导致社会秩序的混乱，所以先王"制雅颂之声以道之"。这是荀子论"先王立乐之方"的人性论根据。《乐记》云："人生而静，天之性也；感于物而动，性之欲也。物至知知，然后好恶形焉。好恶无节于内，知诱于外，不能反躬，天理灭矣""是故先王之制礼乐，人为之节"。《乐记》的"人生而静"之说或许受到《吕氏春秋》《淮南子》所体现的道家学说之影响，但强调礼乐之制作根源于人性，其目的在就"人情"而"道"之、"节"之，与荀子的论乐思路还是比较一致的。

---

① 李零：《郭店楚简校读记》，见陈鼓应主编《道家文化研究》(第17辑)，生活·读书·新知三联书店1999年版，第5377页。

② 同上书，第532页。

③ 同上书，第505页。

其二，美感根据。春秋时人论乐，已认识到乐的情感愉悦特征。伶州鸠指出“和声入于耳而藏于心，心亿则乐”，若所听非“和声”，“心是以感，感实生疾”（《左传·昭公二十一年》）。此后，楚简强调“乐，服德者之所乐也”（《语丛三》）[①]，荀子概括地指出：“夫乐者，乐也。”“乐者，圣人之所乐也，而可以善民心，其感人深，其移风易俗。故先王导之以礼乐而民和睦。”又说：“夫声乐之入人也深，化人也速。故先王谨为之文。”（《乐论》）荀子正是从乐的审美愉悦特征认识到其“入人也深”“化人也速”的审美作用，因而主张“导之以礼乐”，使之“感动人之善心”，从而达到“民和睦”的境界。荀子此说为《乐记》所继承发挥，代表了儒家乐教论的基本看法。当然，对于儒家来说，只有雅乐，即“和声”或“礼乐”才能发挥“善民心”的教化作用。春秋时期，单穆公曾对乐之审美的“听和”与“视听不和”的不同情感心理有较详细论述（见《国语·周语下》）。《吕氏春秋》继承了荀子的看法，指出：“大乐，君臣父子之所欢欣而说也。”（《大乐》）“凡古圣王之所为贵乐者，为其乐也。”（《侈乐》）但又强调只有“生于度量”的“大乐”或“适音”才能给人带来审美愉悦，而“不用度量”的“侈乐”则“失乐之情，其乐不乐”（《侈乐》）。对儒家来说，“淫声”“奸声”或“郑卫之音”等虽“入人也深，化人也速”，但“其乐不乐”，不仅不能“感动人之善心”，反而“乐而不安，慢易以犯节，流湎以忘本。广则容奸，狭则思欲。感条畅之气而灭平和之德。是以君子贱之也”（《乐记》）。这也是荀子强调“先王谨为之文”的重要原因。

其三，以情感陶冶为基本途径。儒家对于乐教之目的以“以乐成德”为核心有很广大、深刻的设计，至于如何以乐成德，儒家强调发挥乐的感动人心的审美功能以陶冶、塑造“人情”。荀子基于其“性恶”论，认为

---

① 李零：《郭店楚简校读记》，见陈鼓应主编《道家文化研究》（第 17 辑），生活·读书·新知三联书店 1999 年版，第 528 页。

"情"出于人的本性，既不可扼制亦不可放纵，而只能"导之"。他指出："夫民有好恶之情，而无喜怒之应则乱。先王恶其乱也，故修其行，正其乐，而天下顺焉。""正其乐"即"制雅颂之声以道之""导之以礼乐"，目的是使其好恶皆得其正。具体来说："乐者，乐也。君子乐得其道，小人乐得其欲；以道制欲，则乐而不乱；以欲忘道，则惑而不乐。故乐者，所以道乐也；金石丝竹，所以道德也；乐行而民乡方矣。"所谓"道乐""道德"，即"以道制欲"。《乐记》指出："乐者，音之所由生也，其本在人心之感于物也。是故其哀心感者，其声噍以杀；其乐心感者，其声啴以缓；其喜心感者，其声发以散；其怒心感者，其声粗以厉；其敬心感者，其声直以廉；其爱心感者，其声和以柔。六者，非性也，感于物而后动。是故先王慎所以感之者。""哀心"等六者"非性"，而是"感于物而后动"的"情"。至于先王如何"慎所以感之"，《乐记》指出："先王本之情性，稽之度数，制之礼义。合生气之和，道五常之行，使之阳而不散，阴而不密，刚气不怒，柔气不慑，四畅交于中而发作于外，皆安其位而不相夺也。然后立之学等，广其节奏，省其文采，以绳德厚。律小大之称，比终始之序，以象事行。使亲疏贵贱长幼男女之理，皆形见于乐。"先王作乐的目的是"以绳德厚"，其制作则既要"本之情性"，又要"制之礼乐"，具体来说就是"使亲疏贵贱长幼男女之理，皆形见于乐"。如此才能达到荀子所说的"乐行而乡方矣"的境界。

其四，"美善相乐"之极境。儒家以乐教为德行之培养的有效途径，确有使艺术审美教育成为道德教化之附庸的倾向。但儒家并未因此而否定艺术、审美的独立地位与价值。从孔子到《乐记》，儒家乐教论的核心观念是"中和"。"中和"在政治理想上表现为礼与乐的统一，也就礼所体现的"中"或道德，与乐所体现的"和"或情感的统一。孔子的艺术理想是"尽善尽美"、人格理想是"文质彬彬"，都是"中和"原则的体现。"美"与"善"，"文"与"质"的"中和"境界，用荀子的话来说就是"美善相乐”，也就是礼与乐、美与善、文与质、道德与情感既各自保持其相对独立性而又能融合统一。这才是儒家乐教所追求的以乐成德的极境。《乐记》云：“君子曰：礼乐不可斯须去身。致乐以治心，则易直子谅之心油然生矣。易直子谅之心生则乐，乐则安，安则久，久则天，天则神。天则不言而信，神则不怒而威，致乐以治心者也。致礼以治躬则庄敬，庄敬则严威。心中斯须不和不乐，而鄙诈之心入之矣，外貌斯须不庄不敬，而易慢之心入之矣。”“易直子谅之心”即乐教所要成就的德行。“致乐以治心”的最高境界是使“易直子谅之心”油然而生，能达到这种境界，则其心自然无“斯须不和不乐”，情感与道德完美地融合统一。“安”“久”“天”“神”，则是形容审美与道德融合统一的和谐、持久、自然状态。

五 “乐教”之地位与影响

儒家乐论是在西周以来的礼乐文化背景下和“乐”与“礼”的关系中展开的。春秋以后，儒家文献一直“礼乐”并称。荀子至《史记》《汉书》论礼乐，皆将礼置于乐之前。不过，孔子论人格成长，讲到“兴于诗，立于礼，成于乐”，将“乐”置于最后或者最高的地位。而在《乐记》中，有着比较明显的乐高于礼的倾向。具体来说，在社会功能上，“乐者为同，礼者为异。同则相亲，异则相敬”“乐统同，礼辨异”“礼义立，则贵贱等矣；乐文同，则上下和矣”。“礼辨异”使“贵贱等”而“相敬”只是前提，“乐统同”使“上下和”而“相亲”才是最后的目的；在道德属性上，“仁以爱之，义以正之”；在来源上，“乐由天作，礼以地制”；在性质上，“乐者，天地之和也。礼者，天地之序也”“大乐与天地同和，大礼与天地同节”。此外，“乐者敦和，率神而从天；礼者别宜，居鬼而从地。故圣人作乐以应天，制礼以配地”“乐著大始，而礼居成物”等，都表现出重乐轻礼倾向。

清初学者姚际恒曾严厉批评《乐记》的“先乐后礼，本乐末礼，重乐轻礼”倾向，指责“其意欲抬高乐，却抑下礼”。[①] 然而，晚近学者颇有坚持《乐记》的重乐倾向。清人俞正燮综合《论语》《周礼》和《礼记》的《内则》等篇的乐教论述，指出：“通检三代以上书，乐之外，无所谓学。”[②] 史学家吕思勉称俞氏此说“甚创而确”[③]。近人刘师培《学校原始论》指出：“古代教民，口耳相传，故重声教。而以声感人，莫善于乐。”“古人以礼为教民之本，列于六艺之首。岂知上古教民，六艺之中，乐为最崇，固以乐教为教民之本哉?”[④] 此后，徐复观认为，“乐比礼出现得更早”，上古“以乐为教育的中心”，即使到西周时期，“礼在人生教育中所占的分量，决不能与乐所占的分量相比拟”，“礼取代了乐的传统地位”是春秋时代才出现的事。[⑤]

《乐记》主要从社会教化功能、道德属性和宇宙本体论上强调乐高于礼、先于礼，俞正燮等诸说则侧重从礼乐文化的历史起源和发展上论证乐教的优先地位。关于乐教的地位与影响，有三个关键问题需要辨析。

第一，从起源上看，“乐”在甲骨文中多次出现，但甲骨文是否有“礼”字出现，学界还有争论。郭沫若、侯外庐、徐复观都曾怀疑王国维对“礼”的释义。[⑥] 郭沫若早年曾认为繁体字“禮”的右下半部分是“鼓”的初文，得到裘锡圭等人的证实，[⑦] 葛兆光据此认为，“礼本来就是

---

① （清）姚际恒：《礼记通论辑本》，见林庆彰《姚际恒著作集》（第3册），“中央研究院”中国文哲研究所2004年版，第114页。

② （清）俞正燮：《癸巳存稿》（卷四），见王先谦《清经解续编》（第3册），上海书店1988年版，第1360页。

③ 吕思勉：《吕思勉读史札记》，上海古籍出版社1982年版，第457页。

④ 刘师培：《刘申叔先生遗书》（第17册），宁武南氏1936年印本，第27—28页。

⑤ 徐复观：《中国艺术精神》，春风文艺出版社1987年版，第1—3页。

⑥ 参见郭沫若《十批判书》，东方出版社1996年版，第96页；侯外庐《中国思想通史》（第1卷），人民出版社1957年版，第66页；徐复观《中国艺术精神》，春风文艺出版社1987年版，第1页。

⑦ 裘锡圭：《甲骨文中的几种乐器名称》，《中华文史论丛》1980年第2辑；周聪俊：《说醴》，《第三届中国文字学国际学术研讨会论文集》，辅仁大学出版社1992版。

祭祀乐舞”①。这说明原始的乐与礼都是“事神”之事，即原始宗教的祭祀仪式。但从“礼”字晚出看，礼的原始形态或许是以乐的形态表现出来的，也就是说礼藏乐中、礼乐一体。因此，原始的乐教本身就包含着礼教。从比较可信的周初文献看，“礼”字在周初虽已出现，但以指礼仪为主。大概经过周公“制礼作乐”，礼的地位有所提升，乐则作为礼仪成为礼的组成部分。春秋时期，随着西周礼乐制度的逐渐崩坏，使相当一部分贤士大夫对礼的政治、伦理乃至形而上的本体论意义高度重视，以至出现了“礼”“仪”相分的意识，乐的政治、伦理、宗教功能逐渐淡化，而艺术性质愈加凸显。但乐教与礼教仍保持着原始统一关系。虽然据《周礼》《礼记》《大戴礼记》等，礼、乐之教在“六艺”或“《诗》《书》、礼、乐”“四术”中都是并列分施的。但《周礼》春官“掌邦礼”，其属官大司乐却专掌乐教。由于礼乐的原始联系以及儒家崇尚雅乐之教的观念，即使在乐教中也包括与礼相关、相近的内容。儒家乐教以乐成德，其“德”大多与“礼”有关。这是儒家一直注重从礼乐文化传统、从与礼的关系方面理解乐、阐释乐的主要原因。

第二，乐教本身就包含着诗教、舞教等。原始的“乐”是集音乐、舞蹈、歌诗等为一体的混融性的艺术形态。因此，乐教的内容本身就包含着音乐之教、舞蹈之教、歌诗之教等。《周礼》大司乐教国子的“乐德”“乐语”“乐舞”和音律等，是这种形态的典型表现。春秋以降，虽然乐的混融一体形态已开始分化，但人们在观念上仍坚持以“乐”统称诗、乐、舞等。如《尚书·尧典》载舜掌夔“典乐”教胄子，提到“诗言志，歌咏言，声依咏，律合声”，夔称“予击石拊石，百兽率舞”。诗、歌、声、律、舞等，总谓之“乐”。《左传·昭公二十年》晏婴论“声”，包括“五声、六律，七音、八风、九歌”。《国语·周语下》载伶州鸠论“乐从

① 葛兆光：《中国思想史》（第1卷），复旦大学出版社1998年版，第176页。

和”，云：“声以和乐，律以平声。金、石以动之，丝、竹以行之，诗以道之，歌以咏之，匏以宣之，瓦以赞之，革木以节之。”大都是将“乐”作为诗、歌、舞等构成的艺术整体来对待。《乐记》既在与“礼”的关系下论乐，因而仍将乐视为混融性的艺术整体，如“凡音之起，由人心生也。人心之动，物使之然也。感于物而动，故形于声。声相应。故生变；变成方，谓之音。比音而乐之，及干戚羽旄，谓之乐”“德者性之端也；乐者，德之华也。金石丝竹，乐之器也。诗言其志也。歌咏其声也，舞动其容也。三者本于心，然后乐气从之”。《乐记》一般多以“音”或“声”专指音乐。即使到汉代，诗、乐、舞已完全分化，《诗》也被立为官学，但汉人论《诗》，仍继承和发挥着乐教观念，汉代儒家诗学的经典文献《毛诗大序》的大部分内容就是从《乐记》中移植过来的，而后世儒家的文学艺术观念也大多是从《乐记》生发出来的。

第三，无论是从礼乐关系的历史发展和先王乐教传统来看，还是从儒家乐教观念来看，乐教可以说从来都不是专门性的音乐的或审美的教育，而是其他教育的实现形式。原始的“乐”作为祭祀乐舞，客观上发挥着政治、伦理、宗教、艺术等方面的教育作用。而当礼乐分化、乐成为礼的组成部分之时，乐仍保持着与礼相关的政治、伦理、宗教内涵，乐教甚至成为礼教的实现形式。即使在乐取得相对独立地位之后，作为混融性的艺术形态，乐仍然是诗歌、音乐、舞蹈之教育的综合实现形式。然而，随着诗、乐、舞一体形态的解体，乐的地位反被降而下之。战国时期的乐论由于礼乐制度的彻底崩坏已不甚局限于传统的礼乐文化关系。如墨子论乐，基本上是把它作为上层社会的享乐对象来看待，孟子甚至认为，只要能“与民同乐”，那么“今之乐”与“古之乐”，“世俗之乐”与“先王之乐”都无所谓（《孟子·梁惠王上》）。荀子虽然仍坚持从礼乐关系论乐，但乐作为诗、乐、舞等一体形态的意识在其乐论中已非常淡化了。至《吕氏春秋》论乐，已基本上把它当作独立的可以给人带来审美愉悦的审美对象来看待了。从春秋到战国，乐首先从礼中分化出来，进一步，其混融一体形态也逐渐瓦解，其政治、伦理、宗教等意味不断淡化，作为艺术的审美特征越来越得到凸显，但其在社会整体中或者说在儒家思想观念中的地位反而越来越低。因此，汉代官学教育中无乐教，其原因并不能完全归之于乐经之有无或本有而散亡。

A Paraphrase of “Music Education” Theory of Confucian School

Qi Haiwen

Abstract The concept of “music education” is formed on the basis of the time – honored “educating with music” tradition and is on the premise of “music education” idea that is developed from honoring and explication of this tradition. Music discussion of Confucian School centers on “music education”, and is based on the background of development of the historical tradition, propriety and music culture and relations between propriety and music of “music education by former kings”. They understand “the elegance and popularity” and advocate “elegance and music teaching”. They wish to achieve purposes of creating a peaceful world such as virtue achievement, personality shaping, harmonious society building, social conventions transformation, etc. as well as to pursue an aesthetic realm that unifies aesthetics and virtue harmoniously by giving full play to music's artistic functions of aesthetic pleasure and heart moving and taking emotion molding as the core.

Key Words music education; elegance and music teaching; cultivating virtue with music; neutralization; propriety and music

Author Qi Haiwen(1965 –), male, born in Yushu City, Jilin Province, is a professor of Shandong University College of Literature and the Center for Literary Theory And Aesthetics Of Shandong University, a doctoral tutor, mainly engaged in the history of Chinese literary criticism and Chinese aesthetics.

专题研究
Special Topic

经典文学改编电影与IP电影的比较

谭好哲

摘要 近年来，“IP电影”逐渐成为中国大陆影视界的一个热词。过往的改编电影常以经典文学作品为蓝本，而IP电影的剧本大都脱胎于国产原创网络小说。总的来说，这两种类型的改编有同有异。就相同之处来说，二者皆属于二度创作，都存在创作主体的转换问题。相较之下，二者间的差异更为明显：其一，对原作的依附程度不同；其二，改编者与原创者的时空距离不同；其三，立意方面的高远、深刻程度不同；其四，对艺术的认识、教育和审美价值的追求不同；其五，艺术运作模式不同。本文认为，我们需要辩证地看待IP电影，既要肯定它对艺术生产力的解放和对传统艺术生产体制的突破，又要关注到此类作品在内质上同时代精神、核心价值观之间有所脱节的弊端，并着力谋求化解之道。

关键词 改编电影；IP电影；二度创作；审美意蕴

作者简介 谭好哲，男，文学博士，山东大学文艺美学研究中心主任、教授，主要从事马克思主义文艺理论与文艺美学研究。

在中国大陆近年来的媒体传播中，“IP电影”堪称一个热词。IP是Internet Protocol的外语缩写，中文缩写为“网协”，指网络之间的互联协议，也就是为计算机网络相互连接进行通信而签署的协议。此外，该词还有进入防护、知识产权、指针寄存器等含义。在文化产业和媒体传播领域，IP即指知识产权（intellectual property），可以是一首歌、一部网络小说、一部广播剧、一台话剧，或是某个经典的人物形象等，把它们改编成电影、电视的影视版权，就可以称作 IP。

在当下的中国大陆影视界，国产原创网络小说一直是热门 IP 剧的主要来源之一。近年来热播的电视剧《步步惊心》《甄嬛传》《花千骨》《盗墓笔记》《琅琊榜》等均改编自热门网络小说。在电影领域，陆川执导的《九层妖塔》(2015 年 9 月）改编自天下霸唱的《鬼吹灯之精绝古城》，由赵又廷、姚晨、唐嫣等主演，陆川凭借此剧获得 2016 全球华语科幻电影星云奖最佳导演奖；《鬼吹灯》的后四部也改编为电影《鬼吹灯之寻龙诀》，由乌尔善执导，陈坤、黄渤、舒淇、杨颖、夏雨领衔主演；南派三叔的《盗墓笔记》也改编为电影，由李仁港执导，井柏然、鹿晗等主演，位列 2016 年中国内地电影票房榜第九位，华语电影票房榜第五位。据统计，2017 年播出的由网络文学改编的电视剧有 52 部，该年度首映的由网络文学改编的电影有 7 部，包括《少年巴比伦》(改编自路内的同名网络作品)、《宫妖传》(改编自王茂的网络作品《故宫基因》)、《傲姣与偏见》(改编自媚媚猫的同名网络作品)、《喜欢你》(改编自蓝白色的网络作品《终于等到你》)、《悟空传》(改编自今何在的同名网络作品)、《三生三世十里桃花》(改编自唐七公子的同名网络作品)、《心理罪》(改编自雷米的网络作品《心理罪画像》)。

文学作品改编历来是电影剧本创作的一个重要途径。那么，将网络文学改编为电影剧本与传统上对经典文学作品的电影改编，二者有哪些相同的地方，又有哪些不同之处？这是我们需要思考的一个问题。

就二者相同的一面而言：首先，就创作性质来看，都属于二度创作。因此，在这里都存在一个原创作品与改编作品、原作所属艺术类型和改编所属艺术类型的关系问题，原作所具有的艺术性都会在这种关系中发生异变。其次，就创作主体来看，都存在一个主体的转换问题。因此，在这里便都存在一个原作者与改编者的关系问题，即便是同一个人改编自己的作品，也属于不同的主体，比如创作《红高粱》小说和作为同名电影编剧的莫言是同一个人，但创作《红高粱》小说的莫言是受小说文体特性规约的莫言，而且是个人创作，作为《红高粱》编剧的莫言则不仅要受到电影艺术特性的规约，而且在编剧过程中还要受到导演张艺谋和剧组相关方的多方面外在干预，故写小说《红高粱》与编剧电影《红高粱》的不是同一主体。再次，就观影者即受众来看，都会自觉不自觉地将原创作品与改编作品加以比较，对原创作品的既成印象都会或隐或显地对改编作品的观影效果、艺术评价等等产生不同程度的影响。比较而言，大部分 IP 影视作品的二度创作成分要更多一些。

虽有上述相同的一面，但二者也是存在明显区别的。其区别一是表现在同中有异方面，二是表现在意蕴与创意出发点的不同方面。就同中有异而言：首先，虽然二者都属于二度创作，但改编作品对原作的依附程度不同。一般来说，越是经典的文学作品，电影剧本的改编自由度便越少，对原作的依附程度就越高。而源自当下网络文艺创作的 IP 电影则有所不同，因为当下的网络文艺作品尚未及经典化，IP 电影的剧本改编在作品立意、环境场景、故事情节、人物关系甚至人物性格等方面均可作较大幅度的调整或改变，可以较少受原作的规约，这就使其具有了更大的创作自由度，与原作比起来或许会有面目全非的异变。其次，就创作主体来看，虽然都存在一个主体转换问题，但改编者与原作者的时空距离不同。经典文学作品的电影改编者往往是后来者，与经典作品原作者存在一定的时空距离。由于时代、环境、艺术潮流与观影时尚等的变化，经典文学电影改编通常要处理好由时空距离造成的对文本意义理解和接受上的差异问题。而 IP 电影剧本作者与网络原创作品作者大多具有同期性，时空距离较小或者根本不存在。时空距离不同，会造成改编者对原作的不同期待视野，以及与原作视野的不同融合度。最后，就观影者即受众来看，经典文学改编电影的受众比较广泛（包括不同年龄、不同性别、不同文化水平、不同族群以至不同国度的受众)，而IP电影的受众往往是比较固定的人群，首先来自原创网络文学的读者群体，有一种“吸粉”效应在其中发挥作用，受众的同质化现象比较突出。

除去上述同中有异的方面，经典文学改编电影与IP电影的不同更表现在意蕴、创意和运作方式等方面。首先，经典文学改编电影与IP电影作为艺术的创造，当然都是含有意蕴的。然而，经典文学改编电影大多具有丰广的社会历史内容和深刻的人性意味，而来自网络文学创作的IP电影其意蕴则相对单薄、肤浅。特别是中国大陆近年来的IP电影，如前面提到的《盗墓笔记》《三生三世十里桃花》等大都是关于盗墓、仙幻、武侠等类的东西，虽有天马行空的想象自由，却欠缺切入现实、撕裂人性的生活质感和人性深度。其次，在创意出发点上，经典文学改编电影依然是严肃的艺术创作，追求艺术的认识、教育和审美价值；而IP电影的认识、教育功能萎缩，审美功能特别是娱乐功能非常突出，大部分作品存在脱离现实、缺乏人间烟火气的弊病，而且淡化甚至排斥作品的教育意义，家国意识、道德意识薄弱，在俊男靓女的卿卿我我、打打闹闹中追求一点小悲欢、小情调，或者干脆就是图个乐儿，艺术的精英性、严肃性一面大大弱化，大众性、狂欢性成为主导追求。最后，在运作方式上，经典文学电影改编的运作模式是从一种艺术创作形式向另一种艺术创作形式转换，整个运作都是在追求“艺术”，这一点在中国大陆早前的电影体制中表现尤为突出，而IP电影的运作基本上是文化产业的运作模式，资本的介入与盈利的追求使其染上浓烈的“铜臭味”，这反过来进一步加剧了其朝向大众性、娱乐化的一路狂奔。

基于上述的简要分析，中国影视界对于IP电影需要加以辩证对待。一方面，作为影视艺术生产的一股新兴力量，应该充分重视它给当代影视艺术生产带来的冲击与活力，从一定意义上说，它是新的艺术增量，也在一定程度上是对传统精英式生产体制的突破，是对艺术生产力的解放。充分发挥其中隐含的艺术潜力，对于营造多元、多样的艺术生产与接受格局，形成不同艺术观念、艺术取向、艺术趣味之间的和谐共生，将是十分有益的。比如，IP 电影在叙事方式上的天马行空、极度自由，在人生追求上的情感至上，在审美趣味上的唯美唯乐，等等，都是对传统电影艺术创作的突破与拓展。因此，IP 电影有那么多的受众群体，特别是在年轻观影群体中有海量的“粉丝”，是有一定理由的，不能小觑。另一方面，IP 电影以及同类型的电视、游戏作品，的确存在以上所述的种种问题，这就使得此类作品与时代精神和时代核心价值之间存在距离有的甚至可以说在世界观、人生观、价值观上存在很多所谓“三观不正”的问题，故而其品位与质量始终难尽人意，或者说始终处于令人生疑的状态。尽管有相当多的“粉丝”如痴如醉，铁杆追捧，但另有很多人却视而不见、极为排斥，担心其对时代精神价值的污染和对艺术趣味的败坏。对此，业界与学界必须给予应有的重视并努力求得化解之道。

（本文为 2018 年 10 月 1—3 日参加美国南卡罗莱纳大学孔子学院等主办，肯尼索州立大学孔子学院协办的“第九届中国电影国际论坛：‘电影、艺术与文学’”会议提交论文并作大会发言）

A Comparison of Movies Adapted from Classic Literature and IP Movies

Tan Haozhe

Abstract Recently, “Intellectual property movie”(IP movie) has gradually turned to be a key word in the field of Chinese film and television. The plots of this kind of movies usually stems from Chinese internet novels, while the former adapted movies preferred to use classic literary works as their chief source of creation. Generally speaking, there are both similarities and distinctions between these two kinds of adapted movies. On the one hand, both of them are forms of "Second Creation" in fact, and that certainly means the creation subjects of the original literary works and adapted movies are different. On the other hand, the distinctions mainly appear in the five aspects as follows: the correlation degree of adapted movies to the original literature works, the distance of time and space between adaption subjects of movies and authors of original literary works, the aims of creation, the pursuit of cognitive, educational and aesthetic value of art, the operation of mode of artistic creation. Based on the analyses mentioned above, the paper deems that the phenomenon of "IP movie" are supposed to be treated dialectically, and that reminds us to leave praise to this kind of movies for its promotion to the development of Chinese artistic productivity and relations of production, however, we also hold duties of taking the violations against the spirits of the times in IP movies into account and trying to find approaches proper of settlement.

Key Words Adapted movies; IP movies; second creation; aesthetic connotation

Author Tan Haozhe is a professor and director of Research Center for Literary Theory and Aesthetics, Shandong University, China, with main research interests in Marxism literary theory, artistic aesthetics and aesthetic education.

略论电影叙事与文学叙事之区别

王汶成

摘要 自后现代新历史主义学派强调历史研究不过是对历史的一种叙事之后,叙事学的视角就成为人文学科领域的一个重要研究方法。以往电影叙事与文学叙事的比较研究大多寻求两者间的共同点，本文试图改换一下思路，侧重讲电影叙事与文学叙事的不同之处，以便从理论上凸显电影叙事的独特优势，从实践上发挥电影叙事的独特魅力。电影叙事与文学叙事的根本区别在于它们所使用的媒介不同。文学叙事所用的媒介是语言，电影叙事所用的媒介是镜头。也就是说，文学是用语言话语叙事的，电影是用镜头影像叙事的。正是这一根本区别决定了两种叙事在叙事内容和方式上的诸多差异，由此也造成了两种叙事在叙事主体以及接受者叙事功能等方面的差异。

关键词 电影叙事；文学叙事；叙事媒介

作者简介 王汶成，男，山东大学文艺美学研究中心教授、博士生导师。

自从新历史主义学派强调历史研究不过是对历史的一种叙事之后，叙事学的视角就成为人文学科领域的一个重要研究方法。从这个视角着眼，人类的一切文化创造认识活动都可理解为一种叙事活动。既然历史是叙事，那么文学、电影等就更是一种叙事了，于是就有了后现代的文学叙事学、电影叙事学。因为电影的产生毕竟仅有一百多年的历史，所以在谈到电影叙事时，一开始大都向文学叙事看齐，寻求两者之间的共同点。本文试图改换一下思路，侧重讲电影叙事与文学叙事的不同之处，以便从理论上凸显电影叙事的独特优势，从实践上发挥电影叙事的独特魅力。

电影叙事与文学叙事的根本区别在于它们所使用的媒介不同。文学叙事所用的媒介是语言，电影叙事所用的媒介是镜头。也就是说，文学是用语言话语叙事的，电影是用镜头影像叙事的。正是这一根本区别决定了两者在叙事内容和方式上的诸多差异。

从叙事内容上看，两者都是叙述一个故事，这故事可以是已经发生的事，也可以是虚构的可能发生的事，还可以是纯幻想的不可能发生的事。但由于两者所运用的传达媒介不同，文学运用语言传达故事，语言是抽象的，因此文学不能直接传达这一故事的可见之形象，如故事中场景人物的形象，这种可见形象必须通过读者或听者的“解码”间接地获得；而电影使用具象性的镜头影像传达故事，它可以直接传达故事的可见形象，但又无法直接传达故事的内在蕴涵，如故事中人物的所思所想等，这种内在蕴涵只能通过可见形象间接传达出来。于是，这就造成了两种叙事在内容上的差别：文学叙事更善于揭示事件间的因果联系、生活场景的内在含义以及人物个体的心理世界，总之，更善于揭示那些不可见的无形之物；而电影叙事则更善于昭显事件之间的交替接续、生活场景的氛围风貌、人物个体的神情言行，总之，更善于昭显那些可见的有形之物。这个差别只要稍微对照一下《红楼梦》小说与改编过的《红楼梦》电影，即可见出。

此外，叙事媒介的不同还直接导致到叙事方式的不同。文学用言语叙事，因而它叙事的基本方式就是“讲述”。可以说，任何文学叙事文本通篇无非都是讲述，但如果细分一下，讲述又可区分出“概述”和“描述”两种形式。譬如下面两段话，“老刘头吃完饭后，给老伴打声招呼，就出去散步了”，这是概述；“老刘头放下筷子，折了一根细细的扫帚苗，一边用它剔着牙，一边对收拾碗筷的老伴说：‘出去遛遛。’话音未落，他已悠悠地走出了门”，这就是描述了。柏拉图在谈论荷马史诗时就提到过“讲述”具有两种形式，一种是诗人“以自己的身份说话”，他称为“单纯叙述”，即我们说的“概述”；一种是诗人“站在当事人的地位说话”，他称为“模仿叙述”，即我们说的“描述”。柏拉图随即指出“酒神赞美诗”主要采用“单纯叙述”，“悲剧和喜剧”主要采用“模仿叙述”，而“史诗”则兼用“单纯叙述”和“模仿叙述”两种形式①。

但是，与文学相比，电影的叙事方式迥然不同。如果说文学的基本叙事方式是“讲述”，那么，电影的基本叙事方式就可归结为“展现”，这当然也是由电影叙事媒介的具象性所决定的。“展现”即展示呈现的意思，是说电影用镜头影像直观地展示故事，而不是像文学那样“讲述”故事。那么，电影是如何“展现”故事的呢？电影展现故事也可细分为两种形式，一种是“声像演示”，一种是“镜头组合”。“声像演示”可视为电影叙事的外在形式，它通过外景设置、演员表演、影片录制等工序而将故事中一系列的场面、人物、事件接连不断地演示出来，使观众“看到”故事发展的整个过程。“镜头组合”可视为电影叙事的内在形式，它根据电影的叙事意图，运用各种所谓“蒙太奇”手法，对录制的全部镜头进行重新排列组合（剪裁拼接、倒错闪回、虚实相间、真幻交汇等），以便从更深层次展现所叙故事演变的内在逻辑和思想意蕴。所以，平时所说的“蒙太奇”不能仅仅理解为电影特有的一种表现手法，它实际上还是电影特有的一种深度叙事形式，缺少这一深度叙事形式，电影只能停留在早期活动画面的好看、好玩上，而不能成为一种真正的叙事艺术。正是因为在“声像演示”的基础上创造了“镜头组合”的深度形式，电影叙事才得以克服叙事浅表化的缺陷而获得某些超越文学叙事的优势，也获得了与文学叙事并驾齐驱的地位。

电影与文学叙事媒介的不同不仅导致了叙事方式的差异，还由此造成

① 参见［古希腊］柏拉图《文艺对话集》，朱光潜译，人民文学出版社1983年版，第47—56页。

了叙事主体以及接受者叙事功能等方面的差异。叙事主体的问题是确定谁在文学中“讲述”故事、谁在电影中“展示”故事。文学的叙事主体比较明确，例如，第一人称的小说，叙事主体就是故事里的“我”；第三人称的小说，就是故事外的讲述人，这个讲述人显得无所不知，即经典叙事学中说的“上帝”叙述人。但在电影里，到底谁在“展现”故事，就不是那么清楚了。按前面说的，“展现”是“声像演示”和“镜头组合”两种形式的结合，似乎包括编导、演员、摄影、剪辑等在内的所有剧组人员都参与了“展现”故事的工作，都应该算作电影的叙事主体，尽管这些叙事主体各自所起的作用不一样。这样一来，电影的叙事主体与文学的叙事主体就有了巨大差别。笼统地说，文学的叙事主体比较单纯，一般只有一个讲述者在说话，当然这个讲述者的背后还有作者，是由作者设定的，但作者在叙事中总是隐身的、不出场的。而电影的叙事主体就比较复杂，是一个群体性的构成，虽然编导在其中起着主要作用，但编导与其他叙事主体一样，都是电影叙事活动的在场参与者。

所谓接受者的叙事功能，是基于当代新叙事学的这样一个观点：从认知心理看，叙事的接受者不是被动的，他们在接受中也参加了叙事活动，叙事活动的完成是叙事者和接受者通力协作的结果。应该说，这种情况在文学叙事中体现得比较明显，因为特有的叙事媒介决定了文学叙事文本必是一个话语结构，依照现象学的观点看，这种话语结构充满了“空白”和“不定点”，需要读者或听众经过较准确的“译码”和“解码”达到更主动的“填补”和“确定”。因而，成功的文学叙事活动要求读者或听众发挥更强大的叙事功能。与此相异，电影叙事媒介决定了电影叙事文本是一个“声像”结构，这个结构又是由表层的声像直观与深层的“蒙太奇”阐释叠加而成的。如果两个层面协调不好，很可能将观众的审美注意力停滞在声像直观上，从而大大限制观众的叙事功能的发挥。由此看来，如何针对特定的观众，将声像直观与镜头组合恰当而巧妙地统一起来，以便最大化地激发观众的叙事功能，就成为当代电影叙事学研究的一个重要课题。

Research on the difference between Film narrative and Literary narrative

Wang Wencheng

Abstract Since the post – modern neo – historical school emphasized that historical research is just a narrative of history, the perspective of narratology has become an important research method in the field of humanities. In the past, the Comparative Study of Film Narrative and Literary Narrative almost sought common ground between the two fields. This paper attempts to change the thinking and focus on the differences between film narrative and literary narrative in order to theoretically highlight the unique advantages of Film Narrative and in order to emphasize the unique charm of film narrative in practice. The fundamental difference between film narrative and literary narrative is based on the medium they use. The medium used in Literary Narrative is language, and the medium used in Film Narrative is short. That is to say, literature is narrated in language discourse, and film is narrated with lens and images. It is fundamental differences that determine the many differences in the narrative content and methods of the two narratives, and thus cause the differences between the two narratives in the narrative subject and the recipient's narrative function.

Key Words Film Narrative; Literary Narrative; Narrative Medium

Author Wang Wencheng, Male, Professor and doctoral tutor of the Center for Literature and Aesthetics, Shandong University.

从中西电影比较中看华语电影意境的呈现

周　琳

摘要　电影技术起源于西方,中国电影自一开始就是舶来品。但是，中国电影又因其不同于西方的文化背景而在起源时就具备了与西方电影截然不同的气质。本文从比较中西电影的起源、对电影本质的不同认知出发，探讨意境应用于华语电影的必要性和可能性，进而探讨在好莱坞文化日益占据世界电影文化主流地位的背景下，华语电影如何借助对“意境”的展现而呈现出独特的艺术价值，成为兼具审美性和实用性特色鲜明的艺术流派。

关键词　东西方文化观；意境；华语电影

作者简介　周琳（1980—　），山东大学人文项目主管文艺美学研究中心博士生。

当下华语电影，因为传统文化的影响，在电影中期求达到一种诗的优美意境，即像西欧电影一样追求电影的审美艺术性。但又在好莱坞商业大片的冲击下，走模仿的道路，制作华丽，却未能达到好莱坞情节设置的引人入胜，从而将自己推至进退维谷的境地。然而，只要往前二十年，我们就可以看到，当时的华语电影所呈现出的艺术价值在全世界都有其独特性，且不说《黄土地》《霸王别姬》《卧虎藏龙》这种被世界主流电影节屡屡认可的第五代导演作品，回看电影在中国方生未艾之时的《小城之春》《早春二月》，乃至《林家铺子》《青春之歌》都洋溢着独特的中国传统文化特色，例如《小城之春》在纯电影中秉承着传统的戏曲美学，写情细腻婉转，动静相偕，独白与对白都简洁生动，又和谐一体，成为世界电影史上不可忽视的一抹亮丽色彩。站在当下的角度回望历史，并非是厚古薄今，而是在电影技术日益成熟的今天，华语电影要突破西方电影思维的束缚，就必须扎根自身文化传统，创造出属于自身也符合自身的艺术表达方式。从这个意义来说，追本溯源，比较中西电影在本质上的区别是极其必要的。

一 东西方电影观念的碰撞

电影作为上层建筑之一，要受政治、经济等各种社会因素的影响和制约。20 世纪东西方政治经济的巨大差异在电影上有着鲜明的体现。有人说，20 世纪是西方的世纪，电影的情形在一定程度上也是如此。堪称权威的乔治·萨杜尔的《世界电影史》，仅有不到六分之一的篇幅对东方电影有所介绍。正如该书中所说："1940 年以前，欧美人对东方电影的存在几乎完全无知。"在电影的雏形期，电影基本上是法、英、美、瑞典、意大利等西方国家的专利。华语电影实际上是由西方电影家所开创的。但是，这并不意味着华语电影的起源是对西方电影亦步亦趋的模仿，正如萨杜尔所指出的，不同地区的电影"大部分曾经经历过一种独特的和富有成果的发展"①。不同的文化背景具有决定性的意义。电影作为一种文化载体，必将体现特定时代、民族、地域和国家的生活文化，从而形成自身独特的面貌。因此，尽管电影产生于西方并由西方传入东方，民族文化和传统的巨大惯性，还是使东方电影形成了足以标志自身存在的独特风格。

东西方电影观念的差异首先表现在对电影艺术的认识上。一个值得研究的现象是，几乎所有的东方国家的早期影片都来源于传统的戏剧。中国

① ［法］乔治·萨杜尔：《世界电影史》，中国电影出版社 1995 年版，第 565 页。

最早的影片是1905年摄制的《定军山》，电影导演几乎原封不动地将京剧《定军山》的演出过程搬上了银幕，其间很少导演自己的创意，但也正是因此，中国早期的电影就先天性地带有传统文化的基因，影戏中的符号、影戏传统、色彩、程式乃至意境的营造都在电影中毫无保留地呈现了出来，成为接下来电影创作的根脉。自此，电影史学家明确把“影戏”认定为中国人认识电影的核心概念。只要梳理一下20世纪以来华语电影中的优秀影片就可以看出，传统文化的基因是一以贯之而且无法驱除的。即便是深受好莱坞叙事方式影响的李安，在拍摄《卧虎藏龙》时，还是很鲜明地体现出中国传统文化中对“意境”的重视。

而西方电影从一开始就表现出一种对传统艺术的背叛。卢米埃尔几乎是无所依傍，将目光投向广阔的现实生活。即便是梅里爱，他率先以戏剧的艺术来叙述故事，并把电影引向了戏剧的道路，但正如萨杜尔所指出的那样，他的这种应用也并不永远是机械的，例如他以照相的特技来代替舞台上的机械装置。同时，由于无声电影的需要，梅里爱也特地为演员们发明了一种新的演技。也正是因此，西方电影在当代，将对技术的追求、特效的呈现发挥到了极致，而对深入人心的细微内敛的情绪的表达总是略显不足。

这一现象的实质是东西方对电影的不同理解和认识。在东方，电影几乎是不被怀疑地看作一门艺术，但这是以它依附于其他传统艺术作为代价的。人们并未意识到电影是一门全新的艺术。在电影产生的头三十年里，“西洋影戏”“电光影戏”是中国人对电影的通用称呼，这表明人们是把电影当作戏剧的一种来看待的。周剑云在为中国最早的电影杂志《影戏杂志》第2期（1921年11月）所写的序言中，第一句话就是“影戏是不开口的戏，是有色无声的戏，是用摄影术照下来的戏”。即使有部分人如徐卓呆一样，意识到电影是一种“独立的兴行物”，但他们仍然固执地认为电影“从表现的艺术看来，无论如何总是戏剧。戏之形式虽有不同，而戏剧之艺术则一样”。①

而在西方，法国和美国的电影理论工作者在电影诞生伊始就指出，电影和戏剧有所不同，电影有其独特的表现的美。堪称世界上最早的电影理论家的德国人雨果·明斯特贝格虽然也把电影看作戏剧的一种，但他更看重的是电影对戏剧艺术的背离。他认为，电影在其发展的过程中，增添了许多在摄影技术上是可行的因素，而它们在剧院里却是不可能实现的。他精辟地指出：“这些（电影特性）说明电影剧的发展不是为了用活动照相更完善地去复制舞台剧，而是要使它本身成为完全脱离开剧院的一种艺术。”法国人卡努杜也在《画面的工厂》一书中指出：“不要把电影去和戏剧对比，因为这是不可能的。”在其后的几十年中，西方一直努力使电影脱离传统艺术的依附，寻求建立一种真正的电影语言与语法。而在中国，电影则被看作是许多传统艺术的综合，电影 = 文学 + 戏剧 + 绘画 + 音乐，曾经是流行而毋庸置疑的观念。

对电影与戏剧关系的不同理解正是一个例证，它在一定程度上表明了东西方电影探索的不同道路。东方电影更多地受到传统艺术的影响，这种影响是多重的。东方影片正是在传统艺术的基础上形成了自己的诗画意境，赢得了一定的国际声誉。但在某种意义上，这种影响可能成为一种束缚，从而限制我们对电影本体的探索，这一点我们将在后文着重探讨。

东西方电影观念的差异还体现在对人价值的不同认知。不同的文化背景决定了东西方电影内含价值观念的迥异。东方文化以家庭为本位，团体的利益永远大于个人的需要。唐纳德·里奇写道：“父亲很爱自己的儿子，但他必须照看好其主人的少爷，敌人来了，索要后者的脑袋，他终于让敌人砍下自己孩子的脑袋——这种悲惨的事情只有日本歌舞伎的观众才能想

① 钟大丰：《论“影戏”》，《北京电影学院学报》1985 年第 2 期。

象出来。”① 其实，非唯日本歌舞伎，这种情形在中国等其他东方国家的艺术中也是屡见不鲜的。西方文化则以个人为本位，即使不能说个人比团体更重要，至少也是同等重要的。

用中国影片《英雄》与好莱坞影片《拯救大兵瑞恩》来比较是极富意义的。在《拯救大兵瑞恩》中，我们看到的是一个集体为拯救一个个体的生命而努力；在《英雄》中，我们看到的是个体为了集体的利益而牺牲。《拯救大兵瑞恩》与《辛德勒名单》比较相似，《辛德勒名单》中彰显了一个生命的价值对于全世界有多么重要，一个活下来的生命会在将来产生涟漪效应，影响到大家；同一个人如果被杀害，涟漪也会扩展，在将来影响到大家。就像《辛德勒名单》里的一句话：“拯救一个人，就是拯救全世界。”而中国特殊的文化背景，则正好与此相反，即集体利益大于一切。举例来说在对待生命、对待生活上，中国人通常把个人生命看作一种手段，用我一生去达到某个目的，说为了历史，为了“天下”，为了家庭和种族，等等；因为西方人讲究个人主义，西方人普遍认为个人生活是一种目的，是一种值得追求的幸福，这就成就了两部价值观完全不同的电影。

在对电影功能的理解上，东西方同样存在着巨大的分歧。东方国家始终强调电影的认识教育功能，这以中国尤为典型。这种对电影功能的理解与中国传统文化密不可分。自宋代开始，文学艺术就被赋予了“载道”“体道”“兴观群怨”的社会功能，发展到电影这一艺术门类，其教化、宣传功能是电影这种展现意识形态绝佳的形式所不会也不能推脱的“使命”。可以说，在很多电影中，这种认识教育功能的发挥是成功而有效的，但不可忽视的是有些中国电影为了追求教育功能而在一定程度上忽视了审美功能，在深刻的内涵和深远的意境追求上略有不足，进而如宋明以来着重说

---

① ［美］P. F. 帕歇尔：《东西方相会——〈卡萨布兰卡〉与〈七武士〉相比较》，《世界电影》1995 年第 2 期。

理的枯燥文章一样，被历史遗忘。

与中国电影类似，西方电影尤其是美国电影在宣传其主流意识形态方面，也发挥到了极致。以好莱坞为核心的美国工业体系，几乎每一部电影都展现出了资本主义自由、平等的精神内涵。但与中国电影不同的是西方电影娱乐功能也被强化到了极致。无论是剧情上还是特效上，好莱坞电影对故事高潮的设置完全符合人的娱乐需求，以极其套路化和商业化的模式，为观众提供两个小时的梦境营造，在这期间，观众的欲望得到极大满足，情绪得到充分释放。但是，在梦境结束之后，其可回味的、可留恋的、可探索的空间并不大。可以说，在美国人看来，电影在本质上是一门工业、一种商品、一种生产供人娱乐的商品的工业，前任华特迪士尼公司CEO 迈克尔·艾斯纳的观点很典型，他说："我们想到的只是大家都喜欢玩，我们就来改善他们的休闲生活，我们拍片子是为了让大家高兴。"由此，观众是上帝，观众永远是对的。确保观众有足够的耐心和兴趣坐在黑乎乎的影院里，这是任何一部好莱坞影片的制作原则。由此，叙事成为其主要的表现手段，这是与人类极爱讲故事、听故事的天性相关的。好莱坞影片中的所有电影元素都服务并从属于叙事。它调动一切技巧要使观众留意影片所讲述的故事。镜头间的空间关系一定要清楚，以使观众完全进入故事所设的情境；故事时间的分段通过剪辑来操作，以排除无叙事意义的事件；运用特写以使观众的注意力集中到影片的对白上来，而很多叙事是通过对白来展开的。对于好莱坞来说，一部影片的完成意味着它对观众的迎合程度达到最大化；一部影片样式的生产与否在于它是否还有吸引观众的潜力，只要这种潜力尚未枯竭，这类影片便永远不会退出舞台，这也是好莱坞始终在重复自己的根本原因。

正是因为华语电影与西方电影在电影本质、价值观和功能上存在着巨大的差异，当下华语电影在亦步亦趋模仿好莱坞的电影模式时就遇到了诸多阻碍。以创造出华语电影高峰的第五代导演为例，进入21 世纪之后，陈凯歌、张艺谋、冯小刚分别拍出了好莱坞式商业大制作的《无极》《英雄》和《夜宴》，但是因为背离了传统文化的本质而将自身置于国内和西方都不认可的尴尬境地。回望华语电影自诞生以来的成与败，其原因是有很多的，而电影归根结底是一种艺术表达形式，有其独特的语言，本文想从影响了中国传统文化几千年的“意境”这一“语法”出发，探讨如何借助传统让华语电影在未来焕发出新的夺目光彩。在此之前，首先要讨论的是意境在电影中应用的可能性。

二 意境是中国电影独特的美学特征

意境，是指艺术作品中“所表现的主观的生命情调与客观的自然景象交融互渗，成就一个鸢飞鱼跃，活泼玲珑，渊然而深的灵境”①。中国传统文化中，素来有借景抒情的传统。这一传统来自“天人合一”“道法自然”的世界观，“以我观物，故物我皆著我之色彩”，在传统的诗画中体现得尤为明显。无论是陶渊明的“采菊东篱下，悠然见南山”，还是王维的“明月松间照，清泉石上流”，还是欧阳修的“泪眼问花花不语，乱红飞过秋千去”，都是借助景色展现出作者内心或恬淡，或闲适，或悲伤的感情。文人画同样如此，近代陈衡恪认为“文人画有四个要素：人品、学问、才情和思想。具此四者，乃能完善”，就充分说明了画作以意境营造来抒发情感的本质。

从当代文学理论来看，中国诗学意境中的“景外有景”和“境生象外”与伽达默尔的视界融合乃至效果史概念颇有相通之处。因为，所谓意境，其实质就是意识所达到之境界。视界融合表明，个人存在在想象中向历史存在靠拢的同时参与历史存在。也就是说，作品接受中的视界或者说

---

① 宗白华：《中国艺术意境之诞生》，《艺境》，北京大学出版社1987年版，第151页。

境界，永远是融合性的。中国美学所描述的“境生象外”和“景外有景”，正是发生在这种融合的过程之中，从而保证了作品的“言有尽而意无穷”的特点，以及作品的历史性生存与拓展。所以，视界融合的意义就在于，对作者而言，潜在的个人视野变成了历史视野；对接受者而言，潜在的个人视野在参与历史视野的过程中被拓展了。

巴赞认为，“艺术上的‘写实主义’无不首先具有深刻的‘审美性’”。将深刻的生活内容和导演真实的思想感情融入自然朴素的笔触之中，无疑具有一种蕴蓄之美。诚如斯坦利·梭罗门在《电影的观念》中所说，任何一种视觉艺术都必须能够使我们更清楚地或更深刻地看到某种东西，才能有存在的理由。也就是毕加索所说的“应当表现画作下面的画作”。在艺术世界里，倘若只反映物质世界的外壳，而不能透过外在“皮相”显露其内在的“精”“气”，也就是说，具有一种蕴蓄于表层下的深刻意境，严格地说，并无存在的价值。

苏联电影大师爱森斯坦曾说：“就其对事件的纯情节性的蒙太奇而言，与电影本性最为接近的依然是东方艺术。”① 在东方艺术中，他对中国和日本的艺术，尤其是绘画艺术，见解新颖而独特。他在谈到影片《战舰波将金号》里的敖德萨港之雾时，说它是“联结纯绘画与新电影的声画结合的音乐的中间环节”。为此“回顾一下这类风格手法的过去的传统，是很自然的和完全有理由的。‘眼睛的音乐’在远东——中国和日本——的艺术中有着高度的繁荣。在风景画中尤其丰富多彩。这方面最为完美的典型可以在中国看到，这不应使我们感到惊奇。须知只有在中国，甚至在文学中都有这样一种现象，即诗不是声音的诗，而是纯粹图形的诗”。

爱森斯坦对中国绘画的兴趣与认识当然不止这些，他还说：“我所以举出中国风景画来谈，还因为令我感兴趣的不仅是风景画的情调性，而首

① ［苏］爱森斯坦：《并非冷漠的大自然》，中国电影出版社1996年版，第326—327页。

先是它的音乐性，也就是说，是那样一种‘并非冷漠的大自然’”。[①] 于是他得出结论：“现在我们回顾一下过去就能确信，《战舰波将金号》里的‘雾’继承了中国所开创的，后来又传入日本的古代中国风景画的传统。……最古老的风景画形式之一是中国的绘画长卷——横向展开的无限画幅（几乎是电影胶片）的风景全景。这既是狭义的‘全景’（‘摇镜头’），即电影中所指摄影机沿轨道移动拍摄不断更替的事件与场景的那种镜头；这还是另一意义上的‘全景’，即整个画面不是一览无余的，而是连续地从一个独立情节转入另一个情节，从一个片断转入另一个相邻的片断，也就是说作为由个别画面（镜头）融合为一的流而呈现在人们面前。使人觉得，这风景是在沿河流移动中，从沿两岸缓缓滑行的小船上来画的。”

中国画对爱森斯坦有启示意义的还有，“750 年前后，玄宗非常怀念四川嘉陵江两岸风光，于是命吴道子前往绘成画卷。吴道子空手返回，未作一幅草图。皇帝问他时他答道：‘我已画之于心。’遂去一宫中用一天时间画出百里风景”。[②]

“未作速写和草图曾使皇帝大感惊异，这一点却清楚地说明了，画家感兴趣的首先是沿河风景的情绪气氛和情调更替，而不是河岸景物的纪实。完全与此相同，摄影机拍摄了敖德萨港那被疏淡阳光照射着的晨雾的某些细部，以寻求与哀悼主题相协调的情绪，不是为了借此构成对敖德萨市港口设施的地形图解，而是要构成敖德萨滨海大街上一个哀悼场面的开场部分。这种情绪的绘画长卷究竟是什么呢？大概没有人在描述中国的风景画时会不去对它们做音乐的解读、音乐的诠释，不去采用音乐的术语

① ［苏］爱森斯坦：《并非冷漠的大自然》，中国电影出版社 1996 年版，第 292—299 页。

② 罗艺军：《C. 爱森斯坦与中国文化艺术——纪念中国电影评论学会成立 30 周年》，《中国电影评论学会成立 30 周年学术论坛论文集》，2012 年版，第 19 页。

的，去表达它们给人的一般感觉。从音乐上去体会它们的节奏与旋律性结构。”①

而且爱森斯坦还进一步发现，中国的这种绘画也成了时间的艺术，遵循音乐原理的时间艺术。他还引用恩斯特·迪茨的话，说：“……流水一经成为绘画的对象，立即带来了运动的概念……从一事物转入另一事物的节奏，动机不断变换的节奏，令画面充满线条起伏的动感。就像潮涨潮退的有节奏的变换一样，一事物继之以另一事物，而与此节奏相呼应，则是山峦的线条起伏和形态变化。于是这里就产生了各种元素不断有节奏地更替和相互依存的艺术。……早在唐代，绘画中便已摈弃了原先对细部的平涂而改为对平面的丰富多样的有色调差异的精细处理。……人们完全有理由把这一独特的造型结构方法同西方伟大音乐家对声音的结构相比拟：把李思训和王维比作贝多芬和莫扎特；把宋代的绘画大师比作舒曼和格里格；把明代的画家比作门德尔松和梅耶贝尔，比作韦伯和李斯特。”从而表示爱森斯坦对中国传统哲学和美学的敬仰与借鉴。

特别难能可贵的是，爱森斯坦还从绘画的表象追本溯源，寻到它的根。他说：“与伊丽莎白时代的‘四元素’（气、水、地、火）体系的世界观不同，中国人的世界观不仅奠基于这些元素（在中国是五行），而首先是奠基于‘两仪’的相互作用，即著名的阴阳的相互作用……世界是通过贯穿于全宇宙的两大对立始元的相互作用而构成、存在和运转的。……在不同领域中，这两大始元表现为不同的形态，但其相互作用的本质始终如一。按照中国人的学说，这就是女性（阴）和男性（阳），一切现象均此分类。一些属于阴，一些属于阳。例如：明与暗，虚与实，柔与刚，动与止，躁与静，浊与清，等等。”接着，爱森斯坦将这一原

① 罗艺军：《C. 爱森斯坦与中国文化艺术——纪念中国电影评论学会成立30周年》，《中国电影评论学会成立30周年学术论坛论文集》，2012年版，第20页。

理用于解释中国的绘画，“两大始元的相互作用、相互交替与相互渗透（按照中国人的学说，世界万物均以此为基础），便是风景画的视觉音乐结构发生演化的基础”①。

中国的绘画能够给电影大师爱森斯坦如此大的启发，我们也从中可以看出，意境融入中国当代电影的必要性。而回顾华语电影诞生初期的经典影片就会发现意境这一言语范式在很多导演的镜头下被或自觉或不自觉地广泛应用。

三 意境在中国电影中的应用

借助意境抒发情感的传统在早期的华语电影中得到了充分的体现。导演费穆把西方舶来的电影当作托物言志、借物喻理传播的载体。在代表作《小城之春》中，费穆舍弃了西方现代电影中常用的对切、闪回、特写等镜头运用方式，在一开场就用镜头铺展出城墙、小道、流水、春枝，用白描手法展现出中国诗词的意境和韵味，让人联想起“枯藤老树昏鸦，小桥流水人家”“鸡声茅店月，人迹板桥霜”这样的古典意境，从整体上呈现出旁观、感悟的审美倾向。而在他的《春闺断梦》中，费穆采用同床共眠的两名女性的三段噩梦，来展现战争的残酷与国民不屈的抗争。两人梦中的秋海棠叶子、头上长角的恶魔、熊熊燃烧的烈火等，均成为情绪的外化象征物，让电影在不写现实的情况下，更加意味深厚地展现出对现实的批判。

在20世纪五六十年代的华语电影中，如《祝福》《青春之歌》《林家铺子》《舞台姐妹》等都可以看到意境的营造以及对传统美学特质的探索。到80年代，这一传统在第五代导演身上得到延续。陈凯歌的《黄土地》、

① ［苏］爱森斯坦：《并非冷漠的大自然》，中国电影出版社1996年版，第309—317页。

张艺谋的《红高粱》、田壮壮的《猎场札撒》无一不体现出传统诗学和美学的运用。《黄土地》通过不平衡构图的表达方式，阐释了影片中劳动人民对于天地的依赖，“安塞腰鼓”“求雨”的段落也正是运用传统的民俗祭祀形式，将意境的内在含义潜藏于影片的深处。吴贻弓导演1983年的《城南旧事》也是意境营造的典型代表。僻巷的驼铃、挑担剃头的情景、沿街的卖唱、井台的打水、小学生放学的画面，导演以舒缓的节奏，营造出一种近乎中国水墨画般宁静、淡泊、简约的意境，在悲剧氛围中散发出浓浓的诗意。

意境是由意象组合而成的整体结构，其突出特点是景中有情，情中有景，最终指向是心灵之境与精神之境。电影因其直观的视觉和听觉效果，在言语的多面性、开放性、流动性上具有与生俱来的优势，能够更为自由地构建精神审美时空。因此，在电影中营造意境，是可能的，而且对抒发感情是必要的。早期的华语电影因为其深厚的传统文化素养，几乎是毫不犹豫也不自觉性地将意境引入了电影表达之中，从而创造了华语电影从五六十年代到八九十年代的一个艺术高峰。

进入21世纪，现代媒介技术发展不断改变着电影的技术语境，也让观众的感官认知方式和审美趣味发生了极大的变化。“在农业社会作为文化的精神追求而存在的社会效应，在工业时代则变成了手段，变成了实现工业社会生产的物质追求——商品价值的手段。这一点，正是现代文化观念对传统美学的重构：美的形式取代了事物的本质，而事物的本体内涵反而成为美的形式的附加值。”① 以美国电影为代表，3D、iMAX等技术的运用让观众能够融入电影营造的场景当中，其强大的文化输出在不断改变着华语电影的价值观念和审美情趣。这种强势的影响一方面让华语电影的技术制作日益精良，大制作的商业电影层出不穷；但是另一方面，技术的发展

① 高鑫：《21世纪中国电视文化生存》，中国国际广播出版社2006年版，第167页。

并不能拓宽华语电影意境营造的审美边界。纵观21世纪以来，经过近二十年的发展，华语电影在艺术成就上只有零星几部达到了极高的艺术水准，绝大多数都在好莱坞模式的挤压下，失去了自身的艺术价值追求，从而出现了烂片层出不穷的亚健康行业发展生态。

然而，危机之下，往往蕴含着转机，在平面的、快餐式的感官“盛宴”逐渐消解传统“文以载道”精神的现状之下，诸多有追求的电影人仍旧在探索和坚守着，力图通过意境的营造再次唤醒观众内心的诗意，让华语电影焕发出新的生机。侯孝贤的《刺客聂隐娘》对于意境的塑造达到了炉火纯青的地步；青年导演毕赣在《路边野餐》中，通过长镜头营造的如梦如幻的西南景色，将时间和空间消融于镜头之下，同样给观众以深刻的生命意味的体悟。电影的建构功能和审美功能仍旧在延续，电影文化仍旧有其自身的生存空间。

作为中国传统诗学的核心，意境已经融入中国人的文化血液。所以，一句“自在飞花轻似梦”就可以唤起浓浓的思乡之情，一句“大江东去浪淘尽”就忍不住浮想历史风云与时光无情。从文化基因来说，华人在全世界是独一无二的，这种将事和情放在景中来言说的“高概念”语境，为故事的讲述留下了无穷的探索空间。正是从这个意义来说，华语电影的未来是无限的，华语电影的艺术魅力也是无限的。当故事不再局限于一个叙述模式，文化的意蕴就有了依托之所，电影就有了新的生机。

参考文献

［1］［法］乔治·萨杜尔：《世界电影史》，中国电影出版社1995年版。

［2］钟大丰：《论“影戏”》，《北京电影学院学报》1985年第2期。

［3］［美］P. F. 帕歇尔：《东西方相会——〈卡萨布兰卡〉与〈七武士〉相比较》，《世界电影》1995年第2期。

［4］［苏］爱森斯坦：《并非冷漠的大自然》，中国电影出版社1996年版。

[5] 谭晓园:《生死观上的人类智慧——中西古代哲学关于死亡之于人生意义的比较》,《海南师范大学学报》(社会科学版) 2001 年第 14 期。

[6] 罗艺军:《C. 爱森斯坦与中国文化艺术——纪念中国电影评论学会成立 30 周年》, 《中国电影评论学会成立 30 周年学术论坛论文集》, 2012 年版, 第 1—42 页。

[7] 邹少芳:《论中国当代电影中的"意境"范畴的建构》,《当代电影》2012 年第 4 期。

[8] 邹少芳:《论当代中国电影意境的建构规律与特征》,《当代电影》2014 年第 1 期。

Viewing the Imagination of Sinophone films in Western and Chinese Film Comparative Study

Zhou Lin

Abstract Currently, influenced by Chinese traditional culture, Sinophone films aspires a poem - like artistic vision as the films of western Europe pursuing aesthetic artistry; on the other hand, with the impact of Hollywood blockbusters, Sinophone films takes a blind imitation of luxury and splendid production whereas the movie plots are not as fascinating as those in the Hollywood, thus involving Sinophone films in a dilemma. This essay attempts to explore the differences between Chinese and Western films against the context of different cultural values, as a way to illustrate that artistic vision is the unique aesthetic feature for Chinese films as well as the necessity of integrating artistic vision into Chinese modern films.

Key Words Western and Chinese cultural values; Imagination; Sinophone films

Author Zhou Lin(1980 -), PHD candidate of the center for Literary Theory and Aesthetics, program officer in Department of Humanities and Social Sciences in Shandong University.

学术笔记

Academic Notes

康德幸福概念疏证

——康德哲学笔记之一

李　飞

作者简介　李飞，文学博士，山东大学文艺美学研究中心副教授。

康德的道德学说，作为西方伦理学道义论（德性论、义务论）的代表，与功利主义（幸福论）针锋相对；但这并不意味着幸福概念在康德的伦理学说里处于被完全否定的位置，相反，它作为德性的对应概念，并非是不道德的，而是非道德的——无关于道德行为，不是判断一个行为是否道德的标准；并且它在康德试图扬弃自己的二元立场时扮演了相当重要的角色。本文试图通过对康德最重要的两本道德哲学著作《道德形而上学原理》（苗力田译，上海人民出版社 2002 年版）、《实践理性批判》（邓晓芒译，人民出版社 2003 年版）中幸福概念的梳理，以命题的形式，对康德的这一重要学说作一较详细之描述。

第一，幸福概念所包含的因素全部是经验的，但它并不因此是个理性观念，而是想象的产物。

首先，人是有限的理性存在。这意味着它首先是理性存在，其次是有限的理性存在，它的“理性不能完全无遗地决定意志”①。人的两重性决定了它同时是两个世界的成员，“就自身仅是知觉，就感觉的感受性而言，

① ［德］康德：《道德形而上学原理》，苗力田译，上海人民出版社 2002 年版，第 30 页。

人属于感觉世界；就不经过感觉直接达到意识，就他的纯粹能动性而言，人属于理智世界”①。而两个世界的划分，乃是德性与幸福分别存在的根源条件，它决定了二者间的一切差别。“我作为知性世界的成员的活动，以道德的最高原则为基础，我作为感觉世界成员的活动则以幸福原则为依据。”②

其次，幸福是作为感觉世界存在物（亦即自然存在）的内在欲求，它诉之于本能，因它关乎人的本性、自然的本性。理性则有高于幸福的使命，那便是道德，而“道德原则则是不以人性所固有的特点为基础，是自身先天常住的”③。“自然要防止把理性用于实践，并且让它不作此非分之想，凭它那薄弱的省察力，自己就能设想一个达到幸福的计划和完成计划的手段。自然不但为自己选择目的，也选择手段。它周密地考虑，把两者完全托付给本能。事实上，一个理性越是处心积虑地想得到生活上的舒适和幸福，那么这个人就越是得不到真正的满足。”④“不愿过高估计理性对生活幸福和满足的好处，甚至把它降为零的人的意见，决不是对世界主宰的惠赐的抱怨和忘恩，在这种意见背后实际上包含着这样一种思想，人们是为了另外的更高的理想而生存，理性所固有的使命就是实现这一理想，而不是幸福，它作为最高的条件，当然远在个人意图之上。”⑤在这里，康德将人性所固有同先天具有做了严格划分，可以看出康德的道德是与人的自然本性无关甚至是相反的，而经验界的幸福倒是与之颇相一致。

再次，幸福概念所包含的因素固然都是经验的，但对于幸福的意图则具有先天意义。“有一个目的，是为一切有理性的东西，作为命令的独立对象，所共有的实际前提，它不仅是一个或然具有的意图，而且是它们的

① ［德］康德：《道德形而上学原理》，苗力田译，上海人民出版社 2002 年版，第 75 页。
② 同上书，第 78 页。
③ 同上书，第 65 页。
④ 同上书，第 10 页。
⑤ 同上书，第 11 页。

确定无疑的前提，根据自然的必然性所具有的完整的意图，这就是对幸福的意图。……这个意图是每一个人所先天确有的前提，属于每个人的本质。”① 幸福意图是先天的，意味着它的存在与经验无关，即是说，尽管每一个具体的幸福都有其经验内容，但每一个有限的理性存在都必然要求幸福这一点却是不需要由经验来证明的。它的内容是经验的，形式是先天的。正是在这个意义上，“获得幸福必然是每个有理性但却有限的存在者的要求，因而也是他的欲求能力的一个不可避免的规定根据。……是一个由他的有限本性自身纠缠着他的问题”②。

最后，幸福并不是个理性观念，而是想象的产物。尽管“幸福概念所包含的因素全部都是经验的，它们必须从经验借来”，但我们却很难形成对此一概念的确切认识，这是因为，“只有我们现在和将来幸福的绝对全体和最高程度才能构成幸福概念。所以，就是一个洞察一切、无所不能然而有限的东西，也不能从自己的当下愿望里造出一个确定的概念来”③。对于绝对全体地认识似乎意味着已经超越了知性认识的界限，而是一个理念，是理性调节的对象。所以康德又说：“幸福并不是个理性观念，而是想象的产物。只以经验为依据，人们是不能期待经验的根据会规定一个行为，因为这实际上是无限的因果系列的全体。”④

第二，幸福是需要和爱好的全部满足。但爱好与幸福并非有必然关联。并非所有的幸福都是出于爱好；相反，幸福有时排斥爱好。道德行为均是出于责任，出于责任的行为虽不以幸福为目的，但可以导向幸福。简而言之，一种行为，要么出于爱好，要么出于责任，唯有出于责任的行为才具有道德价值，但无论出于责任还是出于爱好，都有可能导向幸福。幸

① ［德］康德：《道德形而上学原理》，苗力田译，上海人民出版社 2002 年版，第 33 页。
② ［德］康德：《实践理性批判》，邓晓芒译，人民出版社 2003 年版，第 30 页。
③ ［德］康德：《道德形而上学原理》，苗力田译，上海人民出版社 2002 年版，第 35 页。
④ 同上书，第 36 页。

福概念与幸福原则不同。幸福原则是将幸福概念作为行为的主观原则，因而导向幸福论、功利主义。

首先，需要和爱好的全部满足，被总括地称为幸福。而“欲望对感觉的依赖叫作爱好，所以总是表现为一种需要”①。很明显，需要和满足，都是属于感觉世界。这里需注意的是，康德在这里讲的幸福都是幸福概念，而不是幸福原则。幸福概念可以是一种客观后果，不问动机，它可以是出于责任的道德行为（理智世界，本体界）在现象界的客观后果，也可以是出于爱好；幸福原则则不同，它完全是出于爱好。

其次，幸福有时排斥爱好。“正是在幸福的观念中，一切爱好集合为一个总体。只不过，幸福的规范往往夹杂着一些爱好的杂质，所以人们不能从称之为幸福的满足的总体中，制定出明确无误的概念来。从而，某一个目标明确、获得满足时间具体的爱好，反而比一个模糊的理想更有分量些。”② 苗先生此处的翻译似乎有些问题。“幸福的规范往往夹杂着一些爱好的杂质”，前面既然谈到“正是在幸福的观念中，一切爱好集合为一个总体”，爱好又如何算作杂质？“夹杂”，检 Beck 的英译，③ 用的是“thwart”，是“阻挠使不能实现”之意，此句似当翻译成“幸福的规范往往使一些爱好不能实现，所以人们很难从称之为爱好的满足的总体中，制定出明确无误的幸福的概念来”。一方面，幸福是一切爱好的集合；另一方面，幸福又常常排斥一些（出于）爱好，自然很难“制定出明确无误的幸福的概念”。随后的风湿病患者的例子也说明了此点。既然幸福排斥一些出于爱好，而一种行为，要么出于爱好，要么出于责任，那么，幸福是可以出于责任的。所以康德在后面写道：“增进幸福并非出于爱好而是出

① ［德］康德：《道德形而上学原理》，苗力田译，上海人民出版社2002年版，第66页。

② 同上书，第15—16页。

③ Foundations of the Metaphysics of Morals, *transl. by Lewis White Beck, the Macmillan Publishing Company*, 1959, p. 15.

于责任的规律仍然有效。”①

第三，当幸福成为行为的主观原则，它是经验的、质料的，假言命令，是意志原则，不具备尊严，是他律的，遵从自然必然性。而道德律则是先验的、形式的，定言命令，是实践规律，具有尊严，是自律的，遵从理性为自己立法——意志自由。

首先，如前所述，幸福概念所包含的因素全部是经验的，则当我们把幸福作为行为的主观原则时，幸福原则必然是经验原则，而“一切经验的东西，作为附属品不但对道德原则毫无用处，反而有损于它的真纯性”②。“在幸福论诸经验性原则构成了整个基础，而这些原则对于德性论来说却甚至丝毫不构成其附加成分。……既然意志的一切规定根据除了唯一的纯粹实践理性法则（道德律）之外全部都是经验性的，因而本身是属于幸福原则的，那么它们就全都必须从至上的德性原理中分离出来而永远不能作为条件被合并到德性原理中去。”③ 道德原则必须是先验的，与经验完全无关。

其次，幸福原则同时是质料原则。康德对于质料原则的分类，分为主观经验性的与客观理性的，一般而言，幸福原则属于前者。但有时康德又笼统地把质料原则归结为幸福原则。“一切质料的实践原则本身都具有同一种类型，并都隶属于自爱或自身幸福这一普遍原则之下。一个有理性的存在者对于不断伴随着他的整个存在的那种生命快意的意识，就是幸福，而使幸福成为规定任意的最高根据的那个原则，就是自爱原则。”④ 而“一个带有某种质料性的（因而经验性的）条件的实践规范永远不得算实践法则”⑤，于是“意志好像站在十字路口一样，站在它作为形式的先天原则和

---

① ［德］康德：《道德形而上学原理》，苗力田译，上海人民出版社2002年版，第15页。
② 同上书，第44页。
③ ［德］康德：《实践理性批判》，邓晓芒译，人民出版社2003年版，第126—127页。
④ 同上书，第26页。
⑤ 同上书，第44页。

作为质料的后天动机之间。既然意志必须被某种东西所规定，那么它归根到底要被意志的形式原则所规定。如果一个东西出于责任，那么它就抛弃一切质料了”①。其中当然包括幸福原则。

再次，幸福原则总是假言命令，而“只有定言命令才能算做实践规律，其余的，认真地说，只能称为意志原则，而不能叫规律”②。显然，幸福原则只是意志原则，不是实践规律，仅具有相对价值，不具备尊严。

复次，幸福原则是他律原则，“他律原则的分类或者是经验的，或者是理性的。前者以幸福原则为出发点，以自然的或道德的情感为依据”③。而“自律性是道德的唯一原则”④。这是因为，“自律意志并不去简单地服从规律或法律，它之所以服从，由于它自身也是个立法者，正由于这规律法律是它自己制定的，所以它才必须服从”⑤。他律原则之所以必须被抛弃，是因为“这个原则（指经验原则，即幸福原则）向道德提供的动机，正败坏了道德，完全摧毁它的崇高，它把为善的动机和作恶的动机等量齐观，只教我们去仔细计量，完全抹杀了两者的特殊区别”⑥。

最后，幸福原则作为他律原则，所遵从的是“自然必然性，是一种由作用因所构成的他律性”。而“自由概念是阐明意志自律性的关键”⑦。“自由即是理性在任何时候都不为感觉世界的原因所决定。”⑧ 根源在于，幸福原则是将人看作完全受必然性的自然存在物，而忽略了人作为理性存在的一面。当且仅当人作为理性存在，是可以超脱自然必然性支配，而具有自因性的，而理性为自己立法，正是自由的根源，因而是责任的根源，

① ［德］康德：《道德形而上学原理》，苗力田译，上海人民出版社2002年版，第16页。
② 同上书，第38页。
③ 同上书，第62页。
④ 同上书，第60页。
⑤ 同上书，第50页。
⑥ 同上书，第62页。
⑦ 同上书，第69页。
⑧ 同上书，第76页。

因而是道德的根源。这是幸福原则无法成为道德律的根本原因。

第四，幸福与德性完全异质。德性高于幸福，德性是配享幸福的条件。但这并不意味着幸福可有可无。

首先，幸福与德性完全异质。这从第三大命题的讨论看得很清楚。归根结底幸福与德行的对立源于本体与现象在人，这有限的理性存在身上的分别，作为自然存在的现象指向幸福，作为理性存在的本体指向德性。

其次，德性高于幸福，德性是配享幸福的条件。“我作为知性世界的成员的活动，以道德的最高原则为基础，我作为感觉世界成员的活动则以幸福原则为依据。”① “一个有理性的东西必须把自己看作是理智，而不是从低级力量方面，把自己看作是属于感性世界。”② “善良意志甚至是值不值得幸福的不可缺少的条件。”③

最后，德性高于幸福，但这并不意味着幸福是可有可无的。人作为两重性的存在，理性存在高于自然存在，但二者并非可以互相代替，而是分则两利，合则两伤，和而不同。“由德性法则来确定的作为自由的原因性和由自然律来确定的作为自然机械作用的因果性，都是在同一个主体即人之中确定下来的，前者于后者协调一致，如果不把人与前者相关设想为在纯粹的意识中的自在的存在者本身，于后者相关则设想为在经验的意识中的现象，那就是不可能的。”④ 而且，德行与幸福亦有相通之处，二者的区别“并不因此就立刻是双方的对立，纯粹实践理性并不要求人们应当放弃对幸福的权利，而只是要求只要谈到义务，⑤ 就应当对那种权利根本置之度外。就某种观点来看，照顾自己的幸福甚至也可以是义务，一方面是因

---

① ［德］康德：《道德形而上学原理》，苗力田译，上海人民出版社2002年版，第78页。
② 同上书，第76页。
③ 同上书，第8页。
④ ［德］康德：《实践理性批判》，邓晓芒译，人民出版社2003年版，第5页。
⑤ 义务，苗力田先生通译为责任。

为幸福包含着实现自己义务的手段，一方面也是因为幸福的缺乏包含着践踏义务的诱惑”①。基于这些考虑，更重要的或许是试图打通感觉世界与理智世界，扬弃自己的二元论立场，康德在《道德形而上学原理》中提出了“自然王国和目的王国在一个最高主宰之下”② 的设想；在之后的《实践理性批判》里，更提出了至善这一概念以解决此一问题。

第五，至善概念要求德行和幸福两个完全不同种类的要素同时存在。但在这两个要素之中，幸福必须以德行为前提。两个要素的结合必须被综合地设想，亦即设想为原因和结果的联结，而这必然导致实践理性的二律背反。德行导出幸福并非绝对的错。

首先，至善概念必须要求德行和幸福两个完全不同种类的要素同时存在。“德行（作为配得幸福的资格）是一切只要在我们看来可能指的期望的东西，因而也是我们一切谋求幸福的努力的至上条件，因而是至上的善，……但因此它就还不是（此处似当从韩水法译：但它并不因此就是。Beck 的英译：But these truths do not imply that）作为有限的理性存在者的欲求能力之对象的全部而完满的善，因为要成为这样一种善，还要求有幸福，……因为需要幸福，也配得到幸福，但却没有配享幸福，这是与一个有理性的同时拥有一切强制力的存在者——哪怕我们只是为了试验设想一下这样一个存在者——的完善意愿根本不能共存的。”③

其次，在这两个要素之中，幸福必须以德行为前提。“德行在其中始终作为条件而是至上的善，因为它不再具有超越于自己之上的任何条件，而幸福始终是这种东西，它虽然使占有它的人感到舒适，但却并不单独就是绝对的善和从一切方面考虑都是善的，而是在任何时候都以道德的合乎

① ［德］康德：《实践理性批判》，邓晓芒译，人民出版社 2003 年版，第 126 页。
② ［德］康德：《道德形而上学原理》，苗力田译，上海人民出版社 2002 年版，第 58 页。
③ ［德］康德：《实践理性批判》，邓晓芒译，人民出版社 2003 年版，第 152 页。

法则的行为作为前提条件的。”[①]

再次，两个要素的结合必须被综合地设想，亦即设想为原因和结果的联结，而这必然导致实践理性的二律背反。“要么对幸福的欲求必须是德行的准则的动因，要么德行准则必须是对幸福起作用的原因。前者是绝对不可能的，因为把意志的规定根据置于对人的幸福的追求中的那些准则根本不是道德的，也不能建立起任何德行。但后者也是不可能的，因为在现世中作为意志规定的后果，原因和结果的一切实践的联结都不是取决于意志的道德意向，而是取决于对自然规律的知识和将这种知识用于自己的意图的身体上的能力，因而不可能指望在现世通过严格遵守道德律而对幸福和德行有任何必然的和足以达到至善的联结。”[②] 作为理智世界的理性存在，虽可以在本体界开启一个行为系列，但其行为结果却必然落入现象界，从而受自然的必然因果性所支配，为理性存在所不能控制。

最后，二律背反的解决——德行导出幸福并非绝对的错，“而只是就德性意向被看作感官世界中的存有当作有理性存在者实存的唯一方式时，才是错误的”。康德的意思似乎是，德行作为本体界，并不受现象界自然必然性的支配，而是具有自因性。如此借助“一个理智的自然创造者”[③]，在理智世界，而不是在现世中，通过上帝存有、灵魂不朽的悬设，实践理性的二律背反可以消解，至善“只能在预设一个道德的世界创造者的前提下才被承认”。[④]

笔者对康德的“一个理智的自然创造者”始终不能了解，并且觉得康德思想精彩的地方就在于他的二元论，比如他解决自由与必然的二律背反

① ［德］康德：《实践理性批判》，邓晓芒译，人民出版社2003年版，第152页。
② 同上书，第156页。
③ 同上书，第157页。
④ 同上书，第198页。

就是将二者从属于本体与现象，为何此处不能满足于此种解决，满足于有德者不必有福，有福者不必有德？这固然是理论上一元论的内在要求，更多的或许不免是劝世的考虑。

Author Li Fei, Doctor of literature, is an associate Professor of Center for Theory of Literature and Aesthetics, Shan Dong University.

The Analysis of Kant's Happiness

文论选译
Translated Paper

英加登《音乐作品及其本性难题》英译本前言、导言与附录

（英语版译自波兰语原著）

王祖哲　译

译者按　英加登的这篇音乐美学专论，我目前翻译完毕。限于篇幅，现在只刊出英译者的前言、英加登的朋友写的附录《英加登及其时代》，以及英加登的导言。

专论的目录如下：1. 音乐作品及其演奏；2. 音乐作品与意识经验；3. 音乐作品及其乐谱；4. 音乐作品的某些特色；5. 音乐作品的声音因素、非声音因素与乐章；6. 音乐作品如何存在；7. 音乐作品的统一性问题；8. 历史性时间中的音乐作品的本性问题。

英加登让我们意识到音乐作品如何存在是一个非常伤脑筋的问题，这个问题也促使我们思考与其他艺术形式相关的同样问题。英加登是否令人满意地解决了这个问题，则请读者判断。对这个问题的解答与音乐是什么以及艺术是什么，密切相关。

关键词　音乐本体；意向性对象；分层结构；具体化

译者简介　王祖哲副教授，在山东大学文艺美学研究中心、文学与新闻传播学院从事艺术哲学、美学、文学理论的教学与研究工作，有约30种译著出版，包括《艺术对非艺术》《艺术哲学：分析美学导论》《别逗了，费曼先生!》《爱因斯坦的小提琴》《神圣几何》《地球简史》《夏娃的种子》《另类美国史》《居里一家》等。

英译者前言

亚当·泽米亚文斯基（Adam Czemiawski）

若干年来，在英语国家中，若有人果真知道波兰哲学家罗曼·英加登（Roman Ingarden，1893—1970）是《文学艺术作品》（*Das literarische Kunstwerk*）的作者，也是模糊地知道。《文学艺术作品》是他最重要的美学著作，其英译本连同其姊妹篇《对文学作品的认知》（*The Cognition of the Literary Work of Art*）的英译本一同出现，英语国家才突然意识到他的成就。另外，正如目前这本书末尾并不自称全面的文献目录表明的那样，对他著作的评论，在数量和范围上，也增加了。

全部这些材料只讲文学。身为哲学家，英加登敢称，20 世纪与之地位相当的其他思想家，从事美学之深都不如他；然而，这且不论，英加登也研究其他艺术门类，尤其是绘画、建筑、音乐和电影。值得注意的是，就一种自成一体的美学理论而言，目前这篇论述音乐的论文，连同零散发表的论述建筑与绘画的论文，原本是为凑成《文学艺术作品》中的一部分。

英加登对美学理论的最大贡献（对他的著作的那些评论，肯定相形见绌）或许是他的这么一个结论：文学作品是分层结构。因此，他不得不下结论说，音乐是一种单层的艺术，如此说来，在种类上，音乐与文学作品就迥然不同。此刻，音乐作品就对他提出了一个特别的挑战。在美学的理论活动中，最令人气馁的特点之一，是需要把五花八门全部作品——其媒介是如此多样——都一网打尽。说其令人气馁，是因为迄今为止，艺术品的全部严格定义都失败了。

英加登足够聪明，音乐作为他的分层论的一个反例，并没有使他张皇失措。英加登的智慧，弥漫在他关于音乐作品的全部美学处理方式上。因此，他避开传记、创造性、听众的心理反应、音乐的表现性和“意义”，避开音乐在对恋爱者、士兵、工人或者青少年的心灵塑造一事上发挥的社会作用。他意识到（少有人意识到，这很遗憾），艺术品尽管是“他治的”，但在客观上就“摆在那儿”，本身是有趣的，也值得我们重视。于是他就集中于解释什么是艺术品，并且恰当地对下面这些问题敬而远之：艺术品是怎么来的，艺术品干什么或者艺术品想必对我们干什么或者为我们干什么。因此，他的主要兴趣在于音乐作品的结构、本性和本体地位。

亚里士多德似乎无趣地假定，艺术品应该有“一个开头，一个中间，和一个结尾”，这其实非常难以适合某些作品。事情似乎是这样：以这种标准，比较容易判断音乐作品符合这一假定，因为作曲的音乐规则，表明一种先验的天定[①]状态；但是，与此同时，也很难判断音乐作品符合这一假定，因为音乐作品常常分成几个离散的“乐章”。英加登专注的正是后面这层困难，他把下面这种“拼凑”视为一个“不可能成立的”案例：贝多芬的《第五交响曲》的第一乐章，然后接着德彪西的《交响诗》，然后是巴赫的一首《托卡塔》，最后是普契尼的《蝴蝶夫人》第三幕的一首咏叹调的一段管弦乐演奏。

总是如此举例，反着看比正着看更有说服力。我本人就深深怀疑许多古典奏鸣曲形式的作品有什么内在凝聚性，其中有莫扎特、贝多芬和舒伯特的许多室内乐和交响乐作品，其第三和第四乐章特别叫我震惊，这两个乐章的联系是生硬的，也可以互相调换位置。几个好用的例子，其中有莫扎特的《单簧管五重奏》《G 小调》和《朱庇特交响曲》，贝多芬的《第三交响曲》与他最后的那些钢琴奏鸣曲，舒伯特的《未完成交响曲》（原名如此），以及（对不起条顿人了）肖邦的《钢琴奏鸣曲》作品 35 号之

① 我常常把“决定论”翻译为“天定”，听起来容易懂，虽然“天”字会带来无谓的联想，如上帝之类。——汉译者

38。音乐学家，无论是不是条顿人，都会立刻指出其内在凝聚性，那是由一些调性关系建立起来的；一次给人印象深刻的、令人信服的测试确实表明那些作品确有内在凝聚性；但是，学生和学者通常不打算续成一幅大师的未完成画作，然而补全一个音乐作品（舒伯特的《第八交响曲》，马勒的《第十交响曲》，巴托克的《中提琴协奏曲》）是可能的，在审美上也能被人接受，这正是因为识别音乐作品的总体结构容易得多。在可以得到的和声、节奏、配器那里，几乎存在一种合乎逻辑的推断，能推断出假定的那种对作品的补全。从作曲的那种明显的数学性质来看，这也毕竟不算令人惊讶。

对音乐学家及其辩护者而言，不幸的是，和声和作曲的规则，不足以确保审美的内在凝聚性，否则研究和声的教授能提供一大堆大师之作。因此，这个问题首次被亚里士多德注意到。因此，学者们对舒伯特的《未完成交响曲》的那些头巾气的续作得不到听者的首肯。

英加登貌似沉静地站在音乐学家的立场上。一个重要的理由，或许是他依赖一套传统的例子。在那些例子中，和声的构造比 20 世纪晚期音乐（接受偶然因素，声音色彩比和声秩序更受青睐）合规矩得多。

另外，倒是可以说舒伯特的《未完成交响曲》是一个偏颇的例子，因为我们在乐谱上有两个连贯的全须全尾的乐章。从另一方面说，设想贝多芬的《第三交响曲》只有第一乐章，但没有发展部；第二乐章没有一丝一毫；第三乐章是钢琴谱子；第四乐章的寥寥几笔。我猜，我们或许能接受某人把第一乐章的发展部重新构造出来，为第三乐章写谱子，也可能接受某人杜撰一个最末乐章。但是，基于我们知道这个交响曲的实际情况，会有什么人炮制出与第二乐章的葬礼进行曲稍有相似的谱子吗？因此，一位应该谨慎的音乐学者会为我们提供一个作品，有三个乐章，并且想必应该有大约 15 分钟的一段缺口。英加登苦心孤诣地分析乐章之间应有的时间缺口，得出结论说：中断超过一两分钟，不会让我们一直相信我们在听同一个作品。约翰·凯奇的“四分三十三秒”的静默，有一个颇不相同的目的。[①]

总体而言，尽管相反的论点貌似有道理，我们却应该保留大师之作的未完成状态。如果我们返回音乐与绘画艺术的比较，这个论点就昭然若揭。没有人梦想去修补大师们的线描和素描，也不会用大师最喜欢的颜料去敷色。为什么呢？从原则上说，因为那些素描本身，在某种意义上，是已经完成的作品。[②] 换言之，完成状态之说在绘画那里是另外一回事。为油画而作的预备性线描，能够具有一种自主性，而音乐草稿却得不到这种自主性。像雷诺兹的《女孩速写》（*Sketch of a Girl*）和莫罗的《海伦在特洛伊城门》（*Helen at the Gates of Troy*）那样的作品，不是线描，而是彩色的油画，画了一半没完工（因此，在理论上比线描看起来更处于“未完成”状态），大家仍然认为它们足够有资格展出。其效果特别打动人心，那是因为它们看来代表这两位艺术家的一种新发展。厚重而模糊的敷色，与我们早先看到的雷诺兹和莫罗作品的主体部分的那种精细的“完成”风貌，恰成鲜明对照，预示某种“现象派”，甚至预示某种“野兽派”，而我们通常并不把这两派归因于这两位艺术家。

英加登注意到，这种鲜明对照是可以解释的，那是因为这么一个事实：乐谱不是音乐作品的一部分。乐谱是一套指令，告诉大家这个曲子应

---

① 约翰·凯奇的“四分三十三秒”和他的另外一些实验，涉及自然声响，确切地说是另外一种意思：那些实验挑战英加登把那种声音干脆利索地贬低为与音乐体验不相干。英加登在写本文之际，也果然不曾处理电子音乐和随机音乐提出的那些古怪问题。

② 也有一个严重的实际困难：补全一份乐谱，无论如何不“破坏”原本的那个音乐片段，而要用颜料为一幅线描上色，后悔也来不及。换言之，我们记得尼尔逊·古德曼的措辞：绘画是一种“亲笔”艺术，而音乐是“代写的”。基于某种独一无二的笔法，我们断定一幅画出自波提且利、普桑或者弗梅尔的手笔，是不会搞错的；但是，在小节线之间写乐谱符号，就不需要与此类似的那种大师个性。说到底，或许是因为音乐学家无能于充分注意这种区别，他们才有心冒充大师。

该是怎么个声音。如果指令缺了几段，那只能意味着几段静默。这种事态指出了另外一个事实：音乐，好比文学，是时间艺术，而绘画艺术是空间艺术。心灵能够把（比方说）人体形象轮廓中缺损的部分补全，但心灵不能补全相当长的一段时间缺口。这部分不仅归因于想象力的心理限制，也归因于如下事实（英加登做了仔细分析）：在时间艺术中，在声音产生中，静默毕竟是一个组件性质的因素。与线描中的一条逐渐消失的线相比，静默早早地就失去了其重要性。

但是，音乐是“代写的”艺术，此说最重要的结果，关系到音乐作品的本体与本性，并导致三个互相联系的难题。英加登耐心地拆解之：第一，乐谱固定不变，但乐谱不在音乐体验中，也确实不是音乐体验的一部分；第二，音乐演奏次数无穷无尽，每次演奏都是独一无二的音乐体验，但是无论那些演奏多么不一样，却都从乐谱那里得到权威；第三，没有哪一次演奏敢称是那份乐谱的绝对的、无误的、纯真的体现。

其实英加登的论点是：如此这般的完善体现，是异想天开，这倒不是因为我们生活在一个不完美的世界里，而是因为在本质上乐谱应该为各种解释留下空间，许多解释方式甚至连作曲家也不能预见。因此，音乐作品何在？音乐进入存在，借助于外在于它的演奏者和聆听者的故意活动。在各次演奏之间，音乐潜伏在乐谱中，有一个布兰希尔德等待着西格弗里德，毋宁说一位布兰希尔德，以不同方式应对一串男主角——怪异的存在方式，得不到奥卡姆剃刀的操刀手的首肯。但是，英加登不是一个害怕哲学劫匪的人。活该如此，就音乐作品而言，正如英加登微妙而尽力展示的那样，我们不能以满足头脑简单的物质主义者甚至头脑简单的精神主义者的任何方式，来为音乐作品指定类别。

但是，乐谱是一个历史的偶然之物；现代高保真的录音，以及合成音响绝对准确的电子合成器的广大神通，是这些事实逼迫我们重新思考这整个的难题，难道不是这样吗？英加登坚持音乐作品与绘画之间的区别，绘画是具体的个体，音乐作品是一套品质。但是，关于一个具体音乐作品的录音，连同其不变的音响与非音响的属性，不是也可以与一幅画连同其不变的用色、形状与比例相提并论吗？然而，即便我们同意这个独特的录音（或者说，有另外的机械方法，凭此方法，多样性和演奏本身都可完全被排除不论）就是某个音乐作品分毫不差的体现，音乐与绘画的类比也不会是严丝合缝的，因为同一个录音，我们能够有为数无限的复制品，但要搞出一幅绘画的细致入微的哪怕一个复制品也不可能。但是，更具根本意义的是，正如我们看到的那样，英加登摒弃独一无二的完美演奏这种说法（乐谱的存在，是演奏的基准）。他的看法确实是对的。

但是，对那些没有乐谱的音乐作品，又怎么说？这听起来是一个容易的问题。因为如果我们考虑以前的作品，那些作品并非不可追索原貌（除非仅仅保存在民间记忆中——记得多么准确）；如果我们考虑在更晚近录音的音乐作品，乐谱却丢失了，我们也可以重造出相当准确的乐谱，这依赖我们判断这个或这些录音有多么本真，尽管在这种追索中当然存在循环操作这种危险。但是，要点在于，一旦我们把乐谱重建起来，我们就回到了乐谱和演奏之间的关系，此乃英加登分析的关键。

然而，一个重要的难题一如既往。英加登讨论的例子，是西方古典传统中的音乐作品，作曲家是巴赫、贝多芬、肖邦、希马诺夫斯基和斯特拉文斯基。流行音乐，只蜻蜓点水地提及朝生暮死的民歌。然而，正是在流行音乐这里，而非古典音乐的库存，现代录音技术才大大地影响了争论。

我们现在保存了五花八门的“民间”短命音乐录音——早期的爵士乐、路易斯·阿姆斯特朗、比莉的“假期”、沃勒“胖子们”、玛琳·黛德丽，以及甲壳虫乐队；灌唱片的演奏家人数不断增长，这仅仅是一小部分[①]。在全部这些例子中，我们重视某些表演，早期的电子时代前的录音也对总体效果有贡献。在此我们不在乎乐谱（在稀罕的情况下，乐谱存在）；乐谱丢了，或者从来也没有乐谱（因为这些音乐许多是即兴的），我们也不费事重建。因此我们不拿演奏与乐谱进行比较，没有乐谱作为最后的裁决，那么在一套永垂不朽的指令与一系列演奏解释之间，就谈不上什么协调不协调了。阿姆斯特朗或者迪特里希的具体演奏，构成了作品；在这种意义上，鲁宾斯坦或梅纽因，杰西·诺曼或者维也纳爱乐乐团的具体演奏，不构成肖邦的序曲、巴赫的组曲、迪帕克的歌曲，或者贝多芬的交响曲。

因此，英加登的精英主义，对他关于音乐作品的分析，显得有一种严肃的结果。通过无视流行作品，他没能意识到音乐作品的本体地位是多变的，因为在流行音乐这一端，作为现代技术的一种结果，流行音乐的本性不曾被乐谱与演奏的关系搞复杂。

值得把这一点推进一步，因为它对流行派与精英派之争有怪异而意外的后果。马克思主义者和罗兰·巴特们，结成了清教徒主义与享乐主义性质的一种奇怪联盟，最近起劲地叫嚷作者死了，以此裁减作者的分量，并对关于作者的那些晦涩知识的装腔作势去神秘化。作者看来和我们这些人差不多，是一些辛苦劳作的人嘛，他们的努力方向受当时的语言力量、社会力量以及内心冲动的决定。那些理论家对历史无知，似乎意识不到，在美学思考的黎明时分，苏格拉底已经在《伊安篇》里杀死了那位诗人，虽然他的动机是另外一种。误导理论家们的，是19世纪早

---

① “流行”与“民间”关系当然不大，我只把“民间”这个术语作为一个基准点，以便提及英加登的文本。在英加登使用的那种恰当的意义上，“民间”其实为关于音乐作品的本体地位的争论引进了另外一个变数。不存在乐谱，但民间记忆提供相当于乐谱的那种精神对等物；在这个意义上，“民间”近于高级文化，而远于“流行”，由此可说作品高于作曲家与演奏家。另一方面，因为演奏家拥有的全部东西是一个听觉的传统，他的演奏就像留声机唱片，他们以此试图忠实地再次进行以前世代的演奏。

期的诗人和哲学家，在历史上的某个时候，推广的那种关于天才的夸口。

乐谱的卓越地位，是英加登所赞成的，意味着作曲家之死。他反复强调，作曲家自己的解释并不具有绝对的权威性。在演奏某一段曲子的时候，假定那是为独奏而写的，作曲家一个人能演奏，他可能身体不适，或者他在很多场合演奏得都非常好，但每次对乐谱的解释都不同。英加登也正确地设想，对乐谱的解释（是忠诚的），连作曲家也不曾梦想到。乐谱毕竟是一种公共的符号记录：任何人都能用它，任何人都能“读”它。音乐与文学的这种类比，不是偶然的。一位诗人用公共的语言；如果读者不以诗人预见的方式解释他的比喻，如果读者知道的同义词比诗人还多，如果文化或宗教意识在后来发生变化，为诗人的那些看似毫不含糊的短语带来了新的意味，诗人也不应该惊讶。虽然英加登或许不曾把这一点说得足够清楚，但我们必须强调，他关于乐谱的论点，即乐谱是无限解释方式的手段，看似基于经验证据的积累，他的论点其实是概念性的，这个结论导致他把音乐作品视为“意向性的”和“他治的”；这与像椅子和感情那样的物质对象和精神对象的“真实”和“自立”是迥然不同的。

另一方面，在流行音乐那里，如我们看到的那样，重要的东西保留在如此这般的演奏或表演中。歌星、歌唱家、表演者，制造录像——有朝一日或许是三维的，连同从这些人身上发出的真实气味。他们的观众不为解释的问题而焦躁，因为也找不到什么更高的权威。重要的东西就是表演本身，而音乐可以说仅仅是一个由头。对天才的崇拜，对人格魅力的崇拜，至高无上。这就是流行音乐，其本性应该使马克思主义者和某些后结构主义者绝望吧！

高级文化的信徒们，也会屈从于个人崇拜，此事当然是真的；但是，乐谱总是存在的，逼迫他们承认：作品本身的至高地位凌驾于作曲家和演奏家。那些人，迷恋鲁宾斯坦演奏的肖邦，如果充分思考这个事实，如果承认英加登的论点站得住脚，他们早早晚晚也会承认某位瓦沙莱或者佩拉希亚的演奏也别有风味。

亚当·泽米亚文斯基（Adam Czerniawski）
英国达力奇市，1984年7月

导　言

罗曼·英加登（Roman Ingarden）

我们反思音乐作品，出发点将是那些不成体系的信念。我们与音乐作品打交道，天天遇到那些信念。此后，我们才服膺这种或那种特别的理论。当然，我不想提前就承认那些信念是对的。恰恰相反，在某些时候，我会严厉地探究那些信念。但是，起码有那么一刻，那些信念必定表示进一步探究的方向；因为，有其他方法表示这种方向吗？这些信念，虽然得自天真之人，也可能满是各种错误，却毕竟来自与音乐作品直接打交道。那种打交道，为我们提供，起码可能为我们提供，对那些作品的最终体验，因此就赋予那些观点一些真东西，那是与对音乐的真切体验相配的。无论怎么充分发展，关于音乐作品的每一种理论，这种理论不仅仅是沉思默想，而且想从具体事实中找到一个根基，就必须参考不成系统的那些信念，这种信念首先提供探索的方向。

似乎有另外一个理由，我们必须参考直接的音乐体验。在所谓音乐美学或音乐心理学的那个领域中，正是那些五花八门的理论，过分地遭到某个时代的一般哲学情况和科学的强烈牵制，因此沉重地负载着理论的偏见，这把事情搞得难以触及得自经验的事实。除此之外，我打算讨论各种难题；在关于音乐理论的现存文献中，还没有人提出那些难题。

我想参考的那些信念，有以下这些。

作曲家，在某一段时间里，以创造性的努力，造就其作品。这种劳动造就某种东西（其实就是音乐作品嘛），这东西以前不存在，但打从它问世，它就不知道怎么相当独立地存在，独立于任何演奏它的人、听它的人，独立于对它的任何兴趣。音乐作品不构成心智存在的任何部分，特别是不构成其创作者的意识经验的任何部分。毕竟，即便作曲家死了，作品也继续存在。作品也不构成听者在听的时候的意识经验的任何部分，因为在这些经验停止的时候，音乐作品继续存在。

因此就有这个说法：音乐作品不等同于它的各种演奏。尽管作品与演奏是不同的，演奏却相似于这个独特的作品；演奏与作品越相似，就“越好”。对音乐作品的演奏，把作品展示给我们，展示其特点，展示其各部分的整个序列。最后，作品全然不同于它的乐谱。音乐作品主要地或整个地是一个声音作品，而乐谱的记录仅仅是一种对通常是有形记号的确定排列。

这些看法，在我们看来，似乎琐屑而明显；然而，我们必须严格地考查之，尤其是因为这些想法导致极大的难题。

让我们举一个大家都熟悉的作品当例子吧！比方说，肖邦的《B 小调奏鸣曲》。这是怎么个情况呢？按照早先的那些断言，这个奏鸣曲既不同于它的作曲家（肖邦）的体验，也不同于听过它的无数听众的体验。与此同时，事情好像是这个奏鸣曲不是物质性的。然而，如果一个东西不是心智性的（与意识有关）或物质性的，在没有人对它发生有意识的兴趣之际却也能存在，那么它如何能够存在？

或者，考虑另一个问题：据说我们每次听那个奏鸣曲的特别一次的演奏，我们听的是同一个奏鸣曲，尽管每一次都是一个新的，也有些不同的演奏，因为演奏者和情况是不同的。在那些不同的演奏中，你能听到相同的东西；在每个场合，但愿我可以这么说，同一个作品应该像它原初的自我——那怎么可能？

就对同一棵树的几次体验而言，事情在我们看来是容易理解的；对这棵树的多次感知，各个不同，因为那种感知是主观的，因此每次体验的各阶段的构成是不同的，但这些次感知为我们提供了一条通道，通往那同一个物质对象；那个对象在空间中自在地存在，也不在意我们的体验。那棵树有其特点，可以说它在空间中静悄悄地等待，直到有一个人注意到它，了解到这棵树的某种事情。即便没有人了解这棵树的任何事情，那也没有可能妨碍这棵树的存在，也不能影响这棵树的那一宗属性。这个结论显得很明显，即便这棵树频繁地使哲学家们产生了许多理论性的头痛问题。

说到既非物质的，也非心智的音乐作品（它以及它的任何部分，确实不是一种有意识的经验），正如上文那种天真观点所声称的那样，音乐作品怎么能“等待”我们的感知，并且对我们自行展现为严格的同一个东西？那个《B 小调奏鸣曲》在什么地方“静待”我们？在真实世界的空间中，在没有人演奏和聆听的时候，肯定不存在什么音乐作品。而关于那个奏鸣曲的那些具体的演奏，无论如何也不是“客观的”；这跟人的聆听是不同的，聆听是一种有意识的活动。

那么，即便各次演奏是不同的（只是要假定这些演奏不是非常离谱），是什么让我们确信，我们听的是相同的奏鸣曲？是同一个，不是跟它相似的另一个。有些哲学家承认理想对象的存在，那是永恒不变的，非时间性的，没有起源，也永不停止存在。数学研究的那些对象，据说属于这一类。肖邦的《B 小调奏鸣曲》和其他音乐作品是这种“理想的”对象吗？我们不能同意这个看法，因为谁会否认，我们说的那个奏鸣曲是肖邦在某个特别的时间创造出来的呢？音乐史家甚至会努力确定一个说得过去的精确时间，说肖邦在那时候正在写这个奏鸣曲，然后写完了。他们说肖邦的“遗产”包含一些作品，我们谈论的那个奏鸣曲就在其中。因此，音乐史家一定认为以下说法是对的：《B 小调奏鸣曲》一直存在至今，肖邦的死横竖不曾影响它。但是，它会持续多久，是永垂不朽，还是只能再存在三年五载，无人能预言。但是，它存在于一段特别的时间里，这个事实本身足以排除那个假想，即它是理想对象的一员（其实不是），即便设想我们承认理想对象是存在的。

为了躲避这种难处，有人或许试图抛弃那些不成体系的信念，又在关于音乐作品的激进心理学观点中寻找避难所。他们的这种观点在胡塞尔对逻辑学中的心理主义①的批评中发现了靠山。在许多领域中，胡塞尔的批评认为，把某些对象视为心理事实，或者视为意识经验（或者视为心理事实或意识经验的一部分），是站不住脚的。但是，在音乐作品这个领域，事情或许有所不同吧！有人可能说：我们貌似一直与同一个作品打交道，与同一首肖邦的奏鸣曲打交道，这难道不仅仅是一个幻觉吗？在听某个奏鸣曲的某次演奏之际，我们不觉得这个奏鸣曲才刚存在；在它的最后一个音符之后，我们不觉得它就停止存在——这种感觉难道不仅仅是一个幻觉吗？

这或许不是一个幻觉，而仅仅是某种错误或虚假的理论念头；在历史暗示的影响下，我们屈从于这个念头。因为我们确实知道肖邦"写了"那个奏鸣曲，知道它发表了，这种知识或许把我们引至那个错误结论：那个奏鸣曲"存在"。但是，或许没有什么肖邦的奏鸣曲或者其他音乐作品货真价实地存在呢，存在的仅仅是一些具体的演奏嘛！在假定（我们通常如此假定）同一个音乐会上的全体听众听的是对某一个奏鸣曲的同一次演奏之际，我们或许也错了。在音乐会结束之际，我们交流看法，我们常常达成一个结论：在说到我们每个人听到了什么之际，那是存在好大差别的，事情不是这样吗？关于演奏的许多细节，我们常常不能达成一致意见；我

① 心理主义这个术语，表达心理学研究的实证主义倾向，即不承认有超越心理事实或意识经验范围的存在。英加登反对心理主义，因为我们看到红色交通灯，"停止"这个观念不在心理事实中。在此，英加登反对心理主义把音乐作品等同于心理事实。——汉译者

们中的一个人高度赞扬，另一个人反应不同，甚至满嘴坏话。那么，我们或许应该同意：仅仅存在一种主观现象，那就是某个奏鸣曲的演奏，在每个听者那里，部分的或整个的不同；而各次演奏与那个《B 小调奏鸣曲》仅仅是老生常谈的语言虚构，在实际生活里有用，但其实是不存在的。

主观体验、主观现象，是心智性的，但承认它们，不导致什么困难，因为甚至唯物主义者也趋向于承认心智现象的存在，他们仅仅否认这种存在与物理过程相分离。这里的这个最终答案，并不使我们忧心，因为我们确实需要的全部东西，是如何为音乐作品归类。照这样，音乐作品不存在，而确实存在的东西是心智事实的某些过程。这不是最简单也最有说服力的解答吗？

但是，如果这个解答正确，那么把音乐作品的演奏与作品本身区别开来，就无的放矢了。同样，把某次演奏与在音乐会上的这个或那个听者所体验到的许多其他具体的主观现象区别开来，也没有什么意思了。我们于是就没有什么理由谈论音乐作品的本性（那个独一无二的《B 小调奏鸣曲》），也没有理由追问保住那个本性的诸多条件。这不会让我们烦恼：我们仅仅把一种理论上的头痛问题消除了而已。

然而，不幸的是，我们不得不抛弃一系列的判断（在了解音乐的过程中），我们常常声称那些判断是对的。这将适合我们的判断，即《B 小调奏鸣曲》是由一定数目的乐章构成的，用一些调子写成，比方说第一乐章有几个特别的主题，有一种别具特色的和声框架，随着作品的进行那些和声框架协调为一种特别的方式。这一切都可能是错误判断，因为这些判断针对子虚乌有的对象。比方说，宣称一位钢琴家在一次音乐会上演奏《B 小调奏鸣曲》，比另一位钢琴家在另一次音乐会上演奏得更好；宣称其中的一位忠实原作，另一位在许多方面背离原作，也都是不对的。这些判断不仅愚蠢，而且是蠢到家了。因为，说某次演奏，而非另一次演奏，提供了对《B 小调奏鸣曲》的更精确的解释，毫无意义，因为那个奏鸣曲其实不存在，也没有什么真东西拿来与这些演奏比较一番。

我们真会同意说，关于这个奏鸣曲本身及其演奏的这些判断，全是错误的和愚蠢的吗？如果有待“被演奏的”那个东西不存在，那么发明出“演奏”这个概念也是莫名其妙的。我们也会同意这是莫名其妙的吗？说到关于音乐作品的某位心理学家的说法的后续结果，那么这些不恰当的说法甚至更过分，导致各种离奇古怪的断言，都不值得在这里引述。

鉴于这里列举的这些难题，音乐作品如今变成了令人困惑的对象——作品的本质与存在不清楚——即便我们常常与之打交道，宛如跟好朋友交往，而且作品构成了我们世界的一种完全平凡而自然的部分。那些常识性的不成体系的信念，不应该为我们的如此困境受责备吗？因此，我们不应该严格地考查这些信念，并且改善之，或完全摒弃之？让我们试一试吧！

英加登及其时代①

马克斯·瑞泽（Max Rieser）②

1970年6月14日，罗曼·英加登溘然长逝，他的艺术哲学著述肯定比当时其他波兰思想家更广泛，而且占了他哲学著述产量的近一半。另一半包括他著名的专著《世界存在之争》(*Controversy about the Existence of the World*)，与唯心主义认识论针锋相对；有一卷讨论当代哲学史，基本上讲埃德蒙·胡塞尔，但也讲亨利·伯格森（英加登的博士论文）、弗兰兹·布伦塔诺、马克斯·舍勒；在非常严重的否定意义上，他也讲到他哲学思考的死对头新实证主义。虽然他的美学研究成果丰硕，但是在他去世前的

① 经许可摘自 *The Journal of Aesthetics and Art Criticism* 39，no. 4（Summer 1971）。

② 纽约人马克斯·瑞泽（Max Rieser）常常在 *Journals of philosophy* 发表文章，是罗曼·英加登终生的朋友。

三个月，1970年3月13日，在阿姆斯特丹的一次讲座上，他声言[①]，他主要的两部艺术哲学著作甚至不曾提及美学，却名叫《本体论、逻辑与文学批评边界研究》与《艺术本体论研究》。他说，扎眼地忽略了美学，缘由是这两本书原准备处理某些一般的哲学问题，尤其是实在论对观念论的问题。"特别是美学问题，" 英加登继续写道，"当时在我看来，具有次级的重要性……从开始我就清楚，我们应该在美学上取得进展，而不应该在一种经验的归纳的道路上摸索，以便搞出关于艺术品的一般观念的清晰看法，以及关于某种具体的艺术品的较不一般的看法。" 换言之，英加登主张他想作为一个认识论的现象学哲学家，来完成这个任务。几条解释性的评论列举如下。

他提到的第一个书名，《文学艺术作品》(*Das literarische Kunstwerk*)，其实是他的德语著作的副题。第二个书名，是他在1960年为他的一本译自波兰文论文集起的名字，该文集基本构成了他的《美学研究》(*Studies from Aesthetics*) 的第二卷内容，出版于1957—1958年；涉及以下课题：音乐、绘画、建筑与电影。对部门艺术的这些研究，本来包含在《文学艺术作品》中，但如此一来篇幅就过长了，而且在将近三十年里也膨胀起来了。还有一部作品，《论对文学作品的认知》(*On the Cognition of the Literary Work*)，写于第二次世界大战之前，于1968年出版于德国。二战结束后不久，英加登发表了《文学哲学草稿》("Sketches from the Philosophy of Literature", Lodz, 1947)，该文部分地包含在《美学研究》(第一卷是《论对文学作品的认知》) 中。《美学研究》里还有一篇短文，《论文学艺术品的本体》(pp. 249 – 55)，这附属于《论对文学作品的认知》。

但是，我们仍然不知道为什么一部关于艺术哲学的著作，如《文学艺术作品》，就会在任何意义上影响实在论对观念论的问题。这似乎相当奇

① *Bulletin International d'Esthetique* 5, no. 14 (Nov. 1970): p. 5.

怪。英加登一边写这本书，一边斜睨胡塞尔的唯心主义认识论。他在1927—1928年写此书。1928年1月，他从巴黎到波兰，途经弗莱堡，就把书稿给胡塞尔看。实际上，胡塞尔的助手伊迪丝·斯泰因（Edith Stein，后来被纳粹从荷兰的一个女修道院里拖出来，死于奥斯维辛集中营），帮助英加登润色他的德语著作。（波兰语版本到二战后才做成，出版于1960年，由玛利亚·图若维兹翻译）。英加登想在此表明，文学艺术作品是一种“意向性对象”，甚至是此类对象的典范，而胡塞尔也认为物质对象是“权且意向性的”（merely intentional），就是说，是“空无”，因此遭到严重误解。英加登也想展示艺术品是“梗概性的”创造品；为了变为审美欣赏的对象，就需要听者或看者把它“具体化”；听者或看者的贡献在此是至关重要的。此外，艺术品需要一个坐落其上的物质对象。因此，物质对象与创造者的心灵，以及艺术欣赏者的接受性的经验，对审美对象的构造是必需的。

总而言之，一个独立的物质世界（有别于其他心灵），是文学艺术作品不可缺少的前提条件。英加登心里就是这个意思——在写美学研究著作之际，在他宣称实在论对观念论的问题是他的头等关切之际。虽然英加登是胡塞尔最忠诚的弟子之一，但他不曾采纳胡塞尔的所谓先验唯心主义，而且在1927年之前，他一直试图让胡塞尔相信自己是错误的。1918年，他从德国的弗莱堡返回波兰之后，给胡塞尔写了一封长信，说自己为与胡塞尔意见分歧而深感苦恼。他也确信（与胡塞尔的其他学生不同）胡塞尔在开始哲学生涯之际也是一位实在论者或称现实主义者，当时他在维也纳师从弗兰兹·布伦塔诺（Franz Brentano），后来或许改变了思想，这是因为他受了德国唯心主义哲学影响的结果。从1912年到1917年（有些间断），在哥廷根和弗莱堡，英加登自己是胡塞尔的学生。正是在这段时间，英加登的哲学信念固定了。胡塞尔认为哲学应该是“严格的科学”；但是，他要成此事，仅仅凭借采纳“现象学还原”（把世界视为一个人自己意识的现象），仅仅凭借逃离物质的东西（视其为“权且是意向性的”创造物：它们没有自主存在，而仅仅是我们的意义单位的相关品；物质的东西的构成，基于所谓在无尽的流动中彼此相续的那些东西的那些方面）。虽然唯心主义的多样性允许其他心灵的存在，允许主体间的行为动作，胡塞尔却比贝克莱或费希特走得远得多。

英加登接受胡塞尔那种火眼金睛的方法，即试图发现一个东西的“本质”的方法，但他在《文学艺术作品》中，在大量书信和文章中，摒弃胡塞尔的先验唯心主义。这也是他主要的认识论著作《世界存在之争》关心的问题；他1937年在德国开始写这本书，以便把手稿给胡塞尔看。但是，胡塞尔次年去世，英加登就在二战期间用波兰语继续写。书很快（1947—1948年）出版于在莫斯科的波兰科学院。在波兰科学院搬到华沙之前很久，他已经是该院的成员。因此，可以说，英加登在他的两部主要著作中搞的是认识论：在第一部著作（《文学艺术作品》）中，以详细的方式；在第二部著作（《世界存在之争》）中，以直接的方式。但是，应该强调的是，他在为认识论的实在论站台之际，他仍然反对全部形式的新实证主义、经验主义与唯物主义。他把《世界存在之争》翻译成德语，他的许多著作都有德语版本。此事可以理解，因为他的两部主要著作，在某种意义上，是胡塞尔的现象学著作的“项坠”，因为胡塞尔对波兰哲学毫无兴趣。二战之后的若干年，当玛利亚·图若维兹把英加登的著作翻译成波兰语之际，英加登说，在华沙的图书馆里，连一册《文学艺术作品》都没有。

他还抱怨，波兰对他的著作野蛮地无知、公开地仇视。在德国，甚至在法国，他名气更大。在波兰，他是第一个操作一种新式美学的人：关于艺术的认识论，基于并且来源于现象学本体论；外加衬在现象学套话中的那些概念。在波兰，这种情况在一定程度上发生了变化。新实证主义，他不遗余力地摒弃，失去了优势地位；马克思主义走到了前台；战前的心理主义，带着资产阶级的味道，他反对；因此，现象学改变了姿态，虽然马克思主义者一直声讨现象学。但是，因为新实证主义影响力大得多，存在敌意的马克思主义者就首先攻击它。英加登不受外在事件的左右。他谴责国家对哲学之事的任何干涉，但保持沉默。二战之后，波兰人对他的美学的兴趣大大地强烈起来。在20世纪二三十年代波兰哲学大发展的阶段，劫后余生者寥若晨星，英加登是其中之一。从1926年到1941年，他在老家城市利沃夫当哲学教授；波兰哲学在1895年复活于此地，卡泽姆尔兹·塔沃杜瓦斯基（Kazimierz Twardowski）当了哲学教授，此公是弗兰兹·布伦塔诺的弟子，出生于维也纳，曾在著名的特蕾西亚学校上学，在维也纳大学当讲师。

英加登的《文学艺术作品》出版于萨勒河畔的哈雷，正处于1931年德国经济危机的低谷。次年年底，国家社会主义者在德国掌权。英加登那位可敬的老师埃德蒙·胡塞尔丢了位置，不再是一位大名鼎鼎的哲学教授，不再是魏玛共和国的内阁大臣，却成了一个遭到盯梢的人，不得不在国外出版著作（比方说，在贝尔格莱德），在维也纳上公共课。与卡泽姆尔兹·塔沃杜瓦斯基和英加登相似，胡塞尔本来是奥地利国民；这三位都在奥地利上学，深受老奥地利帝国的文化气氛的影响。胡塞尔丝毫不是种族上的德国人，而是摩拉维亚的土著（西格蒙德·弗洛伊德也是）。在1926年新创立的波兰，英加登在利沃夫大学得到了教授职位，但被迫在1941年停课，因为纳粹占领了波兰，大学全部关门，利沃夫大学和利沃夫技术大学的二十多位教授被枪毙，连理由都不给。

胡塞尔和塔沃杜瓦斯基都死于1938年。1945年后，情况非常不同了。利沃夫被割让给俄罗斯，英加登被任命为克拉科夫大学的哲学系主任；这个位置不曾被新实证主义者占据，这与华沙大学不同。就胡塞尔而言，他的藏书和浩繁的遗著，运到了比利时的鲁汶，成立了胡塞尔档案，而得免于纳粹毁灭。胡塞尔如今是一位闻名世界的历史人物，其遗著在荷兰出版。他对欧洲大陆的哲学有巨大影响，实际上不仅推动了马丁·海德格尔的现象学存在主义，而且推动了让·保罗·萨特和梅洛·庞蒂的哲学。

英加登艺术哲学的精髓，有若干根本观点：艺术品作为“意向性”对象；艺术品的层次状态；听者或读者把艺术品具体化。

艺术品的意向性意味着它没有独立存在，像物质对象那样的独立存在；艺术品也不是理想对象，如三角形；艺术品必须有物质的底料，在声音、大理石、墨水痕迹之类中。

艺术品的多层状态，尤其文学作品的多层状态，是其最基础的特色；此事若是遭到忽视，就导致错误，如我们从批评史得知的那样。关于不同深度的精神层面的这个观念，是现象学哲学的一个特点。人类生活本身有若干这种层面，这本身或许就是文学作品的层次模型。我们所谓对象的那个东西的“构成”，或许也是由层面组成的。因此，比方说，物质对象的宏观物理观念，与同一对象的微观物理观念，是同一个东西的两个层面。如果一个人在戏台上讲一个故事，这个故事讲的不是发生在这个戏台上的事情，却是发生在别处的事情，我们或许就讲到了事物的不同层面。按照英加登的基本理论，文学作品有四个层面。

当然，不需要怀疑的是诗有两面：有意思的词，以及（特别在诗中）那些词的发音（在诗歌作品的构成中发挥重要作用）。我们可以把这两面解释为诗的两个层面。但是，英加登的体系走得更远，宣称相关的四个层面是：词的发音；由词构成的句子的意思；被呈现对象的那些大体的方面；以及被呈现的对象本身。每个层面都为整个作品的审美地位做出贡献。这个整体形成了一种审美品质的复调。这种复调的类型，决定作品的审美价值。这些层面的结构及其联系，决定作品的有机特点。作品的审美价值和有机特点，或许是作者的精神过程创造的，但既不是作者也不是读者或听者的心理状态的部分。即便作品的审美价值和有机特点没有独立存在（像物质的东西那样），它们仍然具有意向性之物的半自主存在。英加登非常小心地警告对艺术品做心理学理解，正如胡塞尔非常小心地反对对逻辑做心理学理解（这是他遭到弗雷格的严厉反驳之后的事，因为数学家出身的弗雷格在他的《算术哲学》中犯过这种错误）。

虽然从理论上说文学作品由四个可分辨的层面构成，但是英加登主张第二个层面（即句子的意思）是核心层面，因为若无此层面，作品本身就完全不存在了。意义的单位，由词语之网构造，大体决定另外两个层面，即被呈现的对象的那些梗概的那个层面，以及被呈现的对象本身的那个层面。后两个层面决定作品是不是历史的、自然主义的、象征的，等等，这个问题。句子类型也决定另外一个问题：作品是不是清楚。如果作品缺乏清晰性，晦涩或许是故意的，神秘性或许在审美意义上有价值。（我在此要说，神秘性、晦涩、多义性，从文艺复兴以来，作为一种审美价值出现了；在古代，比方说，在法国的古典主义中，作为诗歌的一种价值，晦涩被摒弃，而清晰在诗歌中是尊贵的。）

关于文学作品的句子，在英加登看来，本质的事实是：文学的句子不是逻辑意义上的真命题（比方说，科学论文或新闻报道的句子，是真命题），而仅仅是准命题；愿望式的陈述仅仅是准愿望的；命令仅仅是准命令；问题仅仅是准问题，等等，因为文学世界不是一个真实的世界，而是一个虚构的世界。因为它的人物是虚构的，他们的陈述仅仅是准陈述。准陈述这个概念引起了许多争论，因为批评家们一直说文学作品揭示一种超绝类型的真实，这个假定似乎遭到了英加登理论的威胁。然而，这搞错了，因为英加登只关心文学句子的技术的、逻辑的状态，不关心额外的其他意义。是不是准陈述这个问题少有审美重要性，因为全部文学作品（主要是小说）是由这种句子构成的，不在乎其审美价值如何。在讨论第一个层面（词的发音）的时候，英加登讨论了许多语言学问题，但这些问题连同逻辑学的那些专门讨论，现在具有一种历史意义，因为那些讨论关系到当时（也就是20世纪20年代）流行的那些理论。此外，纯美学问题在当时或许仍然是偶然提及的，听着也新鲜。

关于其余两个层面，即与被呈现对象的梗概样貌相关的那个层面，以及与被呈现的对象本身相关的那个层面（这在文学批评中肯定是不同寻常的），又怎么说呢？我们应该首先说，这不是什么揭发行动，而是一种哲学解释；这种解释归因于对文学作品的功能进行分析。如果从现象学哲学的角度考虑这个问题，文学功能可能得到较好的理解。按照现象学的认识论，所谓物质世界的对象，在我们看来，是一串千变万化的样貌，这取决于我们相对于那些对象的位置。这些样貌或许无限而模糊地重复自己；物质的东西确实需要一种无限的描述，但我们永远不可能达成关于物质对象的一种确定的知识；物质对象不可能用绝对的说法得到描述。在一个意向性的艺术品中，作者也以一系列的方面建造他的被呈现的对象，但他或许甚至必须以确定的方式选择一些样貌，来描述他心里的那个东西。在真实世界中，样貌的多样性登峰造极而成为某个意义单位，我们把这个意义单位嫁接在所谓物质的东西上；在文学的意向性对象中，样貌系列构成艺术想象的那个东西。但是，这个合成的景象是梗概性的，因为作者必须撇下许多细节；他当然不会总是讲述他的主人公的头发是浅色的还是深色的，等等。这个景象因此就总是不完全的，总是有待于作品的具体化，就是说，等待听者或读者对作品的再创造和完整化。艺术作品的这种不确定性，与文学作品句子的另一些品质（可能也是模棱两可的，也可以说是白光如乳那样）结合起来。这一切来自以下事实：被呈现的对象，不具有物质的存在，而是虚构世界的一部分。正如在真实世界里，对象的建立，凭着它们显出的样子；因此，在艺术品里，被呈现的对象构成的那个世界（至少构成最后一层，即第四层），是由从句子里涌现的那些样貌建立的。按照现象学哲学，文学作品的后两个层面，确实反映发生在物质世界里的那种事态。

按照马克思主义美学观，艺术与现实的关系是美学的主要问题，因为艺术品应该是关于现实的一种浓缩的一般化观点。这个问题在此将是英加登的文学艺术对象的第四层的那个对象，尽管英加登在二战之前不曾提到马克思主义哲学。被呈现的对象，这个层面，应该呈现真实的世界、生活或现实。在艺术品中想象的时间与空间这两个概念，不同于物理学世界或者生物经验中的所谓时空；与此有关系，英加登长篇论述过现实世界。他于是重申他关于样貌的非决定状态说过的话，他说，由被呈现的对象构成的那个世界，必定包含一些未决定的点，因为作品担负不起无限的描述。作品中的东西，不能充分描述，或者说不能充分个体化；作品仅仅是梗概性的画面，带着固有的空缺。

形式和一系列的样貌，决定作品风格——是表现主义的，或是印象派的；是熙来攘往奔突激越的景象，或是那些景象在词语的连续旋律流中不知不觉地消散。被呈现的对象在这个层面是重要的，还有另一个原因：它揭示（其主要功能之一）英加登所谓作品的形而上品质，换言之，相关作品是悲剧的、喜剧的、迷人的、诱惑的，等等。这些都是人类存在的品质。我们的日常生活一般是暗淡的，没有引人注目的特色，我们就希望有某种东西为生活敷上色彩和意义。当然，在真实生活中，对我们存在的这些品质，我们也能变得有意识；但是，在日常生活的单调乏味中，如果此事果真发生，那或许会使我们难受和悲苦。但是，艺术品若把那些品质显示给我们，我们或许就能平静而超然地观照之。换言之，我们或许能在其中发现我们生活里暗藏的意味。亚里士多德讨论诗歌的主要论文，针对这些形而上的品质，别有深意。

英加登的艺术哲学的最重要的术语之一，是具体化。我们已经听说过艺术品是一个梗概性的景象，有一些空缺有待填补。正是这种填补，才是听者或读者在具体化过程中的业绩。他们于是就在整个审美过程中发挥积极作用。如果艺术品要成为审美欣赏的对象，如果它从艺术性的梗概框架中变为一个审美对象，他们的贡献不可或缺。英加登强调听者或读者在审美对象的构成中的积极参与。评价艺术品一事中的主观性与客观性，这整个问题于是就得到了一个新维度。在他的第二部美学著作《对文学作品的认知》中，英加登把很大篇幅贡献于这种分析。他的译本通常充满了修订和补充。文学作品的具体化，仰赖于读者，照这种讨论，具体化基于读后的重建。如果这种重建不忠实，或者不完整，那么具体化就同样有毛病。

读者还必须掌握作品的层级结构，因为并非所有部分都具有相同的分量。具体化基本上是我们已经说过的填补作品未定的空缺，填补作品审美经验的未定空缺。这种过程的结果或许就显示在审美判断中。如果作品任何部分的具体化有毛病，审美判断也是错误的。艺术品是一个主体间的对象，但其具体化却是单一主观的或个体的，因此很难是同等重要或正确的。这个事实可解释审美判断的多样性，甚或有时候的相互矛盾，因为读者或批评家判断的东西，并非作品本身，而是他的具体化方式。因此，比方说，文学批评家在写批评文章的时候，也判断他自己的具体化方式；他的具体化越是包罗万象，他正确的审美判断就越是具有更多的展望。因此，英加登在哲学中反对“轻易怀疑论”，特别反对美学中的“相对主义”；我记得清楚，他在威尼斯的第十一次哲学大会上，挺身而出反驳艾迪安·吉尔森（Etienne Gilson）的那种相对主义论调。

英加登所谓被呈现的对象的层面，通常被理解为艺术品的内容；但是，在他的分层理论中，他清楚地摒弃形式与内容的划分，认为这种划分模棱两可，与形式这个概念一样含糊不清。对事物和对象的呈现或再现，受其样貌的影响，此事显然不可否认。在这一方面，英加登步现象学关于物质的东西的那个概念的后尘：物质的东西也是由承续的许多样貌构成的。我们在此可以提一下：在大约 1940 年的一篇研究“诗学”的文章中，英加登摒弃俄国形式主义者的观点，特别是托马舍夫斯基（B. Tomashevskii）的观点；这些形式主义者认为诗学仅仅是语言学的一部分，因为诗的语言仅仅是普通语言的艺术性变化。英加登认为这么说是错误的，因为这个观点忽视了两个重要的层面（与文学作品中梗概性面貌与被呈现对象相关），于是就降低了作品的分量；甚至有对立的观点，说语言在文学作品中不发挥任何作用，作品的资产仅仅是其意义。这当然是英加登不接受的，因为他认为词语的发音在文学作品中发挥重要作用，比方说，文学作品与也是由词语构成的科学作品不同，但在科学那里词语的发音无关紧要，对知识的传播甚至有害——如果我们对科学作品的词语发音投入太多的注意力。如果我们更细致地审视英加登关于文学作品有四个层面这一构想，或许就明白了：在某种程度上，这种结构代表人类生活总体的四重结构。声音层面和句子的梗概意义层面，代表语言意义性质的我们的精神世界；另外两个是对象层面与对象样貌层面，清楚地代表可观察的人类世界的这个部分，代表我们看到、听到的那些东西。

任何哲学，尤其是艺术哲学，都打上了它所发生的那个时代的烙印，这甚至常常是一些艺术品导致的：哲学从这些艺术品中得到灵感，或者从中抽取概念。英加登认为他的文学理论对艺术的全部分支也有效，但他在其基础著作《文学艺术作品》中，引用海因里希·冯·克莱斯特（Heinrich von Kleist）和诺瓦利斯（Novalis）的话，以表明风格的多样性。然而，在我看来，他真正的分析模型是托马斯·曼（Thomas Mann）的作品，即小说《布登勃洛克一家》和《魔山》。因为英加登博学多闻，因此他心里就有许多文学作品。为了把他引用的时间视角按比例缩短，他从约瑟夫·康拉德（Joseph Conrad）的小说《吉姆老爷》中引用了一些片段（参见他的《对文学作品的认知》）。关于“具体化”这个概念，最明显的例子，或许是某个剧本片段具体化在戏台上；此刻，剧本的那些未决定点就被填补了——正如英加登自己提起的那样——被导演填补了。导演安排多种排演，直到事情符合他的判断，舞台演出符合作者的意图。多种舞台演出或许是同等可以接受的，但其中的一些比另一些或许更接近于作品精神。甚至朗诵的形式，对具体化也是至关重要的。因此，法兰西喜剧院的演员们，在朗读莱辛的诗句之际，一直夸耀某种传统的朗诵模式，那是外国人无法模仿的。但是，应该说清楚，英加登不认为戏剧是纯粹的文学作品，而是处在文学边界线上的作品。

英加登对其他艺术的分析，遵循相似的概念模型。英加登关心那些分析的本体论基础。他也考虑了以下事实：艺术品的分层状态，就艺术品是意向性对象而言，具有核心意义。他于是就发现音乐作品没有多重层面，而只有一个层面（仅仅是声音）——正如他极力声明的那样——此刻他就大吃一惊。这似乎与他的艺术理论自相矛盾。音乐的这种“刺儿头”德行原因何在，探究一番，会是有趣的，因为这种探究或许会为分层的整个概念带来光明。英加登自己不曾做此探究。但那个真正的原因显然是这么一个事实：所谓层面无论如何不是艺术的物质层面的一个部分，而是超越其物质层面的东西，某种只存在于意义世界中的东西。因此，比方说，一幅画的涂色表面，无论如何不是这幅画的某个层面的部分，其层面一如在文学作品中那样——梗概性的样貌与被呈现的对象。因此，绘画的层面确实超越于涂色表面。

英加登是一位音乐家，他弹钢琴，因此堪称理想的美学家；欧文·艾德曼（Irwin Edman）曾经在一次演说中讲到这种意思，说一位美学家应该熟悉两种艺术。身为音乐家，英加登在“纯音乐”中找不到他熟悉的意义世界，他摒弃音乐“表达”或“呈现”（或云再现）某物这种论点。许多东西也表达或呈现，对精彩的音乐作品的整个成就而言，表达和呈现是微不足道的①。音乐作品在其演奏的意义上不是时间性的，而是类似时间性的，文学作品也是如此；在音乐作品中，搞出了一些阶段，那些阶段常常互相决定。音乐作品不是数字那样的理想对象，因为音乐作品发生在时间中，而且一旦被作曲家终止，它的所有部分就同时存在，它的那些乐段是

① 原书编辑注释：瑞泽在此似乎说，许多事情也表现和再现，不独音乐如此。因此，表现与再现解释不了音乐的那种独特的神妙。

类似时间性的。虽然音乐作品在历史中发生，带着历史的印记，但它们与真正的宇宙时间没有关联，只拥有自己的音乐时间，对周围的现实完全漠然视之。

音乐作品包含非声音品质，比方说，审美品质。音乐作品或许包含感情品质，如恐惧、敬畏等。作品或许也表达作曲家的意思，正如演奏或许表达演奏家的意思，但此事超越了音乐。标题音乐甚至呈现某种东西，比方说，瓦格纳的《莱茵河的黄金》中火的主题，描写火，它在物质上必须与火有些相似，但音乐不必有这种属性。一个音乐作品的演奏，不可能等同于音乐作品本身，它仅仅是作品的具体化，而乐谱对音乐文本的固定只能是不完全的；演奏就来查缺补漏。作品中的“形式”是构形性质的（格式塔），此乃格式塔心理学的题中之意。演奏所需要的条件，甚至乐器，是变化的，而音乐作品本性常驻，它那些部分的某些属性构成奏鸣曲或交响曲那种作品的整体。声音中的某种预期与转换，发挥作用；甚至差别或感情的相似性等等，也是如此。

英加登强调一幅画的物质层面（画布、颜料涂抹及其理化属性）与一幅画（作为一个艺术品）之间的区别。就此而论，绘画有“层面”，尽管为数不如文学作品的多：样貌层面（重建的或建造起来的样子）；被呈现的对象或场景；如果绘画有文学的或历史的内容，它就有第三层，因为少了这一层，我们就不能充分理解这幅画，不能理解它的前因后果，等等。被呈现的对象，由其样貌显示出来，但不像在文学中那样在序列中显示，而是一旦选定就一成不变。样貌层面是不完全的，部分地未被决定，因为绘画作品的整体是一个意向性对象。观看者在其具体化中必须填补样貌中的空缺。某些样貌是结构性的——对对象的构造而言，是必不可少的；有些样貌是装饰性的——它们以颜色或以被呈现对象的其他特殊方面，润色之；但是，有时候相同的样貌，满足这两个方面的功能。在文学中，核心层面是句子的意义单位；而在绘画中，样貌是主要的层面，因为没有样貌，就没有绘画。分层理论的精神特色是显然的。绘画的被呈现的对象和文学内容，在意义世界里，严格说并不属于这幅画。至于样貌，它们是艺术对象的部分，但与其物质层面无关（画布上的颜料涂抹）。英加登宣布，立体主义绘画缺少样貌这个层面，因为立体主义画家试图画出被呈现对象的本质结构，而无视其样貌。一片平常的风景，没有“一段故事”，会有两个充分的层面，但不是三个。海因里希·沃尔夫林（Heinrich Woelfflin）没有意识到艺术品（绘画）的分层状态，英加登在一个脚注里为之扼腕。但是，现象学理论的精神论的本体论，不大会启发他认识绘画的经验性风格，因为那种本体论反正适用于全部绘画，不管风格或价值。

抽象画只有一个层面，因为所谓样貌那个层面以及被呈现的对象那个层面，在抽象画里不存在。我们或许可以说分层方法在此不合用了。剩下的唯一问题，是涂色的表面是否真的成为在艺术的意义上的一幅画。全部绘画或许都体现英加登所谓形而上的品质（悲剧的、优雅的、迷人的，等等）。

英加登把分层法和具体化，也用于其他艺术。他不曾讨论雕刻，但他对建筑的讨论很多。建筑是一个好例子，其物质层面与其艺术形式是重合的，但不等于艺术形式。建筑是一堆石头；它变成一座教堂，是通过神圣化的行为；它变成一个艺术品，如果我们对它采取审美态度。每个人未必以这种态度看它，那么他在建筑中就看不到一个艺术品①。在其现象学的专业措辞中，英加登把建筑叫作意向性对象，但他也可以称其为精神对象，因为建筑的艺术品质归于它的意义世界中。但是，在他剩下的术语中，我们宣称建筑是意向性对象，因为建筑没有独立存在，而必须有物质基础——它的那些石头。跟随那些宣称建筑是“凝固的音乐”的理论家们

① 原书编辑注：瑞泽清楚地说，并非人人都以这种方式看建筑，因此也不把它视为艺术。

的脚步，他宣称，与接近视觉艺术相比，建筑作品更接近音乐作品，尽管建筑作品的结构全然不同，因为作为艺术，建筑没有再现性的组分，其整个艺术内容能够直观地表达在其线条中，正如音乐在其声音中。然而，与音乐不同，建筑有两个层面：一是为数潜在无限的“样貌”；二是其三维形式。在绘画中，样貌是最重要的层面；在建筑中，三维形状是最重要的。

建筑或许也有一些绘画似的价值，但这些价值应该得到强调，不要遮盖其建筑形状而喧宾夺主。所谓形状得以组织，是在几何原理的基础上，而非在有机原理的基础上，正如变量有限的方程式那样，正是这种组织状态的统一性，才增加了建筑的艺术价值。那是把几何形状具体化了。如此，建筑是非时间性的，尽管建筑发生在时间中；有人甚至把建筑称作完全空间性的。建筑与纯音乐不复制什么，是全部艺术中最具创造性的，表达最亲密的人类的才能与本性。正如没有文学故事的绘画，无声电影也有两个层面。抽象画，好像音乐，只有一个层面。

尽管英加登在美学中摒弃心理主义，但在 1958 年，他写了一篇文章，《论语言在戏剧演出中的作用》，宣称戏剧里的词语应该被视为动作，因为词语构成戏剧动作的一个部分；词语激发动作，是通过交流，通过表达，通过影响演戏的搭档。但是，英加登首先是一位认识论者和本体论者；他的美学是他的认识论的一部分。在他的《文学艺术作品》中，也讨论文学虚构的存在和精神的存在；在他的《世界存在之争》当中，讨论精神的存在。他在波兰的这些立场是艰难的，因为波兰在 20 世纪二三十年代新实在论称王称霸，在二战之后马克思主义称王称霸。1925 年，他 32 岁，在利沃夫大学当副教授，1933 年当教授。八年之后，波兰全部的大学失去作用了。1945 年，英加登被指派为克拉科夫大学哲学系主任，但波兰的共产党政府在 1951 年撤了他的主任职。1956 年，当我在威尼斯的齐尼学院见到他的时候，他已有六年被禁止上课，禁止讲座，禁止出版书籍。战前的全部资产阶级教授都遭到此类打击，他们教与意识形态无关的逻辑。

因此，我们看到，从 1948 年到 1958 年，英加登不发表文章；1958 年，“科学出版物国家办公室”开始出版他的《哲学著作》。但是，英加登一直沉默不语，也不抱怨。在他的著作中，只有两个注脚涉及马克思主义哲学这个话题。他说，如果后一条注脚主张哲学是全部科学的基础，那么与 19 世纪的实证主义（认为哲学仅仅是各种科学的一种概要）相比，一种先验哲学（如他自己的）更易于提供这么一种基础。在英加登的术语中，“先验的”不意味着康德式的先验，而仅仅是在理性看来明显的真实。比方说，如果我们说橙色介于黄与红之间，这就是一个先验的说法。在别处，他在一个注脚里为自己辩护，反对“唯心主义”的方法（马列主义的标准指责）。他说，如果他假定意向性对象是存在的，他就不可能是唯心主义者，因为这暗示真实对象也是存在的。

这当然意味着在认识论意义上，他不是什么唯心主义者，但这并不能排除他对唯物主义哲学的反对。不让干别的，英加登就有闲暇把康德的《纯粹理性批判》翻译为波兰语。翻译工作按照篇幅和发行量支付报酬。在他七十岁之际，他不得不从教学职位上退休。此后若干年，他把他的著作翻译成德语；这些译本在图宾根出版。他的最后出版物，是他与胡塞尔的通信，是对胡塞尔的纪念，由在海牙的胡塞尔档案馆出版。福特基金会的一笔赞助，让他能与妻子访问美国。他在美国不很愉快。他在美国大学做了几次讲座，但他的英语能力有限，而美国的哲学气候跟他全然不和——他 20 世纪 30 年代在波兰对新实证主义的批判，才是他的领域，也更有力量。他告诉我，他在美国的逗留是一次完全的失败。但是，马文·法伯（Marvin Farber）——“美国讲座系列”的编辑，把《存在的时代与模式》（摘自英加登的《世界存在之争》，Springfield，Ill.：Charles C. Thomas，1964）囊括于此文集中。

此前，他的文章《假说》（*The Hypothetical Proposition*）发表在马文·

法伯的《哲学与现象学研究》(18, 4 [1958]) 中。1960 年，我也在专门贡献于波兰哲学的一期《哲学杂志》特刊中，发表了英加登著作的一个节选。英加登在阿尔巴哈暑期会议(奥地利蒂罗尔州) 期间讲课，学生来自一些社会主义国家，他们第一次听说现象学。他在挪威的奥斯陆大学讲过这个题目。他获得了“赫尔德奖”，奖励他促进各国友谊的哲学活动。他在维也纳大学得此奖，在 1968 年 9 月在国际哲学大会上讲话两次，一次讲美学，另一次讲一般的哲学主题。但他拒绝参加 1968 年 8 月在瑞典乌普萨拉的国际美学大会；在给我的一封信里说，会议的选题 (“艺术与社会”) 是一个“丑闻”，意思是如此限制话题是不恰当的。

虽然他在德国几乎被视为德国著作家，他对波兰哲学和一般的文化非常重要，被视为艺术认识论的奠基人。他是波兰最伟大的艺术哲学家，也是欧洲级别的形而上学家。在哲学方面，他具有非同凡响的精确天赋，一种无与伦比的建设能力，外加不知疲倦的勤奋。在认识论的意义上，他不是什么唯心主义者，但在美学上是一位精神主义者；他认为艺术是一种精神价值。在他描述处在迷蒙的朝阳、正午的明亮与紫色的黄昏中的巴黎圣母院的“样貌”之美之际，他对艺术具有一种几乎是诗人的敏感。在胡塞尔一百岁诞辰的时候，他在广播上讲话，他悲哀地说，自从胡塞尔活了一辈子之后，哲学的影响丧失太多了。我认为他是第一次世界大战之前的最后才俊之一，出生和成长于欧洲文明最伟大的时代之一。

The Preface and Introduction and Appendage of *The Work of Music and the Problem of Its Identity* by Roman Ingarden

Wang Zuzhe

Abstract I have finished the translation of the music aesthetics treatise by Roman Ingarden. For some considerations, here we share only the Preface by its English translator,

Adam Czemiawski, its Introduction by Ingarden himself, and the Appendage by Ingarden's friend, Max Rieser.

Ingarden makes us aware of the problem of identity of a music work to be such vexatious one, which may prompt us to deal with the same problem concerning other forms of art. The reader may judge whether Ingarden has solved it nicely. The solution may have a close connection to answer what music is and what art is.

Key Words ontology of music; intentional object; hierarchical structure; concretization

学术动态

Academic Trends

论“优雅”

题记：2017年11月23日至2018年1月4日，山东大学文艺美学研究中心凌晨光教授结合“人文科学方法论”课程教学，组织同学以“优雅”为主题，进行课堂发言和讨论。在老师的启发下，同学们集思广益，根据自己的爱好与特长，积极搜寻资料，增加了自己的知识储备，进一步激发了学术兴趣，使得课堂发言集学术严谨性、内容丰富性、论述生动性和思维灵动性于一体。以下是发言讨论的文字摘记。

主持人：凌晨光教授

发言人：山东大学文艺美学研究中心2017级硕士研究生

编写人：耿晨、李鹿鸣、李若愚、涂荣臻、吴昱苇、叶冰冰、张林轩

一　优雅的中西词源探讨

李若愚：在《说文解字》中：“优，饶也。从人忧声。一曰倡也。雅：楚鸟也。一名鸒，一名卑居。秦谓之雅。从隹牙声。五下切。”——我们现在对于“优雅”一词的使用，固然不是这两个字的原始意义的简单组合，但还是可以看到“优”与“雅”的某种共同之处。“优”是舞台之上的表演者，他的表演和神态是和我们在一定的距离观照之中才能产生的。而“雅”则是楚地的鸟儿，我们可以想见一只鸟儿在枝头，我们只可远观的场景。从这样的组合当中，我们可以看到“优雅”的表现似乎是在一种

距离的组织当中体现的，当我们远离它的时候，带给我们一种静的感受；而当我们试图接近的时候，便只剩下对于“优雅”的回忆了。

到这里我们似乎发现了“优雅”有至少两个要义：一个是静观，另一个则是一定的距离。静观是我们在一定的距离直接观看的过程和欣赏到的结果，所以我想结合《二十四诗品·典雅》来分析一下这“一定的距离”：

典　雅

玉壶买春，赏雨茅屋。坐中佳士，左右修竹。
白云初晴，幽鸟相逐。眠琴绿阴，上有飞瀑。
落花无言，人淡如菊。书之岁华，其曰可读。

首先，在《二十四诗品·典雅》中，“赏雨茅屋”和“白云初晴”两句分别点出了天气有雨有晴，雨天在茅屋赏雨，身边的佳士，就像修竹一样。而晴天，幽鸟相逐，表现出一种动态的情境，但是这种“动”是从“静”中孕育的，鸟儿相逐忘我，是因为没有被观者所打扰，也就是说我们并没有介入那个优雅的画面。而“眠琴绿阴”，无论是观者，还是另有一位弄琴之人，则又表现出一种“静”的情境。我们可以看到在这几幅优雅的画面当中，存在某种静与动的张力关系，这与儒者的生活态度也有某种相似之处。

第一，儒者“待”的态度。

子贡曰：“有美玉于斯，韫椟而藏诸？求善贾而沽诸？”子曰：“沽之哉！沽之哉！我待贾者也。”（《论语·子罕》）

第二，儒家对于水的进取精神。

子在川上，曰：“逝者如斯夫！不舍昼夜。”（《论语·子罕》）

此句可见出儒家的进取态度，可以想见内在精神力的饱满洋溢。

第三，饱满的自足生活。

> “点，尔何如?”鼓瑟希，铿尔，舍瑟而作。对曰：“异乎三子者之撰。”子曰：“何伤乎？亦各言其志也。”曰：“莫春者，春服既成。冠者五六人，童子六七人，浴乎沂，风乎舞雩，咏而归。”夫子喟然叹曰：“吾与点也!”(《论语·先进》)

在这个例子中，可以见出儒家两种典型的心态：其一，用之则行，舍之则藏——藏的心态；其二，乐感气质——这是儒家的根本气质，有种上下与天地同流的境界。

我们从上述例子中可以看出儒者对于政治生活的那种介入和自律的关系，是随时保持着一种进取的心态，一种“待”而不是“等”的态度。在这种动静张力中，不是动压制着静，而是静蕴含着动：静中有一股内在的生命力，动在静中饱满洋溢、蓄势待发。所以从这方面我们将“儒雅”的儒士的生活状态理解为一种“玉壶买春，赏雨茅屋”和“白云初晴，幽鸟相逐”的动静之间悠然自得的状态。

涂荣臻：“优雅”这个词在我们今天的语境下，可能跟古汉语，尤其是上古汉语时期的情况已经有一定的差别了。所以，我认为如果进行词源梳理，不应当按照今天理解的“优雅”的情况去对应中国古代的情况。如果把“优雅”拆开，把这两个字分别进行词义辨析，很容易见出这种不同。

先说“优”。《汉语大词典》的义项有这么几条：

> 1. 饶，多，博。2. 使……丰足。3. 宽绰，有余力。4. 悠闲，安逸。5. 和顺，协调。6. 宽和；和缓。7. 犹豫，缺乏决断。8. 优良，美好，优越。跟“劣”相对。9. 胜过，比别的好。10. 优待，嘉奖。11. 戏谑，娱乐。12. 古代表演乐舞、杂戏的艺人。13. 指乐舞、杂戏。14. 褒奖，嘉奖。

由上述义项可以推论，今天的“优雅”的含义跟古代汉语时期的“优”的关系不是很大。所以我们重点考察一下“雅”的情况。

“雅”这个词的义项在上古汉语时期还是比较单一的。“雅”在上古汉语时期主要有“雅正、标准、合乎规范”；专有名词“雅”；“古乐器名”；“副词，素常、向来”等义项。通过对《诗经》《周礼》《礼记》《论语》《左传》《荀子》《韩非子》《楚辞》《吕氏春秋》《史记》十部文献中“雅”的义项进行穷举式分析统计，现将其义项分布频次整理如下。

十部文献中“雅”的义项分布频次

义项 书名	雅正、标准、合乎规范	《诗经》六义之一，雅	古乐器名	副词，素常、向来	《尚书·君雅》
《诗经》	0	1	0	0	0
《周礼》	1	1	1	0	0
《礼记》	0	16	1	0	1
《论语》	3	1	0	0	0
《左传》	0	3	0	0	0
《荀子》	12	7	0	0	0
《韩非子》	1	0	0	0	0
《楚辞》	1	0	0	0	0
《吕氏春秋》	1	1	0	0	0
《史记》	9	20	1	5	0

从表中可以看出，“雅正、标准、合乎规范”和专有名词“雅”这两个义项在“雅”所统摄的义项中占据主要地位。历时地看，前一个义项逐

步成为“雅”的最主要义项，成为表述“雅”的概念的主导性因素。另外，也只有此义项跟我们今天所讲的“优雅”有词义上的相似性。所以下一步我们主要列举、分析“雅”的“雅正、标准、合乎规范”义项，看看此义项到底跟今天的“优雅”所表述的情况有多少出入。

①子曰：“恶紫之夺朱也，恶郑声之乱雅乐也，恶利口之覆邦家者。”（《论语·阳货》）

杨伯峻注：“紫之夺朱——春秋时期，鲁桓公和齐桓公都喜欢穿紫色衣服，从《左传·哀公十七年》卫浑良夫‘紫衣狐裘’而被罪的事情看来，那时的紫色可能已代替了朱色而变为诸侯衣服的正色了。”

②籥章掌土鼓豳籥。……凡国祈年于田祖。龡《豳雅》。击土鼓。以乐田畯。（《周礼·春官宗伯·籥章》）

郑玄注：“《豳雅》，亦《七月》也。《七月》又有于耜举趾，馌彼南亩之事，是亦歌其类。谓之雅者，以其言男女之正。”贾公彦疏：“释曰：云‘谓之《雅》者，以其言男女之正’者，先正之业，以农为本，是男女之正，故名雅也。”

③道过三代谓之荡，法二后王谓之不雅。（《荀子·儒效》）

杨倞注：“雅，正也。其治法不论当时之事，而广说远古，则为不正也。”

④宰予之辞，雅而文也，仲尼几而取之，与处而智不充其辩。（《韩非子·显学》）

此处指宰予的言辞纯正、规范而富有文采，孔子便以为其人亦如是，然而与之相处久了，才发现宰予的智力、品行和言辞不相配。

⑤魂乎归来！安以舒只。嫮目宜笑，娥眉曼只。容则秀雅，稚朱颜只。魂乎归来！静以安只。(《楚辞·大招》)

王逸注：“则，法也。秀，异也。稚，幼也。朱，赤也。言美女仪容闲雅，动有法则，秀异于人，年又幼稚，颜色赤白，体香洁也。”黄灵庚疏证：“‘容则秀雅’者，谓容仪秀丽，法则娴雅也。”

⑥客有见田骈者，被服中法，进退中度，趋翔闲雅，辞令逊敏。(《吕氏春秋·士容论第六·士容》)

陈奇猷按：“《吕氏》此文‘趋翔闲雅’，谓张足疾行或张拱徐行皆甚沉静，亦可释为疾行或停止皆甚沉静（闲雅即娴雅。《后汉书·马援传》注‘娴雅犹沉静也’）。”此处言“雅”描述的是客人面见田骈，将自己打扮得合乎礼法，进退有度，动静适中，言辞恭顺而又敏捷。

⑦今吕氏雅故本推毂高帝就天下，功至大，又亲戚太后之重。(《史记·荆燕世家》)

裴骃《史记集解》：“如淳曰：‘吕公知高祖相贵，以女妻之，推毂使为长者。’瓒曰：‘谓诸吕共推毂高祖征伐成帝业。雅，正意也。’”司马贞《史记索引》：“雅训素也。谓吕氏素心奉推高祖取天下，若人推毂欲前进涂然也，此略同臣瓒之意也。”

由上述例证可以看出，“雅”在上古汉语时期，表示“雅正、标准、合乎规范”义，含义是很单纯的，主要讲到个人品行的儒雅清重；文章语言端直、音乐的鸿重典雅，等等，没有见出词义有其他所指的迹象。所以如果说儒士的处世态度是“优雅”的，应当分清时代、语境。

李鹿鸣：“优雅”一词有着复杂的含义，这个词在中国古已有之。最早见于王充《论衡》:“案经艺之文，贤圣之言，鸿重优雅，难卒晓睹。”①但它从未成为一个关键性的术语。当西方的美学传入中国时，翻译者从典籍中选取这个词用来翻译西方的美学范畴，因此我们现在所理解的“优雅”混杂了从西方翻译过来时附着在上面的意义，这个词在中国古代语境中所具有的意义，以及“优雅”这个词形成之后使用至今所累积的意义。

在西方语境中，“优雅”有两种概念化的统摄：一种是对特定时期风格的指称，是对所有具有某种特征的作品的收集，类似于一个集合，如Précieuses、Galant Style；还有一种是泛称，即某种审美范畴，如Grace、Elegance，它们虽然也有较为具体的含义，但和前者不同的地方在于，它们的含义更为复杂，不同历史时期、不同学说、不同的人都在使用它们，这些含义既有相同之处，也有不同之处，但这些含义最终都交叠于同一个词语之上。

1. Précieuses

乐黛云老师等人主编的《世界诗学大辞典》的解释是这样的:

> 高雅是法国17世纪上半叶出现的一种讲究情感及其表达方式的倾向。由于马莱伯大力推行清晰自然的诗歌表达方式，朗布绮侯爵夫人于1608年开设了一个在举止、语言方面都讲究高雅的沙龙，以反对亨利四世宫廷里存在的粗俗和平庸。朗布绮沙龙存在了约50年，以1630—1645年最为兴盛。这类贵夫人的沙龙专门接待上流社会的男女和作家。然而在意大利和西班牙的影响下，这种对趣味的讲究很快便过分发展而成了矫揉造作。代表作是奥诺莱·杜尔菲的《阿丝特莱》，书中描写的矫揉造作的爱情，继承了中世纪骑士爱情和文艺复兴时期柏拉图式爱情的传统。这类作品还有贡伯维尔的《波勒山大》和拉·

① （东汉）王充:《论衡》，上海人民出版社1974年版，第450页。

卡普勒内德的《卡桑大》等。喜剧家莫里哀曾在他的剧作《可笑的女才子》(1659) 中讽刺了这种矫揉造作和咬文嚼字的风气，但是17世纪的高雅风尚对后来的心理小说和道德小说、对法语的演变以及描写等都有一定的影响，某些现代作家如季洛杜等还曾对高雅风尚表示支持。①

2. Galant Style

最初指一种宏大风格（Grand Style），与献殷勤的节日（fêtes galantes）有关，以华丽装饰和私人社交场合趣味为主要的表现方式。马泰松（Mattheson）的一些音乐评论可以见到这种风格在艺术上的表现，代表了一种18世纪的精神。

3. Grace & Elegance

Grace来自拉丁文的“gratia”，最初与美丽、温雅、欢喜的三女神（The Charities）有关。到了中世纪，成为一种宗教用语，表示“神宠”“恩典”的意思。而进入文艺复兴时期，又具有“美”的含义。后来瓦萨里的《名人传》(Lives of the Painters, Sculptors and Architects) 和席勒的《论优美与崇高》(“On Grace and Dignity”) 均将这个词作为“美”的一个能指。

Elegance也经常出现于美学中，特别是文艺复兴时期的一种属性，不过没有人将这一审美范畴看作是与精神相关的原则，也就是说没有人将其作为一种具有深远意义、能影响作品或风格的构成性质的形式。它通常被看作一种流于表面的特点，但新古典主义将其提升为一种精神。② 在拉丁语中，ēlegāns用来指称作出谨慎、讲究的选择的人。它是elegāre的现在分词，ēligere的衍生词，意为“挑出”“选出”。最初它似乎有贬义，指

① 乐黛云、叶朗、倪培耕主编：《世界诗学大辞典》，春风文艺出版社1993年版，第165—166页。

② Ra ffaele Milani: *The Aesthetics of Grace: Philosophy Art and Nature.* Federici, Corrado, trans, Peter Lang, 2013, p. 149.

“挑剔的”（fussy）、“矫饰的”（foppish）；但到了古典时期，其意义更偏向褒义，指“做出有教养的选择”，而且意义还转移到选择的对象上，指“精选的”（choice）、“有鉴赏力的”（tasteful），该词可能是经由法语传入英语的。[①]

二　优雅在西方绘画作品中的体现

吴昱苇：如果要把优雅具象化，头脑中浮现出的第一个名字就是拉斐尔。拉斐尔是“文艺复兴后三杰”中最年轻的一位，他是著名的美男子，举止儒雅，性情温和，说话从不疾言厉色。拉斐尔的画作色调柔和，比例协调，他笔下的圣母恬静高雅，头上没有光环，但浑身都笼罩在母性的圣光之中。毋庸置疑，拉斐尔其人和他的画作都是优雅的典范。

与拉斐尔正相反，米开朗基罗外表狂放不羁，性格直率粗暴，得罪了很多人。据说，有一次米开朗基罗和拉斐尔在街头相遇，拉斐尔前呼后拥，荣耀非常；米开朗基罗则衣着朴素，孤僻寂寞。米开朗基罗对拉斐尔出言讽刺：“你就像一位带着千军万马的将军。”这自然不是夸奖，拉斐尔不甘示弱地回敬道：“大人，你形单影只，倒是像一位要去法场行刑的刽子手。”两人都只一句话，却将彼此的反差刻画得极为生动。

由此看来，米开朗基罗和优雅无甚关系，然而，摊开他的作品就会发现事实并非如此。“米开朗基罗怀疑一切，甚至怀疑他自己。他害怕一切，也害怕他自己。不过，当他拿起工具时，却能显示出一往无前的勇气。”[②]米开朗基罗的画作大气磅礴，充满激情和力量。他在西斯廷教堂的穹顶创

① John Ayto：*Words Origins*：*The Secret Histories of English Words from A to Z*，A & C Black，2005，p. 188.

② ［法］艾黎·福尔：《世界艺术史 第3卷 复兴与崛起》，张泽乾、张延风译，中国财政经济出版社2015年版，第109页。

作了广达1080平方米的湿壁画，震惊了教皇，也让年轻的拉斐尔获益匪浅。[①] 米开朗基罗笔下的女性甚至表现出男性的特征，刚劲有力，线条分明。古罗马时期，西塞罗提出秀美和威严两种美，他认为秀美突出女性的柔和线条，而威严则表现男性的刚毅硬朗，两者之间界限明确，这一点对后世有着深远影响。米开朗基罗对女性的刻画独树一帜，即使在今天看来也是先进和前卫的。

如果“优雅”一词容不下米开朗基罗，那么一定是优雅的定义太过偏狭。优雅不仅可以亲切迷人、端正平和，它也可以气势磅礴，激荡人的心灵。这是米开朗基罗给美的启示。美的形式是多种多样的，一定会不断有异于传统、打破认知的新形式出现，我们需要做的不是惊慌和排斥，而是怀着包容的心态，谨慎地了解和评价。

曲赛赛：拉斐尔和米开朗基罗都是西方绘画作品中优雅的典范，那么，绘画作品如何表现优雅呢?

意大利画家莫兰迪从早期文艺复兴大师那里吸收了宗教画的圣洁，在立体派和印象派中的形和色的两极强调中找到了平衡，创造出了自己的风格。他的作品以静物画、风景画为主，静物画就以最简单的形状为主，瓶瓶罐罐。他的画给人的总体感觉就是优雅，这种优雅跟他的配色有很大的关系，整个画面呈现一种“静”。他画作中所使用的颜色也被单独拿出来，组成一个色系，叫“莫兰迪色系”。这个色系现在普遍应用于家居、服饰以及日常用品上。如猪肝色、粉蓝色、雾霾绿都在时尚和设计界走红。

莫兰迪作品中少有鲜亮的纯色，多用低纯度的复合色相互搭配。本来孤立地看这些颜色毫无生气，但是他对画面整体色调的把握使画面关系显得优雅。他在控制画面时遵循严密的次序感，让画面中具有各种倾向的色

---

① ［法］德拉克罗瓦：《德拉克罗瓦论美术和美术家》，平野译，辽宁美术出版社2010年版，第50页。

彩块都含有色调成分，形成统一趋向的关系，在画面中具有各种倾向的色彩都牢牢地从属于大色调时，又不致使色相过于单一、色块之间失去稳定的有差别的个性，呈现出丰富的节奏感。这些画面中的色块都像是主调色彩的派生色，它们都以变奏的方式丰富又强化了基调色的主旋律。从莫兰迪早期的某些作品的色彩品质来看，他借鉴了古典绘画中用单一倾向色彩统合画面的手法，又从早期文艺复兴大师的艺术作品中吸取新的色彩元素融入自己建立的调和模式，将弗兰西斯卡、乔托等大师作品（尤其是壁画）中各种成色温润的浅灰色连同其蕴含的静气和圣洁之感一同纳入，成就自己的独创性。

由此可见，优雅的绘画风格需要对色彩严格把控：必须有中介颜色，如灰色能够调和各种颜色，介于黑白之间，介于纯度最高、明度最高的颜色之间，既谈不上积极，也谈不上消极；既不过分凸显，也不太过单调。制造优雅感觉的中介色不能单独出现，要有同一色系不同明度纯度的色彩搭配制造和谐感。这样它使得明度纯度高饱和色彩搭配不显突兀，呈现优雅之感。另外，同一色系的不同派生会使人产生和谐感、流畅感，但是也会产生单调暗淡的感觉，所以要有调味剂——明度、纯度较高的颜色如白色——呈凸显作用，造成鲜明的层次，营造一种音乐上的节奏。

总的来说，优雅的绘画风格既需要整体和谐，保持主调，过渡自然，又需要保持个性和特色。

三　音乐艺术中的优雅

王韵：如果说在绘画领域中，拉斐尔是优雅的典范，那么音乐领域中优雅的典范就是巴赫。在我看来，巴赫的优雅主要体现在他那种充满仪式感与宗教意味的神性，平稳和缓的流畅旋律，冲淡平和、没有刺点的音乐情绪，以及深邃微妙的复调对位之中。

有种观点认为西方古典音乐的人文性主要来自贝多芬，而巴赫属于西方古典音乐里的那种神性。和拉斐尔那些带有宗教意味的圣母像一样，巴赫的音乐作品大多是为教会所写的宗教音乐，尤其他大量的管风琴作品，具有很强的仪式感。教堂的管风琴本身非常壮观，在这么壮观的乐器上演奏献给上帝的音乐，音乐本身就不再是自娱自乐的小调，而具有了仪式感，带有了某种神性。

一般来说，人们认为巴洛克艺术带有浪漫主义色彩，但是相比于浪漫主义时期的作品，巴洛克时期的音乐可以算得上温柔敦厚、引而不发了。浪漫主义时期，人的爱痛悲欢都因为可以毫无顾忌地展开而显得格外亮和硬，比如李斯特，他擅于炫技，多用八度、琶音、颤音，手指上一片繁华，在他的钢琴曲里就充满了“喧嚣”。大家比较熟悉的《钟》，一开始就全是八度音，这种炫技听来犹如电闪雷鸣，让人很痛快，但也令演奏者力不从心。而巴赫的音乐相比于浪漫主义，甚至相比于古典乐派，听上去都好像是“平淡寡味”的，旋律没有大起大伏、大涨大落，始终是平稳、和缓、舒畅的。之前同学谈到，一说起优雅首先想到的是拉斐尔，我想除却拉斐尔的画带有一种仪式感以外，还有一点很重要，那就是拉斐尔的人物线条都很流畅，甚至脸型几乎都是鹅蛋脸。而巴赫的旋律也是如此，他不会写出贝多芬《月光奏鸣曲》第三乐章里那样一串琶音，接着在琶音后跟两个重音。巴赫的音乐没有顿挫感，没有所谓的英雄气概和艰苦不屈，他把人生的苦味都糅在这些平淡的、与上帝深交的旋律里，他就是以这样的方式表达自己对上帝的爱。

不过巴赫的爱与神性都是具有理性和逻辑思维的。巴赫之所以给人以比较理性的印象，部分原因是他音乐中的情绪一般不往一个方向堆积过度。也就是说，当一种情绪堆积到一定高度，有时会自动化解和撤回；有时对立的一头会接过去发展；还有的时候两头抗衡，互为伴奏，抛来借去，比如康塔塔中的人声和弦乐，相对来说波澜小但变化不休，样式繁多。

这里我想借用罗兰·巴特谈论摄影时用到的一个概念——“刺点”。艺术品中的对立物即构成它的两种不同质的要素，它们往往凸显冲突、不和谐的情绪，巴特用“展面”和“刺点”来形容这种二元性：展面的艺术保持了传统的延续性，带来的情感冲击在意料之中，不管是高兴、沮丧、激动还是别的什么，都不会让人特别难以接受，它所传达的意义一般是可以被理解的；刺点则是“一种偶然的东西，正是这种偶然的东西刺痛了我”①，不同于展面，刺点带来异常强烈的冲击，这种冲击是出乎意料的，带有刺点的艺术不是无可挑剔、浑然一体的艺术。

在此我想把音乐中那种强弱的对比和强弱的不加变化类比为刺点和展面，虽然这种类比未必恰当。巴赫的音乐不像贝多芬、李斯特他们的，弹完要大汗淋漓一番，听者情绪上也跟着激动一番，他的曲子情绪不是靠强弱对比来展现的，而仅靠旋律，这跟当时使用的乐器有关。巴赫使用的并非现代钢琴，一种观点认为他用的是羽管键琴，而这种乐器本身的特点造就了巴赫的平和。弹奏羽管键琴不需要变换触键力度，它的声音里没有刻意的拉长、加速和加重，因此也就没有突出的戏剧化的强弱对比，这就使得巴赫的音乐呈现出一种极其松弛的气质。

巴赫的复调音乐是其优雅的最集中体现。复调的对位是一种对称的、均匀的对位，当声音不再是主题时，它仍然是对位的一部分，要理解巴赫，不仅要想主题，更要往各种可能性、各种微妙的情绪的方向去看这些声音。从演奏的角度讲，演奏者要反复揣摩，才能体会巴赫那浩瀚深沉的乐境，所以练巴赫是个“慢功夫”，演奏者需要有极强的耐心，也需要非

---

① ［法］罗兰·巴特：《明室——摄影纵横谈》，赵克非译，文化艺术出版社 2003 年版，第 41 页。

常小心地对待每一条旋律线和每一个声部，控制压力来区分声部。之前我们谈优雅也说到时间上的余裕，任何的匆忙慌张都成就不了优雅本身；从欣赏的角度讲，听者也需要聚精会神地反复听，方能品得个中滋味，因为在复调音乐中，“不同的几个声部中几条不同的旋律线，同步或参差不齐地进行着，交织在一起。此时，如果你仍只盯住其中的一条旋律线，顾不上听其他的，那么你就听不出多大意思，会感到索然无味”①，所以“在键盘乐器上弹奏它固然不容易；坐着听，也不是什么轻松的事”②。然而正是这种不容易、不轻松造就了巴赫的优雅，巴赫就像一个技艺高超的建筑师，用音符建造大厦，这座大厦宏大深邃而不沉滞，美妙精致而不甜腻，他的才华与格律相得益彰，洒脱的宣泄与细致的雕琢都恰到好处，他的作品以结构上的非凡严谨和一致性体现出无与伦比的秩序和均衡之美，而这具有宇宙本体的终极意义。

周燕妮：当我从感性和直观的层面去把握优雅的时候，“艺术”与“和谐”是我最先想到的两个关键词。优雅是艺术的产物，优雅这个概念包孕着区别于自然天成的一种人为的美感与平衡感。正是这样一种“人为的平衡感”让我联想到合唱这种艺术形式。这一古老的艺术形式起源于宗教，中世纪的教会中到处回荡着朴素冷峻的圣咏；而发展到现代，合唱这种艺术形式的宗教功能越来越弱，艺术性变得越来越强。如果说近现代以前的合唱体现的是一种庄严肃穆的神圣感，那么近现代之后的合唱艺术体现的便是一种人为的平衡感，一种在乐音流动中的平衡之美。

我们知道欣赏画可以有“看去”和“看出”两种方式，在我看来欣赏音乐也可以“听去”（欣赏音乐时专注于乐音与节奏本身）和“听出”

① 辛丰年：《辛丰年音乐笔记》，上海音乐出版社1999年版，第53页。
② 同上，第55页。

（探求乐音背后的意义建构）。我们不妨从这两个维度去讨论合唱艺术中的优雅。合唱犹如交响乐，这种多声部的声乐表现形式通过不同音区、音色的多样组合形成其独特的表现张力。这种表现力集中体现为一种动态立体的平衡感：个体与个体之间的平衡、声部与声部之间的平衡、声部与整体之间的平衡。我认为“形式感”这个词在这里可以很好地解释这种平衡感。技巧、精细、克制这些可以用来形容合唱和声的词汇都充满着人的痕迹，处处体现着人对于声音的把控，这是人对于声音的一种形式建构，这种形式的建构本身是一种技艺，而当将其运用到极致的时候（例如气息的运用、复调的叠加）便成为艺术，并时刻彰显着和谐。因此每当乐音响起，我们细细“听去”，便会情不自禁地感叹：这很优雅。

合唱是一门“静”的艺术，这种安静不仅体现在对观众的要求上，还体现在每一名合唱者的身上——人人在专注于自身的同时还要格外注意关注他人，从而培养出一种心意相通的默契。合唱的这种优雅很打动人，探其原因，我觉得美国合唱指挥 Eric Whitacre 在形容他第一次参加合唱团的感受时说的这段话非常贴切：“在那之前，我一生中一向只看到黑与白，突然间，一切都变成令人震惊的鲜艳色彩，这是我曾拥有过最脱胎换骨的经验。在那一刻，同时聆听不和谐与和谐，人们歌唱，人们聚集在一起，有着共同的愿景，我生命中第一次感受到，我是属于某个比我自己更伟大事物的一部分。”这样的感受都是我们从合唱中“听出”的，这种荣耀与崇高感，在我看来加深了合唱中优雅的深度与厚度。

庄媛：刚刚大家谈了很多古典绘画、古典音乐中体现的优雅，认为优雅是一种充满古典精神的和谐之美，但我想和谐并不是古典艺术独有的特点。古典艺术是优雅的，有些现代的音乐也在追求一种和谐的境界，也体现了优雅，新世纪音乐就是一个很好的例子。“新世纪音乐（New Age Music）又译作新纪元音乐，也有人把它称为冥想音乐、太空音乐或环保音乐等。它于 20 世纪 70 年代在德国产生萌芽，80 年代在乐坛逐渐崛起，90 年代以其特立独行的音乐手段和与众不同的音乐风格而风靡全世界。”[①] 新世纪音乐最早用于帮助冥思和洁净心灵，常用于瑜伽、灵修或催眠时播放，但是后期渐渐发展，创作者们的出发点也不仅仅是如此，他们为新世纪音乐注入更广阔的精神内涵，呼唤人们崇尚自然，返璞归真，宁静致远。[②] 而这种对神秘、通灵、超自然的追求是与西方文化中的传统信仰及价值观相悖的，因此新世纪音乐的作曲家在创作时，往往从非西方国家和地区的民族音乐中寻找灵感。新世纪音乐中的民族元素通常分为“民族调式音阶与旋律”“民族乐器的音色”以及“民族打击乐器演奏的节奏组合”三类，在此以第一种表现形式为例，谈谈新世纪音乐中的优雅。喜多郎是新世纪音乐的代表人物，他的《丝绸之路》一开始就出现了中国传统的五声旋律。作曲家将原先只具有音高要素的五个音，赋予其节奏节拍的灵魂，并按由伏而起的宽长气息顺序展开，于是内化加工过的五声音阶上升为乐曲中的民族旋律元素，五声音阶—东方—神秘—历史悠久—丝绸之路，乐曲中的民族旋律元素就通过这样的暗示推理与想象，承担了作曲家表达沧桑的历史和神秘的东方文明的职能。[③]

和谐不是整齐划一，整齐划一只是毫无生气的趋同。《国语》有言：“和实生物，同则不继，以它平它谓之和。”和谐是在参差中见出一种统一与秩序，是在多元条件下的生长、运动，并始终维持这种动态的平衡。新世纪音乐对民族元素的吸收就很好地体现了“和”的要义，在《丝绸之路》中，中国传统的五声既没有生硬突兀地并入，也没有以泯灭自我特性为前提地吸纳，而是在保留民族特色的基础上与西方音乐相互借鉴融汇，从而形成1+1>2的效果，生发出一种别样的魅力，而新世纪音乐的优雅正体现在这种多元并存的和谐之中。

---

① 李湘：《中国新世纪音乐的源起及发展现状探析》，《艺海》2011年第11期。

② 罗成萍：《浅谈新世纪音乐》，《大舞台》2012年第5期。

③ 黄轲：《新世纪音乐中的民族元素之研究》，《文化艺术研究》2011年第4期。

果玉：大家已经谈了很多自己心目中的优雅，确实，优雅在各个艺术门类中都有各自的特点，同一种类的艺术在不同发展时期也会有不同的体现。我还想补充的一点是，不同民族也有不同的优雅。庄媛刚才讲的新世纪音乐虽然也吸收了一些民族音乐元素，但这种音乐本质上还是以西欧复调的和声语言为基础的，而那些原汁原味的民族音乐，像维吾尔族的十二木卡姆所体现的和谐之美就和它们不太一样。十二木卡姆的优雅不是体现在如复调音乐那样严密的对位法中，也不是体现在如合唱那样对人声的精细把控中，而是体现在它与维吾尔族人民的生活、民俗的水乳交融中。十二木卡姆的乐曲结构、表演内容和表演形式都体现了维吾尔族人民内部的凝聚力，体现了这个民族与他们所生活的天地之间的圆融和谐，而这是属于维吾尔族的优雅。

“木卡姆”一词源于阿拉伯语，本意为“位置”“讲台”“坟墓”等，在音乐上常被引申为“乐音”“调式”“组曲”等多种解释。现今，世界上有摩洛哥、埃及、伊拉克、土耳其、伊朗、乌兹别克斯坦、克什米尔，以及我国新疆等二十多个国家、地区或民族的传统音乐中存在被称作“木卡姆”的套曲音乐形式。由于这些国家、地区或民族都普遍信仰伊斯兰教，甚至在有些地区，这些古典音乐形态的木卡姆已成为伊斯兰宗教仪式音乐中的主要成分，因此学者们常把木卡姆归入伊斯兰音乐文化的范畴。新疆维吾尔族的木卡姆音乐若以区域来划分，共有喀什、伊犁、和田、吐鲁番、刀郎、哈密六种不同形态的木卡姆音乐，由于每种木卡姆各有十二个套曲，因此统称为“十二木卡姆”。①

木卡姆不是维吾尔族民间纯粹的音乐文化，而是音乐、歌曲、舞蹈、诗歌、哲学、人生观、戏剧、节日游玩习俗、乐器文化、雕塑、绘画等民

① 柏霞：《东方瑰宝：十二木卡姆的演唱艺术》，《中国民族》2008 年第 4 期。

俗及文化现象以民俗实体形式产生并发展的一套审美文化。[①] 民间的木卡姆活动不仅仅是为了获得精神上的愉悦，人们在欣赏木卡姆演出的时候同样获得了一定的生活启迪和教育。例如，在莎车县的麦西热甫活动中就有劝诫麦西热甫，其中有惩罚性的活动，如不孝敬长辈的，在麦西热甫活动中会让不善待长辈的人亲自背长辈回家等等类似教育性的活动。木卡姆中的唱词大都是诗人、哲人的诗词，具有很好的启发、教育意义。因此木卡姆的受众在欣赏木卡姆的同时也会从中获得认知上的提高。[②]

维吾尔族人生活中的喜怒哀乐也与木卡姆休戚相关。一位木卡姆民间艺人就曾说："几天听不到木卡姆的旋律，我就觉得生活失去了乐趣，感觉浑身不自在。过去在艰苦的日子里，就是因为有了木卡姆的陪伴，我才没有被困难压倒。"[③] 塔里木盆地的南缘自然环境比较恶劣，是典型的绿洲农耕生产方式。在这样艰苦的自然环境下，音乐尤其是十二木卡姆就成了维吾尔族人慰藉心灵的良药。

十二木卡姆的和谐之美还体现在它的凝聚功能上。十二木卡姆在民间的表演活动从设计、排练到演出，全都由村民自导自演，观众也是自愿而来，这种演出活动与他们的日常生活深度结合在一起。这种表演丰富了乡村单调的生活，为人们创造了一个放松、愉悦，能够直抒胸臆的场地。在木卡姆演出活动中，表演者与参与者都沉浸在木卡姆营造的音乐环境中。每当这时，在木卡姆婉转动听的旋律中，人们已经没有地位等级的差别，忘记了日常生活的隔阂与不快，完全远离了生活中的烦与忧。与此同时，生活之中村民们之间的磕磕绊绊似乎也在木卡姆乐声中得到了良好的消解。十二木卡姆所具有的促进村落、乡邻和谐相处的凝聚功能由此可见。[④]

---

① 阿布都秀库尔·穆罕默德伊明：《关于维吾尔木卡姆的源语与流》，刘魁立、郎樱主编《维吾尔木卡姆研究》，中央民族大学出版社 1997 年版，第 72—73 页。

② 王海霞：《十二木卡姆在喀什地区的民间传承研究》，新疆师范大学 2012 年硕士学位论文。

③ 同上。

④ 王海霞：《十二木卡姆在喀什地区的民间传承研究》，新疆师范大学 2012 年硕士学位论文。

或许一般人第一次听十二木卡姆时，不会立刻用“好听”“愉悦”“优雅”等字眼来形容它，但这样的判断实际上是以一种外在于它的标准作为参照得出的，这既没有考虑到这种音乐生长的文化土壤，也忽视了这种音乐在本民族生活中具有不可替代的意义。在此我们也可以举一个更好理解的例子，日本传统音乐是一种与西洋音乐迥然不同的音乐类型，它使用的是半音五声音阶，初听来多半令人感到阴郁而不和谐，但如果你能把它放入整个日本文化中理解，而不以西洋音乐的标准要求它，那么你就会发现它的独特魅力，我想现在有越来越多的人关注、接受甚至喜爱日本的传统文化，或许与这种思维方式的转变不无关系，而十二木卡姆的优雅也应当如是理解。

四　中国传统艺术中优雅

张林轩：刚刚果玉同学讲到了十二木卡姆这种极具民族特色的表演形式，那我就谈谈我比较熟悉的京剧和相声，它们跟十二木卡姆一样属于表演艺术。不过，十二木卡姆的表演者与观众的关系是亲密无间的，它的优雅体现在相互交融的和谐之中，而京剧和相声属于舞台表演艺术，这类艺术的优雅体现在表演者与观众之间保持着一定的距离。所以在此之前，我想先谈谈优雅与距离感。在我看来，优雅与距离感关系密切。我们认识“优雅”这一概念，需要从观者和观看对象两方面加以把握。这二者之间存在着一定的距离，既关涉优雅的表象特征，也关系优雅的运行机制。距离使观者眼中的观看对象呈现出一种陌生感，而这种陌生感突出表现为节制的美。这种感觉就像是在地面上的人看天空中飞翔的鸟，或是从远处听到飘扬而来鸟鸣、虎啸、猿啼等呻吟所感受到的优雅，一定的距离对这种优雅的产生是有必要的。《爱莲说》中的名句“可远观而不可亵玩焉”也说明了这样一个道理。

那么，我为什么不说优雅与距离不可分割，而是要强调“距离感”呢？因为空间上的距离代表了优雅的一种原始状态，也可以说是人们凭直观去感受自然现象或是对象的无意识行为，进而产生优雅的感觉。然而，优雅是可以有意为之的，甚至是人类思维创造性的表现。尽管空间上的距离并不真实存在，但距离带给优雅的特征——节制、陌生——并不会离优雅远去，进而必然带给观者经历过的距离感。因此，距离感是优雅沉淀下来的最核心的特征。

从优雅与距离感的关系入手，我想谈谈舞台艺术中的优雅。在此，我将以较为熟悉的京剧与相声艺术为例。京剧作为中国的国粹，是舞台艺术的典范。京剧艺术的突出特征是程式化，在京剧的舞台上，唱、念、做、打皆遵循一套特有的规范，这突出体现了节制的特点。先说念白，在京剧业内素有“千斤念白四两唱”的说法，念白的重要性可见一斑。京剧念白的发音可分为韵白与京白两种，韵白以湖广方言基本发音配合中州方言发音韵母而成，因此有“中州韵，湖广音”的说法，这显然是经过艺术加工后的舞台语言。而京剧在北方地区流传更广、影响更大，韵白显然不是观众们熟悉的日常语言发音，这一差异所带来的距离感，配合演员们其他方面的艺术表现，为优雅的产生铺平了道路，这在青衣这一行当体现得尤为明显。而京白顾名思义是北京话，是京剧进入北京后因地制宜的产物，它拉近了与观众之间的距离。然而，在京剧舞台上，使用京白的行当多为丑角和花旦，在他们身上多体现出市井化和喜剧元素。从花旦与青衣的行当区分中我们可以更好地把握这一特点：前者多为天真活泼、性格开朗、热情泼辣的女性角色，后者多为端庄贤淑、严肃正派的女性角色，显然，后者与优雅联系更为紧密。从京剧念白角度，我们可以大致窥探出在舞台艺术中，距离感仍然是优雅的关键所在。

再举一例，“四大名旦”（梅兰芳、程砚秋、尚小云、荀慧生）代表着京剧艺术的一个高峰。男旦在舞台艺术中广泛存在，在京剧艺术中，其被视为优雅的极致，原因正在于这一行当加强了陌生化与距离感。“比女人更女人”可以看作对这类演员的最高褒奖。这句话是什么意思呢？就是说他们在舞台上对女性的某些特征进行了夸张化的处理，而这种处理是通过节制达成的，即对节制的夸张。不过，我想在这里说明一个问题，我们常能在舞台上看到男扮女装的反串（男旦并不属于反串），但并不是所有反串都能带来优雅的体验，甚至大多数是为了喜剧效果而刻意破坏优雅，所以说后者属于刺激，而刺激恰恰是破坏距离感的。

说完京剧，再来谈谈相声。相声作为口语化的艺术，与京剧相比，它更寻求淡化观众的距离感，自然优雅的成分较少，但也并不是完全没有的。相声表演大致可分为四种风格：帅、怪、卖、坏，其中帅的含义与优雅有着一定的联系，代表人物为侯宝林大师。侯先生有一个代表作《改行》，讲的是京剧演员被迫摆摊做小买卖的故事，很有意思。其中有几段柳活（唱京剧）的运用堪称经典，以戏曲的唱腔去唱市井中小贩吆喝的词，营造出很好的喜剧效果。可见，相声不排斥优雅的成分，优雅亦不排斥日常生活，要点在于保持两者之间若即若离的关系。

艺术与优雅的关系，是一个很庞大且复杂的问题。希望我说的几点对大家理解这一问题有所帮助。

最后，我想再谈谈日常生活中的优雅问题。欧文·戈夫曼在《日常生活中的自我呈现》（The Presentation of Self in Everyday Life）中提出了社会学中重要的“拟剧”理论。他认为，社会互动犹如演员的舞台表演，每个个体都力图塑造一个自我形象，并希望他人按照自己塑造的形象来接受和对待自己，这便是印象管理和自我呈现。其中根据互动对象身份的不同，舞台又可分为前台和后台。简单来说，人际关系的亲疏程度，决定个人在他人面前的“演出”状态。在日常生活中，优雅更多地集中于前台，因为在这里人们之间自然保持着心理上的距离感，优雅更易成为人们下意识的选择。我想到《不能承受的生命之轻》中所说的“人家在表演的时候还与观众保持着或长或短的距离，而她却要在这所有的人面前演戏”。我还想起在网络上流传着女生婚前与婚后区别的一系列段子与图片，看过后我想，人们希望与喜欢的人拉近距离，但最后却发现喜欢的不过是对方的优雅，进而又迷恋起距离感所带来的优雅。看起来，优雅似乎也涉及真善美关系的沉重话题啊！

叶冰冰：张林轩同学为我们介绍了中国传统曲艺中的优雅，说到这里，我想到了同样作为中华文明之瑰宝的书法艺术。书法艺术历经两千多年的发展，诸体完备，名家辈出，风格多样，形成了独具特色的书法理论和审美观念，是中国传统文化中的精粹。中国古代的读书人，在精于治学之外，也分外重视自己的书法。王羲之、颜真卿、苏轼、康有为、于右任等，作为文化精英，都具有极高的书法造诣，其书法成就与学养密不可分。即便在今日，人们大部分的日常书写已经被输入法代替，这种浸入骨髓的审美追求依然没有改变，中国人常以能写一手好字而感到骄傲。作为一种精神风貌的象征，书法风格会随着时代的变化而改变，商周的古朴，秦汉的庄严厚重，魏晋的气韵风流，隋唐的法度雄浑，宋代的意趣，明清的质朴。虽然历代都有不同的书法风格，但朴拙之风，却始终为历代书家所崇尚。而现代书法历经西方文化思想的冲击，商业社会的影响，出现了背离朴拙之风的审丑倾向。所以我认为有必要从技法、美学思想等层面，对朴拙之风的内涵进行重新界定。

北大王岳川教授曾提出“文化书法”的概念，认为书法技法提高之后要进入博大的文化境界，成为“文化书法”，从“经史子集”之末提高到“经”的地位，并提出“回归经典，走进魏晋，守正创新，正大气象”的十六字方针。其中的“守正创新”“正大气象”则是要坚守的书法美学原则。这里暂且不论回归的经典中具体流派和风格是哪些，但“守正创新”

的提出则是对当下书法浮躁甚至暴戾倾向的一种纠正。曾繁仁老师对书法朴拙风格的渊源进行了分析，认为朴拙是千百年来人们在儒道思想浸润下产生的审美倾向。随着篆、隶、真、行、草各书体逐渐完备，金石、碑帖载体的出现，朴拙在内涵上也逐渐丰富，越发不“朴拙”，它不仅指书法风格上的古朴简约，还包含着对章法的遵守，对书法技艺的追求和对书法生命力的展现。

书法是兼有实用性和艺术性的，所以写字必须有章法结构，一个字多一笔少一笔就完全是两个不同的字，从这个层面上说，书有法而画无法，字的章法就是书法艺术的规则，故书法不能像后现代绘画一样追求极端，追求极端的“拙”，极端的“朴”。书法是运用笔墨的艺术，在黑白交融之间展现抽象的线条，正如邓石如所说“计白当黑”，宣纸上的白色空间的安排与黑色的笔画一样重要，这就是书法的笔势、结构、布白。如果不遵守这些基本的技法而片面追求字体的粗粝豪放，其结果既不会产生整体的美感，如前后呼应的布局，线条蜿蜒波动的气势，笔锋波磔有致的细节；也无法让人回味，产生潜移默化的艺术熏陶。邓以蛰在谈论书法的意境与形式的关系时说：“意境亦必托形式以限。意境美之书体至草书而极；然草书若无篆笔之筋骨，八分之波势，飞白之轻散，真书之八法，诸种已成之形式导之于前，则不能使之达于运转自如，变化无方之境界，亦无疑也。故曰，形式与意境，自书法言之，乃不能分开也。”① 这里的形式就是各书体的技法和规则。因此，即便是飞扬跳脱的草书，也要守住书法基本规则才能有展现风格的自由。

历代书论家常以骨、筋、血、肉来阐发字体的形态。宗白华说：“中国古代的书家要想使‘字’也表现生命，成为反映生命的艺术，就须用它所具有的方法和工具在字里表现出一个生命体的骨、筋、肉、血的感觉

---

① 邓以蛰：《邓以蛰全集》，安徽教育出版社 1998 年版，第 168 页。

来。但在这里不是完全像绘画，直接模示客观形体，而是通过较抽象的点、线、笔画，使我们从情感和想象里体会到客体形象里的骨、筋、肉、血。"[①] 而要体现书法的生命力，除了形态上的拟人化，更要有内在的气韵，中国古代文论讲"气韵生动"，放在书法中一样可行，要使骨筋肉血能浑然一体，就必须有贯穿始终的气韵。王羲之在《题卫夫人〈笔阵图〉后》中说："夫欲书者，先干研墨，凝神静思，预想字形，大小偃仰，平直振动，令筋脉相连，意在笔前。"[②] 但这种"意在笔前"却需要长期的艺术实践和生活体验的积累，是书家的学问修养和精神境界的展现。

在明确了朴拙的内涵之后，再看目前书法创作中出现的粗豪审丑倾向。一些书法家为了追求视觉冲突，求新求异，故意把字写得很粗壮，随心勾勒，而没有完整的构思和整体的布局，字充满了暴戾之气，有些甚至美其名曰"丑体"。阿瑟·丹托在《美的滥用》(The Abuse of Beauty: Aesthetics and the Concept of Art) 中说："美几乎在20世纪从艺术现实里消失了，好像吸引力是某种污名，它含有粗俗的商业用意。"[③] 书法中的这一现象也与西方后现代艺术的影响有关，一部分敢于尝试的书法艺术家将后现代艺术观念带入了书法创作，从而书法也走向了审丑。但是这种尝试是没有根据和现实基础的，也没有顾及书法传统美学观念和后现代艺术产生的环境，其生硬嫁接的结果就是，字没有生命力，线条是断裂的、破碎的，也没有了结构章法，没有了一以贯之的气韵，使人逐渐产生审美疲劳，无法引起人的想象和回味。这样的书法显然是不美的，也没有实现预设的朴拙风格。

虽然不同时代有不同的艺术风格，但是书法家们对朴拙的崇尚和追求都体现在具体的创作中，并通过他们的作品为这一风格赋予更丰富的内

---

① 宗白华：《美学散步》，上海人民出版社1981年版，第136页。
② (宋) 陈思：《书苑菁华》，上海古籍出版社1991年版，第6页。
③ [美] 阿瑟·丹托：《美的滥用》，王春辰译，江苏人民出版社2007年版，第7页。

涵。可以说，不论时代如何发展，风格如何变化，对于书法来讲，朴拙是一种基本的信仰，背离了这种信仰，书法就会走向妍媸不辨的窘境。

我这里虽然说的是朴拙风格对于书法艺术发展的重要性，似乎朴拙与优雅是两种不同的风格，但其实我是想说，在书法中，优雅就体现于在规则法度之下游刃有余地展现内在生命，表达思想情韵，而这些都必须以朴拙为基础和目的。这不是带着镣铐跳舞得痛并快乐着，而是建立在笔法纯熟之上自由挥洒的自信，这未尝不是一种艺术的优雅。书法艺术中优雅的内涵应是，坚守字体章法，融汇笔势技巧，内修人文，在浑然一体的书画作品中展现艺术生命。这是书家形成独特风格个性的基础，应该重视和强调。

许爽：叶冰冰同学谈到了具体的书法艺术的守正创新和坚持朴拙风格的意义。我想从大的范围来谈谈东亚美学，特别是日本文学艺术中的优雅。

首先，我想谈谈我对优雅的理解：一种和人的身体与心灵相关联的和缓状态。东方美学尤其是东亚美学的独特性正体现了这种优雅。东方文化的至高境界是人与自然的融合、心灵和宇宙的呼应，东方美学的重要原则是“天人合一”。在东方艺术中，天地宇宙与生命的感悟融为一体。东方的美学常常以人和物的关系为主题，人在观物和体物中获得对自身的认识。人的感官里充满对自然美和内在心境的丰富细微的体察，这种将主体与客体、内在与外在统一起来的情感凝结成独特的审美内涵。

其次，我想结合以上关于优雅的内涵的想法，谈谈日本“物哀”“侘寂”等传统的审美范畴。“物哀”是日本平安时代出现的“和歌精神”，它代表着日本的民族精神。“物”就是自然风物；“哀”则指由自然景物诱发，或因长期审美积淀而凝结在自然景物中的人的情思。今道友信称这种对于自然风物的感悟为“植物美学观”。据他研究，奈良时代形成的美的范畴总称为“物哀”（意为美丽、细密），其“本来的形象在于植物自我生命的充实的美，即树叶郁郁葱葱、繁茂致密地颤动着的跃动感”。在日本史的《古语拾遗》中，“哀”是一种感叹词，能够代表一切的内在情感，关于“哀”的审美理念在日本的文学史上起源于《古事记》以及《万叶集》，在《源氏物语》中得到确定与发展。“物哀”的日语是“もののあはれ”。“もの”是指客观对象，“あはれ”是指人们面对客观对象时产生的感情，或者说当客观对象和自我心境相互调和时产生的和谐的情趣。这是一种优美、细腻、沉静、具有对照性的理念。《源氏物语》和《红楼梦》有异曲同工之妙，主要体现了一种女性物哀。在浓艳暧昧的情爱世界中从“哀”升华到目空生死的“物哀”，这就是《源氏物语》被日本人推崇为最伟大作品的原因。

“物哀”，于今日之感，某一层面可理解为“哀伤、可怜、淡淡的忧郁”，但它的意思当然远不止于此。据本居宣长论述，“哀”的意思在最初是“人的各种情感”，同时又是一种唯美的感动，超越了是非善恶。“物哀”的集大成者川端康成在《雪国》中对自然的物哀也颇浓重：“山头上罩满了月色。这是原野尽头唯一的景色。淡淡的晚霞把整座山映成深宝蓝色，轮廓分明地浮现出来。月色还很淡，并不使人产生冬夜寒峭的感觉。”在这篇小说中，整个雪国的色调，就是“白”。夜空下一片白茫茫，山上还有白花、杉树，并配以白色的月光。而日本本身，也是一个尚“白”的民族。有时候我们要懂得欣赏一种“一碗白粥”的美。因为越是白粥，则越见功力，越是难烹。“物哀”其实就像日本文化体系里的一碗白粥。寡淡、渺然、清白，但有时遇见极惊喜纯熟的一碗，则会让你瞬间忘了许多过于矫饰的色彩。

“侘”的原意是简陋，在禅宗中安于简陋被认为是一种美德。战国时代的茶道家千利休，创造了一种叫“侘茶”的茶艺，便把这种精神同茶道的审美追求结合了起来。侘茶讲究的是“陋外慧中”，与中国传统美学中的“秀外慧中”相对。“侘”追求的是一种无须繁华，不要装饰，直指本源的精神。寂，则是穷厄之哀，后来引申而成随时间流逝而逐渐劣化的意思。所以乍看来，二者都略带负向之意，但贫困和孤独是可以有积极的解释的，这种不完美是一种新的解放的契机：虽然有形的美有所欠缺，但是这之中却可以有对深层无形之美的追求。所以“侘寂”二字，就成为远离尘世、追求自然清寂的一种导向。侘寂崇尚的是不对称、不完整、残缺和年代痕迹，因此它具体表现为：相比于前者，更为苍凉寂寥，注重光阴流逝带来的沧桑感与不完整。与禅的精神相通；由于形式的完美让人忽视内在真实性，“侘寂”美学往往以缺陷表达精神。

“侘寂”和“物哀”可以说是日本最具民族特色的两个审美内涵。日本人对万物的尊敬，对自然事物的善感，往往体现在生活的细微之处，这在很多日本电影中都有所表现。其中最杰出的导演就是小津安二郎。小津安二郎的电影是最有日本韵味的，他的电影干净整洁，总是关注着家庭生活和日常琐事，总是凝结着一股淡淡的忧愁。他的电影就像“枯山水”一样，胜在造境。熟悉小津的人都会知道小津安二郎的电影并不是以高超的手法闻名，他的电影叙事节奏永远是缓慢的，在单位时间中，他不会输出非常强大的故事信息。看小津的电影如《东京物语》，就像是在喝白粥。

五　文学艺术中的优雅

王甜甜：刚刚许爽讲到东亚文化中的优雅，我想更进一步谈谈日本的《源氏物语》。在我看来，这是对优雅极佳的表现。尤其是作品中展露出的贵族情趣，如细致的服饰搭配、舞蹈表演等。

> 渐渐红日西倾，阳光照人，鲜艳如火；乐声鼎沸，舞兴正酣。此时两人共舞，步态与表情异常优美，世无其比。源氏中将的歌咏尤为动听，简直像佛国里的仙鸟迦陵频伽的鸣声。美妙之极，皇上感动得

> 流下泪来。公卿和亲王等也都流泪。歌咏既毕，重整舞袖，另演新姿。此时乐声大作，响彻云霄。源氏中将脸上的光彩比平常更加焕发了。[①]

源氏中将所表演的舞蹈是双人舞《青海波》，对手是左大臣家公子头中将。这位头中将的丰姿与品格均甚优雅，迥异凡人；但和源氏中将并立起来，好比樱花树旁边的一株山木，显然逊色了。还有书中的和歌赠答、书信往来，对纸张、书法的看重，这种文人情调同样优雅。

> 源氏觉得此事另有一种趣味。他查看一切情书，发现有一封信，写在宝蓝色中国纸上，香气浓烈，沁人心肺，折叠得非常小巧，怪道：'这封信为何折叠得这样好？'便把信打开，但见笔迹非常秀美，内有诗云：
>
> "思君君不知，我心常恻恻，
>
> 犹似岩中水，奔腾而无色。"
>
> 字体潇洒而时髦。[②]

而在《源氏物语》中的恋爱情节，或许算不上优雅，因为毕竟在现代的观念中这些感情不够光明正大，甚至是不伦的。但是又似乎隐隐地带有那样一种特殊的氛围，我想这种氛围，就是本居宣长所说的"物哀"。物哀，也就是物の哀れ，其实在这个词里，"哀"这个汉字只是一个单纯的能指，是对日文あわれ的另一种写法。我之前总觉得物哀是指那种有些微妙的伤感的情绪，实际上并不是。问题主要在这个あわれ，它只是一个类似于语气词的东西，就像古人说"呜呼"一样，当人们看到一些景象的时候，心里会觉得，嘶……哎呀……就这种。正是由于情感受到刺激，对世

① ［日］紫式部：《源氏物语》，丰子恺译，人民文学出版社1980年版，第154—174页。
② 同上书，第385—386页。

界产生了微妙的感受，而优雅正存在于这个过程中。因为这至少能够证明，作为一个人，你对这个世界是有反应的，是有体验的，是作为一个有血有肉有情感的人而存在的。因此我所理解的优雅就是一种情趣，一种韵味，这种情趣、韵味是什么还不是最重要的，重要的是感知它的这个过程。

不论是拉斐尔的绘画、巴赫的音乐，还是中国的书法、京剧、色彩，实际上都从不同的角度、不同的方面体现着创作者与欣赏者感受世界的态度，他们在不同的文化背景中，用不同的形式、技巧，将自己对世界的认识表达了出来，也许有不美的、奇异的、险峻的表现方式，就像是周宪老师展示过的小弗洛伊德的画一样，让人看了觉得有些不舒服，但是这实际上只是他的表达方式的不同而已，但是，对他本人而言，在他的作品呈现给我们之前，他对世界的感知的过程是相当值得我们赏味的。而这种体会世界的过程，我觉得在《源氏物语》里尤为明显，也就是本居宣长将之归结为“物哀”的东西。我觉得他们之所以会对这种容易消逝的事物产生共情，是因为他们关注到了自己感受事物的这个过程，更关注到了事物变化的必然性，所以就会出现看到花苞就想到花谢，看到月圆就想到月缺的情况。

这也就回到了我们开头的那句诗“大都好物不坚牢，彩云易散琉璃脆”。之所以选这样一句诗正是因为它所表达的正是这样一种对美好事物容易消亡的惋惜。

归结到《源氏物语》的恋爱情节中，就是一种爱而不得的恋爱悲剧。或者说是即便得到了，也注定要失去。也许说是悲剧有些不妥，或者可以说是，爱而不得的遗憾之美。恋爱原本是一件美好的事情，但是由于身份、地位、环境等原因所限，两个人不能在一起，这是一种爱而不得；即便走到了一起，却又因为种种原因不睦，不能珍惜彼此，这也是一种爱而不得，或者说得到了却没有珍惜；还有一种就是终于能在一起了，但是却不能长久相守。

陶佳宁：王甜甜讲到日本文学中的优雅，谈起文学，我想到了法语“Flaneur”，也就是“浪荡子”。它意为“散步者”“闲逛者”，中文多翻译为“花花公子”或“纨绔子弟”，指19世纪巴黎城里有钱财支撑而无须劳动的人士，他们着装考究，气质儒雅，闲来无事，漫步街头，优哉游哉，怡然自得。既充分地体验启蒙现代性带来的繁华，又冷眼静观，甘当“人群中的人”。他们不愿与庸俗的人群同谋，保持着清醒与批判的态度，可以说是审美现代性的一种表征。

本雅明是第一个将“浪荡子”作为重要的主题意象来解读现代性空间的人。在本雅明看来，最出色地将这样一个角色体现出来的人，当属“晚期资本主义时代的抒情诗人”波德莱尔。波德莱尔继其诗集《恶之花》之后，在其散文诗集《巴黎的忧郁》中，更为自由、细腻、辛辣地阐释了“浪荡子”这个美学形象。这是波德莱尔笔下第二帝国的巴黎出现的一群人，他们在街道或拱廊商场四处闲逛，静观城市的风光与熙熙攘攘的人群。波德莱尔称他们为“现代生活的画家”，在漫无目的的闲逛中，瞥见了现代大都会生活的短暂、过渡与偶然。他们游离于主流社会之外，拒斥着资产阶级的主流生活方式和意识形态，坚持他们所独有的思想修养和艺术追求，即所谓的生活之艺术。他们是现代性的体验者和抵抗者。

浪荡子的身份特征与“凝视”的基本姿态决定了他们摆脱了现代人的实用需要。他们是现代资产阶级生活的游离者，或者是生活的旁观者。当他们“诗意”的灵魂和眼睛与巴黎这座现代化大都市的“拱廊街”发生碰撞、被人流簇拥之时，便产生了一种“惊颤体验”，他们观察、玩味自己如何在这种碰撞中重新获得自己的空间，对这种“惊颤”进行快速消化和反应，并在这种不即不离的观察中寻求刺激、获得快感。

我认为浪荡子之所以优雅，是因为具备了这样的一些特质。首先是拥有贵族身份，能自如地拥有时间和金钱；其次是卓尔不群的容貌，以及接受过全面的教育；最后还有优游自在的生活态度及风流多情。波德莱尔说，要是没有闲暇和金钱等以上其他条件，爱情就真的只能是一种平民的狂欢或履行某种夫妻义务，它成了一种令人反感的“功用”。所以在浪荡子这里，爱情是一种热烈的或梦幻般的心血来潮，这也造就了他们风流多情的特质，反过来这样的特质也给他们增添了难以言说的神秘魅力。

我想以出现在我国20世纪30年代初的新感觉派为例子。盛行于上海的新感觉派第一次对这一经验进行了大规模的努力，个中翘楚当推刘呐鸥、施蛰存和穆时英，他们偏离了五四新文化运动奠定的现实主义、人道主义传统，而是从殖民主义气息浓厚的中国上海、日本、欧美现代主义作家的作品中汲取营养。他们不仅更新了叙事手法，更重要的是，一种新的城市想象和人学观念在这个过程中得以形成，一群中国特色的都市浪荡子作为主角登上了舞台。

新感觉派小说中的浪荡子很像本雅明在《发达资本主义时代的抒情诗人》中描述的那样，“以享受者的态度去感受那簇拥的人群所展现的景象，而这种景象最吸引他的地方却在于：他陶醉其中的同时并没有对可怕的社会现象视而不见。他一直意识到了那些社会现象存在，宛如在陶醉中还‘仍然’保持对现实的意识”。新感觉派的代表人物刘呐鸥，就很能展现上海浪荡子们身上的矛盾与纠结，他沉溺于浮华浪荡的生活之中，又想跳出来客观记录所发生的一切。他一方面欣然接受西方现代性带来的享乐与便利，流转于不同的文化之间；另一方面又为自己缺乏忠诚、离散漂泊感到悲凉。他们追逐女性又很快失去，沉湎享乐却向往革命，他们显示了中国在现代性进程中出现的新的城市想象和人学观念，展现了现代主义的虚无之痛与颓废之美。因此，浪荡的底色并非欢愉，他们的身上有一种紧张和抗拒。就像刘呐鸥，在浮华浪荡的外表背后是深刻的焦虑与自我批判。他处在文明变迁的门槛之上，所要追问的是以一种什么样的态度面对中国现代性的崛起。在浪荡的表面之下，优雅应是一种从容和自由的，一种极富生产性的状态。优雅包括摆脱生活的必然性，但没有一个完全量化的标准。无穷无尽地追求这个物质享受，那就永远不会摆脱生活的必然性，也永远不会优雅。

王云端：我想谈的主题是中国文学作品中的优雅。首先我想把它放到文学史的角度来看。优雅在中国现代性历史中一直受到压抑，由于中国现代性历史中激烈尖锐的民族斗争和阶级斗争，优雅在现代中国变成了一种多余之物，没有了自身的合法性，一直被反复否定。在中国的现代性中，优雅的品位由于中国的弱者地位和社会的动荡一直是文化中被压抑和轻视的方面。到了革命时代，优雅的文化更是几乎无立锥之地，这一方面是因为革命在艰苦和动荡的环境中进行，其奋斗的壮美不需要也无条件寻求优雅；另一方面是因为革命有其边远地区和农村的背景，难以了解和体验优雅。

而后，在新世纪的文化中优雅崛起，超越了中国文学的现代性历史框架。在今天的新世纪文化中的文学里，优雅爆发是一个重要的文学潮流，在这里优雅具有怀旧的特征。这种怀旧一方面是怀念现代中国优雅一度得到充分展现的旧上海的文化，一面是在中国历史中压抑优雅的时代去寻觅优雅的潜流。今天这个梦已经变成了现实，优雅似乎近在咫尺，唾手可得，成为新兴的中等收入者现实生活状态的展现。但这个现实却和那个梦一样对于我们来说不可思议，于是我们的文学也只有在怀旧中去寻觅了。这是新中国的新的历史景观中最为独特的现象，一面是优雅的无限展开，一面是对于优雅的渴望仍然似乎无穷无尽。优雅超越了中国新文学的限度，成为我们时代的核心表征，但它在无所不在的时候，似乎仍然被人们所渴望。从文学作品的角度来看，贾平凹的长篇小说《极花》可作为底层苦难文学优雅叙述的例证。《极花》的特殊之处在于作者没有循着“底层叙事”的老路，而是在直面乡村的衰败与农民的苦难时，采取了中国水墨画的写意方法与精神，描写了一幅仍然相当落后的乡村风俗画。在贾平凹的笔下，中国乡村无论怎样凋敝，农民的苦难无论怎样深重，它都在中国传统文化与伦理道德中浸泡和滋养着，宛若一幅中国水墨画，既有物象的清晰，也有情境的朦胧；既有皴法的笔意，也有水墨的趣味。

六 数学中的优雅

凌晨光：上面同学们主要是就文学艺术中的优雅谈的，我觉得谈得很好，很有启发性。但是下面的讨论，我想让大家关注一下在文学艺术领域之外的优雅，比如说自然科学中的优雅、日常生活中的优雅。我之所以提到这点是因为我想起了之前看到的一个数学问题。我想先请大家思考一下这个问题。爱德华・罗特斯坦在《心灵的标符——音乐与数学的内在生命》（Emblems of Mind）中谈到数学家罗沙・比德提出的一个问题，关于一杯葡萄酒和一杯水。取一汤匙葡萄酒到水中，再取一汤匙葡萄酒和水的混合物到葡萄酒中，那么进入水中的纯葡萄酒更多还是进入葡萄酒中的纯水更多？这道题的答案其实很简单，是一样多的，但是关键点在于思维的过程。我不知道大家是怎么算的。这位数学家，他并没有通过计算，而是通过判断液体高度的变化，从而得出“一样多”的答案。过程是这样的：我们不考虑液体的蒸发和实验过程中液体残留在汤匙中的情况，而只关注前后的结果，杯中的液体的高度是没有发生变化的，而只是有一部分水到了另一个杯子，有一部分葡萄酒从另一个杯子到了这个杯子，就第一个杯子而言，其所失去的水的体积通过葡萄酒的补充得到恢复。我不知道大家通过多么复杂的计算得到了这个结果，但是这位数学家的这个思考问题的方式，让我感到了一种数学上的优雅。不知道大家对于这一点有没有别的什么想法。

谢青筱：我想接着凌老师刚才说的谈谈数学中的优雅。一般我们提到数学，都不会和“优雅”联系起来，尤其对于我们文科生来说，看到数学就头疼，哪里还谈得上优雅呢？但事实上，对于真正喜欢数学的人来说，数学之所以吸引他们，不仅是因为攻克难题让他们有成就感，也因为数学自有其优雅的地方。我国数学家丘成桐教授认为："数学的文采，表现于简洁，寥寥数语，便能道出不同现象的法则，甚至在自然界中发挥作用，这就是数学优雅美丽的地方。"① 我想，或许我们可以用"意料之外的简洁"来形容数学的优雅之处。

简洁有力地阐述一个易懂的理论，或许很容易；但是要简洁有力地讲明白一个艰深的理论，就没有那么简单了，数学的高明之处就在于此。著名的欧拉恒等式 eiπ + 1 = 0 被认为是世界上最美丽、最令人着迷的一个公式，这个方程式包含了数学里最基础的东西：最小的自然数 0，最小的正整数 1，自然对数 e，圆周率 π，复数 i。如此简洁的公式，将表面上看起来毫无联系的几个数字联系在一起，隐含的信息量却非常大。

其实刚才凌老师提到的那个例子，我在之前也见到过，我记得在《心灵的标符》中，在举完这个例子之后，罗特斯坦接着补充说："我们并没有带着对这两杯酒和水的更多的欣赏而离开这个问题，我们是带着思想的精美质地的感觉离开的。美的感觉在于当我们面对需要计算的难题时却用了简洁的推理。"② 他接着举了我们熟知的高斯算法的例子来佐证，数数相加的复杂与高斯算法展示出的简洁形成了鲜明对比，思考的优雅也由此体现出来。

所谓"意料之外的简洁"，是指这种数学思考的方式，罗特斯坦将其解释为"像听一个笑话"——"使人的预料落空并将这个失落转化成笑"③，如此来看，令我们头痛的数学岂不妙哉？

---

① 丘成桐、刘克峰、季理真主编：《数学与生活：数学与数学人》，浙江大学出版社 2007 年版，第 114 页。

② ［美］爱德华·罗特斯坦：《心灵的标符——音乐与数学的内在生命》，李晓东译，吉林人民出版社 2001 年版，第 128 页。

③ 同上书，第 129 页。

耿晨：凌老师和青筱所谈的是数学中的优雅，我想补充一点物理学中的优雅。我记得康德曾说过："有两样东西，我越不断思索，越觉得钦佩与敬畏。这两样东西便是我头上的星空和我心中的道德律。"充满秩序和规律的宇宙，群星流转，银河璀璨，永恒地优雅而美丽。我还记得自己高中时学习物理、数学、化学的苦闷和沉重，我想对大多数文科生来说，物理、数学、化学都是极其可怕的东西，难以用美丽、优雅来描述。但是，能让一颗颗伟大而智慧的头脑为之奉献终生的自然和宇宙，其中也一定蕴含着无限的美丽和优雅。

所以我想举一个在物理学中优雅的例子，我们知道在物理学领域中广义相对论与量子理论不能统一，是现代物理学最核心的灾难。人们很难相信，在宇宙的微观层面和宏观层面，居然不是一个统一连贯的整体。一连串的疑惑使科学家不得不认真考虑：也许在基本粒子内部存在一种更深层的结构，而这种结构尚未被我们所理解。自 20 世纪 60 年代以来，在科学家孜孜不倦的努力下，一个新的理论逐渐浮出水面，这就是超弦理论。超弦理论认为，在每一个基本粒子内部，都有一根细细的线在振动，就像小提琴琴弦的振动一样，因此这根细细的线就被科学家形象地称为"弦"。超弦理论就目前来说只能算是个热门理论，不能算是成功理论，当前存在的几种弦论并不统一，只是还停留在数学描述阶段。假说只有经过严格的实验验证才能称为理论，弦论的验证方法现在为零，前景更是暗淡。在 2015 年 12 月初，世界上百余名杰出的科学家、哲学家、理论物理学家在慕尼黑决定："弦论还没有成为一个科学理论。"

所以针对这样一个理论假说，超弦理论究竟美在哪里？不单单因为它是一套能够解释我们宇宙万物的科学理论体系，更重要的是，它描绘了一个更高维、更奇妙的时空，给了好奇的人类一个发挥幻想的可能。你可以想象，在我们的身边，那些不可见的尺度下，一根根轻轻振动的弦圈在时刻跳着优雅的舞蹈。宇宙的奥妙与人类的智慧，在弦理论中得到了完美的彰显。人类只凭头脑和一些工具，就可以计算出支配数十亿光年外的物质的定律，我们只有微不足道的能源，甚至还没有离开太阳系，但我们已经知道恒星深处的核子反应或原子核内的情况。我们在这个不起眼的小行星上发现的物理定律，却适用于宇宙的各个角落，我们的思想能了解并控制星星的宇宙法则，我们的原子比山的年代还久远，我们是由宇宙尘造成的，这些原子又凝聚成能了解宇宙法则的智慧生物。就像 Brian Green 在《宇宙的琴弦》（The Elegant Universi）的结束语中所说的那样：我们一直在放眼未来，期待着潜藏的奇迹；我们也应该回顾过去，走到今天的那段历程同样令人惊讶。追寻宇宙的基本定律是人类的一出独特的戏剧，它解放了思想，丰富了精神。

七　日常生活中优雅

冯璐：既然说起日常生活中的优雅，我首先想到的是在日常生活中的行为举止中的优雅，同时也想到以前看过的一个小故事，分享给大家。

1943 年的一天晚上，罗斯福夫妇邀请宋美龄共进晚餐，席间谈到了美国矿工罢工事件。罗斯福问宋美龄：“如果中国政府在战争时期遇到这样的事情，该如何解决?”宋美龄没有说话，只是用手划过脖子做了一个优雅的杀头手势。后来罗斯福问妻子埃莉诺：“你还认为宋美龄是一个性格温柔甜蜜、易于亲近的人吗?”

我就在想，这也可以用优雅来形容吗？当时很受冲击，却想不出一个合适的主题来解读它。后来我想着，或许可以从人性的角度来讲一讲。

那么优雅与人性到底有没有关系，如果有，是一种怎样的关系呢？很多自然界的东西被人们定义为优雅，比如天鹅。从这一点来看，优雅与人性貌似没有关系。但是我们不要忘了，优雅也是人定义的，心中有优雅这个概念的人才能体会到优雅。那么是反向的关系吗？很多时候，优雅是压抑人性的，比如旗袍，比如高跟鞋。但是，我又想到林志玲，我们说林志玲优雅不仅因为她的举止，还因为她的内心，她在和比她矮的人说话时，会弯曲膝盖以示尊重。可以说，优雅与人性的关系是十分复杂的。

尹梦洁：我今天也想跟大家交流的是日常生活中的优雅。前几节课看了《暗恋桃花源》那部片子，我很受启发。它让我开始从雅俗的对比与融合中去寻找生活中的优雅。我认为导向优雅有两条路径，一条是艺术模仿生活导向的优雅，即艺术中的优雅；一条是生活模仿艺术导向的优雅，即生活中的优雅。第一条路径中的优雅一旦进入生活，就很难做到优雅了，比如恶搞一个艺术作品，把优雅的舞曲改编成广场舞，等等。而我主要侧重于和大家交流第二条。先简单提一下第一条导向路径吧！

第一条路径是从生活导向艺术的优雅。我们都知道艺术大都源于生活，优雅作为一种直观地表现姿势、动作、行为的艺术，也源于生活。比如 PPT 中所展示的，人模仿天鹅优雅的姿势，可以创作出优雅的天鹅舞。在西方比较有名的是芭蕾舞《天鹅湖》，是柴可夫斯基作于 1876 年的四幕芭蕾舞剧。优美的旋律，细腻、轻盈的舞蹈动作共同演绎着纯美的童话故事，不得不让人联想到优雅。在中国游牧民族的民间舞蹈中，模仿天鹅的舞蹈在哈萨克、鄂温克、赫哲等民族中也有流传。我能想到的人模仿自然形成艺术的舞蹈还有我国傣族的孔雀舞，相传一千多年前一位傣族领袖模仿孔雀的优美姿态而编舞，后经民间艺人加工，流传下来，形成现在的孔雀舞。孔雀舞感情含蓄、舞蹈语汇丰富，舞姿富于雕塑性，比如舞蹈动作多保持在半蹲姿态上均匀地颤动，身体及手臂的每个关节都有弯曲，形成了特有的三道弯舞蹈姿势，手形及手的动作也较多，用于表现不同的意境。孔雀舞风格轻盈，情感表达细腻，舞姿婀娜，同样给人一种优雅感，就像杨丽萍编的孔雀舞《雀之灵》。从这条路径中我发现在人与自然的和谐沟通中能够导向艺术的优雅。

因为我今天主要想和大家交流第二条路径，生活的优雅，所以我需要一个过渡。我试图通过高雅与通俗，典雅与新奇的对比，让大家进一步来感受优雅。大家可以回忆一下我们熟悉的三张图片，第一张是立体主义大师毕加索的《哭泣的女人》，第二张是文艺复兴时期的美术三杰之一——达·芬奇的《蒙娜丽莎》，第三张是杜尚对《蒙娜丽莎》这幅画的一个恶搞。从这三张画的对比中大家如何来理解优雅？我比较浅显的理解是：从哭泣和微笑的对比中，微笑的更优雅，她表现出节制的情绪，淡定从容的状态；从文艺复兴时期的古典与现代主义的新奇中，我发现古典的更优雅，因为它似乎更容易和人交流，表现出人与画和谐的交流状态；而从文艺复兴时期的经典与当下流行文化的通俗的对比中，我发现经典的更优雅，因为通俗的距离我们太近，仿佛那就是生活本身，所以没办法将它视为优雅。（王尔德说过，所有坏的艺术都是由于重返了生活和自然，并把它们提升到理想的结果。生活和自然有时可以被当作艺术的部分原料来加以运用，但是在它们真正服务于艺术之前，它们必须被转化为艺术规范。一旦艺术放弃了它的虚构方法，它就放弃了一切。）生活中，我们大多认为雅与俗只有通过对比才能显示出另一方，但实际上优雅也可以融入俗的日常生活当中，也就是我想和大家交流的导向优雅的另一个路径。

我认为人不仅从生活中创造了艺术，培养了人的审美情趣，人也时常按艺术提供的观念和模式生活。高雅的艺术与俗的生活也可以不分家。王尔德在《谎言的衰落》中说过，生活模仿艺术。生活的自觉目标是寻求表达，而艺术给它提供了某些美妙的形式，通过这些形式，生活便可以展现自己的潜能。生活的确是瓦解艺术的溶剂，但艺术却可以对生活的原材料加以改造翻新，让生活更加充满诗意。所以，我在想我们是不是可以把生活模仿艺术产生的优雅视为一种艺术的生活方式呢？

以日常生活中的优雅的人为例。通常我们会认为只有那些艺术家、贵族才会有优雅的气质，而实际上，普通人在自己的生活态度和生活方式中同样能体现出优雅。我想起之前看过的一部法国电影《刺猬的优雅》中的一个小人物——门客勒妮。在别人眼里，她和其他门客一样丑陋慵懒，碌碌无为，但实际上她内心深处很细腻，有着异乎寻常的优雅。比如她嗜书成瘾，书堆满了整个储藏室，内心有对这个世界的独特思考，看书只是出于内心的满足。她的优雅是对生活方式选择的一种优雅。我还想起了中国农民诗人余秀华，她曾在博客中回应自己突然走红，称自己的身份顺序应该是女人，农民，诗人，“但如果你们在读我诗歌的时候忘记问我所有的身份，我必将尊重你”。她觉得，任何身份的标签都不能凌驾于诗歌本身之上。暂且不说她创作的诗歌本身是否高雅，仅从她对诗歌的痴迷程度上，就很让人感动和钦佩。在现有的身份之外，努力去创造艺术的生活，她的生活方式在我看来是优雅的。孔子说不在其位，不谋其政。但到了现在，把它运用到日常生活中去，似乎需要重新改写。即使身份平庸，也要努力追求优雅的、诗意的生活方式。

最后总结一下我对日常生活中的优雅的认识。我认为生活中的俗与奇可以与艺术中的雅结合，即艺术可以融入生活，进而陶冶人的情操，提高人的精神境界。日常生活的优雅集中表现为一种艺术的生活方式，它需要一定时间的积淀，需要人有主动选择的态度，需要努力追求内外和谐的交流状态，最终不断地去实现诗意栖居即优雅的生活方式。

最后我想用一句很俗但是很应景的话结束我这次的发言：虽然生活不止眼前的苟且，还有以后的苟且，但我们仍然要记得还有诗和远方，即我们所追求的像艺术那样的优雅的生活方式。

陈晴晴：我主要想谈一谈日本文化中的优雅体现。众所周知，文化是反映一个国家内在本质不可或缺的重要组成部分，我们的近邻、作为东亚民族之一的日本人也创造了独特的文化。日本的料理、花道、漫画、枯山水等文化，往往跟物哀、樱花精神、精致、小巧、感性、优雅等相联系。所以我主要结合日本的一些文化现象和艺术，简要介绍一下日本文化中的优雅，主要分为四点来谈。

第一，细微之处有神灵。现代建筑大师密斯·凡·德·罗有句名言，“少即多”，也称细微处有神灵，意思是从建筑物、产品等细节上最能体现它的设计理念。通常在我们的观念中，都认为人是社会的一部分，细节是整体的一部分，所以无论是城市、社会还是宇宙观，都是重视大局和全貌的。而日本人并不习惯于这种思维，他们认为个体之中有社会，细节中有整体。比如日本有一句成语叫“一期一会”，意思是现在能够与这个人交流的瞬间不会重来，所以要珍惜眼前这个人，这个时间和这个地方。“微”这一理念的精髓就是如此：眼前。这种微精神常常令日本人非常有仪式感，比如日本的治愈系美食文化：不被时间和社会束缚，幸福地填饱肚子，在那短暂的时间里，他可以随心所欲，变得自由，不被任何人打扰，无须介怀地大快朵颐，这种孤高的行为，正可谓现代人被平等赋予的最佳治愈方式。这是日本电视剧《孤独的美食家》中的经典开场白，我们再简单不过的一日三餐，在日本文化中被赋予了一种孤高的、治愈的仪式感。整部剧的男主人公井之头五郎是一个颜值不高却凭借实力顽强存活许多季的男主人公，他在日本经营一家杂货店，每次接单都是亲自登门拜访客户，也因此发现了隐藏在城市各个角落的美食。这部电视剧的描述方式类似于纪录片，却一点也不枯燥。在观看的时候，自己真的会被一种满足和淡淡的幸福感所围绕。

第二，并。日本人喜欢并，对于宗教也是如此，有多种宗教并列存在，包括基督教、佛教在内，似乎也只是千千万万个神当中的一部分，所以，日本人生下来时父母会抱着孩子参拜神社，结婚的时候会在基督教堂举行婚礼，而死后又以佛教的仪式举行葬礼。对于这样的过程，日本人认为挺自然，不觉得有什么问题。祈祷时，也会一派神呀佛呀耶稣基督呀，好像随便哪位大神都可以，只要能听到保佑自己就好。如果有人指责对这种宗教不够严肃，反而会被大家认为是受到了西方价值观的毒害。这种将万神并列的特性，是日本卓越的秩序感、审美意识和日本式的思维所决定的。翻译家柳父章先生在《隐秘是花》一书中是这样认为的，日本人连宗教意识都是并列的，甚至可以同时信仰几种宗教，基于宗教信仰的对立和战争，在日本是完全不可能发生的。文字也是这样，同时使用三种不同文字的国家，恐怕也只有日本了。引入汉字文化以后，日本人根据汉字的结构，变形发明了表音的平假名，针对西方语言的引入又发明了片假名。片假名、平假名再加上汉字，把这些文字很淡定地并用，这也算是日本人一大特质。也因为“并”这一概念，日本绘画中往往对画面的中心概念并不算很重视，因为价值观的核心不是神灵而是自然。

第三，隐秘。在日本人的家里是没有所谓的房间的。正如日本人不叫房间而叫×间，家里只有间的概念。比如茶间（茶室）、客间（客房）、寝间（卧室），日本的房屋与西方的建筑本来就是完全不同的两种存在。在日本，建筑是由梁和柱围起来的由间构成的空间，被区隔的空间都是运动的而非固化的，而这个间只是用移门、屏风等做了个简易的区隔，这就让流动的空间里产生了流动和沉淀，也就是“气”。所以说日本的“间”是个多变、暧昧又自由自在的应用场景。

而与“间”相呼应的，是日本人对于隐秘的推崇。就像一位女子穿着和服行走的时候，她那裸露的双脚会在裙摆之间时隐时现，每走一步的光景，都会让人感到心动不已。在日本，因为屋内的光线比较暗淡，透光隔扇在从屋里看起来就像一面面会发光的幕墙，如果人或者物背对着透光的隔扇，就呈现出逆光的状态，人或物就会出现剪影般的美丽轮廓，而这种逆光的隐秘，就组成了“秘”的美感存在。

第四，素。日本人的原始建筑喜欢并擅长使用木材、竹子、纸张来建造用于居住的房屋，我觉得使用这些除了能部分减少地震的危害之外，或许还因为日本人喜欢在风化中逐渐还原的材料，并不太想打造永恒的建筑。木材在风吹雨打的过程中可以洗尽铅华露出优美的木纹，青竹随着岁月的变迁将青翠色转化为美丽的金褐色，纸裱的移门虽然容易破损，但是为了迎接客人进行重新装裱后的移门，更能展示迎客的喜悦。素就是保持最朴实的本色之美，不添加任何杂念的纯真，活出本色，不人为破坏宇宙既有平衡。就像日本的樱花精神，樱花的绚丽是因为死亡和凋谢才有一种悲伤之美。日本人爱简洁，但简洁并不意味着简单。就像一张正方形的纸，可以折叠的方式是多种多样的。日本的和服就像是一块包袱方巾一样包裹着身体，它所有的端口都是直角，和服也是直线下垂的，几乎没有多余浪费的部分。日本人并没有所谓的哲学、宗教风格，也缺乏西方人心目中的那种以上帝为中心的绝对价值观，日本人所拥有的是整个身体对美的敏锐感觉，并以此为生存的基本标准。这是日本的一种独特的审美。

李金彦：我想来讲一下中国宗教中的优雅体现。中国古代儒释道三家融合，形成了独特的宗教环境。三家的思想对中国人的精神世界产生了巨大的影响。今天，我主要结合佛教中的相关教义与《周易》的相关内容，去寻找中国传统释道文化中的优雅体现，主要阐释几个概念，借以表达我对优雅的理解。

第一，菩提心，这是我对优雅的第一层解释。“希有世尊。如来善护念诸菩萨，善付嘱诸菩萨。世尊，善男子、善女人发阿耨多罗三藐三菩提心，云何应住？云何降伏其心？”这是须菩提向释迦提出的一个问题。“云何应住？云何降伏其心？”是问发愿行菩萨行的人，应该如何住心，才能不丧失菩提心；有了菩提心之后，应该如何修行；修行的时候，应该如何摄伏自己的内心，才能断烦恼障与所知障。“佛告须菩提：‘诸菩萨摩诃萨应如是降伏其心——所有一切众生之类，若卵生，若胎生；若湿生，若化生；若有色、若无色；若有想、若无想，若非有想非无想，我皆令入无余涅槃而灭度之’。”到这里是对第一个问题“云何应住”的回答，法菩提心的菩萨应该有大悲心，发愿度一切众生；除了有悲心还要有般若智，所以释迦接着说：“如是灭度无量无数无边众生，实无众生得灭度者。何以故？

须菩提，若菩萨有我相、人相、众生相、寿者相，即非菩萨。”这就是以“缘起性空”的观点来说法。一切众生本体皆非实有，只是缘起幻相，所以行菩萨行的人住心，必须兼顾有、空两边。众生有幻相，有因缘和合的假体，所以须发心将之灭度，这是有的一边；灭度众生而不执众生本体实有，亦不执灭度法为实有，这是空的一边。这就是我对优雅的第一层解释。佛家认为，最珍贵的开示就是空性和慈悲的无二无别。菩提心以大悲心为基础，也就是悲悯众生的世界观；以般若为手段，就是说心清如明镜，不带有一丝歧见地去看待别人、帮助别人。

第二，六波罗蜜多，这是我对优雅的第二层解释，指涉的是自身的修养。菩萨度生，以六波罗蜜多作为手段。“波罗蜜多”是“到彼岸”的意思，六波罗蜜多也就是六种解脱法门，分别为布施、忍辱、持戒、精进、禅定、般若。

第三，《周易》的核心思想——至高无上的和谐，这是我对优雅的第三层解释。《周易》的核心思想是中和。中和的内涵可以归结为阴阳协调，刚柔并济，双向互补，动态平衡，它是事物生生不已持续发展的内在生机活力，总体上是从阴阳哲学的基本原理自然引申而来。而中和的最高境界是太和。《乾卦·彖传》里说：“乾道变化，各正性命，保合太和，乃利贞。首出庶物，万国咸宁。”[①] “太和”即最高的和谐，包括人与自然的和谐以及人与人之间的和谐。“保合太和”即通过人的主观努力，加以保合之功，不断进行调控使之长久保持，来造就一种符合人所期望的万物繁庶、天下太平的良好局面。道家强调“万物负阴而抱阳，冲气以为和”[②]，说的是自然的和谐；儒家强调“礼之用，和为贵，先王之道，斯为美”[③]，说的是社会的和谐；《周易》综合总结了儒道两家的说法，提出了太和的

① （魏）王弼撰，楼宇烈校释：《周易注》，中华书局2011年版，第315页。
② （魏）王弼注，楼宇烈校释：《老子道德经注校释》，中华书局2016年版，第117页。
③ （宋）朱熹撰：《四书章句集注》，中华书局2011年版，第53页。

思想，把自然和社会看作一个整体，适用于自然界的原则同时也适用于人类社会，其根本主旨在于推天道以明人事，根据对支配着自然界的那种和谐规律的认识和理解，来谋划一种和谐的、自由的、舒畅的社会发展前景，使社会领域的君臣、父子、夫妇的人际关系能够像天地万物那样调适畅达，各得其所。因此，就价值理想而言，《周易》的核心思想是追求一种以太和为最高目标的天与人、自然与社会的整体和谐，其思维模式是一个儒道互补的新型的世界观，代表了中国文化的根本精神，体现了中国思想的共同特征。

第四，成性存存，这是我对优雅的第四层解释。子曰："《易》其至矣乎！夫《易》，圣人所以崇德而广业也。知崇礼卑，崇效天，卑法地。天地设位，而《易》行乎其中矣。成性存存，道义之门。"[①] 前面说过，《易经》是一本决策管理之书，它指导人们的认识和行为实践，这就要求人们"崇德广业"，既要高扬道德，又要开拓事业；"知崇礼卑"，理性的知识要达到高明的境界，行为规范又要谦卑有礼。《易经》里的天地之道虽然是自然的道理，但也具有人文的意义。"成性存存"，就是说要养成这些好的品德，并变成自己的本性，这样才能到达道义的层面。能做到这些的人，就可以说是很优雅了。

这是刚才所说的对优雅的四点理解。其实佛学和易学里都出现了"变"这个理念。佛学里的"变"表现为一种"空性"，就是说没有颠扑不破的真理；《周易》里的"变"又包含着"不变"，万事万物再怎么变化，都离不开阴阳相生、对立统一的基本规律，所以我们只要理解了"变"，并且亲身去实践它，对事情能够从容不迫地应对，不过度地执着于某一种观念最终就不难获得一种优雅的生活态度。

---

① （魏）王弼撰，楼宇烈校释：《周易注》，中华书局2011年版，第348页。

《文艺美学研究》稿约

《文艺美学研究》系教育部人文社会科学重点研究基地山东大学文艺美学研究中心主办的学术刊物。一年两期，由中国社会科学出版社正式出版，国内外公开发行。

本刊常设“文艺美学”“生态美学”“文学理论”“审美教育”等专栏，并不定期开设“文论选译”“学术前沿”“热点讨论”“著译选评”“学术聚谈”“理论随笔”“学术会议专稿”等栏目。欢迎从事文艺学、美学、艺术学理论研究及批评实践的学者专家、高等院校科研机构广大师生为本刊投稿。稿件以一万至一万五千字为宜。来稿须未在其他刊物、书籍等媒体上公开发表过。本刊尤其欢迎问题意识突出，具有独到见解的原创性研究。

本刊采用匿名审稿制。投稿 2 个月未收到用稿通知，作者可自行处理。稿件经采用刊出后，即付稿酬，每千字 80—100 元，优稿优酬。同时寄送作者该刊两份。

来稿时请一并提供以下信息：作者工作单位、个人简介、联系方式。

稿件引文注释按国内公开出版专著或论文集通行惯例处理。用页下注并以①②③形式标出。

来稿请用 A4 幅面稿纸单面打印。电子稿版本请发送至编辑部邮箱：lta@ sdu. edu. cn 或 lcg117@ 163. com。

《文艺美学研究》编辑部

2018 年 10 月 10 日